쾌락과 공포의 유사성에 대해

쾌락과 공포의 유사성에 대해 2권

초판 1쇄 인쇄일 | 2018년 03월 30일
초판 1쇄 발행일 | 2018년 03월 26일

지은이 | 예파란
펴낸이 | 박성면
펴낸곳 | (주)동아

출판등록 | 제406-2007-000071호
주소 | 경기도 파주시 문발로 115, 세종출판벤처타운 201-A호
전화 | (031)8071-5201
팩스 | (031)8071-5204
E-mail | bear6370@hanmail.net

정가 | 9,500원

ISBN 979-11-6302-005-9 (03810)
ISBN 979-11-6302-003-5 (Set)

DONG-A ROMANCE STORY

쾌락과 공포의 유사성에 대해

예파란 장편소설

THE SIMILARITY
BETWEEN
JOY AND FEAR

동아

#15   7

#16   32

#17   82

#18   108

#19   137

#20   164

#21   189

#22   218

#23   241

#24   266

#25   318

#26   342

에필로그   369

#15

태경의 나이는 스물여덟 살이 되었고 지금은 초겨울이다.

그새 변화가 있었다면 지령이 스물세 살 가을쯤 입대를 하고 지안의 식당은 체인 2호점을 오픈하게 되었다. 그리고 태경의 사업은 확장되어 아시아 최고의 IT회사로 급성장했다. 태경의 자산 규모까지 덩달아 커지면서 그는 앞으로 가장 주목받는 최고의 CEO 명단에 이름도 올리게 되었다.

그 과정에서 태일과 하연은 2년간 사실혼 관계를 유지하다가 얼마 전 어느 섬에서 결혼을 하고 혼인신고까지 마쳤다는 연락도 받았다.

아버지는 그 일에 대해 아무런 반응이 없었다. 그럴 수밖에 없는 이유가 있었다. 태경이 여전히 안 병원장의 딸인 선주와 교제를 하고 있기 때문이었다.

선주 쪽에서 차일피일 여러 핑계를 이유 삼아 약혼을 미루더니 기어이 2년의 시간을 흘려보낸 것이다. 아버지는 보잘것없는 집안인 선주 쪽에서 약혼을 미룬다는 것에 대해 매우 분노감을 느끼고 있었지만, 그는 차라리 다행이다 싶었다. 이제 슬슬 지안을 만나 볼 때가 되었다 판단되기 때문이었다.

그간 최 기자와 흥신소 외에 그가 직접 고용한 전직 경찰 출신인 탐정을 고용해 꽤 많은 정보를 수집할 수 있었다.

그가 모은 정보들을 이제 지안에게 들려주고 뭘 더 어떻게 해야 할지를 모의해 볼 참이었다. 그러려면 은밀하게 그녀를 만나야 한다. 그는 지안에게 어떻게 연락을 해야 할지를 두고 고민했다. 다른 사람의 시선이 닿지 않는 곳에서 가장 자연스럽게 만날 방법이 대체 뭐가 있을까?

그렇게 그가 고민하고 있는데, 노크 소리가 들리더니 사무실 문이 열렸다. 곽 비서가 안으로 들어오더니 손님이 왔다고 전했다.

"누구?"

"안선주 씨입니다."

어지간해서는 회사로 찾아오지 않는 선주가 대체 왜 온 걸까? 그는 고개를 갸웃거리면서 들여보내라 말했다.

자리에서 일어나 사무실 정중앙에 놓인 진회색 소파로 다가가 앉자, 문이 열리고 선주가 모습을 드러냈다. 늘 그렇듯 원색의 옷을 좋아한다. 오늘은 온통 노란색이 배치된 원피스에 푸른색 계열의 코트를 걸치고 들어왔다. 얼굴에 짜증이 가득 퍼져 있는 걸 보고 있자니, 무슨 일이 벌어졌나 보다.

"무슨 일입니까?"

"하아, 미치겠네요. 우리 엄마 때문에."

"왜요?"

"……태경 씨 뒷조사를 하는 모양이에요."

"네?"

이건 의외의 변수였다.

"태경 씨한테 여자가 있었다는 얘기를 시작으로 오늘 하루 종일 저한테 왜 결혼을 서둘러 하지 않는지에 대해 따지고 들어오는데 미치겠더라고요. 어쩌라는 건지……. 이제 태경 씨도 어느 정도는 만반의 준비를 하는 게 좋을 것 같아요."

"얼마 전에 선주 씨가 저한테 한 얘기 기억하나요?"

"무슨?"

"안 병원장이 누군가의 진료 기록을 갖고 있고, 그걸 우리 아버지와 비밀리에 공유하고 있다고……."

"네, 그랬죠. 하지만 그 누군가가 정확히 누군지는 알아낸 게 없어요. 워낙 은밀하게 감춰 놓은 거라서……. 그것 때문에 아버지 수제자라는 사람의 제자를 꼬셔서 뭐라도 얻어내 보려고 해 봤지만, 결국 손에 쥔 게 없었죠. 한 가지는 확실한

9

게, 그 비밀스러운 환자 기록이 아마도 야당 누군가의 목줄을 죄고 있는 결정적인 증거 자료 같았어요."

"그 환자를 찾아내는 게 중요하군요. 그 일에 대해 저도 뒷조사를 해 봤지만, 알아낸 게 없어요."

"이걸 전부 다 까발리는 건 우리끼리 할 수 있는 게 아니에요. 더 이상은 접근을 할 수 없어요. 더 접근하면 위험한 상황이 벌어질 게 뻔해서 더 파헤치는 건 불가능해요."

"그렇다면 이제 우리는 더 이상 공동의 목적을 갖고 만나야 할 이유가 없는 거겠죠?"

그제야 말귀를 알아들은 선주가 입가에 미소를 지었다.

"이제 이 만남을 폐기하자는 건가요?"

"맞아요. 서로 할 수 있는 건 전부 다 했잖아요. 양가에서 결혼을 독촉한다면 더 이상 이 만남을 유지할 이유가 없죠."

"하지만 그렇게 간단한 문제가 아니에요."

"왜요?"

"2년이나 사귀다가 갑자기 헤어진다는 것 자체를 어떻게 납득시켜야 할지 모르겠고…… 아니, 솔직히 말할게요. 이렇게 사무적인 만남을 이어 나가다 보니까 한 가지 깨달은 게 생겼어요."

"그게 뭔데요?"

태경이 다리를 꼬고 그녀를 가만히 응시했다. 그러자 그녀가 손가락 끝으로 꼬고 있던 다리의 무릎 부위를 빙글빙글 돌리며 말했다.

"계속 만나 보고 싶어져서요."

"네?"

"감태경 씨가 저와의 거리를 정확히 유지하면서 매우 정중하게 대하는 모습을 보고 한편으로는 자존감이 높아지는 기분과 함께 누군가에게 존중받는 것 같아서 정말 좋았거든요. 그래서 생각해 봤는데, 태경 씨와 같이 노는 것도 제법 괜찮게 느껴져서요. 그렇다고 당장 뭘 어쩌자는 건 아니에요."

태경은 표정을 굳히고 딱 한 마디로 그녀의 제안을 잘랐다. 정확히 제안을 드러낸 건 아니었지만, 말 속에 그녀의 의도가 감춰져 있었다.

"전…… 곧 그 사람을 만날 작정이에요."

그러자 선주의 표정이 금세 굳었다.

"아……."

"그래서 선주 씨와의 관계는 필히 정리를 해야만 합니다. 집안에서 닦달하는 상황이라면 이제 끝을 맺는 게 맞아요. 하긴 약혼을 2년 가까이 질질 끌었으니 어른들 입장에서는 뭘 하나 싶겠죠. 원래 이렇게까지 시간을 끌어서는 안 되는 거잖아요."

선주는 아무런 말 없이 시선을 아래로 내린 채 자신의 치맛단을 손가락으로 만지작거렸다.

"그 자료에 대해 더 알아본다면? 그렇다면 제가 필요할까요?"

그는 단호하게 고개를 저었다.

"위험한 선까지 가지는 맙시다. 우리가 눈치를 챘다는 걸 알게 되면 부모님들이 가만있지 않을 거예요. 은폐하기 위해 어떻게든 할지도 모르고…… 위험해지는 건 원치도 않습니다."

"알아들었지만…… 제가 원래 정말 이런 성격은 아닌데 되게 질척거리게 되네요. 조금만 답을 늦게 줘도 될까요? 저도 생각할 시간이 필요하군요. 친구끼리도 이렇게 갑자기 연락을 툭 끊고 그만두는 경우는 없잖아요. 일주일에 한 번씩 만나서 그 자료에 대해 얘기도 하고 그랬던 것 때문에 갑자기 그만두면 좀 허전해질 것 같기도 하구요."

질척거린다. 구구절절 말이 길어지고 있다. 이렇게 되려고 시작한 관계는 아니었다.

"그럼 시간을 좀 가진 후에 다시 연락합시다."

"알았어요."

선주가 잔뜩 섭섭한 표정으로 자리에서 일어나 인사를 하고 나갔다. 그는 긴 한숨을 쉬었다. 잇지 말았어야 할 인연이 었는지도 모른다.

하지만 그녀를 통해 알아낸 정보가 꽤나 유익했다. 그걸 이미 흥신소와 고용한 탐정에게 넘겼다. 그들이 열심히 움직인다면 어떤 식으로든 정보가 들어올 것이다.

그게 뭘까? 분명히 아버지가 갖고 있던 어떤 결정적인 자료와 일치하는 것 같은데. 그 자료 때문에 어머니가 죽었다. 문 의원 혹은 야당 측 의원 중 누군가가 손을 써서 어머니를 살해했을 가능성이 높다. 그 기밀문서가 무엇인지 알아야 한다.

그는 퇴근 시간이 될 때까지 몇 가지 간단한 작업을 마무리 짓고 6시가 되었을 때 퇴근 준비를 서둘렀다. 지령이 군대에 있기 때문에 이젠 지안의 집으로 찾아가는 게 여러모로 둘의 만남을 은폐하기 좋을 것 같아서 그녀의 집으로 가기로 했다.

지안이 기지개를 켜고 찌뿌드드한 몸을 좌우로 틀었다. 차에 타자마자 시동을 걸고 후진하는데 누군가 나타났다. 놀라서 브레이크를 밟아 차를 세우고 차창을 내리자 선글라스에 모자를 깊게 눌러쓴 종석이 손을 흔들어 보였다.

"선배님?"

"집에 가?"

"네, 여긴 어떻게?"

"집까지 같이 가도 돼? 고민 상담!"

"타세요."

종석이 곁으로 와서 보조석 문을 열고 옆자리에 앉았다. 그녀는 바로 가속페달을 밟아 집으로 향하기 시작했다.

"운전도 잘하고, 참 매력적인 여자네."

"쓸데없는 소리 하지 말고 목적을 말해요. 목적."

"좀 골치가 아파서."

"뭐가요?"

"여자 주연하고 트러블이 좀 생겼어. 그 일로 여자 주연이 영화를 접네 마네 하는 지경이고…… 난 사실 그렇게 무책임한 여배우는 살다 살다 처음 봐. 나이도 나보다 많이 어린 편이라 한소리 했을 뿐인데, 그 일로 이를 득득 갈면서 날 싫어하잖아."

"음, 충고를 했는데 그걸 듣고 열폭했다. 뭐, 그런 얘기군요."

"응, 좋은 의도에서 한 말이기도 하고 남자와 여자가 서로 합이 잘 맞아 들어가야 영화도 더 좋게 나올 거 아니야? 그래서 더 열심히 해 보자는 의미에서 그렇게 했던 건데, 왜 그렇게 불같이 화를 내는지. 마치 자존심에 구멍이 뚫린 사람처럼 난동을 피우면서 예민하게 구는데…… 그 여자 때문에 촬영은 계속 지연되고 있고……. 미칠 노릇인 게 스태프들은 나한테 가서 사과를 하라는 분위기를 만드는 거야."

"그 사람…… 아이돌인가 보군요."

"아이돌까지는 아니더라도 팬덤이 두터운 애야. 아역 배우로 시작해서 연기 생활이 꽤 길거든. 아역 배우일 땐 차라리 연기를 잘했는데 지금은 역변했는지 연기가 영 이상해. 감정도 제대로 잡지를 못하고 계속 감독한테 트집 잡히는 중이었거든."

"뭐가 최선인지는 선배님도 잘 알잖아요."

"그래, 가서 사과하면 그만인데…… 난 그게 싫다고. 그 애,"

버르장머리를 고쳐 놓고 싶은 것도 있어. 하지만 여주인공이 그 애인 이상 난 더 이상 여주인공한테 어떤 애정도 생기지 않을 것 같아. 그래서 감독한테 시나리오 변경도 요청해 둔 상황이야."

"시나리오 변경까지 요구했다는 건 아무래도 감독님 입장에서는 가장 터부시하는 부분을 건드린 것 같아서 더 밉상 대접을 받겠는데요?"

"그렇게 내가 쫓겨나는 수순을 밟는 건가?"

"거의……."

"하아, 미치겠다. 정말……."

종석이 긴 한숨을 쉬면서 이마를 싸쥐고 한동안 아무런 말도 하지 않았다.

"네가 그립다. 너…… 진짜 연기 안 해?"

"하면 누가 써 주나요? 저 요새 가게를 두 개로 늘려서 정말 정신없어요. 그냥 이대로 행복하게 살도록 둬 주세요."

"아무런 답도 없는 일에 매달리려니 정말 골치가 아파 죽을 맛이야."

여기서 그에게 어떤 위로의 말을 해 줘야 할까. 지금까지 그런 경험이 없기도 했다. 게다가 그런 쪽은 건너 건너 들은 이야기가 태반이었다. 그래서 어떻게 하면 상황을 조금이라도 유리하게 바꿔 놓을 수 있는지 조언하기 어려웠다.

"참, 그 사람은 이제 안 오나?"

"누구요?"

"매일 출근하던 사람."

"아, 한 6개월 전부터 안 오더라고요. 얼핏 들으니 다른 여자가 생겼다는 것 같던데요?"

"그런 경우도 있구나. 그래도 꽤 오래 너한테 관심을 보이기에 결국 그 사람하고 잘되겠거니 했는데."

"잘되진 않죠. 제가 마음이 없는데……."

"그렇지. 그 사람은 여전히 연락 두절?"

"네."

"미련하다. 너도 이제 딴 놈 만나. 뭐하러 기다려? 제대할 동안 기다려 준 걸로 됐지, 뭘 더 기다리냐? 이건 좀 아니지."

지안은 그저 맥없이 웃기만 했다. 아니라는 걸 알았다. 하지만 딱히 그 사람 외에는 마음이 끌리는 사람도 없거니와 몇 년이 지나든 태경과는 한 번쯤 만나야만 한다는 생각이 강했다.

끝을 보지 않았음에 무엇보다 미련이 깊어서 꼭 그 사람을 보고만 싶어진 것이다.

다시 만났을 때 아무런 감흥이 없다면 영영 작별을 하면 그만이었다. 하지만 다시 만난 순간에도 그 사람이 여전히 좋고 심장이 뛴다면 조금만 더 만나 보고 싶어졌다.

"그래도 만나 봐야 할 것 같아서요."

"만약에 말이야……."

그때 지안은 차를 단독주택 앞에 세웠다. 그녀는 아직도 감 의원이 빌려준 집에서 살고 있었다. 지령이 제대하면 가게 근처로 이사를 갈 예정이다. 하지만 지금은 이사를 할 생각이 없다. 지령도 그녀도 아직까지는 이 집이 편했다.

시동을 끈 지안이 그를 빤히 쳐다봤다.

"만약에 뭐요?"

"난 너한테 어떨까?"

종석의 갑작스러운 고백에 괜히 웃음이 터져 나왔다.

"네?"

"웃지 말고. 나 지금 정색한 거 안 보여?"

"와아, 글쎄요. ……한 번도 생각해 본 적 없어서…… 뭐라고 답을 해야 할지."

"뭐? 야! 어떻게 그래? 나야, 나…… 강종석! 영화배우이자 한류 스타 강종석! 네가 신인일 때부터 엄청 인기몰이를 하던 남자."

"네, 알았으니까 그만 말해요."

웃으며 답하자, 종석이 다시 한번 물었다.

"정말 나는 영 별로야?"

"그런 게 아니라…… 아니요. 그냥 솔직하게 말한다면……."

똑똑.

갑자기 누군가 차창을 두드리는 바람에 둘 사이에 감돌던 진공과도 같은 팽팽한 공기가 일순 흩어졌다. 두 사람이 동시에 고개를 돌려 창 쪽을 쳐다봤다. 지안이 누군가 싶어서 천천히 차창을 내린 순간 심장이 쿵 하고 떨어지는 소리를 냈다.

"아…… 태경 오빠!"

"뭐하냐?"

태경이 입가에 미소를 띤 채 그녀를 쳐다보더니 안쪽에 앉은 종석을 한 차례 보곤 미간을 살짝 좁혔다.

"딱히 뭘 하는 건 아니고…… 잠깐만요."

지안이 차 문을 열고 내리는 순간, 종석도 덩달아 차에서 내려섰다. 태경이 한 걸음 뒤로 물러서면서 세 사람이 한 장소에 둥글게 선 듯한 구도가 되었다. 지안이 태경을 반갑게 맞으며 물었다.

"늦은 시간인데 어쩐 일이에요?"

"한 시간 정도 기다린 것 같아. 그런데 옆에 계신 분은……."

"아, 인사하세요. 제가 연기 초년병일 때 여러모로 도움을 줬던 연기 선배죠. 강종석 씨예요. 종석 선배, 이쪽은 감태경 씨예요. 어릴 때부터 꽤나 저한테 많은 영향력을 줬던 잘 아는 오빠예요."

두 남자가 악수를 하고 어색한 미소를 나누며 한 걸음씩 물러났다. 종석이 머쓱해하면서 말했다.

"와아, 영화배우라고 해도 믿을 만큼 잘생겼는데요? 제가 어디 가서 이렇게 겸손해지는 사람이 아닌데 갑자기 되게 겸손해지는 기분인 걸 보면 말입니다."

"감사합니다. 종석 씨 드라마는 가끔 본 것 같군요. 여자들에게 인기가 많던데요."

"아닙니다. 감태경 씨도 연기했으면 금세 슈퍼스타가 됐을 것 같군요. 대단하세요. 이래서 지안이 감태경 씨를 잊지 못하고 그리워했나 보군요."

"제가 그리워했던가요?"

지안이 황당한 표정으로 입가에 어색한 미소를 띠었다. 태경이 손을 뻗더니 그녀의 뒤통수를 자연스럽게 어루만지며 미소를 지었다.

"이제 와서 사람을 속이려고?"

지안의 양 볼이 발갛게 물들어 갔다.

"아니, 그런 게 아니라……."

종석이 고개를 젓더니 택시를 불렀다. 잠시 후 콜택시가 도착했다. 종석이 차에 오르며 그녀에게 곧 전화하겠다 말하고 유유히 사라졌다. 태경이 지안의 목을 팔로 감으며 한마디 했다.

"저렇게 잘생긴 놈을 왜 차에 태워서 집까지 왔을까?"

"으윽, 그런 거 아니에요. 정말…… 항상 이렇게 집 근처까지 와도 콜택시를 불러 타고 갔다고요. 집 안에 다른 남자를 들인 적은 단 한 번도 없어요. 진심!"

태경이 그제야 팔을 풀더니 대문 앞으로 다가가서 발로 문을 툭툭 찼다.

"왜 아직도 아버지 집에서 살아? 기분 나쁘게. 문이나 열어."

지안이 그를 툭 치고 지문 인식 장치에 손을 대 문을 열었다.

"비밀번호는?"

"안 알려 줘요. 제가 그렇게 헤픈 사람인 줄 아세요?"

"뭐야? 왜 갑자기 철벽녀 행세야?"

지안은 피식 웃으면서 집 안으로 들어가 방 불을 켰다. 그가 자연스럽게 안으로 들어오더니 살림살이가 몇 가지 없는 걸 보고 좀 놀란 표정을 지었다.

"짐이 왜 이렇게 없어?"

"이사 갈 거 생각해서 이쪽에 들어올 때 기존에 있던 짐들 중 큰 것들은 다 중고로 팔았어요. 작은 것들만 이리 갖고 들어왔죠. 이사 다니긴 정말 좋은 사이즈라 이 정도가 딱 좋아요."

"술 있어?"

"소주 있어요."

"아니야. 차에 좀 갔다 올게."

그가 잠시 나갔다가 다시 돌아왔다. 태경의 양손에는 양주 두 병이 들려 있었다. 지안이 입가에 미소를 띠고 브랜디를 쳐다보며 말했다.

"그동안 술이 엄청 는 건가요? 그게 아니면 돈이 많아진 건가요?"

"돈도 많아졌고, 술도 늘었지. 안줏거리 있어?"

"기다려요. 뭐라도 해 볼게요."

지안이 부엌으로 들어가 야채를 썰어 샐러드를 하나 만든 뒤 삼겹살을 발갛게 양념해 볶아 내놓았다. 제육볶음처럼 해 놓으면 지령은 세상에서 가장 맛있는 음식이라고 칭찬하면서 미친 듯이 흡입했다. 단 한 번도 실패한 적 없는 맛이기에 자신 있게 그의 앞에 내민 뒤 편한 차림으로 갈아입고 나왔다.

실내조명을 다 끄고 스탠딩 조명만 은은하게 밝혀 둔 뒤 그녀는 휴대폰에 모아 놓은 음악을 재생시켰다. 그는 이미 스트레이트잔에 술을 채워 그녀에게 내민 뒤였다.

"전 스트레이트 하면 확 갈 텐데."

"업어 갈 사람 있는데 뭐가 걱정이야?"

지안이 눈매를 가늘게 뜨고 그를 노려보며 구시렁댔다.

"그러니 걱정이죠. 얼음 갖고 올게요. 온더록스로 마실래요."

이렇게 정신없이 들이붓다가는 그와 무슨 대화를 했는지 아무것도 기억하지 못하고 쓰러질 게 뻔했다. 그게 싫어서 그녀는 재빨리 온더록스잔에 얼음을 채우고 양주를 조금 부었다. 한 모금 홀짝거리며 마시자, 그는 금세 반을 비운 후 이야기를 시작했다.

"너의 의사와는 상관없이 네 아버지의 사건에 대해 조사를 좀 해 봤어."

그에게 미안한 마음이 들었다. 그런 조사는 그녀가 했어야 되는데, 아버지가 너무도 괘씸해서 그런 마음이 들지를 않았다. 억울함을 호소하며 울고불고해도 시원찮은 마당에 아버지는 너무도 태평했다. 그저 그녀에게 입을 꾹 다물고 절대 발설해서는 안 되는 일이니 연예인 따위는 그만두고 쥐 죽은 듯이 살라는 조언만 했다. 그녀가 원하는 답은 따로 있었는데, 아버지는 다른 말로 그녀의 가슴에 돌이킬 수 없는 창을 박았다. 그래서 더 이상 그 사건에 대해 알아보고 싶지도 않았다. 억울한 당사자가 억울한 일이 아니라고 하는데, 파헤쳐야 할 게 무엇인가.

"굳이 그러지 않아도 됐는데……."

"뭔가 자꾸 뒤가 켕기는 게 있어서 말이야. 나도 범인으로 지목받은 네 아버지가 끝끝내 관심 없어 하는 일이라 관심 끄고 있으려고 했는데, 아무래도 너무 걸리는 게 많은 거지. 특히나 우리 아버지가 연루되어 있다고 생각하니까 쉽게 정리할 수가 없더라."

"내막에 대해 뭐라도 알아냈나요? 너무 깊이 감춰 놓은 애기라 쉽게 알아내기 어려웠을 것 같은데요."

"그 말도 맞아. 이제 겨우 그림자 혹은 그 끄트머리를 찾아낸 듯한 기분이야. 이렇다 할 만한 속 시원한 단서가 하나도 없어. 이순철의 행방은 여전히 오리무중이고. 아무래도 그 사람은 어딘가에서 죽었고 시신이 발견되지 않았거나 발견되어도 가족이 없는 누군지 모를 사람으로 처리되었을 가능성이 커. 무연고 시신으로 처리됐다면, 우리가 아무리 알아낸다고 해도 밝힐 수가 없지."

"그렇겠죠. 이순철에 대해 알아내는 건 중단해야겠군요."

"그렇지. 이젠 거의 포기한 셈이고. 네 아버지의 측근 중 스스로 나서서 양심고백을 할 사람이 있지 않고서야 대체 뭐가 감춰져 있는지를 확인할 길이 없는 거지. 원철 쪽 최 상무라는 사람도 수소문해서 만나 봤어."

"만났어요?"

"그 사람은 그런 일로 정치계에서 거물로 대접받는 사람의 와이프를 죽일 만한 깜냥이 안 된다고 하더라. 아무리 자신이 대기업 안에서 힘깨나 쓰는 위치라고 해도 여당에서 여전한 세를 과시하는 아버지를 협박할 만한 배짱은 없다고. 마음속에 응어리는 남아 있고, 그 교통사고 건에 대해 울화가 남긴 했지만 이미 그 정도 세월이 흐른 뒤이기도 했고. 게다가 그 사람은 이미 새로운 가정을 꾸리고 잘 살아가는 중이기 때문에 그때의 사건에 대해서는 더는 회상하고 싶지 않다고 하더군."

그렇다면 최 상무는 그 사건과 아무런 연관도 없다는 얘기다. 그렇다면 대체 어떤 연유로 아버지는 왕 여사를 살해하라는 지령을 내린 걸까? 대체 배후가 누굴까?

"결국 찾아야 하는 건 그 기밀문서야. 그 문서 때문에 어머니가 살해당했다고밖에는 생각이 안 들어."

"그게 실은……."

지안은 하와이에 가서 한 일에 대해 그에게 사실대로 말했다. 그러자 태경이 하얗게 질린 낯빛으로 그녀를 쳐다보더니 자리를 박차고 일어나 머리칼을 신경질적으로 쓸어 올렸다.

23

"아버지가 너한테 그런 제안을 했고, 가지 않으면 무사하지 못할 거라는 협박도 했다는 거지? 그 대가로 이 집을 빌려주고 네 동생 학비를 대 주며 안전하게 학교에 다닐 수 있게 해주기도 했고."

"네…… 그래서 하와이에 1년간 아무 걱정 없이 머물다 올 수 있었던 거예요."

"문세호 의원의 아들 문창중을 마약 소지 혐의로 잡혀 들어가게 했다는 건가? 그 때문에 문세호 의원에 대한 지지도가 바닥까지 떨어지고 아들에 대한 대국민 사과 연설까지 해야 했잖아?"

"맞아요. 그랬죠. 아마 그 일로 감 의원님은 원하는 걸 얻었을 거예요. 대권 후보 등록을 앞두고 벌인 일이니, 문 의원 후보 측에는 치명타가 되었을 테고요."

"아버지는 대체 그 기밀문서를 어디에 감춘 걸까? 그걸 알아내는 게 가장 큰 문제군. 어떤 단서라도 있어야 찾아내는데."

"최 기자님은 뭐라고 하나요?"

"알아보곤 있대. 하지만 본인들이 드러내지 않기 위해 은폐한 거라면 누군가 그걸 갖고 나오지 않는 한 발견하기 힘들다는 거지."

"우리같이 평범한 사람들이 할 수 있는 일은 아니겠네요."

"아무래도…… 아버지가 그런 걸 집안에 감춰 놓을 리도 없으니까……."

잠시 대화가 끊겼다.

"그런데…… 넌 연애라도 하는 거야?"

"풋! 말했잖아요. 그럴 여유가 없다고."

"그래서? 식당은 잘되어 가고 있고?"

"네, 몇 달 전에 2호점 오픈했고 수입도 두 배가 넘으니 가히 성공적이라 해도 좋겠죠. 게다가 신비주의까지 더해져서 손님들이 더 찾기도 해요."

"신비주의라니?"

"제가 운영하는 식당인데, 언론에 나오려 하지를 않으니 직접 가서 보는 것 외에는 수가 없거든요. 게다가 음식이라도 먹어야 육성 인터뷰라도 해 주니 찾아오는 수밖에 없는 거죠. 그래서 그런지 손님들이 더 많아져서 본점은 줄 서서 먹는 분위기까지 조성되고 있어요. 예약제라고 말을 해도 소용이 없고요."

태경이 기분 좋은 미소를 지었다.

"배우는 영영 그만두는 거야?"

지안이 고개를 끄덕거리며 눈매를 휘었다.

"너무 재밌는 일이긴 하지만 아버지 일이 해결되지 않으면 아무 소용도 없는 일이라 그만하는 게 맞는 것 같아요. 그와 같은 수모를 매 순간 겪으며 악플과 언론의 뭇매를 견디는 건 못 할 짓이거든요."

다시 빈 잔에 술을 따랐다. 지안은 천천히 술잔을 입에 대

얼음에 충분히 희석되고 차갑게 얼어붙은 양주를 입 안에 흘려보냈다. 오랜만에 느끼는 여유가 좋았다.

"오빠는 어떻게 지냈어요?"

"맞선도 봤고……."

"곧 결혼인가요?"

이젠 놀랍지도 않았다. 그는 태일의 결혼에 대해 얘기를 해 주고 그 자신의 맞선에 대해서도 설명을 했다.

"감 의원님과 병원장이 모종의 협의가 있었다는 거네요. 그렇게나 치부가 많은 신붓감을 아무런 거리낌 없이 며느리로 받아들인다고 한 걸 보면 나같이 평범한 사람이 생각해도 영 어색하긴 하군요. 뭔가가 있어 보여요."

"알아보려고 이리저리 머리를 굴렸지만 이렇다 할 만한 결과물은 나오지 않아서 그만하려고. 제대로 은폐를 했기 때문에 뭔가를 찾아내기가 정말 어려워. 그런 면에서 어른들이 얼마나 대단한 사람들인지에 대해 다시 한번 놀라게 된다. 대체 뭔 사건을 그렇게까지 조작을 하는 건지."

이래서야 아버지의 억울함을 만천하에 알리는 건 어림도 없겠다. 미국 정보기관 FBI쯤 움직여야 밝혀지려나.

"좀 더 수소문은 해 볼게. 여기저기 미끼는 던져두었으니, 뭔가 말해 줄 수 있는 양심 있는 사람이 연락을 해 오기를 기다리는 수밖에."

태경이 가만히 그녀를 쳐다봤다.

"자고 갈게."

지안이 놀란 눈으로 그를 쳐다봤다.

"뭘 그렇게 쳐다봐? 오래 참았어. 내 딴엔…… 온 힘을 다해 누른 거었어."

"그렇다고 해도 오빠…… 우리 몇 년 만에 만난 건데……."

"난 어제 헤어진 것 같은데? 그리고 여전히 넌……."

태경이 그녀의 옆으로 다가와 바싹 안더니 눈동자를 지그시 바라봤다. 들여다보는 눈빛에 짙은 격정이 드리워져 있었다. 지안이 천천히 뒤로 몸을 빼면서 볼을 발갛게 붉혔다. 저렇게 사람을 쳐다보는 것만으로도 온몸이 불에 덴 듯 뜨거워진다.

"왜 이래요?"

"피해?"

고개를 돌린 채 수줍게 웃자, 그가 지안의 턱을 살며시 당기며 자신을 바라보게 했다. 그는 그녀와 눈을 맞추고 입가에 미소를 지었다. 지안은 그게 영 어색해서인지, 그를 빤히 바라볼 용기가 나질 않았다. 그의 손을 떼어 내기 위해 자꾸만 잡아서 밀어내기만 할 뿐이다.

"놀리지 말아요."

태경이 더 바싹 얼굴을 들이밀더니 그녀의 눈동자를 뚫어져라 그윽하게 바라봤다.

"놀린다고? 너야말로 내 인내심을 테스트하지 마."

그와 동시에 그녀의 몸이 뒤로 발랑 넘어갔다.

"앗!"

머리가 바닥에 닿으려는 순간 그가 뒤통수 아래로 손을 밀어 넣어 감싸 안았다. 그 덕에 머리를 다치지는 않았지만 아까보다 서로의 간격이 더 위험해졌다.

"아…… 저기…… 오빠?"

"응, 왜?"

"너무…… 가까운데요?"

"가까워져야 할 일을 하지?"

"안 해도 되니까, 좀 떨어져 주지……. 난 정말 마음의 준비도 하나도 안 되어 있는 데다 샤워도 아직……."

"그럼 같이 하면 돼."

"그게 그렇게 간단한……."

"간단해."

그와 동시에 그의 입술이 그녀의 입술을 덮었다. 오랜만에 느껴 보는 사내의 입술이었다. 하지만 예전과 달리 그의 입술은 부드럽고 다정하게 포개짐과 동시에 미묘한 떨림을 동반했다. 그의 입술이 파르르 떨린다. 마치 수줍은 첫 키스를 하는 사람의 입술처럼…….

심장이 미친 듯이 뛰었다. 입술에 익숙한 그의 무게가 실리고 짙은 숨결이 스며들어 오자 각성제처럼 그녀의 안에 감춰져 있던 욕정이 빠르게 전신을 일깨우기 시작했다.

입술을 살며시 벌리자 그의 입술과 혀가 입 안으로 빠르게 밀고 들어왔다. 첫 시작은 느긋했다. 하지만 점차 통제 불능의 감정에 사로잡히며 누가 먼저랄 것도 없이 성마른 손이 서로의 몸을 더듬기 시작했다.

믿어지질 않았다. 손끝에 그의 몸이 느껴지는 것이 현실적으로 느껴지질 않았다. 꿈을 꾸는 듯한 기분에 사로잡혔다.

심장이 정신없이 뛰고 숨을 쉴 수가 없었다. 아득한 감각에 사로잡혀 그의 혀를 깊게 빨아 당기며 미친 듯이 삼켰다. 그의 손이 배를 부드럽게 어루만지다가 입고 있던 상의 자락을 천천히 들어 올려 안쪽으로 손을 밀어 넣기 시작했다. 맨살에 그의 손이 닿자 몸이 떨려 왔다.

"하아……."

저절로 더운 신음이 흩어져 나왔다. 온몸이 저릿하고 열병에 걸린 사람처럼 현기증이 찾아왔다. 숨을 몰아쉬면서 허리를 비틀며 주체할 수 없는 감정에 사로잡혀 신음을 내뱉었다. 그가 입술을 떼어 내더니 그녀의 목덜미를 핥으며 꽉 쉰 음성으로 말했다.

"너한테서…… 달콤한 냄새가 나는 거 알아?"

그가 깊게 숨을 들이쉬며 그녀에게 말했다.

"이 냄새가…… 미치도록 그리웠어."

혀가 나와 그녀의 목덜미를 할짝거리기 시작했다. 혀가 목덜미를 맴돌다가 귓불로 올라가 귓바퀴를 핥았다. 뜨거운 전

율 때문에 몸이 저릿하며 더 크게 들썩거렸다.

"오빠아아……."

가슴에 그의 손이 닿았다. 브래지어를 언제 풀었는지는 기억도 나질 않는다. 그의 손이 밀고 들어와 가슴을 세게 움켜쥐더니 위아래로 치대기 시작했다. 치대는 동작에 유두가 꼿꼿하게 솟구쳐 나왔다. 그러자 솟아난 유두를 그의 손가락 끝이 슬며시 잡아 좌로 비틀다가 다시 우로 비틀어 댔다. 그녀는 견딜 수 없는 쾌락에 몸을 떨면서 그의 어깨를 꽉 움켜쥐었다.

"하아, 하앗……."

삼각지 안쪽 깊은 곳에서 뜨거운 물기가 느껴졌다. 무언가 흘러내리는 감각이 느껴져 저절로 다리가 움츠러들었다. 가슴을 마음껏 희롱하던 그의 손이 천천히 미끄러져 내려가 이번엔 바지 속으로 들어왔다. 안으로 파고들어 온 손가락이 더운 열기를 뿜는 습지를 부드럽게 더듬더니 앞자락에 자리한 열매를 슬며시 어루만지며 자극하기 시작했다.

"하웃, 하아…… 오빠아아……."

저릿한 쾌감에 머리가 얼얼해져 갈 무렵 그의 손가락 끝이 열매를 빠르게 치대고 비틀었다. 그러더니 손가락은 물기를 타고 웅덩이처럼 물이 고인 곳으로 미끄러져 내려갔다. 손가락이 안쪽으로 슬며시 파고들어 가 이내 그녀의 속살을 긁어대기 시작했다.

"아아, 하아…… 하아아……."

눈을 반쯤 떴다. 흐릿해진 화면 속에 그가 보인다. 뿌옇게 영상 처리를 한 감각적인 영화를 보는 듯한 착각이 일었다. 그녀는 그의 뺨을 어루만졌다. 면도를 했을 텐데, 그새 수염이 면도한 자국을 지우기라도 하듯 까칠하게 돋아났다.

그 사람이 자신을 어루만지며 물고 빨고 느끼고 있다. 꿈만 같다. 그와 꿈속에서 만나는 일은 종종 있었지만 이렇게 실제로 그를 만지며 느끼는 일이 이렇게나 빨리 찾아오게 될 거라고는 생각해 보지 못했다.

그리웠다. 그리웠노라 솔직히 고백한다면, 그는 나무랄 것이다. 왜 먼저 찾아오지 않았는지를 묻겠지. 왜 참고 견뎠느냐고 묻겠지. 하지만 아버지의 무죄가 확실한 게 아니라면 여전히 그녀는 감씨 인가에게 죄인이었다.

어찌 되었건 그들의 어머니이자 아내였던 안주인을 무참히 살해한 용의자로 아버지가 모든 걸 자백하고 수감되었으니까.

그와는 행복한 끝을 그릴 수가 없다. 영원히.

그래서 또다시 만난 이 순간마저 지안은 너무 슬펐다.

행복한 끝을 꿈꿀 수 없는 이 관계가 언젠가는 다시 고비를 맞게 될 테고, 그런 과정에서 서로 지쳐 끝내 결별의 절차를 밟게 될 게 너무도 뻔하니까.

#16

하얀 나신에 땀방울이 맺혀 전신에서 윤기가 흘러내린다. 하얀 젖가슴이 위아래로 정신없이 퉁겨져 올라갔다 내려오기를 반복했다. 그의 페니스를 깊게 빨아들인 그녀의 속살이 그를 완벽하게 휘감아 강하게 옭아매는 통에 그는 정신이 혼미해져 감을 느꼈다.

완벽한 섹스였다. 부족함이 조금도 느껴지지 않는 그런 완벽한 섹스.

그는 밭은 숨을 몰아쉬며 그녀의 상체를 들었다 놓기를 반복했다. 그는 소파에 앉아 있고, 지안이 그 위에 올라탄 듯한 자세로 몸을 들썩거리는 중이었다.

　그럴 때마다 둥글고 정확한 원을 그리는 그녀의 완벽한 젖
가슴이 위아래로 부풀었다 떨어지는 장관이 연출되었다. 그녀
의 가슴에 맺힌 붉은 유두가 더욱 발갛게 도드라지는 것이 보
였다. 한겨울에 피어난 붉은 꽃을 보는 것만 같았다.

　하얀 나신은 붉게 달아올라 열기를 뿜어 대고, 붉어진 입술
에서는 연신 도도한 그녀와는 어울리지 않는 교성이 끊임없
이 흩어져 나왔다. 그럴 때마다 흥분한 그의 페니스는 더 급
하게 그녀를 몰아붙였다.

　치덕거리는 요란한 소리와 함께 살이 부딪치는 소리가 한
결 강렬해져만 갔다. 지안이 목을 뒤로 젖히며 몸을 떨었다.
그는 지안의 풍만한 가슴을 손안에 움켜쥐고 슬며시 비틀며
자극했다. 그러자 안쪽에 갇힌 그의 페니스에도 비슷한 압력
이 가해졌다.

　"하웃, 하아…… 하아……."

　그녀의 숨소리가 한층 더 높아졌다. 그는 페니스를 빼내고
그녀를 일으켜 세웠다. 그대로 그녀에게 소파 등받이를 쥐고
허리를 굽히게 했다. 엉덩이가 불룩 솟구쳐 나오자 그는 그녀
의 엉덩이를 손으로 감아쥐고 서서히 페니스를 젖은 속살 안
쪽으로 밀어 넣기 시작했다.

　"아앗! 으웃!"

　지안이 진저리를 치며 몸을 떨었다. 하얀 나신이 밖에서 새

어 들어오는 은은한 불빛을 받아 빛났다. 그는 마른침을 꿀꺽 삼키며 그녀의 어깨를 잡아 살며시 일으켰다. 그녀의 목덜미에 입을 맞추면서 그는 허리를 빠르게 튕겼다.

질척거리는 소리와 함께 탁탁탁, 서로의 살이 마찰하는 소리가 강하게 울렸다. 그럴 때마다 그녀가 다리를 부르르 떨면서 물기를 흘렸다. 그는 기쁜 미소를 지으며 고개를 뒤로 젖힌 채 그녀의 가슴을 양손에 쥐고 진동을 일으키듯 두 배 이상 빠르게 흔들었다.

"아악, 아아악! 아훗! 읏!"

몸을 떨며 괴로워하던 그녀가 진저리를 치다 풀썩, 소파 위에 무너졌다. 그는 그런 그녀를 봐줄 마음이 전혀 없는 사람처럼 이내 몸을 돌려 다리를 활짝 벌리게 하고 그녀의 발갛게 달아오른 속살에 페니스를 밀어 넣었다. 그는 한쪽 무릎을 소파에 걸친 채 그녀의 안쪽을 빠르게 정복해 갔다.

밀어붙이고 빠져나올 때마다 그녀가 밭은 숨을 내쉬며 고통과도 같은 쾌락에 신음 소리를 토해 냈다. 자신이 그녀를 얼마나 강하게 원했는지 아마도 그녀는 알지 못할 것이다.

하지만 근본적인 문제가 해결되지 않은 상태에서 지안에게 어설픈 마음을 드러내고 싶지 않았다. 그녀가 당하게 될 일들이 이미 빤히 보이니까.

태경이 결혼을 진행하지 않겠다고 선언함과 동시에 아버지는 곧장 지안을 압박할지도 모른다. 그러기 전에 그에게 아버지를 압박할 만한 카드가 필요했다.

허리가 부서질 듯 움직이자 당장이라도 터질 듯한 쾌락이 찾아왔다. 그는 재빨리 페니스를 빼내고 그녀의 배 위에 정액을 쏟아 냈다. 그는 준비해 온 티슈로 정액을 닦아 내고 허리를 굽혀 녹다운된 그녀의 이마에 입술을 지그시 눌렀다.

"괜찮아?"

지안이 나른한 눈빛으로 그를 올려다보면서 피식 웃었다.

"죽지는 않아요."

"다행이네. 좀 쉬었다가 2라운드 들어가자."

"아니에요. 저…… 정말 마음의 준비가……."

"그게 뭐가 필요해?"

"아니에요. 필요해요. 이건 정말 쇼킹 그 자체라고요."

지안이 벗어 놓은 옷가지를 집어 가슴과 아래를 가리며 욕실로 사라졌다.

그는 피식 웃으며 벗어 놓은 팬티와 바지를 입은 후 냉장고에서 생수를 꺼내 정신없이 들이켰다.

세간이 너무 단출하다. 어떻게 이렇게까지 아무것도 없을까? 이사를 다닐 각오를 하고 짐을 줄였다고 생각하니 마음이 좋지 않았다.

그는 생수를 내려놓고 소파에 앉아 남은 양주를 한 모금 더 마셨다. 그러자 욕실 문이 열리고 목욕 가운을 입은 채 나오는 지안이 보였다. 그의 페니스에 다시 힘이 실렸다.

그가 입술 끝을 휘어 올리면서 말했다.

"그런 걸 왜 입어? 넌 벗어야 더 좋아."

지안이 그를 슬며시 노려봤다.

"무슨 소리를 하는 거예요? 서로 대단히 잘 아는 사이도 아닌데…… 그건 좀 아니죠."

"섭섭한 소리를 하네."

"기다려요. 이불 갖고 올게요."

"왜?"

"자고 간다고 해서 그러는데요?"

"됐어. 네 옆에서 잘 거야."

"오빠랑은 절대로 같이 안 잘 거예요. 또 무슨 짓을 당하라고. 방심해서 해 버렸지만 두 번은 안 돼요!"

"갑자기?"

"이젠 허투루 안 할 거예요. 아깐 정말 준비도 안 된 데다 오빠가 반가워서 저도 모르게 홀린 거였지만 두 번은 허용하지 않겠어요. 오빠는 곧 다른 사람 만나 결혼하세요. 그리고 우린 그냥 아는 사이로 지내는 편이 서로 좋을 것 같아요."

그 편이 낫다. '아는 사람' 정도로 선을 그어 놓으면 더는 그녀에게 기대하지 않게 될 테고, 욕심도 부리지 않게 될 것이다. 그러니 그 정도로 해 두는 게 맞다. 오늘은 특별한 날이니까, 한 번 정도야 이런 일을 받아들일 수 있지만 여러 번은 안 된다고 그렇게 선을 그어 놓으면 서로 안전하다.

서로를 위해 항상 일정한 거리를 두고 바라보기만 하는 관계를 유지한다면, 안전하겠지.

그런데 그는 이제 그럴 수가 없다. 그렇게 할 수가 없었다. 지안을 만나지 않은 기간 내내 그녀가 그리워서 견딜 수가 없었는데도 참고 견뎠다.

스스로가 인정하는 선까지 올라가지 않으면 절대로 지안을 만나지 않겠다고 자신에게 최면을 걸어 두었다. 자신과의 약속을 어기는 남자를 어떤 여자가 믿고 사랑하겠는가.

그 역시 그녀가 저렇게 선을 그으려는 이유를 안다.

씻지 못할 지안 아버지의 죄, 그로 인한 아버지의 분노와 저주, 지안의 내면에 쌓인 아버지의 언어폭력과 잦은 학대에 대한 과거의 아픔들이 존재하는 한, 선을 넘지 않는 게 서로 행복할지도 모른다.

하지만 그녀를 놓는다고 행복할까? 장담하기 어렵다.

이제 지안이 그와 같은 곳에 없다 생각하면 미칠 것 같았다. 모든 가능성을 이용해 어떻게든 시간을 끌어 지안과 함께 있을 시간을 만든다는 것. 그것이 현재 그가 할 수 있는 최상책이다. 고작 그렇게밖에 못한다는 사실이 분했다.

"지안아, 성급한 판단은 하지 말자."

지안은 대답하지 않고 방으로 들어가더니 이불과 베개를 가지고 나왔다. 그걸 그의 앞에 내려놓은 그녀는 다 포기한 듯한 미소를 띠며 말했다.

"됐어요. 뭘 더 해 보려고 할수록 고통만 늘어날 뿐이에요. 이쯤에서 그만해요. 우리⋯⋯."

"지안아⋯⋯."

"오빠, 나한테 더는 희망을 말하지 말아 줄래요? ⋯⋯희망 고문이 세상에서 제일 잔혹한 고문 같아요."

그는 자리에서 일어나 지안을 품안에 꼭 안았다.

"기다려 보자. 너⋯⋯ 어차피 결혼 생각 없잖아. 나도 결혼 생각 없어. 너와 나, 이제 겨우 스물여섯, 스물여덟 살이야. 서른 중반이 될 때까지 해 보자. 그때까지 뭐라도 나오지 않겠어? 내가 적극적으로 계속 알아볼게. 그렇게 하면 되는 거잖아."

"오빠⋯⋯ 감 의원님 그렇게 호락호락한 사람이 아니잖아요. 저도 문제지만 전 아무래도 지령이가 마음에 많이 걸려요. 그래서 그런 거예요. 지령이 때문에⋯⋯."

"내가 지킬게. 이젠 너하고 지령이, 어릴 때처럼 못 본 척하지 않아. 내가 지켜 줄게. 이제 난 그만한 능력이 있는 사업가야."

그는 몸을 떼어 내고 지안을 쳐다봤다. 그런데도 지안은 고개를 돌려 그를 외면했다. 허황된 희망에 기대기 싫은 것이다.

"혼자 계속 가 볼 생각이잖아, 너! 내가 여기서 그러마, 하고 답한 뒤에도 넌 어차피 날 놓지 못하잖아. 그걸 뻔히 아는데, 고집 피우지 말고. 네가 이러면 내가 너무 쓸쓸해진다는 거 몰라?"

지안은 고집스럽게 입술을 꾹 다물었다. 그를 욕망할 때는 한없이 달콤한 숨결을 내뱉으며 그에게 기쁨을 안기는 사람이 왜 지금 이 순간엔 이토록 단호하게 철벽을 세우는 걸까? 마음이 좋지 않았다. 하지만 밀어붙인다고 될 일도 아니다.

"알았다. 네 말 알아들었어. 그럼 친구 하자."

그제야 지안이 눈을 들어 그를 빤히 쳐다보더니 어색하게 미소를 지었다.

"고마워요. 고집스러운 제 뜻을 받아 줘서……. 그리고 되도록 결혼하세요. 저도 이런 말 하는 거 정말 불편하고 고통스러운데…… 그래야 더는 화마가 들끓는 일이 벌어지지 않을 거예요. 감 의원과의 신경전은 더 이상 하고 싶지 않고…… 일전처럼 그런 이상한 부탁을 들어주고 싶지도 않아요. 오빠 때문에 하고 싶지 않은 일에 타협하는 거…… 정말 싫어요."

그래, 그럴 만도 하다. 항상 위험에 노출된 가련한 여자다. 아버지는 당신 좋을 대로 그녀를 마구잡이로 이용하지 않던가. 그의 고집대로 추진하는 것 자체가 별로 좋은 방법은 아니다.

결혼…… 그걸 해 줄 사람이 있을까? 내연녀로 지안을 감추고 있다는 걸 뻔히 알면서도 결혼할 사람이 과연 있을까?

                    *   *   *

선주가 답답한 얼굴로 아버지의 등을 쳐다봤다.

"약혼하기 싫다니? 왜?"

"대체 뭘 감추고 있는 건데요? 정확히 얘기를 좀 해 주세요.
저쪽에서는 제 과거를 자꾸 문제 삼아요. 결혼해도 달라질 게
없다면, 결혼 후 제가 노예처럼 살아야 한다는 거잖아요. 차라
리 아버지가 가진 그 패를 상대방에게 넌지시 내놓을 수 있게
알려 주세요. 제가 그 집안 사람들에게 그렇게까지 굽실댈 필
요가 없다는 어떤 근거를 아버지가 갖고 계신 거잖아요."

아버지가 뒷목이 당긴다는 표정을 지으며 머리를 좌우로
몇 차례 휘휘 저었다. 그러다 약간 짜증이 난다는 듯이 물었
다.

"감태경이 널 무시하냐?"

무시하진 않지만 지금은 그런 대답이 필요한 순간 같았다.

"네, 상대방은 아니라고 하는 것 같은데 전 그렇게 느껴요.
그 사람이 워낙 잘나기도 했지만, 제가 죄책감 때문에 그런지
몰라도 늘 그 사람 말에 상처받아요."

아버지는 한참 동안 말을 아끼다가 결심이 선 사람처럼 입
을 열었다.

"감 의원이 갖고 있으면 누군가의 목줄을 쥘 만한 사망 진
단서를 내가 갖고 있다. 아주 중요한 단서이기 때문에 감 의

원이 너와의 결혼을 추진해서라도 그 사망 진단서를 취하려 하고 있지."

그래서 결혼이라는 카드를 내놓은 거구나. 자기 아들을 볼모 삼아서라도 그 사망 진단서를 손에 넣어야겠다는 건가?

"그렇다면 그 진단서 때문에라도 전 당당하게 어깨를 펴면 되겠군요."

"물론이지. 기 죽을 이유가 없다. 그쪽에서는 우리 요구에 무조건 따를 수밖에 없지. 상대편에서 사망 진단서를 차지하려고 혈안이 되면 감 의원은 가장 유력한 증거물을 잃게 되거든. 그러니까 어떻게든 지키려 안달하는 거겠지. 난 아직 중립이야. 내가 태도를 모호하게 하니까 감 의원으로서는 불안할 수밖에."

"그것 외엔 더 없죠?"

"뭐가 더 있겠어?"

아니, 저게 다가 아닐 거다. 감태경의 모친을 살해한 일과 관련된 어떤 자료가 하나 더 있을지도 모른다. 그게 뭔지는 물론 태경이 알아내야겠지만.

"그럼 이 결혼은 무조건 성사되겠군요?"

"당연한 얘기야. 감 의원 입장에서는 입이 바싹 마를 일이니까."

"그럼 그렇게 알고 있을게요, 아버지."

아버지에게 인사를 하고 자신의 침실로 가려는데 휴대폰이 울어 댔다. 태경이었다. 보나마나 약혼 파기에 대해 재촉하려는 말을 할 게 뻔해서 전화를 받고 싶지가 않았다. 그때 문자가 들어왔다.

[할 얘기가 있습니다.]

2년 가까운 시간 동안 얼굴을 보면서 대화도 하고 술도 마셨는데, 그는 무척이나 예의가 바른 사람이었다. 물론 지나칠 정도로 사무적인 태도를 초지일관 유지해서 속상하게 한 일이 한두 번이 아니긴 했다.

게다가 너무 거리를 두려는 게 확실하니 마음이 계속 불편했다.

그런 것 외에도 여자로서 자존심 상하는 일도 많았다. 그는 그녀를 여자로 대하려 들지 않았다. 여자로 대우해서 할 만한 모든 매너 있는 행동을 그녀에겐 해 주지 않았다. 철저히 사무적인 사람이었다.

그녀는 낮게 한숨을 쉬고 2층 테라스로 나가서 그에게 전화를 걸었다.

"여보세요?"

─바쁜 건 아닌가요?

"아니에요. 집이에요. 말씀하세요."

─집 근처 호프집입니다. 가게 이름을 알려 줄 테니 그쪽으

로 와 줄래요? 30분 정도만 시간을 내 주면 됩니다.

"알았어요."

이렇게 말하면 그는 정확히 자로 잰 듯 30분만 채우고 일어 난다. 그녀가 더 마시고 싶다고 말을 해도 그는 그럴 생각은 없다는 듯 그녀에게 혼자 마시고 가라며 계산을 해 주고 가려 고도 했다. 같이 있기 위해 시간을 끄는 건데, 그는 모르는 척 외면하고 그렇게 가 버린다.

꺾어 보고픈 남자가 눈앞에 나타나서일까? 요새는 다른 남 자들이 눈에 들어오질 않았다. 그러다 보니 자연스럽게 스캔 들은 잦아들고 집에도 일찌감치 들어오게 되었다.

그런 모습을 지켜보면서 부모님은 자연스럽게 태경에 대해 더 좋은 관심을 품게 되었다. 그런데 정작 그는 딴생각을 하 고 있다.

그녀는 옷을 입고 밖으로 나갔다. 어떻게 하고 나가도 그의 반응은 매한가지였다. 예쁘다, 뭐가 바뀌었다, 흔한 인사치레 한 번을 하지 않는다.

여지를 절대로 주지 않겠다는 뜻이겠지.

그래서 꾸미는 데도 그리 열을 올리고 싶지 않지만 그래도 못난 여자라는 인상은 주고 싶지 않았다.

그와 사귀는 척하면서 영어학원도 등록하고 그림 공부까지 시작했다. 그동안 아무것도 하지 않고 아버지 돈으로 흥청망 청 살아왔다. 하지만 이젠, 자신에게 재능은 있었지만 어떤 문

43

제로 인해 놀았다는 변명이라도 하고 싶어졌다.

누군가에게 그런 얘기를 하니 그녀가 사랑이라는 감정을 느끼게 된 것 같다고 했다.

그녀는 코웃음을 쳤다. 고등학교 2학년 때 첫사랑을 만나 섹스를 하게 되었는데 덜컥 임신이 되었다. 엄마는 그 사실을 알고 해외로 그녀를 데리고 나가 낙태 수술을 받게 한 뒤 돌아왔다. 이후 첫사랑은 지방 어딘가로 전학을 가 버렸다.

너무 사랑했다. 그가 그리워서 몇 달을 내리 울기만 했던 것 같다. 그러다 보니 자연스럽게 공부는 내려났다. 대학교도 고3 때 바이올린을 배워 아버지의 연줄로 겨우 입학할 수 있었다. 여전히 그런 비리는 은밀하고 조용하게 횡행하고 있었다. 들키지만 않으면 그만이라는 식이다.

그렇게 무사히 대학교까지 졸업하긴 했다. 그렇지만 공부는 중간에 놔서인지 흥미가 영 생기질 않는다. 그런 그녀가 태경 때문에 공부를 한다는 건 실로 놀라운 변화였다.

이런저런 생각을 하는 사이에 목적지에 도착했다. 태경이 창가 쪽에 앉아 술잔을 기울이는 중이었다. 그녀는 천천히 문을 열고 들어가 태경의 앞에 앉아 인사를 했다.

"왔어요?"

태경이 맥주를 마시다가 입가에 미소를 지었다. 그런 미소조차 진심이 느껴지질 않는다. 그의 마음이 다른 데 있다는 건 처음부터 아는 사실이니까, 이제 와서 무슨 말을 하겠는가.

웃어 줄 이유가 없겠지.

"갑자기 여기까진 어쩐 일이에요?"

"제안을 하나 할까 합니다."

"저한테요?"

"그래요. 약혼 파기에 대해 생각은 해 봤나요?"

그게 먼저구나. 그녀는 가만히 침묵하다가 입을 열었다.

"파기는 안 된답니다."

"무슨 소린가요?"

"감 의원이 꼭 가져야 할 사망 신고서가 아버지한테 있대요. 만약 아버지가 사망 신고서를 폐기하거나 한다면 감 의원은 매우 중요한 증거물을 잃는 거라고 하더군요. 그래서 우리를 부부로 묶어 아버지의 증거물을 완전히 차지할 생각 같아요. 그래서 이 결혼은 우리 쪽이 아니라 감 의원 쪽에서 죽어도 추진할 거라고 했어요."

잠시 태경이 놀란 표정을 짓더니 물었다.

"사망 진단서라고요?"

"네, 누구라고 말은 안 하는데 사망 신고서 얘기를 했어요."

"누가 죽은 건지에 대해서는 전혀 힌트를 얻지 못한 건가요?"

"네, 전혀."

태경이 턱을 손으로 부드럽게 어루만지더니 깊은 한숨과 함께 그녀를 뚫어져라 쳐다봤다.

"그럼 약혼이든 결혼이든 추진은 해 봅시다."

"네?"

"이런 상황에서 어설프게 움직였다간 저나 제 뒤의 그 사람이나 공격당하기 십상이거든요. 선주 씨가 절 좀 도와줘야겠습니다. 야비한 거래라는 건 잘 알지만, 제가 누굴 마음에 두고 있는지 이미 선주 씨는 잘 이해를 하고 있습니다. 그리고 저와 현재까지 문제없이 이 관계를 잘 유지해 준 점을 보고 선주 씨가 적절하다고 느꼈습니다."

"그게 무슨 소리죠?"

"위장 부부가 되자는 겁니다."

"결국엔 그런 거군요. 그 사람을 보호하기 위한 방패막이가 되라는 건가요? 하지만 그렇게 하면 난 뭘 얻는데요. 뭐든 대가라는 건 있어야 하는 거잖아요."

"뭘 원합니까?"

고심하던 그녀가 말했다.

"……결혼 기간 3년은 무조건 보장해 주세요. 그 전에 절대로 이혼해 줄 마음은 없어요. 혼인신고도 해 줘요. 완벽한 결혼을 원해요. 누구도 의심할 수 없는 완벽한 결혼이요."

태경은 한참 동안 아무런 말도 하지 않고 맥주가 담긴 잔의 손잡이를 위아래로 만지작거리더니 천천히 입을 열었다.

"그래요. 단, 저도 조건이 있습니다."

"말하세요."

"위자료는 사전 협의를 통해 없는 걸로 해 두죠. 그리고 서로의 사생활에 일절 간섭하지 않겠다는 약속을 전제조건으로 합니다."

"좋아요."

"만약 지안의 존재가 드러났을 경우에 대해 선주 씨는 뭐라고 할 겁니까?"

고심하다가 그녀는 가볍게 답했다.

"태경 씨와 어린 시절을 같이 보낸 동생 같은 사람이라고 해 두죠."

"알겠습니다. 3년 유지하죠."

태경이 굳은 표정으로 비장하게 말하는 걸 보자, 선주는 기쁘기는커녕 마음이 더 복잡하게 갈라지는 듯한 감정에 사로잡혔다.

"잘 모르겠어요."

그가 그녀를 물끄러미 쳐다봤다.

"전…… 태경 씨한테 분명하게 관심이 있다고 표현을 했는데, 어떻게 상황을 이렇게 만들죠? 결혼까지 해 버리면…… 전 태경 씨를 놓아주지 않을지도 몰라요."

그러자 그가 의외의 말을 했다.

"선주 씨는 의외로 자신의 감정에 매우 솔직한 사람입니다. 그때가 되면 저란 사람에게 지칠 거예요. 좋아하는 마음이 커질 기회가 없는 사람은 결국 절망하고 맙니다. 선주 씨의 기다림은 결국 절망으로 마무리될 거라는 걸 저는 압니다. 기대하고 기다려 봐야 전 줄 수 있는 게 없다는 걸 선주 씨도 알게 될 거예요."

그렇다고 해도 그를 놓아줄 수 있을까? 자신 없다. 좋아하는 마음이 더 커질 거라는 생각을 그는 왜 안 하는 걸까? 그런 마음이 그녀에겐 걸림돌인데, 태경은 이미 모든 시작과 끝을 다 알고 있는 사람처럼 굴었다.

"제가 이혼을 안 하겠다고 버티면 어쩔 건데요?"

"그것 또한 선주 씨의 결정을 존중하겠습니다. 하지만 전 모든 걸 정리하고 집을 나갈 겁니다. 계약만료와 함께 주변 정리를 할 예정입니다. 법적인 정리를 끝내지 못하는 부분에 대해서는 매우 아쉽게 생각하긴 하지만 어쩌겠습니까? 제가 나쁜 의도로 선주 씨를 이용한 대가가 그렇다면 할 수 없죠."

유구무언이다. 사람을 아무런 말도 하지 못하게 한다.

제게 온전히 맡겨 두겠다는 건가?

그게 더 싫다. 그를 억지로 붙들어 놓을 수는 있었다. 하지만 가질 수 없다는 걸 아는데 이혼을 안 하고 버티는 게 무슨 의미가 있을까?

"이혼은 칼같이 해 줄 테니까, 3년간 저한테 남편으로서 성실한 의무와 자세는 유지해 주세요. 적어도 남들 보는 앞에서만이라도……. 그동안 외도도 안 돼요. 부부로서의 관계는 없겠지만 그래도 태경 씨가 제 남편이라는 걸 다들 아는 상황에서 다른 여자와의 염문설에 휘말리는 걸 듣는 건 그리 좋은 일이 아닐 테니까요."

"그 정도 매너는 지킬게요."

"좋아요. 약혼 준비를 시작해도 되겠군요."

"미안하군요."

"괜한 소리 말아요. 제가 원해서 찬성하는 거니까."

그가 자신의 과거를 온전히 다 안다면 과연 저런 정중한 태도를 계속 유지할 수 있을까?

고등학교 때 첫사랑을 그렇게 떠나보낸 후 강제로 대학에 간 그녀는 그때부터 인생을 막 살았다. 같은 과에 있는 남자 중에 그녀와 섹스를 하지 않은 사람이 없을 정도로 정조 관념이 없는 애로 살았다. 유부남 교수와도 관계를 가졌다. 그냥 남자면 안겼다. 이런저런 걸 재지 않았다.

그렇게 대학 시절을 보내던 그녀는 첫사랑과 맞닥뜨렸다. 친구들과 놀러 가던 비행기 안에서.

지방에 강제로 전학을 가게 된 그 애는 서울에 있는 대학에 입학했다. 그는 사귀는 애도 있다고 했다. 하지만 그날 같은 비행기에서 만난 두 사람은 헤어지지 못했다.

둘은 인근 모텔에서 섹스를 했고, 서울로 돌아간 이후에도 몇 번인가 관계를 지속했다. 그러다 그와 사귀던 여자가 이 사실을 알게 됐고 죽네 사네 한바탕 난리가 벌어졌다.

선주는 그 여자에게 그의 아이를 지운 전적까지 말하며 누가 그의 소유자인지를 명확히 알려 주었다. 그러자 그 여자 역시 지금 제 배 속에 아이가 자라고 있다며 이제 그만 사라지라고 외쳤다. 심지어 남자는 이미 죽은 아이에겐 더 이상 관심을 두지 않았다. 그는 새롭게 자라는 생명을 책임지고 싶어 했다.

그렇게 첫사랑도 짓뭉개졌다. 그녀는 그날부터 미친 듯이 클럽을 찾아갔고, 유혹하는 남자는 무조건 안았다.

그러다 맞선을 보게 되었다. 그녀의 방탕한 사생활과는 상관없이 정중한 태도를 유지하는 태경의 모습은 신선했다. 그래서 전부 참고 견뎠는데, 이 만남의 결론도 그리 깔끔할 것 같지 않았다.

"이만 일어날게요. 아버지한테는 이번 결정에 대해 전달할게요."

"잘 가요. 연락할게요."

데려다준다는 흔한 말 한마디 하지 않는다. 서운한 마음이 들었지만, 그와 3년을 같이 살게 될 걸 생각하면 그리 나쁘지 않았다. 마음 한편이 좀 무겁기는 했지만 괜찮다. 둘 다 서로에게 필요한 무언가를 취하기 위해 맺어진 관계이니까, 3년은 완벽하게 채워질 것이다.

감 의원이 목욕 가운을 입은 채로 담배를 입에 물고 창밖을 내려다봤다. 그는 서울에서 가장 비싸다는 땅에 자리한 아파트 중 꼭대기 층을 구입해 최 마담과의 밀애 장소로 사용 중이었다.

최 마담이 검은 슬립만 입고 그의 곁으로 다가와 허리에 팔을 감았다. 젊고 싱싱한 몸매를 지닌 최 마담은 외모도 영화배우들 뺨치게 아름다웠다. 그런 여자를 온전히 독점한다는 건 그에게 남성적인 힘을 과시할 수 있는 액세서리 같은 것이었다.

어디든 내놓고 자랑할 만한 그녀의 외모와 몸매가 그를 기쁘게 했다. 물론 그런 그녀를 기쁘게 하려면 약물의 도움을 받기는 해야 되지만 최 마담이 만족하니 그걸로 족했다.

"어때요? 아까 좋았어요?"

"나야 항상 만족하지."

"요새 좀 살이 찌는 것 같아 걱정이에요. 저 이러다 덜컥 임신이라도 하면 어째요?"

"그럼 낳아야지."

그가 웃으며 최 마담의 엉덩이를 감싸 쥐었다.

"그럼 결혼도 해 줄 거예요?"

그건 보류다. 그래도 보는 눈도 있는데, 호스티스인 그녀와 결혼을 강행하는 건 아무래도 위험하다.

"내가 정치적으로 어떤 입지인지 알잖아?"

그러자 최 마담이 금세 토라져서 그를 뿌리치고 침대에 걸터앉았다. 다리를 꼬고 앉은 그녀가 싸늘하게 말했다.

"항상 끝이 이래요. 우린…… 정말 기분 별로야. 오빠는 제

몸밖엔 관심 없죠? 그런 거야. 이러다 늙으면 버릴 거잖아요. 또 다른 예쁜 애를 보면 오빠는 또⋯⋯."

그가 다가가 최 마담의 곁에 앉아 그녀의 허벅지를 어루만지며 말했다.

"그럴 리 없잖아. 나를 뭘로 보고 그래. 절대로 그런 거 아니야."

새초롬해진 얼굴로 그를 쳐다보던 최 마담이 입가에 미소를 띠었다.

"뭐, 됐어요. 오빠랑 결혼을 하든 말든⋯⋯ 계속 이렇게 살게만 해 줘요. 그거 외에는 바라는 거 없어요."

그는 이렇게 착한 말을 해 주는 최 마담이 너무 예뻤다.

"너와의 관계는 사실혼이나 다를 바가 없으니 너무 큰 염려는 하지 마. 내가 해 준 이 집에서 우리가 꽤 오래 비밀스러운 관계를 유지하고 있다는 걸 여기 경비들은 알잖아? 언젠간 다보상해 줄게."

요새 최 마담은 계속 그의 아이를 갖고 싶어 했다. 아이를 낳아 주면 결혼도 해 주겠거니 믿는 눈치지만 아이야 호적에 올린다고 해도 결혼은 무리였다.

"참, 나 좀 확인해야 할 게 있는데⋯⋯."

"다녀오세요."

그가 자리에서 일어나 다섯 개의 방 중 하나의 방문을 열었다. 안엔 몇 개의 금고들이 나란히 서 있었다. 그중 감 의원은 세 번째 금고 앞에 서서 비밀번호를 누르고 홍채 인식을 한 뒤 문을 열었다.

금고 안에서 낡은 서류 봉투를 꺼내 들어서 두툼한 자료 여러 권을 펼쳤다. 그는 그중 몇 장을 카메라로 찍어서 누군가에게 발송했다. 잠시 뒤 전화벨이 울어 댔다. 그는 회심의 미소를 지었다.

"네, 문 의원."

—계속 이런 식으로 나올 겁니까?

"아주 재밌지 않습니까? 야당 의원 중 가장 경험 많고 지지하는 유권자가 많다는 세 명의 의원들이 한 짓이 세상에 드러날 때를 한번 생각해 보세요. 흥미롭군요."

—어지간히 하십시오. 이미 20년이나 지난 일이에요.

"그게 다는 아니잖아요. 그리고 그 20년이나 지난 일을 검찰청에서 들쑤셔 보겠다고 나설 분위기를 조성하고 있잖습니까? 게다가 문 의원이 연루된 게 그게 다가 아니잖아요? 문 의원, 박 의원, 최 의원의 비자금 연루와 그 10년 뒤쯤에 일어난 연우각 내부에서 있었던 사건을 전혀 기억 못 하나 봅니다?"

—감 의원!

문 의원이 씹어 뱉었다.

—작작 하시죠. 이미 다 끝난 일입니다. 왜 그걸 굳이 들춰서 애꿎은 사람들이 다치게 하려는 겁니까?

"국민들이 알아야 할 진실이 아닙니까? 아니면 내년 총선에 나가게 될 대권 후보를 바꾸세요."

─그게 말이 됩니까? 이미 한 사람을 밀어붙이고 있는데, 갑자기 바꾸라니요!

"아드님 일을 잊은 겁니까? 이제 더 추잡한 걸 꺼내 들어야 말을 들을까요?"

─아무리 그쪽 후보가 약세라고 해도 이런 식으로 야비하게 나와야겠어요? 적당히 해 둡시다.

"내 아내는! 그렇게 하면 내 아내는 어떻게 되는 건가!"

화가 치민 그가 버럭 언성을 높였다. 그러자 문 의원이 웃어젖히며 말했다.

─미안하지만 왕 여사 일은 정말 모릅니다. 내가 관련된 일이 아니에요. 차라리 저 말고 박 의원이나 최 의원 쪽으로 들쑤셔 봐요. 제가 왜 잘 아는 사람인 왕 여사에게 그런 억하심정을 품겠습니까? 절대로 아닙니다. 그럴 사람이…… 저란 사람은…….

아니, 아무도 믿지 않는다. 의심 가는 인물이 몇 있긴 하다. 잃을 게 가장 많은 사람이 움직였을 가능성이 큰데, 대체 그게 누굴까?

사실 그도 알고 있다. 임성운이 아내를 죽인 진짜 범인이 아니라는 것을. 하지만 어찌 되었건 그자를 불러 명령을 하고 돈까지 준 건 임성운이 맞다. 그래서 임성운을 잡아넣은 거다.

양심 고백으로 감옥에 수감되면 다른 놈들을 건드리지 않겠다고 협박을 해서 회유했다. 임성운은 자신이 키워 놓은 조직원들을 아끼는 마음이 컸다. 그래서 모든 죄를 뒤집어쓰고 감옥에 들어간 것이다.

하지만 사건의 전말은 그게 다가 아니었다. 배후를 찾아야 했다. 하지만 도통 그 배후가 드러나질 않고 있었다. 그래서 여러 차례 문 의원 쪽을 협박했지만 단 한 번도 명료한 답을 들어 본 적이 없다.

"오래됐다고 해도 난 그 순간을 한 번도 잊어 본 적이 없습니다. 지켜보세요. 꼭 갚아 줄 겁니다. 어떻게든."

―그거야 저도 바라는 바지요. 제발 좀 그렇게 하세요. 이렇게 쓸데없는 소모전 좀 그만합시다. 정말 정신적으로 우리도 너무 피곤합니다. 대권 후보는 절대 양보 못 하니 쓸데없는 시간 낭비는 그만하세요.

"끊죠."

죽어도 아니라고 한다. 하지만 그쪽 외에는 의심이 갈 만한 데가 없다. 대체 누가 그런 짓을 한단 말인가. 찢어 죽여도 시원찮은 인간들. 비열하기가 말도 못 할 지경이다. 그가 매섭게 허공을 노려보고 있는데 휴대폰이 울어 댔다.

"여보세요?"

―안 병원장입니다. 선주가 상견례를 하고 약혼식 일정을 잡자고 하는군요. 태경 군이 허락을 했다고 하네요.

안 병원장의 음성이 한껏 들떠 있었다.

사실 한참 모자란 집안과의 혼담이었다. 그로서는 이 결혼을 그만두고픈 마음이 하루에도 열두 번씩 치밀고 올라왔다.

하지만 굳이 강행하는 이유는 연우각 사건과 관련된 사망진단서 때문이다. 안 병원장은 그 진단서를 쓴 인물이었다. 또한, 그 일에 대해 증언할 수 있으며 증거 자료를 내놓을 수 있는 유일한 인물이기도 했다.

그래서 어떻게든 그와의 끈을 붙들어 놓기 위해서 결혼이라는 카드까지 내밀었다. 하지만 그는 그리 달갑지 않았다.

"다행이군요."

그래서 태경이 차일피일 결혼을 미루는 것에 대해 그리 닦달하지는 않았다. 안 병원장에게도 태경의 입장에 대해 대변해 가면서 서로 연애를 길게 하는 게 오래 사는 비법이라는 둥 쓸데없는 소리로 설득까지 했었다. 그런데 태경이 결혼을 허락했다는 건가? 그의 눈매가 천천히 가늘어져 갔다.

─우리 쪽에서는 바로 준비를 할까 하는데, 날짜를 언제쯤으로 할까요? 한 달 뒤쯤으로 하면 좋을 것 같은데. 어떤가요?

"저희도 그렇게 알고 있겠습니다. 모든 건 신부 측에서 알아서 정해 주시고 저한테는 통보만 해 주세요. 모든 비용 처리는 제가 알아서 할 테니까."

─하하하하하, 이거 벌써부터 되게 설레는군요. 이렇게 좋은 혼담이 들어오기도 쉽지 않으니 여기저기서 축하 인사가

쏟아지고 있어요. 우리 모자란 딸을 받아 주셔서 너무 감사합니다.

"모자라다니요. 지금까지 제가 본 것만 보면 매우 조신한 숙녀인걸요."

—아하하하, 그렇습니까? 좋게 봐 주시니 다행입니다. 그럼 준비를 서둘러 보겠습니다.

안 병원장이 인사를 하고 전화를 끊었다. 감 의원은 눈살을 찌푸리며 입술을 아래로 길게 늘였다. 정말 마음에 들지 않았다. 안선주는 희대의 방탕아였다. 고등학교 때부터 문제를 일으켜서 임신을 했고 이후 해외에서 낙태까지 했다는 정보도 있었다. 심지어 그 이후 얼마나 많은 남자와 잠자리를 가졌는지 그 수를 헤아리기 힘들 정도라고도 했다.

그런 애한테 아들을 주려니 감 의원은 배가 아팠다. 위액이 목구멍 바로 앞까지 찰랑대는 것 같아 미식거렸다.

"정말 별로야. 원하는 걸 얻으면 내쫓아 버려야지. 일단 임신은 못 하게 해야겠군."

그런 여자에게서 손주를 보고픈 마음은 없었다. 절대로.

* * *

친구라는 둥 하지 말아야 할 소리를 한 건가. 지안은 괜한 소리를 했나 약간의 후회를 했다. 하지만 그의 가족에게서 벗어나려면 그 방법 외에는 선택지가 없었다.

특히나 감 의원의 집요함은 그녀를 폐인으로 만들 만한 가공할 위력을 지니고 있었다.

이제 겨우 사업이 자리를 잡아 가고 점차 인지도도 높아지는 상황인데 이 모든 걸 잃고 싶지 않았다.

아버지와는 별개로 잘 살아가는 사람이고 싶었다. 스물여섯 살밖에 안 됐는데 사랑에 모든 걸 걸고 전부 다 제로로 만들 수는 없었다. 지금 깨지고 부서진다면 그녀는 이 이상의 경험을 쌓아 보지도 못하고 그대로 괴멸할 수밖에 없었다. 그게 싫다.

경험이라도 있다면 나중에 모든 걸 되돌릴 때 어느 정도 가능성을 갖겠지만, 중도 포기하는 형태가 된다면 아무것도 이룰 수 없게 된다. 그게 두려웠다.

이제 겨우 시작이었다. 조금만 더 가 보고 싶은 곳이 있었다. 그녀가 목표로 삼는 소득 수준이 되고, 자신이 자리를 비워도 식당이 안정적으로 돌아가는 그때 손을 놓을 예정이었다.

지금은 그렇게 하나하나 체계화하는 과정 중에 있다. 주방장이 바뀌어도 손맛이 바뀌는 일이 없게 하기 위해 레시피를 구체적으로 정리하고 있었다. 음식을 할 때마다 맛이 바뀌는 경우가 종종 있어서 정확히 정량화하는 일이 어려웠다. 자신의 손끝에서마저 음식의 맛이 조금씩 변화하는 일이 벌어진다. 그렇기에 빨리 체계를 잡아 두는 게 여러모로 유리할 것이다.

그렇게 마음이 급한 이 시점에 태경이 나타났다. 너무도 유혹적인 남자였다. 하지만 가장 밑바닥으로 떨어진다는 게 무엇인지 그녀는 알기에 그의 유혹에 넘어갈 수는 없었다. 위험 요소가 하나도 없어야만 그와 행복한 끝을 맺을 수 있다. 그 정도는 초등학생도 알 것이다.

"무슨 고민 있으세요?"

손님이 우르르 빠져나간 직후 설거지를 마무리하고 서 있는데, 은혜가 카운터로 다가와 물었다.

"음, 인생의 매우 중요한 결정을 내가 너무 가볍게 패스한 건가 싶어서."

"뭔데요?"

"사랑과 일?"

"음, 그럼 일을 택했군요."

"맞아."

"저라도 그랬겠는데요?"

"정말?"

"네, 가게가 이제 2호점을 오픈한 데다 레시피를 정리하는 중이잖아요. 그게 정리되어야 안정적으로 3호 이후 여러 개의 분점이 쭉쭉 오픈을 하겠죠. 그런 과정을 생략한다면 아마도 사장님 없이 가게를 운영할 사람은 없을걸요? 지금 2호점도 사장님이 매일 장을 봐다 주고 레시피에 대해서도 계속 강의를 해 주고 있잖아요. 그걸 여러 개의 분점에 어떻게 다 하겠어요? 하나 늘어난 것만으로도 사장님은 요새 잠을 거의 못 자고 계시잖아요."

"알아주네. 은혜 씨는⋯⋯."

"당연하잖아요. 여기서 지낸 게 몇 년인데⋯⋯. 저도 여기서 일을 더 배우다가 제 가게를 내는 게 꿈이에요. 그러기 위해서 지금 사장님이 사랑에 빠지면 매우 곤란해요."

"호호호, 그런 거니?"

"당연하잖아요. 좀 가슴이야 아프겠지만 파이팅이에요."

"좀 쉬었다가 저녁 술손님 준비해야겠다."

"넵!"

밤 시간에는 특별히 예약을 받지 않는다. 누구나 와서 즐겁게 시간을 보낼 수 있도록 배려하는 것이다. 워낙 술손님들은 즉흥적으로 술 마실 약속을 잡고 보이는 대로 장소를 잡기 때문에 예약제로 운영하는 것보다는 그때그때 손님을 받는 게 나았다.

음식 준비를 해 놓고 8시가 훌쩍 넘어간 순간 첫 손님이 등장했다. 은혜가 활기찬 음성으로 손님에게 인사를 하는데, 손님이 은혜에게 인사를 했다.

"안녕하세요. 전 임지안의 남자친구인데요. 감태경이라고 합니다."

이름을 들은 지안이 놀라서 주방에서 고개를 빼꼼 내밀었다. 정말 태경이 거기에 서 있었다.

"어? 오빠?"

그러자 은혜가 황홀경이라도 본 사람처럼 그녀에게 다가와 물었다.

"아는 분이세요?"

"아…… 잘 알지."

태경이 음식을 내가는 대리석 카운터 쪽으로 다가오더니 말했다.

"술 좀 마시려고. 적당한 안주랑 챙겨 줘."

"알았어요, 앉아요."

그가 창가 쪽으로 자리를 잡고 앉자마자 은혜가 물과 메뉴를 내밀며 말했다.

"드시고 싶은 게 더 있으면 언제든 불러 주세요."

방긋 웃으며 돌아온 은혜가 주방 안으로 들어오는 검은 커튼을 젖히며 물었다.

"사장님, 누군데요?"

"말했잖아. 일과 사랑 중에 포기한 그 사람이야."

"허어어어얼! 그건 아니 되옵니다. 저런 분이면 포기하면 안 되죠. 와아, 난 살다 살다 저렇게 전신에서 광채를 뿜는 남자는 처음 봐요. 나름 연예인 좀 쫓아다닌 덕후 출신인데도 저런 분은 그리 흔하지 않아요."

"응, 알아. 하지만 이미 늦었어. 맥주 한 병 내주고 이만 나가 줘."

"네, 사장님."

은혜가 나가자마자 그녀는 치킨과 감자를 튀겨 바구니에 보기 좋게 담고 샐러드도 간단하게 만들어 내놓았다.

술과 안주를 내놓자 다음 손님들이 들어오기 시작했다. 공간이 넓지 않아서 테이블 수도 많지 않았다. 손님들이 다 차봐야 일곱 테이블뿐이다. 금세 손님들이 바글바글해져서 그녀는 정신없이 주문을 해결했다.

그렇게 11시가 넘어가자 한 테이블씩 손님들이 빠져나가기 시작하더니 11시 반쯤 되자 대부분의 테이블이 비었다. 가게가 12시에 문을 닫는다는 걸 아는 사람들이라 일찌감치 자리를 비우는 것이다.

그녀는 설거지를 마치고 은혜에게 그만 퇴근하라고 말했다. 은혜가 내일을 위해 서둘러 퇴근을 한 후, 지안은 가게 간판 불을 끄고 암막 블라인드를 전부 내렸다. 밖엔 클로징 푯말을 걸어 뒀으니, 더는 손님이 찾아오는 일은 없을 것이다. 지안은 태경에게 다가가 술잔을 하나 놓고 맞은편에 앉아 맥주병 하나를 열고 술을 채웠다. 그러자 태경이 샐러드를 먹으며 말했다.

"약혼식 할 것 같다."

지안은 뭐라 할 말이 떠오르지 않아 그저 쓴웃음만 지어 보였다.

"결혼도 할지도 모르겠다."

맥주가 달다. 대답 대신 그녀는 술을 비웠다.

"네가 하라는 대로 했다. 네 안전이 우선되어야 한다는 말에 전적으로 동의하니까. 네 아버지를 둘러싼 음모가 드러나지 않는 이상 너와 내가 만나는 건 아무런 의의가 없어. 난 그게 싫어. 결혼을 한다고 해도 위장 부부로 지내기로 협의가 됐고, 3년 뒤에는 이혼할 거야. 그쪽도 허락을 했고."

그게 말처럼 그리 쉬울까? 그를 욕심내는 여자가 그와 결혼이라는 목적을 달성하기 위해 뭐든 그의 뜻에 따라 주는 걸지도 모를 일이다.

정말 괜찮을까? 이혼하든 말든, 그건 신경 쓸 필요가 없다. 영영 자신의 것이 될 수 없는 남자라는 건 이미 오래전부터 알고 있지 않았던가. 뭘 더 바랄까?

그를 이렇게 자연스럽게 만날 수만 있다면 누구와 결혼하든 뭘 어쩌든 상관없다. 감 의원에 의해 어딘가에 갇히거나 버려지는 것보다야 훨씬 자유롭고 행복할 테니.

"오빠, 친구처럼 지내자는 말은 유효해요. 오랫동안 알고 지낸 사이니, 그 부분에 대해서만 그분에게 납득을 시켜 주세요. 그럼 우리가 만나는 일이 크게 문제 되지는 않을 거예요."

"음, 그래야지. 그런데 난 기분이 별로야. 그래도 첫 결혼인데 제대로 하고 싶잖아? 그걸 이렇게 대충 한다는 게 영 마뜩잖아. 아버지도 그리 기분 좋은 표정도 아니고."

"왜요? 감 의원이 추진한 결혼인데……."

"일전에도 말했듯이 사망 신고서가 필요해서 하는 결혼이니까. 결혼하기로 한 사람의 이름은 안선주라고 하는데, 과거가 굉장히 방탕해. 형을 이기고도 남을 색녀라고 해야 할까?"

충격이었다. 감 의원이 그런 사람과 태경을 연결시킬 줄이야.

"그게 그렇게까지 중요한 건가요? 사랑하는 아들을 그런 사람에게 줘도 될 만큼?"

"아버지에겐 중요한 것 같아. 정치적으로 힘을 발휘하는 것 같더군. 아버지가 갖고 있는 비밀이 대체 몇 가지인지 궁금해서 미칠 지경이야."

"최 기자님한테 연락은 없나요?"

"아직까진……. 참, 2주일쯤 뒤에 문창중이 한국에 들어온다는 얘기가 있대."

심장이 덜컥 내려앉았다. 문창중은 그녀에 대해 알고 있음에도 어떤 보복 조치도 하지 않았다. 그 틴 케이스를 그녀가 갖다 놓았다는 걸 그는 아마 알고 있을지도 모른다. 그런데도 그에 대해 일절 발설하지 않았다. 자신의 입지와 관련해 모두가 곤란해지는 것보다는 자신이 입을 다무는 편이 나을 때가 있다고 판단한 것이겠지만. 그런 부분에 대해 그녀는 죄책감과 동시에 양심의 가책을 느끼는 중이었다.

"그가 여길 찾아오면 어째야 할지 모르겠군요."

"무시해. 그게 안 된다면, 정면 돌파하는 수밖에."

"괜찮을까요? 저 때문에 잠깐이나마 수감되어 있었고, 보석을 신청하는 바람에 돈도 꽤 많이 나간 걸로 아는데."

"그 일에 대해서는 아버지가 문 의원과 계산이 끝났겠지. 아버지가 하고자 하는 일이 뭔지 아는 문 의원이 문창중에게도 그런 이유를 다 말했을 거야."

"……어렵군요."

"그보다, 결혼 전까지는 널 만나러 오고 싶은데……."

"무슨 뜻이에요?"

지안이 눈매를 가늘게 뜨고 그를 가만히 쳐다봤다.

"안고 싶다고."

지안이 피식 입매를 휘었다.

"오빠…… 꼭 그래야 할 필요가 있어요?"

"결혼한 뒤에는 족히 3년간 널 품지 못해. 그 여자와 약속이라는 걸 했어. 적어도 외부에서 오해를 할 만한 짓은 서로 하지 않기로. 널 만나는 것까지는 건전한 방향으로 허락하지만 그 이상은 봐줄 수 없다고 했어. 나도 그 말엔 동감해. 가짜이긴 해도 결혼은 결혼이니까."

"……별로예요. 그러는 거……."

태경이 자리에서 일어나더니 실내조명을 전부 껐다. 그리고 그녀에게 다가와 입고 있던 하얀 요리사복을 벗기려고 했다.

"오빠아……."

"제발, 네가 시키는 대로 다 했잖아. 널 다치지 않게 하려고 하고 싶지도 않은 결혼까지 강행하는데, 이 정도도 못 견뎌? 부탁이야. 내가 하자는 대로 다 해 줘. 안 그럼…… 이대로 널 데리고 도망갈 거야."

지안은 깊어진 눈빛으로 가만히 그를 쳐다봤다. 태경의 검은 눈동자가 위험한 바다처럼 무섭게 출렁거렸다.

지안은 할 수 없이 그가 시키는 대로 했다. 상의와 안에 입은 티셔츠가 벗겨진 후 브래지어가 슥 내려갔다. 그가 가슴을 부드럽게 움켜쥐더니 그녀의 입술에 천천히 키스를 해 왔다.

"네가 있는 모든 장소에 나와의 뜨거운 순간을 새겨 놓고 싶어. 그래서 여기, 네 집, 네 차, 어디든 닥치는 대로 안을 거야. 이젠……. 매일 널 찾아와 내 갈망을 다 채우고 돌아갈 거야."

바지가 내려갔다. 그의 손이 가슴에서 어느새 그녀의 팬티 속을 더듬고 있었다.

손가락이 갈라진 곳으로 천천히 밀려들어 오자 숨결이 뜨겁게 달아올랐다. 그가 혀로 그녀의 혀를 휘감고 당기면서 깊게 빨리는 소리를 냈다. 손가락은 갈라진 안쪽에서 질척거리는 요란한 소리를 냈다.

"하아, 하아, 지안아……."

입술과 입술이 잠시 떨어져 나가면, 여지없이 그의 입술에서는 그녀의 이름이 뜨겁게 흘러나왔다. 그는 테이블 위에 그녀의 엉덩이를 들어 올려 앉히고 다리를 활짝 벌렸다. 단단해진 자신의 페니스를 꺼내 그녀의 안으로 서서히 밀고 들어오면서도 그는 연신 키스를 멈추지 않았다.

굵고 뜨거워진 그의 페니스가 열기에 달궈진 뜨거운 지안의 안쪽으로 밀고 들어오자 물기가 줄줄 흘러내려 그의 페니스를 적셨다. 혀와 혀가 질척거리며 얽히고, 그의 허리가 천천히 앞뒤로 튕기기 시작했다.

"하, 하아…… 앗!"

혀가 잠간이라도 빠져나가면 그녀의 입술에서는 연신 교성이 터져 나왔다. 그는 어떤 순간엔 부드럽고 섬세하게 허리를 움직이다가 또 어떤 순간엔 성난 짐승처럼 무섭게 그녀를 몰아붙였다.

테이블이 앞뒤로 흔들거리는 소리가 들리고 그의 움직임에 속도가 붙을수록 그녀의 몸은 에스 자로 휘어지며 매혹적인 라인을 그렸다.

"하아, 하아……."

그가 가슴을 한 손으로 움켜쥐고 비틀며 거친 숨을 쏟아 냈다.

"지안아…… 넌 너무 섹시하고 아름다워. 네 생각 때문에 미칠 것 같아."

"하아, 하아……."

숨을 토해 내며 그녀는 열기 젖은 눈빛으로 그를 가만히 쳐다봤다. 그러자 그가 다시 지안의 입술을 핥고 빨면서 목덜미에도 키스를 퍼부으며 몸을 부딪쳐 왔다.

"절대로 널 잃지 않아. 난…… 절대로……."

"오빠…… 미안해요. 다른 사람에게 가라는 말로 가슴에 상처를 줘서……."

지안이 슬픔이 가득 담긴 눈빛으로 그를 쳐다보며 말하자, 그가 입가에 애절한 미소를 지었다.

"너나 나나, 이미 결과는 다 알고 있었잖아. 회피할 방법이 그리 많지 않다는 걸 아니까, 그럴 수밖에 없었던 거잖아. 네 제안에 기다렸다는 듯이 바로 결혼을 추진한 건 나야. 네가 아니라. 너의 안전을 위해서라면 난 무슨 짓이든 할 수 있어. 우리 아버지, 보통 사람이 아니라는 걸 난 아니까. 그러니까 지안아…… 괴로워하지 마. 제발……."

그가 두 뺨을 양손으로 감싸 쥐며 깊게 키스를 해 왔다. 안쪽을 가득 채운 그의 페니스가 뜨겁게 달아올라 강하게 꿈틀거렸다. 견딜 수 없는 짜릿한 쾌락이 전신을 관통해 몸이 떨려 왔다. 이대로 시간이 멈춰 줬으면…….

그가 다른 사람의 남자가 되지 않도록…….

누구의 간섭도 받지 않고 이렇게 서로를 강렬하게 탐닉할 수 있도록, 모든 게 멈춰 버렸으면…….

태경은 지안을 꼭 끌어안고 침대에 누웠다. 그녀의 식당에서 한 차례 관계를 나눈 후 지안의 집으로 와서 또 그녀를 안았다. 아무리 안아도 갈증이 가시질 않는다. 가시기는커녕 더 갈망하게 되었다. 안아도 마셔도 끝나지 않는 지독한 감정이 태경을 고통스럽게 했다. 곧 3년 이상 그녀를 소유하지 못하게 된다는 사실이 그를 피 말렸다.

"지안아……."

지안이 그의 품 안에 딱 달라붙은 채로 눈을 감고 답했다.

"말해요. 오빠."

"아이 가질래?"

지안이 놀라 눈을 동그랗게 뜨고 그를 쳐다봤다.

"불안해서 그래. 내 아이를 가져 줄래?"

지안이 쓸쓸한 눈빛으로 그를 쳐다보다가 천천히 상체를 일으켜 앉았다. 이불을 가슴께까지 끌어 올린 채여서 그녀의 하얀 속살이 드러나 보이지는 않았다.

"싫어요."

"나…… 널 두고 다른 여자랑 사는 거 정말 두렵다."

"왜 두려운데요?"

"네 마음이 변할까 봐. 난 자신 있는데, 네가 걱정이야."

지안이 웃으며 머리카락을 귀 뒤로 넘겼다. 머리칼이 길게 등허리를 덮고 있었다. 그녀의 풍성한 검은 머리카락과 대비되는 새하얀 살결을 보고 있자면 판타지 영화 속에나 나올 법한 엘프를 바로 눈앞에 둔 것 같았다. 어떻게 저렇게 아름다운 걸까? 그녀의 표정이 미묘하게 변화하는 걸 바라보는 것도 무척이나 즐거웠다.

"걱정하지 말아요."

"뭘 믿고?"

"지금은 연애할 마음 없어요. 일이 우선이라……."

"3년이나?"

지안이 고개를 끄덕거렸다.

"하아, 우리는 대체 언제쯤 마음 편하게 서로를 원하고 안고, 다른 연인들처럼 소소한 데이트도 하게 되는 걸까? 내 욕심이 그렇게 큰 것도 아닌데, 힘들다."

지안은 손을 뻗어 그의 머리카락을 부드럽게 어루만지며 노래를 불렀다. 잔잔하고 조용한 발라드였다. 노래를 들은 태경이 그녀의 품으로 파고들어 가더니 다리 사이로 자꾸 고개를 묻으려 했다.

"오빠아아아!"

"내가 하고 싶은 건 다 하게 해 줘."

"응석받이가 되어 가네. 정말…… 곤란…… 어맛!"

그가 가느다란 그녀의 발목을 확 잡아채고 당기는 것과 동시에 뒤로 그녀의 몸이 넘어갔다. 그와 함께 다리가 확 벌어졌다. 그가 이불을 젖히고 그녀의 발갛게 드러난 꽃을 바라보며 음흉한 미소를 지었다.

"한 입만."

"안 돼요. 좀…… 몇 번이나 해 놓고 뭐가 그렇게 부족한 거예요?"

"계속 네가 부족해. 뭘 해도."

그의 입술과 혀, 숨결이 동시에 그녀의 꽃 이파리에 닿았다. 지안은 그와 동시에 숨을 헐떡거리며 허리를 들썩거렸다. 고개를 뒤로 젖힌 그녀는 금세 오르가슴으로 내달렸다. 이미 몇 번이나 그에게 자극을 받은 곳이라 그의 혀가 뜨거운 열기를 쏟으며 자극하자 견딜 수가 없게 되었다.

"하악, 학!"

혀와 타액이 그녀의 꽃 이파리를 축축하게 적심과 동시에 그의 손가락이 젖은 굴 안쪽으로 미끄러져 들어와 가볍게 튕기기 시작했다. 사위가 하얗게 질리고 아무것도 보이지 않는다. 눈물이 터져 나올 것만 같은 극도의 환희와 고통이 전신을 휘감았다.

"훗, 으윽!"

그는 멈추려 하지 않았다. 끝까지 몰아붙이는 태경 때문에 지안은 몇 번이나 경련하며 고통스러울 정도의 쾌감에 신음해야만 했다. 전신이 땀에 젖어 번들거리고 속살에서 쏟아 낸 물기가 이불까지 전부 적셨다.

그는 신이 난 애처럼 손가락과 페니스로 그녀의 굴속을 들락거렸다. 그러면서 그녀가 물기를 흘릴 때마다 입가에 흐뭇한 미소를 지었다.

"하악, 하아…… 오빠…… 그, 그만……."

"싫어."

숨이 끊어지는 순간까지 그녀를 몰아붙이고 싶어진 건지, 그의 움직임은 점차 더 거세져만 갔다. 그녀는 천천히 의식을 놓았다. 이성이 날아가고 본능만 철저하게 남아 짐승처럼 울부짖기만 했다. 아침이 밝아 올 때까지.

* * *

그 여자가 어떤 사람인지 궁금해졌다. 그래서 선주는 수소문 끝에 태경의 그녀가 운영 중이라는 식당을 미리 예약했고 약혼식을 앞둔 어느 날 식사를 하기 위해 홀로 발걸음을 했다.

식당은 인기가 많은 걸 증명이라도 하듯 빈 테이블이 하나도 없었다. 테이블이 비면 곧장 다른 예약 손님이 와서 자리를 채웠다.

테이블이 많지 않으니 이 정도야 우습다고 생각할 수도 있지만 예약을 해 놓고 안 오는 손님이 많은 식당들이 불평을 토로하는 내용의 글을 SNS에 올린 걸 본 적이 있었다. 그런 걸 보면 적어도 여긴 그런 손님은 없는 것 같았다.

그녀는 한 자리를 차지하고 앉아 메뉴를 보고 혼자 먹을 만한 음식을 물어본 후 주문했다.

여자들을 위한 햄버거 세트가 좋다는 말에 주문을 했지만, 정작 주방이 잘 보이지 않는 데다 셰프는 요리에 매진하느라 얼굴 구경하기가 하늘의 별 따기 같았다. 이래서야 얼굴을 보긴 어렵겠다. 차라리 다른 방식으로 약속을 잡아 얼굴을 보자고 할 걸 그랬나 보다.

잠시 후 음식이 나왔기에 그녀는 종업원에게 부탁을 했다.

"저기…… 여기 사장님 얼굴을 좀 보고 싶은데, 어떻게 해야 할까요?"

"어떤 일로 그러시는지 여쭤봐도 될까요?"

차라리 솔직한 편이 낫겠다 싶어서 사실을 말했다.

"감태경 씨 약혼녀입니다. 그렇게 전하면 알아들을 거예요."

그러자 종업원의 눈이 휘둥그렇게 커졌다. 종업원이 가볍게 묵례를 하고 사라졌다. 종업원도 태경에 대해 아는 건가?

잠시 후 종업원이 다시 다가오더니 휴대폰 번호가 있는 명함을 그녀에게 내밀며 말했다.

"사장님께서 지금은 너무 바쁘니, 시간 될 때 다시 연락을 할 수 있게 이 번호로 문자 한번 달라고 하시네요."

기분이 그리 좋지는 않았다. 어쩨 무시당한 기분마저 들었다. 하지만 어쩌겠는가. 손님들이 쉬지 않고 계속 밀려드니 그렇게 하는 수밖에.

"그럴게요."

음식 자체는 매우 맛이 좋았다. 미국 스타일이긴 하지만 맛

자체는 한국인 입맛에 맞춰진 음식이었다. 덕분에 이질감이 전혀 느껴지지 않고 뱃속이 편안했다. 느끼할 줄 알았는데, 그렇지 않아서 의외였다.

맛있게 음식을 먹고 값을 지불한 후 근처 백화점을 배회했다. 그리고 사고 싶었던 가방과 신발 몇몇을 구입해 트렁크에 밀어 넣은 후 막 출발하려고 하는데 휴대폰이 울어 댔다. 문자를 먼저 보내 놔서인지, 지안에게서 연락이 바로 왔다.

—안녕하세요. 지금 통화 가능하세요?

"네, 물론이에요."

—아까는 죄송했어요. 일이 너무 밀리기도 했고, 예약 손님들 음식 준비 때문에 꼼짝할 수가 없었거든요. 지금은 브레이크 타임이라 2시간 정도 여유가 있어요. 지금 어디 계신가요?

"제가 가게 근처로 다시 갈게요. 마침 근처 백화점이에요."

—그래 주시면 감사하고요. 그럼 기다릴게요.

통화를 끝낸 선주가 차를 몰아 주차장을 빠져나와 지안의 가게가 있는 골목길로 들어갔다. 마침 빈 자리가 있어서 차를 세우고 지안의 가게 앞에 서서 문자를 보내자 바로 문이 열렸다.

문을 열고 선 사람은 키가 훤칠하고 아주 아름다웠다. 그녀는 누가 봐도 우아하고 세련된 도회적인 사람이라는 인상을 받을 것 같았다. 영화배우였다고 하더니 정말 아름답다. 지안이 입가에 엷게 호를 그으며 옆으로 비켜섰다.

"들어오세요."

선주가 안으로 들어가자 내부는 고요했다. 종업원도 잠시 내보낸 듯했다.

"커피 드릴까요?"

"네."

지안이 커피를 타서 그녀의 앞에 놓았다. 정작 지안은 커피 대신 차를 마셨다. 그녀는 자세가 곧은 편이고 행동은 단정하며 용모는 매우 수려했다. 말투도 나긋나긋한 편이고 발음은 매우 정확했다. 배우 출신이라 발음 교정을 받은 것 같았다. 그게 아니라면 이렇게 아나운서처럼 똑 떨어지게 말할 리가 없지 않던가.

하나부터 열까지 빼앗고 싶은 게 너무 많은 사람이라 그녀는 지안이 미치도록 거슬렸다. 그래서 태경이 그렇게나 잊지 못하고 붙잡고 있는 건가, 납득하고 마는 게 싫어서 인상을 구겼다.

인정하기 위해 온 게 아니라, 밟아 주려고 온 건데 결국 보자마자 기가 눌리고 만다. 하나부터 열까지 대단한 자신감으로 가득 찬 여자로 보였다. 그런 여자를 자신이, 방탕하기 짝이 없이 인생을 파탄으로 내몰던 자신이 무슨 자격으로 비난하겠는가.

임지안이 살인자의 딸이라는 이유로?

그렇다고 하더라도 지안은 그녀보다는 훨씬 정신력이 강한 사람이었다. 그런 배경에도 불구하고 그 순간을 기회로 삼아 또 다른 자신의 능력을 찾아내 개발하지 않았던가. 자신이 그녀를 비난할 자격이 있던가? 저리 열심히 사는 사람을 향해 침을 뱉을 자격은 살인자에게 가족을 잃은 피해자 가족들뿐일 것이다.

입가에 조소가 번졌다. 정작 그 피해자 가족은 스톡홀름증후군에라도 걸린 사람처럼 임지안에게 빠져서 헤어 나오지 못하는 상황이었다. 임지안은 결국 깔끔한 승자의 위치에 있다고 해야 할까?

"한번, 봐야 하는 게 아닌가 해서 찾아왔어요."

"얘기는 오빠한테 들었어요."

이 사람은 그를 오빠라 부른다. 속이 쓰렸다. 위액이 급격히 늘어나기라도 한 것처럼 속이 좋지 않았다. 그게 다면 참 좋겠는데, 혀끝까지 써서 곤란했다.

"태경 씨는 지안 씨를 보호하기 위한 방편으로 결혼을 택했다고 했죠?"

"네."

지안이 싸늘한 한기가 머금은 얼굴로 그녀를 쳐다봤다. 저런 미인은 조금만 눈매를 위로 치켜 올려도 금세 사방이 얼어붙는다는 단점이 있다. 표정이 다채로운 편도 아닌 데다 인형의 가면이라도 쓴 사람처럼도 보였다. 그녀는 어색한 상대에게는 밑바닥까지 드러내질 않았다. 전형적으로 사람을 경계하는 타입이다.

"그런데 그게 다가 아니에요. 전 태경 씨를 좋아해요."

지안의 눈매가 가늘어졌다가 이내 다시 제자리로 돌아왔다. 이미 알고 있었다는 듯한 반응이라 좀 재미가 없다.

"좋아하다 보니, 결혼을 추진하는 데 동의했을 뿐이에요. 이혼 문제는 차후 제가 변덕을 부릴 수도 있어요. 그 부분에 대해 태경 씨도 이미 저한테 맡긴 상황이구요."

"오빠 입장에서는 그럴 수밖에 없었을 거라 생각해요. 그런데도 믿고 맡긴 건 선주 씨가 결국 자신의 뜻대로 해 줄 거라는 확신이 있어서였을 거예요. 오빠는 사람을 보는 눈이 정확한 편이거든요."

"많이 알고 있군요."

"여섯 살 때부터 오빠와 알고 지냈으니 당연하잖아요."

그렇게나 오래? 그럼 가족이나 다를 바 없이 함께 살았다는 소리가 아닌가. 하긴 그 당시 뉴스를 보면 인자한 감 의원이 살인자의 가족을 자신의 품안에 받아들여 학비를 대며 아이들을 키우겠노라 선언했다고 나왔다.

그들이 누구에게 입양이 되었고, 학교를 다녔는지까지는 명확하게 알 수 없었다. 하지만 사람들은 감 의원의 그런 처사에 대해 모두 대인배라며 엄지를 세우고 찬양했다. 정치적으로 유명세를 한 번에 얻을 기회였을 테니, 감 의원이 그 모든 장치를 이용하지 않을 이유가 없었겠지만……

과연 감 의원 같은 속물이 원수의 자식들을 반듯하게 잘 키우는 데 주력했을까? 그건 확신하기 어렵다. 그녀조차도 비웃음이 날 일인데, 감 의원이 그리하겠는가! 분명 어떤 식으로든 저들을 괴롭혔으리라.

　"감 의원님이 둘의 만남 자체를 동의하지 않으시는 거겠죠?"

　지안은 아까보다는 좀 더 인간적인 눈빛으로 그녀를 쳐다봤다. 의외로 감정이 복합적이다.

　"허락할 리가 없죠. 그러니 태경 씨가 나와 결혼을 하겠다고 나선 걸 테고……. 부탁이 있어서 찾아왔어요."

　"말하세요."

　"태경 씨가 결혼하면 되도록 그 사람을 만나지 말고 피할 수 있음 피해 주세요. 전 괜한 스캔들에 휘말리고 싶지가 않거든요."

　"알아요. 염려 말아요. 이미 그 부분에 대해서는 서로 협의가 됐어요."

　"……얼마나 깊은 사이인지 물어도 되나요?"

　"노코멘트할게요."

　사적인 부분이니 넘어오지 말라는 건가? 선주는 입가에 미소를 짓고 말했다.

　"사업이 계속 확장되기를 바랄게요. 진심으로."

　"감사해요."

"3년 뒤에도 태경 씨 마음이 지안 씨에게 향해 있을까요?"

지안은 피식 웃으며 어깨를 으쓱했다.

"미련 없어요. 오빠가 가겠다면 보내야죠. 우린 어차피 안 될 사이였으니까, 전 단 한 줌의 희망도 품고 있지 않아요. 그저 오빠가 다가오면 전 애정에 굶주린 짐승처럼 그의 손을 받아들이고 몸을 기대 체온을 나누는 것뿐…… . 그가 오지 않는다면 제가 찾지는 않아요. 제가 그를 부술 자격은 없는 거니까."

가슴이 욱신, 찔려 왔다. 좋아하는데, 태경을 염려해 마음을 누르겠다는 건가? 그걸 알게 되면 감 의원이 태경에게 먼저 어떤 짓을 할지 잘 아니까? 게다가 지안에게는 동생이 있다는 얘기도 들었다. 군대에 간 동생이 있다고. 지안에겐 하나뿐인 혈육이 목숨보다 귀할 테지. 그러니 섣불리 태경을 붙들 수도 없을 것이다.

그렇다면 이쪽에서 태경을 꽉 잡았을 경우 지안과 잘될 가능성은 없다. 지안이 직접 태경을 찾아올 일 자체가 없을 테니까. 지안은 직접 태경에게 어떤 제스처도 할 수 없는 운명이다. 그것이 살인자인 아버지가 그녀에게 물려준 숙명이었다.

꽤 재밌다. 이 상황이.

"이만 가 볼게요. 뭐랄까…… 지안 씨가 매우 현명하고 지혜로운 사람이라 다행인 것 같아요. 게다가 움츠려야 할 때를 정확히 알고 있다는 점 역시 높게 평가해야 할 부분 같군요. 잘하고 있는 거예요. 언젠가 또 봐요. 좋은 얼굴로."

지안이 자리에서 일어나 입가에 미소를 살며시 지으며 답했다.

"태경 오빠는…… 의외로 고집이 세요. 한번 세운 고집은 끝을 봐야 꺾는 사람이에요. 오빠를 손에 쥐려고 하지 않는 게 좋을 거예요. 쥐려고 하는 순간, 오빠는 당신을 절벽 아래로 밀어 버릴 거니까요."

경고였다. 그를 붙들려 하지 말라. 최악의 상황이 벌어질 테니, 그를 가만히 두라는.

하지만 방관만 하고 있다가 그를 놓치고 싶지 않았다. 3년이라는 결혼 생활이 담보 잡혀 있긴 하지만 그사이에 그의 마음을 빼앗아야 한다. 할 수 있을까?

"충고, 가슴에 새기죠. 그럼 수고해요."

"안녕히 가세요."

인사를 하고 밖으로 나오는데 마음이 갑갑해졌다. 지안을 보면 무언가 좀 시원해질 줄 알았는데 더 답답해졌다. 임지안이라는 여자의 하얀 피부와 풍만한 가슴과 가느다란 허리, 탄력 있어 보이는 엉덩이 라인과 긴 다리를 보고 있자니 머릿속이 복잡해졌다.

그에 비하면 자신은 오징어 같았다. 키도 작은 편인 데다 가슴은 2차 성징이 채 시작도 하지 않은 중학생처럼 빈약하고 허리와 엉덩이 라인이 거의 같다. 골반이 좁은 편이고 다리는 종아리 쪽이 좀 짧아 항상 힐을 챙겨 신어야 했다.

저런 몸매로 산다는 건 대체 어떤 기분일까? 갑자기 새로 태어나고픈 강한 열망에 사로잡혔다. 하지만 뼈대는 성형으로 해결할 수 없는 것이다. 그래도 가슴 정도는 수술이 가능하니 결혼 전에 수술하고 싶다.

그녀는 휴대폰으로 곧장 엄마에게 전화를 걸었다.

"나, 가슴 확대 좀 하고 싶은데 병원 좀 소개해 줘요. 엄마."

머리부터 발끝까지 완벽하게 바꿔 놓고, 임지안이 아닌 자신을 바라보게 만들고 싶다. 욕심이라는 걸 알지만, 하는 데까지 다 해 보고 나서 그를 놓아주고 싶다. 이렇게 멍하니 수수방관하다가 그를 놓치는 바보짓은 하지 않겠다.

#17

문창중이 식당으로 찾아왔다. 평일이었고, 손님들이 우르르 빠져나가 한산한 시간에 나타난 남자의 머리카락은 하얗게 변색되어 못 알아볼 뻔했다.

브레이크 타임 시작 전이기도 해서 그를 주방 뒤편으로 불러냈다. 그가 느끼는 분노가 무엇일지 알기에 지안은 최대한 미안함을 표시하고 싶었다. 그녀는 허리를 굽혀 그에게 인사를 했다. 아니, 사죄를 했다고 하는 편이 맞겠다.

"죄송합니다."

그러자 창중이 웃으며 말했다.

"됐어요. 고개 들어요."

의외로 따뜻한 반응을 보이는 그의 음성에 놀란 지안이 고개를 들었다. 다소 의아함이 가득 담긴 표정으로 그를 쳐다보자, 그가 담배를 피워도 되느냐 양해를 구하더니 담배에 불을 붙였다.

"아버지와 사이가 별로 안 좋아지게 되면서 대변인 일을 그만두기도 했고, 그간 방탕하게 지내온 죗값이려니 그렇게 생각하고 말았어요. 그리고 지안 씨에 대해 알아보니 살인자의 딸 어쩌고 하면서 꽤 힘든 삶을 살고 있더군요. 그래서 다시 찾아온 거예요. 제가 아는 건 더 말해 주고 싶어서. 사실 왜 그렇게 나에게 20년 전 사건에 대해 이것저것 캐물었는지 이해가 되지 않았어요. 하지만 당신이 그 사건과 연루되어 있다는 걸 깨달았죠. 그때 좀 더 많은 얘기를 해 줬어야 했는데 너무 대충 했나 후회가 됐어요."

"그럼 그 이야기 말고도 뭐가 더 있다는 건가요?"

"아버지에게 환멸을 느끼기 시작한 것도 그 시기인 것 같아요. 아버지는 박 의원, 최 의원과 몰려다니면서 하지 말아야 하는 일들을 몇 번인가 저질렀죠. 한 가지 감춰 둔 이야기가 있습니다. 그게…… 왕 여사가 아버지와 박 의원, 최 의원이 하는 추태를 목격한 적이 있어요."

"네?"

"왕 여사가 감 의원의 내연녀에 대해 뒤를 캐고 다니던 때

였죠. 그러면서 한 유명한 술집에 방문하게 되었어요. 그때 웨이터가 방문을 열고 나오면서 우연히 내부에서 노는 사람들의 얼굴을 보게 된 겁니다. 다들 알몸으로 여자 셋을 낀 채 놀고 있었죠. 추하기가 이루 말로 설명할 수 없는 지경의 놀이였어요. 차마 설명 못 할 정도여서……."

"알았어요. 자세한 건 묻지 않을게요."

"그걸 왕 여사가 직접 봤습니다. 다들 그 사람이 왕 여사인지 모르고 킬킬거리며 놀다가 왕 여사가 하얗게 질린 얼굴로 혐오스럽게 그 사람들을 쳐다본다는 걸 인지한 뒤 누군지 알아보고 경악한 거죠. 왕 여사가 싸늘하게 한마디 했다고 합니다."

"뭐라고……?"

"짐승만도 못한 인간들!"

왕 여사에 대해 아는 바는 없지만 보통 여자나 다름없을 것 같았다. 그런 사람 눈에 비친 알몸 파티는 그리 정상적으로 보이지 않았을 것이다.

"의원들은 그야말로 경악했고, 그 일이 혹시라도 어딘가에 알려지게 될까 봐 전전긍긍했죠. 그걸 감 의원이 알게 된 겁니다. 아마도 감 의원이 이후 잘 아는 깡패나 호스티스에게 세 사람이 노는 장면을 몰래 녹화를 해 달라고 했을지도 모르겠어요. 그 과정에서 자금 비리 따위에 연루되는 장면이 운 좋게 찍혔을 가능성도 있죠."

"그러면 감 의원은 그 모든 걸 대체 누구에게 시켰을까요?"

"감 의원이 지지하는 깡패들이 있습니다. 울현 건설 오 부사장이 감 의원의 뒤를 봐주면서 여러 편의도 봐준 편이었거든요. 그래서 그쪽 폭력배들하고도 깊게 연계되어 있을 거예요. 그때 알았던 조직 이름은 아는데 현재는 조직 이름이 어떻게 불리는지는 모르겠군요."

"이름이 어떻게 되나요?"

"솔개파라고 했습니다. 당시엔……."

"고마워요. 제가 그리 좋은 기억을 준 것도 아닐 텐데 이렇게 당시에 대해 이야기를 해 주셔서 감사합니다."

"도움이 된다면 좋겠지만, 워낙 은폐하는 능력이 뛰어난 자들이라 뭔가를 찾아내기가 어려울 거예요. 우리 아버지도 이참에 정치고 뭐고 그만뒀으면 싶습니다. 차라리 모든 게 까발려졌음 싶을 때가 있어요. 화가 치밀어서. 하여튼 나에 대해 너무 큰 죄책감을 품고 있지는 마세요. 그날 당신을 처음 봤을 때 눈동자가 선하더군요. 악의를 품고 나한테 접근한 게 아니라는 걸 알아서 호감을 느낀 게 사실입니다. 이래저래 세파에 찌들다 보니 사람 눈을 보면 대충 어떤 사람인지 구분은 하거든요. 그럼 아버지의 억울함을 푸는 데 도움이 되기를 바랍니다. 이만 가 봐야겠어요."

그가 인사를 하고 뒤편의 좁은 골목길로 나가려는데 지안이 그를 불러 세웠다.

"고마워요. 그런데 한국에는 왜 오신 건가요?"

"아버지 호출이죠. 결혼을 해라 마라, 감시자를 붙이고 싶은 모양입니다. 결혼에 관심이 없다고 누차 말하는데도 아무래도 여자 문제로 주변이 시끄러워지는 게 싫은가 봅니다. 장사 잘 되기를 빌게요."

지안이 고개를 숙여 꾸벅 인사를 했다. 그가 사라지고 난 후, 그녀는 태경에게 전화를 걸어 방금 들은 이야기를 전부 해 주었다.

―최 기자님한테 알려야겠군. 뭔가 이렇다 할 만한 물증이 하나라도 있다면 좋겠는데…… 그래야 언론에서도 대대적으로 움직이기도 좋고……. 그게 없다는 게 문제인 것 같다. 문제 제기를 시작하면 적어도 아버지의 무죄 방면에 대해서 논의는 될 수 있을 텐데……. 그런데 어머니가 대체 뭘 보신 걸까? 내가 본가에 가서 어머님 유품들을 한번 뒤적여 볼게. 아버지가 어머니 유품들 전체를 창고에 올리셨거든. 아마 그대로 있을 거야. 워낙 억울하게 돌아가신 거라서 다 태우는 게 좋다고 하는데도 아버지는 차마 어머니를 그렇게 보낼 수가 없다고 옷이고 뭐고 하나도 버리거나 태우지를 않았거든.

"미안한 심정이에요. 어머님은 지은 죄도 없이 말도 안 되는 일에 엮여서 그렇게 떠나게 되다니."

―뭐가 우선인지를 모르겠군. 아버지가 그들을 어떤 문건으로 협박을 했는지가 먼저인지, 난잡한 알몸 파티가 우선인지. 어찌 되었던 그들 입장에서는 어머니를 타깃으로 삼을 만한

명료한 이유가 있었던 셈이군. 그렇게 해치우면 아버지가 겁에 질릴 게 뻔하니까 적당한 인물로 어머니를 골랐을 거야. 빌어먹을! ……그런 개자식들이 아무렇지도 않게 국민의 혈세로 떵떵거리며 사는 꼴을 봐야 한다고 생각하니 열 받는군. 하라는 일은 제대로 하지 않고 주지육림에 빠져 허우적대는 꼴이라니. 기필코 까발려야겠어. 이젠 네 아버지만의 문제가 아니게 되었어. 어머니의 죽음에 대해서도 밝혀내야겠다. 그게 우선인 것 같아.

"전면 재수사를 한번 의뢰해 보는 게 어때요?"

—아버지가 막고 있어서 알아보기 어려워. 아버지는 정치권의 핵심인물들이 그런 식으로 엮여서 정치계 전반에 걸친 대국민 불신으로 비난받는 걸 원치 않아. 그러니 은밀하게 진행하는 게 맞아. 현재로서는 그렇지만 정확한 증거물 하나만 나온다면 난 이걸 온 세상에 폭로할 생각이야.

"곧 약혼하겠네요?"

—기분이 그렇지? 오늘 갈게.

"난 안 보고 싶은데……."

—네가 기분과 상관없이 마음에 없는 소리를 한다는 걸 매우 잘 알고 있어. 그러니까 갈게. 가게로 갈까? 집으로 가?

"좋을 대로 해요. 그럼 이따 봐요."

인사를 하고 휴대폰을 끊었다. 마음이 심란해서 그런지 가게로 발이 옮겨지질 않는다. 그녀는 고개를 들어 건물과 건물

사이로 작게 보이는 파란 하늘을 올려다봤다. 구름이 느린 속도로 유유히 흘러간다.

"하아……."

이 갑갑함을 어떻게 해야 할까? 왕 여사 사건 때문에 갑갑한 건지, 태경의 약혼 때문에 갑갑한 건지 답을 모르겠다. 안선주가 찾아와 태경을 좋아한다는 고백까지 한 마당이었다. 둘이 약혼과 결혼이라는 합법적 절차를 밟아 나가는 모습이 마냥 편히 보이지만도 않았다. 이러다 태경의 마음을 놓쳐 버릴까 봐 겁이 나는데도 이젠 그를 막을 수 없다. 그의 등을 떠밀어 버린 사람은 다름 아닌 자신이니까.

지안이 문을 열고 들어가자 현관 앞에 거대한 꽃다발이 놓여 있었다. 지안은 놀란 얼굴로 꽃다발 사이에 꽂혀 있는 카드를 들어 내용을 읽었다.

<미안하다, 해 줄 수 있는 게 이런 것뿐이네. 기다려 줘. 너한테 염치없는 부탁 외에는 할 수가 없어서 마음이 아프다. 많이 좋아한다.>

눈물이 왈칵 차올랐다. 그의 진심이 처음 드러났다. 태경이 대체 자신의 주변을 왜 맴도는지에 대해 항상 의문을 품고 있었다. 동정이려니, 연민이려니, 그리 생각하면서도 그녀가 그

를 사랑하니까 태경의 감정에 크게 관심을 두지 않았다. 그의 얼굴을 한 번 보는 것만으로도 마음이 좋았으니까, 그저 늘 그가 곁에 있어 주기만을 바라는 것 외에는 원해선 안 된다고 생각했다. 그런 그가 마음을 글자로 풀어 놓았다.

그녀는 입을 막고 흘러나오려는 흐느낌을 목구멍 안으로 밀어 넣었다. 그도 자신과 같은 마음이었음을 알게 되자, 그를 이렇게 보내는 것에 대해 회의적인 생각이 들었다. 그를 좋아한다는 것 자체만으로 그는 너무 많은 위험한 것들에 손을 대고 있었다. 알지 않아도 될 아버지와 어머니의 모든 것을 손수 파헤치고 있다. 그는 이 과정에서 아버지의 여러 전횡들에 대해 알게 될지도 모를 일이고, 어머니의 죽음에 대해 파헤치기 시작하면서는 어머니의 또 다른 일면을 발견하게 될 수도 있다. 그를 끌어들인 건 자신이다.

지안은 미안한 마음에 몸을 가눌 수가 없었다. 한참 동안 그렇게 그가 내민 꽃과 카드를 바라보고 있는데 문이 열리는 소리가 났다. 지안은 재빨리 눈가의 물기를 닦아 내고 꽃다발 속에서 가장 눈길을 잡아끄는 달맞이꽃을 꺼내 손에 들었다. 오래전에 책에서 읽기로 달맞이꽃은 꽃말이 '말 없는 사랑'이라고 했다. 그에게 그녀가 해 줄 수 있는 건 이것뿐이었다.

문이 열리고 그가 얼굴을 내밀자, 지안은 그 꽃을 그에게 내밀었다. 태경이 말없이 꽃을 받더니 물었다. 노랗고 작은 꽃봉오리가 사랑스럽고 귀여운 모습을 띠고 있는 꽃이라 그걸 받은 태경은 어안이 벙벙한 표정이었다.

"이걸 왜?"

"꽃말이 좋더라고요."

하지만 그것까지 그에게 말해 주지는 않았다. 지안이 얼른 눈가의 물기를 닦으면서 커다란 꽃다발을 들고 집 안으로 먼저 들어갔다. 태경이 그녀의 뒤를 쫓아 들어오며 다시 꽃을 쳐다보더니 입가에 미소를 지었다.

"의외로 소박한 꽃을 좋아하나 보네?"

"그런가요?"

"아무래도 꽃송이가 크고 화려하게 생긴 그런 종류의 꽃을 좋아할 줄 알았는데 말이야."

"아마도 여자들 대부분이 그런 꽃을 좋아하겠죠. 지금 이 순간엔 그 꽃이 딱이어서 오빠한테 준 것뿐이에요."

태경은 여러 송이의 꽃이 피어난 꽃줄기를 손으로 빙글빙글 돌리며 그녀가 테이블 위에 꽃다발을 내려놓는 모습을 쳐다봤다. 지안이 그를 흘끗 돌아보며 물었다.

"오늘은 그냥 돌아가세요."

가지 말라는, 그를 붙들고 싶은 마음이 반대로 흘러나왔다. 그의 진심을 알고 나자 화가 치밀었다. 다름 아닌 자기 자신에게.

"왜? 난 이제 지금이 아니면 널 더 볼 기회가 없어서 싫은데."

"전 싫어요. 그냥…… 안 보고 싶어요. 기분이…… 그래요."

"임지안!"

"알아요. 지금 나란 애가 얼마나 변덕스럽고 이상해 보이는지 정말 잘 아는데…… 그래도 계속 이렇게 할래요. 오빠가 오면 최선을 다해 못되게 굴 거예요. 오지 말아요. 날 좋아해 달라고 말하기도 싫고요. 그 사람과 나를 계속 비교하면서 보게 될 오빠의 시선도 싫어요. 그러면서 열등감에 사로잡혀 어떻게든 오빠의 마음을 조금이라도 더 잡아 보려고 아등바등하는 것도 너무 끔찍해서 싫고요. 다 싫으니까, 날 이상한 사람으로 만들지 말고 그냥 가 주세요."

태경이 곁으로 다가와 그녀의 몸을 끌어안으려는 순간 지안이 그의 어깨를 확 밀어젖혔다. 그 바람에 그의 몸이 잠시 휘청거렸다. 그녀가 자신을 밀 거라고는 생각도 못 한 눈치였다. 지안도 놀란 얼굴로 그를 쳐다보다가 재빨리 표정을 지우고 말했다.

"지금 예민해져 있으니까, 한동안은 보지 말았으면 해요. 이성적이고 논리적으로 판단하기 위해 부단히 노력하고 있는데도 막상 오빠를 보면 그게 되질 않아요. 저도 제가 이렇게까지 소심하고 겁 많고 피해망상에 사로잡힌 사람이라는 걸 처음 알았어요. 미안해요."

"하아, 지안아……."

"여기까지만 해요. 여자는 질투와 시기심이 많아요. 아무렇지 않은 척 평정심을 유지하려는 건 아마도 제 성격상 겉으로 드러내질 않아서 습관적으로 무표정을 유지하는 걸지도 몰라요. 그런데 보이는 게 다가 아니에요. 전 두려워요. 제가 오빠의 결혼 생활을 지켜보면서 어떻게 이상한 여자가 될지……."

"결혼하지 말까?"

심장이 덜컥 내려앉았다. 지금이라도 당장 그를 말리고 싶어졌다. 고개를 돌려 그를 쳐다봤다.

"말리면 안 해. 네가 하라고 해서 하는 거지만, 말리면 안 해. 대신 아버지가 어떤 식으로 나오든 나는 무조건 널 지킬게. 내가 할 수 있는 모든 걸 다 동원해서 널 지킬게."

하지만 그는 지키지 못한다. 감 의원은 그녀를 세상 밖으로 언제든 내칠 수 있는 사람이다. 자신의 아들에게도 어떤 식으로든 힘을 사용할 사람이다. 그렇게 되면 그녀만 부서지는 게 아니라 그도 산산조각이 나는 것이다. 모두가 망가지는 게 사랑의 결말이라면, 굳이 가고 싶지 않다. 막는 게 맞다. 그의 말마따나 시간 지연을 위해서는 위장결혼이 꼭 필요하다. 특히 감 의원의 눈을 잠시나마 가려 놓을 안선주라는 눈가리개가 꼭 필요했다.

아버지의 억울함이 만천하에 드러나는 순간이 언제일지 모른다. 하지만 그때가 되어야만 태경의 곁에 온전히 서 볼 수 있는 기회라도 얻게 된다. 적어도 아버지가 죄인이 아니었다는 것과, 자신들을 핍박했다는 사실을 감 의원이 시인한다면 이제 가해자와 피해자의 위치가 역전될 것이다.

그에 대한 사과를 감 의원에게 꼭 받아 내야 한다. 그리고 더불어 태경과의 아름다운 마무리까지 연결된다면 더 바랄 것이 없다.

이런 해피엔딩이 되려면 정확한 증거가 필요했다. 그 때문에 태경이 위장 결혼을 택한 것이라는 걸 알고 있었다. 하지만 자신은 그런 의의보다는 자꾸만 다른 여자에 대해서만 의식하며 편협하게 굴고 있다. 영리해져야 한다는 걸 알면서도 마음이 뜻대로 조종되질 않는다.

한심하다.

"아니요. 결혼하세요. 제 감정의 고통은 제가 해결해야만 하는 문제이니까, 어떻게든 해 볼게요. 그러니까 오빠는 정해진 수순대로 가세요. 이런 때 마음을 복잡하게 해서 미안해요."

"아니야. 충분히 그럴 만한데, 네가 그동안 표현을 안 해서 이제야 크게 터진 것 같아. 이제는 이런 감정도 나한테 표현을 해 줘. 한 번 보고 말 관계도 아니고 계속 볼 생각이라면 이제 나한테 솔직해질 필요가 있어. 그렇게 혼자 누르기만 하는 건 안 좋아."

"노력해 볼게요. 하지만 지금까지 계속 그렇게 살아와서 갑자기 드러낸다는 게 쉽지 않아요. 특히 오빠에겐 더더욱 그런 나약한 모습을 보이고 싶지 않아요. 지금은 혼자 수습할 수 있다면 해 볼게요. 오빠한테 꺼내 놓고 자괴감에 빠지게 될 바에는 지금은 혼자 하는 게 맞는 것 같아요."

태경이 쓴웃음을 슬피 지어 보이더니 두 팔을 벌려 그녀를 꼭 끌어안았다.

"내가 할 수 있는 건 이것뿐이네."

그는 말없이 오래도록 그녀를 끌어안아 주더니 천천히 놓아주고 갈 채비를 했다. 미안한 마음과 면구한 마음이 뒤엉켰다.

"갈게."

지안은 가만히 고개를 끄덕거렸다. 문 닫히는 소리가 들리기 무섭게 무언가가 그녀의 마음 안에서 요란한 소리를 내며 깨졌다. 그리고 하염없이 눈물이 쏟아졌다.

놓아주고 싶지 않다. 진심으로 붙들고 싶다. 그런데 그래선 안 되는 일이었다.

＊　＊　＊

성대하고 말고 할 것도 없는 약혼식이 끝났고, 결혼 일정이 2개월 뒤로 잡혔다. 태경은 가장 거슬리고 문제가 될 만한 아버지의 감시망에서 벗어났음에 감사한 마음으로 2개월 동안 알차게 조사에 매진할 생각이었다. 일은 오전과 오후 절반을 투자해서 몰두하고 남은 저녁 시간을 경위조사에 매달리면 어떻게든 해결이 될 거라 믿었다.

태경은 최 기자의 개인 사무실에 초대를 받았다. 요즘은 거의 그곳에서 솔개파에 대해 뒷조사를 하느라 여념이 없었다. 최 기자가 커피를 들고 한 손엔 담배까지 든 채로 중얼거렸다.

"알몸 파티 그리고 감시 카메라, 그 와중에 찍힌 어떤 비리. 돈이 오가는 장면이 찍힌 거겠죠? 세 사람, 문 의원과 일당이 누군가를 만나 협의하는 과정이 노출됐을 가능성에 무게를 실었고요. 그래서 그간 되지 않았어야 하는 사업체가 갑자기 이상하게 잘 풀린 경우를 찾아보기로 했죠. 그러다 몇 군데 발견하긴 했지만, 회사 규모가 그리 큰 편이 아닌 경우는 제외시키고 두 군데를 남겨 놓았습니다. 그런데 재밌는 사실 하나가 드러난 업체가 있더군요."

태경이 가만히 그를 쳐다보자, 최 기자가 태경에게 자료를 내밀었다.

"신요물산이라는 곳입니다. 이곳의 상무가 최 마담의 사촌 오빠더군요."

태경이 소름 끼친 얼굴로 사진 속 인물을 쳐다봤다. 이제 한번은 최 마담이라는 여자를 만나 봐야 할 때도 된 것 같았다. 아버지가 집을 해 줬다고 해서 재산 내역을 검토하다가 수십억 원에 이르는 고층 아파트를 어머니가 작고한 직후 구입했던 내역을 찾았다.

"최 마담이 일한다는 술집이 위치가 정확히 어떻게 되나요?"

"만나 보려고요?"

"네, 이제 한 번은 만나 봐야겠군요. 이대로 계속 외면할 수만도 없는 노릇이거든요."

"그렇긴 한데…… 거긴 깡패들 소굴이나 다를 바가 없어서…… 위험할 수도 있습니다."

"그래도 아버지가 감 의원인데, 무슨 짓이야 하겠습니까?"

"하하, 그렇기도 하군요. 주소는 이겁니다."

최 기자가 주소를 내밀었다. 태경은 연락처를 통해 미리 전화를 하려다 그만두고 곧장 차를 몰아 최 마담의 러스트로 향했다. 러스트는 예상보다 큰 규모를 자랑하는 룸 전용 고급 주점이었다. 주로 양주만 판매하는 곳 같았고, 개개인의 신변 보장이 가능하도록 들고 나가는 복도를 따로 나눠 두었다.

그가 계단을 내려가 로비에 도착하자 화려한 미소를 짓는 여자가 다가와 인사를 했다.

"최 마담을 만나러 왔습니다."

여자가 그를 유심히 쳐다보더니 입가에 미소를 지었다.

"죄송하지만 최 사장님은 아무나 만나실 수 있는 분이……"

"됐어. 괜찮아."

갑자기 뒤에서 나타난 여자가 화려한 미소를 지으며 그에게 다가왔다. 새카만 레이스 문양의 시스루 원피스를 몸에 타이트하게 입은 여자였다. 그녀는 굉장히 젊기도 했지만 아름답고 지적인 외모를 갖고 있었다.

"감태경 씨죠?"

바로 알아본다.

"네, 맞습니다."

"따라오세요."

최 마담의 뒤를 쫓아 좁은 복도를 걸어 계단을 통해 2층으로 올라가자, 여러 개의 방이 나타났다. 그녀는 그중 하나의 방문을 열고 안으로 들어갔다. 긴 대리석 테이블과 푹신하고 편안해 보이는 최고급 가죽 소파에 앤티크한 조각상이 벽에 고정되어 있었다.

"이쪽으로 앉으세요."

최마담의 권유에 자리에 앉자, 그녀도 차분하게 앉더니 입가에 미소를 띠며 물었다.

"차라도 한잔……."

"됐습니다."

"질문이 있는 듯한 표정이군요."

젊어 보이지만 젊지만은 않은 여자였다. 그녀는 관록 있는 눈빛으로 그를 바라보고 있었다. 태경은 그녀에게 대뜸 물었다.

"신요물산의 최 상무, 사촌오빠 맞습니까?"

최 마담이 새빨간 입술을 화려하게 휘어 올리며 미소를 지었다.

"맞아요."

"아버지가 넣어 줬겠죠?"

"대답해야 하나요?"

"하는 게 좋지 않을까요? 서로…… 깊게 얽혀서 좋을 게 없을 것 같은데요."

"……난 감 의원님에게 내연녀 따위로 설명할 수 있는 지위에 있는 여자가 아니에요. 결혼을 해도 좋을 만큼 꽤 오래 감 의원님에게 사랑을 받았죠. 물론 지금도 그렇고요. 어쩌면 감 태경 씨의 새엄마가 될 수도 있는 사람이에요. 제가 굳이 그런 비밀을 다 까발려서 뭘 하려고 그럴까요? 이런 거 아버지가 알고 있나요?"

"그쪽이 그렇게 현명한 데다, 나의 새어머니가 되고 싶다면 그런 걸 일일이 아버지에게 말하지는 않겠죠. 남의 말을 고스란히 읊어 댈 수밖에 없는 앵무새라면 그게 정말 우리 어머니를 대신해도 될 만큼 매력적인 사람인지도 의심스럽고요."

"호호호호, 말을 참 잘하네. 하긴 감 의원님이 항상 칭찬하던 아들답네요. 그렇다고 해도 모든 걸 다 말하고 싶지는 않은데요."

"아버지는 그쪽과 절대로 결혼 같은 건 하지 않을 겁니다. 세상에 호스티스 출신의 여자와 결혼을 하겠다는 정치가는 없거든요. 당신은 그저 아버지가 정치가들의 뒷얘기를 수집해 틀어 놓으면서도 쾌락을 얻을 수 있는 간단한 도청기에 불과해요. 아버지가 이것저것 해 주니 착각하나 본데, 그중 실제로 자신의 것이 하나라도 있습니까? 제대로 계산하세요. 아버지는 굉장히 계산적인 정치가예요. 진심이라고는 하나도 없는 사람이죠. 그래도 유일하게 어머니에게는 진심을 드러냈습니다. 하지만 당신에게 하는 게 진심일까요?"

최 마담의 얼굴이 하얗게 질리더니 아랫입술이 파르르 떨리기 시작했다. 눈동자엔 이미 분노가 가득 차올랐다.

"이용만 당하다 버려지겠죠. 아버지의 여성 편력에 대해 그동안 외면한 건 늘 항상 그 모든 관계가 단순한 바람이었기 때문이에요. 당신도 그중 하나일 뿐입니다. 단지 오래 곁에 둔다고 해서 그게 사랑이라 착각했나 보군요. 당신을 대신할 여자는 아버지 입장에서 널렸을 겁니다. 자만하지 마세요."

태경이 천천히 자리에서 일어나자, 최 마담이 주먹을 움켜쥐며 싸늘하게 씹어뱉었다.

"아무것도…… 알아낼 수 없을 거예요. 감태경 씨가 알아내고자 하는 모든 건 완벽하게 은폐되어 있거든요. 그러니까 그만하세요."

"충고 고마운데…… 이 일로 인해서 아버지가 파멸한다고 해도 저는 끝까지 갈 겁니다. 어머니의 고통스러운 죽음에 감춰진 비밀이 뭔지 꼭 밝혀내야겠어요. 그럼 실례합니다."

정중하게 인사를 하고 그곳을 빠져나오자 바로 뒷문이었다. 미로 같은 희한한 구조로 설계된 공간이었다. 서로 얼굴이 마주칠 일이 없게 하기 위해 온 힘을 기울인 공간이었다. 그렇다면 이곳을 이용하는 사람이 누군지 대충 감이 잡혔다. 얼굴이 세상에 쉽게 노출되기를 꺼리는 매스컴 속의 사람들이 주로 이용할 것이다.

아무리 최 마담이 입을 다물고 있다고 해도 알아내려고 마음만 먹으면 못 알아낼 것도 없다. 그는 흥신소와 사설탐정에게 각각 신요의 최 상무에 대해 알아보라고 지시를 내렸다. 이틀이나 사흘만 지나면 정보가 손에 들어올 것이다.

그리고 그날 밤, 자정 뉴스에 신원미상의 시신이 발견되었다는 소식이 나왔다. 국과수에서 조사를 해 본 결과 황새파 이순철의 시신으로 판명되었다고 했다.

결국 이순철은 사망한 채로 세상 밖으로 나왔다.

최 마담이 금고방 문을 열고 여러 개의 금고를 유심히 살폈다. 이 방에 몰래 감시카메라를 설치해 감 의원이 금고를 열 때마다 비밀번호를 누르는 걸 확인했다. 그래서 이제 이 안의 금고 비밀번호를 그녀는 다 꿰차고 있다.

태경의 말이 맞았다. 그녀는 감 의원이 자신을 곁에 두는 이유가 그저 손에 익어 편하고 익숙한 존재이기 때문이라는 걸 잘 알고 있다.

그런데도 그를 붙들어 놓고 평생 부귀영화를 보장받고 싶었다. 그런 욕심에 아이와 결혼을 요구했지만, 감 의원이 그런 걸 들어줄 위인이 아니라는 것도 잘 안다.

그렇다면 그녀도 안전장치가 필요했다. 너무 많은 비밀을 공유하는 관계가 유지되다가 끝나게 되면 정치가들이 뻔히 하는 짓이 있다. 비밀을 아는 퇴기를 처리하는 방법은 어느 섬 지방 술집에 내다 버리는 것이었다.

물론 첫 시작은 마약중독이다. 마약을 강제로 투여한 후 중독시키고, 섬 지방에 처박아 둔다. 그 뒤로 계속 마약을 주입하면서 폐인으로 서서히 죽게 한다. 이미 이런 레퍼토리를 꿰고 있는 그녀는 항상 끝이 두려웠다. 그들 같은 삶에 끝도 행복하기를 바란다면, 그건 욕심이리라.

그녀는 5개의 금고를 하나씩 열었다. 지문 인식까지 해야 하는 금고인데도 열리는 건 그동안 감 의원의 손가락 지문을 모아 실리콘에 복사해 뒀기 때문이었다. 그녀는 그런 식으로 업체를 통해서 감 의원의 지문을 손에 넣었다. 그걸로 스캔을 하면 금고는 쉽게 열린다.

그곳을 뒤적거려 가장 위험하다고 판단되는 자료들을 전부 카메라에 담고 필요한 동영상의 경우에는 저장장치에 복사해 놓았다. 다른 사람도 아닌 태경이 한 말이 너무도 정확해서 겁이 났다.

이제 이 자료를 갖고 있으면 감 의원이 자신을 함부로 건드리지 못하게 된다. 그리고 이걸 빌미로 어딘가에 도움을 요청하기도 편안해진다. 그녀로서는 살 궁리를 할 수밖에 없다.

금고방에서 나온 그녀는 흐뭇한 미소를 입가에 머금고 위스키 뚜껑을 열어 온더록스잔에 채웠다.

'감 의원! 내가 그렇게 호락호락하게 끝날 것 같아?'

만반의 준비를 마치자, 저절로 안도감이 찾아왔다. 이제 이걸 빌미로 내어 주고 자신의 신변 안전을 보장해 줄 만한 사람이 누굴지에 대해 고민했다.

아마도 이런 자료는 검찰 측에 던져 주면 가장 좋아하지 않을까? 하지만 검찰 쪽에도 감 의원의 세력이 손닿지 않은 데가 없었다. 그러니까 주려면 반대편인 야당 쪽 의원들과 인연이 닿아 있는 검찰을 물색해야 한다. 그래야 이 자료가 살아남게 된다.

하지만 자료 중에서는 야당 의원들과 관련된 자료도 많은 편이었다. 그들 입장에서도 이건 매장되어야 마땅하다 판단할게 뻔하니 줘 봤자 그녀는 죽은 목숨인 건 매한가지가 될 것이다.

'어쩐다?'

막상 생각하려니 좋은 생각이 나질 않는다. 살아갈 수 있는 방법이.

선주가 초조하게 방을 왔다 갔다 하다가 휴대폰 소리에 고개를 돌렸다. 벽에 걸린 시계는 이미 자정이 넘어가고 있음을 알렸다. 집에 도착하면 전화를 달라고 말했는데, 이제야 답이온 셈이다. 누군가를 기다리는 일을 태경은 아무것도 아니라

고 생각하고 있는 걸까? 그녀는 미간을 좁히고 태경의 전화를
받았다.

"늦었네요?"

—네, 할 얘기가 뭡니까?

딱히 할 얘기가 있었던 건 아니다. 약혼도 했으니 이제 본
격적으로 연인 흉내라는 걸 내 보고 싶어진 것뿐.

"결혼 전에 서로 자신의 사생활에 대한 이야기를 좀 나눠야
하는 게 아닌가 해서요."

—어떤?

"이를테면 전화를 하루에 몇 번 한다든가, 문자를 몇 번 보
내도 된다든가, 양가 어른들에게 몇 번씩은 인사를 해야 한다
는 식의 어떤 규칙이요. 쇼윈도 부부라고 해도 그 정도 매뉴
얼은 있어야 서로 규칙을 지키려 할 거 아니겠어요?"

—그렇담 이번 주말에 한번 보죠. 제가 주중엔 아예 시간을
낼 수가 없어요. 주말 전에 연락할게요. 이만 주무세요.

"지금 얘기해도……."

—아니요. 제가 피곤해서요. 내일 새벽에 일어나서 잔업을
마무리해야 합니다.

"뭘 하는데 늘 바쁜 거죠?"

—그런 것까지 안선주 씨한테 일일이 보고를 해야 하는 건
가요?

그녀의 표정이 아까보다 더 심각해졌다.

"뭘 하고 있는지는 알아야 하는 거 아닌가요?"

—벌써부터 결혼이라도 한 것처럼 행동하는데, 그런 건 서로 바라는 바가 아니잖아요? 결혼을 해서도 나에 대한 궁금증은 일절 갖지 말았으면 좋겠군요. 끊습니다.

더는 할 얘기가 없다는 듯 가차 없이 통화는 종료되었다. 그걸 보면서 그녀는 긴 한숨을 쉬었다. 이쯤 되면 그녀의 입장에서는 이 결혼을 깨겠다고 으름장을 놓아도 그만이었다. 그런데 그에게 아무런 말도 하지 못하는 자신을 보면서 한심함을 느꼈다.

이런 대접을 받더라도 그와 결혼까지는 가고 싶은 건가? 결혼한다 해도 여기서 뭔가가 크게 달라질 게 없다는 걸 아는데도 왜 그에게 집착하는 건지 알 수가 없다. 하루 종일 전화 한 통 하지 않는 데다 기껏 통화가 되어도 고작 이런 식의 대화가 전부였다.

인간적으로 그녀에게 아무런 흥미도 느끼지 않는 남자와 할 수 있는 게 뭐가 있을까? 벌써부터 지독하게 외롭다. 이런 추위와 같은 외로움을 혼자 견딜 수 있을지 의문이 들었다.

차라리 이 사실을 부모님에게 알리고 감 의원 쪽과 영영 상종하지 않게 할까? 그것도 하나의 방법이긴 하겠지만 그렇게 되면 감 의원이 그녀에게 흥미를 잃게 될 테고, 이 결혼은 더 이상 진행될 이유가 없다.

어딘가에 도움을 청하고 싶어도 선뜻 움직이지 못하는 건,

그 행동으로 인해 태경이 타격을 받으면 그 원망이 모조리 자신에게 쏟아진다는 걸 알기 때문이었다.

할 수 있는 일이 하나도 없다. 지금은 결혼이 진행되기를 묵묵히 기다리는 것 외엔 수가 없었다. 그리고 모든 게 안정권에 진입한 순간 감 의원에게 말해 도움을 청하는 수밖에.

* * *

손가락 끝에서 피가 흘러나왔다. 잠시 한눈을 판 사이에 벌어진 일이다. 검지 가장자리에서 시작해 깊은 곳을 칼에 찔리고 말았다.

지안은 곧장 손가락을 지혈하고, 밴드로 세게 고정시켜 묶은 후 당장 급한 불을 끄기 위해 요리를 계속 이어 나갔다. 점심시간이 지나 3시쯤 되자 더 이상 손님이 들어오지 않았다. 그녀는 바로 브레이크 타임을 걸고 은혜에겐 뒷일을 부탁하고 근처 병원으로 향했다.

병원으로 가서 응급실에서 검지를 꿰매는 수술을 받았다. 간단한 수술이라고는 해도 이 지경이 되도록 다른 생각에 빠져 있었던 자신이 한심했다.

병원을 나와 가만히 하늘을 쳐다봤다. 봄이 끝나 가고 있다. 바깥 풍경이 어떻게 변해 가는지에 대해서는 전혀 관심이 생기지 않았다. 태경이 신경 쓰일 뿐이다.

그가 약혼을 한 지 한 달이 다 되어 가도록 그녀는 태경에게 연락을 하지 않았다.

마음이 수습되면 연락을 하겠다고 했지만 그를 보면 마음이 다시 불안하게 출렁거리는 것 같아 연락을 하기가 두려웠다. 그런데 병증처럼 번지는 그리움 때문에 온몸이 욱신거리고 아팠다.

가만히 있을 땐 그에게 이런저런 말을 하지 않으니 추악함까지 드러내 보일 필요가 없지만, 그를 만나면 자신의 밑바닥을 다시 그에게 긁어 보여 주게 될까 봐 싫었다.

하지만 그런 마음과 별개로 그가 그립다.

그 마음이 그녀를 지치게 했다.

휴대폰을 만지작거리다가 차에 타자마자 시동도 걸지 않고 태경에게 전화를 걸었다.

딱 한 번 벨이 울린 순간, 그의 목소리가 들려왔다.

—여보세요?

"……오랜만이죠?"

—그러네. 어디야?

"병원."

—뭐? 거긴 왜?

그의 음성이 금세 긴장하더니 딱딱해져 갔다. 지안은 입가에 피식 미소를 띠었다.

"좀…… 다쳤어요."

—내가 지금 갈게.

"아니, 아니에요. 천천히 해요. 천천히. 지금은 아니고, 나중에. 오빠가 보고 싶긴 한데, 당장 얼굴을 보자는 건 아니에요. 그냥…… 생각나서…… 목소리가 듣고 싶어서……."

자신이 뭐라고 하는지 모르겠다. 그녀는 횡설수설하다 말고 기가 막혀서 입가에 미소를 지었다. 이게 대체 뭐 하는 짓인지 모르겠다. 커피라도 한 잔 마시자고 할까?

—커피 사 갈게. 아니면 근처에서 마셔도 좋고. 딱 그만큼만 보고 올게.

그립고 부르고 싶은 사람은 자신인데, 그가 더 절박한 듯이 말한다. 지안은 쓰게 웃으며 말했다.

"내가 갈게요. 오빠 회사 근처로……. 아마 20분이면 갈 것 같아요."

—그럴래? 도착하면 연락해라.

"알았어요."

지금은 그냥 마음이 시키는 대로 하고 싶었다. 그를 만나서 요즘 날씨에 대해, 세상 돌아가는 이야기들에 대해, 어떤 꽃이 피었다가 지고 새로운 꽃이 피어나고 있다는 이야기를 허심탄회하게 하고 싶었다. 그냥 아무런 말 없이 있어도 좋으니까 같이 이 계절을 느끼고 싶었다.

#18

최 기자가 어두운 방 안으로 들어가자, 천장에 매달린 주홍빛 전구에 불이 들어왔다. 그리고 그곳에 선 사람은 다름 아닌 최 마담이었다. 최 기자가 흥미로운 눈빛으로 최 마담을 쳐다봤다.

"저를 부른 이유가 뭡니까?"

"사실 누굴 만나야 할지를 두고 홀로 굉장히 오래 고심했어요. 그런데 검찰도 경찰도 믿음이 가질 않더군요. 그래서 고심 끝에 최 기자님을 떠올렸죠. 언론 쪽에서는 관록도 있는 데다 매우 정직하게 중심 잡고 기자 활동을 하는 분이라는 평은 익히 들어 알고 있어요."

"그렇다는 말은 익히 들어 안다는 그 이유 때문에 나를 찾아왔다는 얘기일 테고……."

"언론에 터트리고 싶은 게 하나 있어서요."

"뭡니까?"

최 마담이 자그마한 USB를 그의 앞에 들고 흔들었다.

"노트북 갖고 왔죠? 한번 볼래요?"

그는 브리프 케이스에서 노트북을 꺼내 전원을 켜자마자 그녀가 내민 USB를 꽂아 넣었다. 그러자 바로 화면에서 두 명의 남자와 마주 보고 앉은 문 의원과 박 의원, 최 의원의 모습이 나타났다. 심상찮은 대화가 꽤 오래 유지되는 것 같더니 두 남자가 세 의원 앞에 하드케이스 가방을 내밀었다. 한 남자가 일어나 케이스를 열자 안에는 골드바가 가득 쌓여 있었다.

"이건!"

"해외로 수출되는 물품과 수입되는 물품의 숫자를 속여 관세를 내지 않고 장사할 수 있게 뒤를 봐준 데다 여러 편의를 봐준 걸로 보이더군요. 배도 거의 헐값에 내어 주기도 하고 컨테이너 숫자까지 조작해 가면서 꽤 많은 눈속임이 있었더라고요. 좀 더 알아보면 아마도 더 나오지 않겠어요?"

최 기자의 입가에 회심의 미소가 번졌다.

"이걸 나한테 주면 어디서 샜는지 알게 될 겁니다. 그렇게 되면 최 마담의 목숨이 위험해질 거예요."

"그래서 당신한테 온 거예요. 날 보호해 달라고."

"하나 전 이걸 세상에 공표할 능력은 있지만 증거물을 내민 양심가를 도울 방법은 갖고 있지 않아요."

"이것 말고도 몇 가지 문제가 될 만한 영상과 자료가 더 있어요. 하나씩 터트리고 싶고, 그렇게 하려면 제가 필요할 거예요."

가만히 그 말을 듣고 있자니 최 기자의 마음이 급해졌다. 그는 잠시 통화를 해야겠다 말하고 밖으로 나와 곧장 태경에게 이 사실을 먼저 말했다.

—그렇다면 제가 있을 곳을 제공하겠다고 해 주세요. 제 명의로 된 집이 몇 개 있습니다. 그중 하나에 잠시 몸을 숨기고 살면 됩니다. 생활비는 제가 대 주겠다고 하면 될 테지만, 저를 밝히지는 말아 주십시오. 익명의 후원가라고 하는 편이 좋겠군요.

"그러죠. 최 마담이 직접 행동에 나설 줄은 몰랐어요. 특종입니다. 오늘 바로 이 기사를 올릴 텐데, 괜찮죠?"

—최 마담이 원하는 대로 해 주세요. 그래야 다음 증거 자료도 확보가 될 테니까.

"알겠습니다."

최 기자는 기쁜 얼굴로 다시 안으로 들어가 최 마담에게 태경이 한 말을 그대로 전했다.

"익명의 후원가라는 게 좀 미심쩍지만, 생활비와 주거까지 책임져 주겠다고 하는 걸로 봐서는 돈 좀 있는 사람인가 보군요. 그렇다면 전 오늘 밤에 집을 나올 거예요. 그때 나를 데리러 오는 사람이 최 기자님이었음 좋겠는데요?"

"그러죠. 제가 사람들을 데리고 가겠습니다. 최대한 목격자가 많은 게 좋을 테니까. 그리고 기사는 언제쯤으로?"

"제가 안전이 보장되면 올리세요. 당장은 곤란해요. 제가 안전한 집으로 옮기게 되면 그때 올려 주세요. 죽고 싶진 않거든요."

"알겠습니다. 오늘도 모쪼록 조심하세요."

최 마담과 헤어져 나온 최 기자는 곧장 자신의 편집실로 향했다. 언론사에 소속되어 있기도 하지만 기자생활을 오래 해서 이제는 프리랜서처럼 자유롭게 일을 하고 있다.

애초에 언론사를 나오려고 할 때 대학 선배가 그를 붙들면서 더 있어 달라고 했고, 최 기자는 그 대신 자유로운 작업 환경을 약속해 달라고 했었다. 대학 선배는 현재 언론사의 부사장이었다. 그래서 그만한 요구가 가능했고, 바로 수렴되었다.

이제 작업실로 가서 이 동영상을 어떻게 잘 기사로 엮어 올려야 할지를 고심해야 할 때다.

국회의원 세 사람이 매장당할 동영상이다.

태경이 초조한 얼굴로 로비를 왔다 갔다 하자, 건물주인 태경의 눈치가 보인 경비업체 직원이 다가오더니 물었다.

"혹시 무슨 중요한 물품이 도착합니까? 그럼 제가 가져다 드려도 되는데요, 대표님."

"아, 아니에요. 사람이 오기로 되어 있으니 신경 안 쓰셔도 됩니다."

그제야 경비직원이 웃으며 대기 데스크로 돌아갔다. 그때 문자음이 울렸다.

[회사 뒤에 있는 카페가 한적하니 좋네요. 기다릴게요.]

지안은 앞으로 오지 않고 사람들 눈을 피하듯 뒤쪽으로 와서 카페 안으로 숨었다. 그는 그녀의 존재가 드러나든 말든 개의치 않는다. 정정당당하게 지안을 만나고 싶어서 결혼이라는 걸 하겠다고 한 것이다. 그런데 정작 지안은 주변 사람들 눈치를 살핀다. 본인이 워낙 유명 배우이기도 했지만, 자신보다는 그에게 오게 될 피해를 염려하는 눈치였다.

태경은 로비 문을 열고 나가 건물을 돌아 뒤편에 있는 작은 카페로 향했다. 은퇴 후 장사를 하는지 육십대 초반의 부인이 장사를 하고 있는 곳으로 실내엔 온갖 식물들이 가득했다. 식물을 좋아하는 사람들이 자주 찾아오는 곳 같았다. 그게 아니라면 아마도 산만하다고 했을지도 모른다.

태경이 카페 문을 열고 안으로 들어가자, 지안의 뒤통수가 보였다. 누가 오는지는 일일이 확인하고 싶지도 않은지 문을 등지고 앉아 있다. 게다가 귀엔 이어폰까지 끼고 있었다. 굳이 낯선 사람과는 눈을 맞추고 싶지 않다는 이유이겠지.

그는 지안에게 향하기 전에 주인에게 먼저 가서 커피를 한 잔 주문했다. 주인이 직접 갖다주겠다고 해서 자리에 앉았다. 그제야 음악을 들으며 창가 쪽에 놓여 있는 이름 모를 꽃나무를 쳐다보던 지안이 천천히 그를 쳐다봤다. 지안이 이어폰을 빼더니 입가에 미소를 지었다.

'나는 너를 봐야 행복하구나.'

이토록 당연한 이치를 이제야 깨닫게 되다니. 머릿속이 복잡했다. 그도 그녀와 마주 보고 웃었다. 다른 말은 필요 없었다. 그저 이렇게 서로 마주 보고 웃기만 하는 것 외에는.

누구도 먼저 이 즐거운 적막을 깨려 하지 않았다.

"커피, 나왔습니다."

주인이 다가와 그의 앞에 커피잔을 내려놓더니 지안에게 리필을 원하는지 물었다. 지안이 고개를 저으며 대신 냉수를 부탁했다. 겨우 지안이 다른 사람과 눈을 맞추고 말을 하는 모습을 보았다. 참 아름답고 수줍지만, 선한 눈빛이 좋은 사람이다.

"갑자기 내가 왜 보고 싶었던 거야?"

지안이 붕대가 감긴 손가락을 들어 그에게 보여 줬다. 크게 감겨 있는 건 아니었지만 상처가 꽤 깊었던 듯 보였다.

태경은 괜히 눈살이 찌푸려지고 심장이 저릿했다.

"어쩌다?"

"딴생각을 했어요. 요리할 때 제일 금하는 게 딴생각인데…… 칼을 쥐고 바보처럼 딴생각을 해 버렸네요."

"바보네."

"그러다 이렇게 됐어요."

지안이 힘없이 실금 같은 미소를 지었다가 이내 표정을 지웠다. 파문처럼 표정이 커지다가 이내 사라졌다. 잔잔한 사람이다.

"이젠 다치면 안 돼."

"알아요. 다칠 때마다 괜히 서러워진다고 계속 오빠를 보러 올 수도 없는 노릇이니까."

"난 상관없지만……."

"전 상관있어요. 그런 거 싫어요. 별로야."

"네가 싫다면 할 수 없지만…… 다치지 마. 난 그게 더 싫으니까."

"날씨가 너무 좋아서 왔어요. 다치기도 해서 좀 그랬지만…… 봄바람에 실려 오는 냄새가 너무 좋아서 홀린 듯이 누군가와 같이 있고 싶더라고요. 내가 좋은 사람과 함께 이 계절이 떠나는 걸 보고 싶었어요."

그제야 태경은 창밖을 쳐다봤다. 목적을 갖고 하루하루 살다 보니 계절이 어떻게 바뀌는지, 나이가 어떻게 드는지도 감흥이 없었다. 그저 지안을 하루빨리 곁으로 데리고 오겠다는 일념 외에는 아무런 생각도 들지 않았다. 그 시간을 조금이라도 단축해야겠다는 마음 외에는 다른 감정이 깃들 새가 없었다.

그런데 지안이 있는 지금, 지안이 채워지면서 이제 다른 것이 눈에 들어온다. 이 순간을 온전히 모든 순간에 채운다면 얼마나 좋을까?

"답답하다."

그게 진심이었다. 지안이 알아들었는지, 쓴웃음을 짓더니 말했다.

"어쩔 수 없잖아요. 우린……."

"그게 싫다는 거지. 너만 옆에 있음 난 완벽한데……."

지안의 눈을 아래로 내리더니 빈 찻잔을 어루만졌다. 갖고 싶은데, 갖지 말아야 하는 이 상황을 대체 뭐라고 설명해야 할지 정말 모르겠다.

"다른 얘기를 할까요?"

지안이 입가에 억지 미소를 짓더니 눈매를 반달같이 휘었다. 가짜로 웃는데도 그녀는 빛난다. 참 예쁘다. 그는 고개를 한 차례 끄덕거리고 곧 뉴스가 올라올 거라고 알렸다.

"뭔가가 터질 모양이군요."

"음, 문 의원 쪽에 아마도 상당한 파급력이 있겠지. 아마도 여당 전체가 들썩거리게 될 거야. 한 차례 물갈이가 대대적으로 일어나겠지."

"그렇다고 해도 아버지의 사건을 다시 수사한다는 얘기는 나오지 않겠군요."

"이제 시작이야. 조금 기다리자. 최 마담이 갖고 있는 카드가 그게 다가 아닌 것 같아. 아무래도 아버지는 최 마담에게 비밀 금고의 비밀번호를 알려 준 것 같아. 자신 외에는 절대로 믿지 않는 성격상 아버지가 최 마담에게 비밀번호를 알려 준다는 것 자체가 어폐가 있긴 한데, 어쨌든 최 마담이 알아낸 덕에 무언가가 수면 밖으로 드러나려 하고 있으니까."

"그래도 오빠가 그 사람을 찾아간 뒤에 그 사람이 움직인 거라 다행이군요. 도발이 먹힌 거잖아요."

"그럴 수도 있지. 그 여자 입장에서는 불안할 거야. 언젠가 자신이 내쳐질 거라는 걸 잘 알거든. 아버지에게 여자란 존재는 그저 소모품에 불과하니까."

"일이 더 진행되면 얘기해 줘요. 전화 통화 정도는 해도 되니까요."

"그래도 되나?"

지안이 큭큭 소리 내어 웃더니 말했다.

"내 전화 기다렸어요?"

"당연하잖아. 하고 싶은데, 네 마음이 정리가 안 됐을 것 같아서 못 했지."

눈치를 보고 있었다는 걸 알고 있을까? 천하의 태경이 여자

눈치를 보다니. 그만큼 그녀의 비위를 거스르고 싶지 않았다. 거스르면 다시는 연락하지 말라고 선을 죽 그을지도 모르니까, 그렇게 할 수가 없었다.

그는 지금 세상에서 임지안이 제일 무서웠다. 다가오지 말라고 할까 봐. 누구보다 지안이 그립고 보고 싶은 한 사람이라서, 그래서 지안이 하라는 대로 할 수밖에 없었다.

"연락해도 되는데…… 결혼식 끝나면 한 달간은 연락하지 말아 주세요."

"또? 한 달?"

"네…… 음…… 아무래도 그런 기념비적인 날에는 제 감정선이 불안하게 출렁거리니까 좀 그래요. 마주치면 아마도 오빠를 잡아먹으려고 하지 않겠어요? 굳이 그 불행의 지옥으로 들어오고 싶어요? 서로 거리를 두는 게 좋을 때도 있어요. 바닥을 다 드러내 가면서 오빠를 괴롭히고, 그런 짓을 한 걸 후회하고 싶지 않으니까."

"난 상관없다고 했는데……."

"사람인 이상 그렇지 않아요. 칼을 휘두르는데, 다치지 않는 사람은 없어요. 그 칼에 아무리 견고한 마음을 가진 오빠라고 해도 분명 다칠 거예요. 전 그게 싫은 거예요."

하아, 이 녀석 고집을 어떻게 꺾겠는가! 그는 이 승부에서 항상 패자일 수밖에 없다. 지안의 얼굴을 한 번이라도 더 보려면 그녀가 하자는 대로 하는 것 외엔 방법이 없으니.

"그러자. 네가 하자는 대로……."

"신혼여행도 가는 건가요?"

"생략하고 싶다고 했어. 난 내 사업이 더 중요하다고 그쪽에 애기하기도 했고, 이 결혼은 어디까지나 어른들 입장을 고려해서 하는 정략혼이라는 점을 매우 강조하기도 했고."

"신혼집은 어디로?"

"따로 구했어. 아버지가 압구정동에 새로 입주를 시작하는 아파트 단지 중 한 동을 분양받아 놔서 당장 입주가 가능해."

지안의 표정이 금세 어두워졌다. 그녀는 이제 더 이상 궁금한 게 없는지 입을 꾹 다물고 다시 옆에 놓인 화분을 들여다보더니 말했다.

"행복하면 안 돼요. 오빠……."

"당연하잖아."

"……좀 불안해요. 전……."

"그런 감정을 느낄 필요가 있을까? 내가 목석같이 굴 텐데……."

지안이 입가에 살며시 미소를 지었다가 지우고 말했다.

"일어나요. 이제 그만 가 봐야겠어요. 다시 일을 시작해야겠어요."

"그 손으로 괜찮아?"

"그래도 해야죠. 고객이 노쇼(No Show)를 하는 경우는 있지만 주인이 노쇼를 해서는 안 되는 거니까요."

"고달프네. 일이라는 게⋯⋯."

"그건 오빠도 마찬가지 아닌가요? 아파도 나가서 일할 수밖에 없잖아요. 노는 시간이 허망하게 지나가는 게 아깝기도 하고⋯⋯."

"그렇긴 하다."

지안은 생활력이 강한 여자다. 이미 열아홉 살부터 돈을 벌기 시작해서 그런지, 일을 하는 것을 가볍게 보지 않는다. 고객과의 약속에 대한 책임감도 남다른 걸 보면, 자신의 일에 대한 책임감이 막중해 보였다.

카페 주인에게 다가가 계산을 하고 밖으로 나와 나란히 서서 하늘을 쳐다봤다. 같이 올려다본 하늘이라서 아마도 오래도록 기억에 남을 것이다. 이내 둘은 서로 눈을 맞췄다.

"금세 여름이 되겠네요. 공기가 많이 후덥지근해졌어요."

"같이 운동이나 했으면 좋겠다. 산책도 하고⋯⋯."

"그게 꿈이 될 줄은 몰랐어요."

지안이 손을 내밀었다. 태경이 그 손을 가볍게 쥐고 위아래로 살며시 흔들었다. 꽉 잡은 손을 놓아주고 싶지 않았다.

"또 봐요."

"그래."

"갈게요. 그냥 여기서 헤어져요. 인사하고 나서도 지지부진하면 자꾸 미련만 남게 되고 즐거운 기분이 날아갈 것 같아서요."

"알았다."

차 있는 데까지 따라오는 걸 굳이 그녀는 잘랐다. 지안이 인사를 하고 골목길로 사라지는 모습을 그는 가만히 볼 수밖에 없었다. 정말 야박한 사람이다. 하나부터 열까지 자기 멋대로만 하겠다 하고 그는 늘 이렇게 숨죽여 지켜볼 수밖에 없게 한다.

야박한데도, 좋다. 그래서 고통스럽다.

* * *

특종이라는 뉴스가 인터넷 전체를 장악했다.

순식간에 수많은 사람에게 동영상 편집본이 재생되었고 기사 내용까지 읽혔다.

부패한 정치권력에 대한 지탄의 목소리가 높아지고 정치인을 불신하는 비난의 글이 쇄도했으며, 국회의원 전체에 대해 비리 조사를 착수하라는 국민의 청원이 줄을 이었다.

저녁엔 청와대에서 이 사건의 주요인사인 문 의원, 박 의원, 최 의원을 검찰 조사한다는 발표와 함께 신요물산에 대한 조사도 함께 시작한다는 공식 발표가 올라왔다.

생각보다 일이 커지는 분위기였고, 누구보다 패닉 상태에 빠진 사람은 아버지였다.

태경은 일부러 본가에 반찬을 가지러 왔다는 소리를 하고,

부엌에 머무르며 아버지의 반응을 살폈다. 역시나 아버지는 기함한 눈치였고, 곧장 어딘가로 전화를 하다 통화가 안 되는지 연신 욕설을 내뱉었다. 그는 은근슬쩍 아버지 근처로 가서 물었다.

"아버지가 왜 그렇게 예민하세요? 사고는 야당 대표 의원들이 친 거 아닙니까?"

"그게 그렇지가 않아. 저 불이 저렇게만 타다 끝나겠어? 다른 데로 불똥이 떨어진다는 생각은 왜 못 해? 저리되면 우리 쪽에서도 마냥 넋을 놓고 있을 수만도 없지. 우리도 납작 엎드려 국민의 마음이 가라앉기를 기다릴 수밖에 없게 된다고. 요새는 인터넷 탓에 여론이 쉽게 한데로 모인다. 이 상황이 종료되려면 한참 걸리겠구나. 하아, 이게 어떻게 된 일인지 먼저 알아보러 나가 봐야겠다."

"같이 갈까요?"

"됐어. 자고 가든지, 아님 그냥 가든지, 네가 알아서 해라."

"네."

아버지가 나가는 모습을 지켜본 그는 최 기자에게 전화를 걸어 물었다.

"그분은 잘 피신했나요?"

─네, 휴대폰이고 뭐고 제가 다 뺏었습니다. 신분을 드러내선 안 될 것 같아서 제 명의로 카드도 하나 만들어서 줬고요. 당분간 그걸로 생활하라고 했어요. 괜히 위치 파악이 될 만한

행동을 해서 드러나면 정말 죽은 목숨입니다.

"그렇죠. 단속 잘하세요. 그리고 다음 단서에 대한 힌트는 받지 못했나요?"

—일주일 정도 기간을 둬서 알리고 싶다고 하더군요. 당분간 상황을 좀 더 지켜보도록 하죠.

"알겠습니다. 부디 별일 없이 무사히 감춰지길 바랄 따름입니다. 그분의 존재에 대해서 말입니다."

—그렇죠. 워낙 큰일을 발설한 상황이라. 아무튼 이제 본격적인 수사가 시작되면, 비리 3인방의 입에서 어떤 통일된 주장이 나오게 될지 완전히 다른 주장이 나오게 될지 지켜보도록 하죠. 그곳에서 죽은 왕 여사님의 사건에 대한 실마리가 하나라도 나온다면 정말 다행한 일이겠죠.

"제가 바라는 것도 바로 그런 부분입니다. 다른 의도로 시작한 게 아니잖아요."

—하지만 이 일로 아버님의 명예가 실추되거나 하는 일이 벌어질 수도 있습니다. 아버지의 내연녀가 호스티스였다는 둥 깡패들을 끼고 일을 했다는 둥, 이런 것들이 알려진다면 아버지도 수사선상에 오를 테고 안전하지는 못할 텐데 괜찮은가요?

"그런 걸 일일이 계산할 여유가 있었더라면 아무것도 하지 않았겠죠. 중요한 것은 어머니의 죽음을 파헤치는 일입니다. 검은 헬멧의 남자를 찾아야 해요. 그 사람은 임지안의 아버지가 아닌 다른 사람입니다. 누가 보더라도 체격도 다르고 키도 다른 데다 걸음걸이까지 다른데 임성운 씨가 누명을 쓰고 복역 중인 상황입니다. 이건 정의가 아닙니다. 올바른 정의를 실현하는 일이니, 아버지도 이해하시겠죠. 그동안 아버지가 국민의 혈세로 누린 시간을 생각해 본다면, 한 번쯤은 모든 걸 걸고 제대로 된 정의를 실천해 보는 것도 좋은 경험이 될 겁니다. 만약 이 일로 아버지가 추락한다고 해도, 진짜 아버지를 원하는 국민들의 지지와 응원이 있다면 정치는 언제든 다시 할 수도 있을 테고요."

─뭐, 하긴 정치계에 영향력을 행사하는 노련한 장로들의 파워를 보면 뒤로 물러나는 일이 그렇게 슬프고 괴로운 일만도 아닐 겁니다. 그럼 이번 일이 무사히 끝나기를 기원하는 수밖에요.

"수고하세요."

통화를 끝낸 태경은 주방에서 반찬을 싸서 나온 도우미에게 인사를 하고 집사에게 집으로 그냥 돌아가겠다는 얘기를 전했다. 주차장으로 나와 음식은 트렁크에 싣고 차에 시동을 걸었다.

주차장을 빠져나오면서 지안이 생각난 그는 시간을 확인했다. 밤 11시가 넘어가는 시간이었다. 그가 지안이 보고 싶어지는 시간은 항상 일정한 편이다. 마음에 여유가 생기는 순간, 지안이 긴 그림자처럼 심장을 온통 덮는다.

만나고 싶은 마음이 한번 요동치자, 마음이 다급해졌다.

그는 차를 몰아 곧장 지안의 가게로 갔다. 클로징은 자정이니까 아직 문을 닫지는 않았을 것이다.

이런 일이 늘 벌어지는 일은 아니지만 석 달에 한 번쯤은 일어나는 행사 같은 일이기는 했다.

"음식을 왜 이따위로 만드냐고 묻잖아요. 고기가 탔잖아!"

"손님, 고기에 불맛을 내기 위해선 그릴 위에서 빠르게 조리를 한 후 프라이팬에서 다시 익히는 과정을 거치기 때문에 그건 어쩔 수 없습니다. 그 정도도 태우지 않고 요리하는 요리사는 아마 없을 겁니다."

맥주 두 병을 마신 사십대 후반의 대머리 남자가 행패를 부렸다. 가뜩이나 예약을 했다가 몇 번이나 날짜를 바꾸며 변덕을 부리더니 기어이 와서 이젠 이런 식으로 나온다. 밤 시간에는 예약을 받지 않지만 이 손님은 저녁 식사 마지막 타임에 들어와 자리를 차지했다. 그러더니 몇 시간째 일어나질 않고 이 진상 짓이었다.

"난 돈 못 내! 이런 걸 그렇게 비싸게 팔면 쓰나! 게다가 내 입맛엔 하나도 맞지를 않아!"

하지만 손님은 음식을 깨끗하게 다 비운 채였다. 이런 일로 화를 내서는 안 된다. 이미 한두 번 겪은 일이 아니었다. 버릴 건 노련하게 버릴 필요가 있었다. 괴롭힘에 한번 넘어가 주면 또 와서 비슷한 짓을 일삼기 때문에 오늘은 확실하게 태도를 보여 줄 필요가 있다.

남자가 포크로 테이블을 콱콱 찍으며 그녀를 위협했다.

"이딴 걸 팔면 곤란하다고! 맛도 없지, 양은 적지. 내가 이거 인터넷에 한번 올려서 사람들한테 얘기해 볼까? 다들 뭐라고 하는지?"

"손님, 저하고 친하신가요? 왜 아까부터 반말이신지? 그리고 맛없는 음식이었다면 이렇게 싹싹 비울 필요가 없었을 텐데요. 그리고 이 식탁, 손해 배상 청구하겠습니다. 왜 멀쩡한 식탁을 망가트리는 건가요? 경찰, 부를까요?"

그 말에 남자의 얼굴이 벌겋게 달아올랐다. 그는 갑자기 자리를 박차고 일어나 의자를 발로 걷어차더니 그녀에게 바싹 다가왔다. 그의 손에는 아직 포크가 힘껏 쥐어진 채였다.

은혜가 바로 경찰에 신고를 했고, 지안은 저 포크를 쥔 손이 함부로 움직일 경우를 대비해 그의 손만 쳐다보며 말했다.

"손님, 포크는 내려놓으시죠?"

"이게 쌍! 뭐라고 지껄이는 거야? 겨어엉찰? 지금 나한테 경찰 부른다고 협박했지? 이딴 음식을 만들어 파는 네년은 제정신이야? 앙!"

순식간에 남자는 포크를 내던지더니 그녀의 머리끄덩이를 강하게 움켜쥐어 뒤로 당겼다. 묶어 두었던 머리칼이 후두둑 등허리를 덮으며 떨어졌지만, 남자의 손아귀에 감싸인 모근

쪽은 뜯겨 나갈 듯 아팠다. 그녀는 어금니를 사리물고 버티며 말했다.

"놔!"

"이게 어디서 소리를 질러!"

남자가 다른 한 손으로 당장이라도 그녀의 얼굴을 내리찍으려고 주먹을 뻗는 순간이었다.

"으악!"

갑자기 남자가 죽는 소리를 하며 몸을 휘청거렸다. 그녀의 얼굴로 떨어지던 손이 어느새 꺾여 남자의 등 뒤에 가 있었다. 태경이 온 힘을 다해 남자를 압박하자 남자는 머리끄덩이를 쥐고 있던 손을 풀며 애원했다.

"으아아악! 파파파파파, 팔이 부러질 것 같아요. 아아아악!"

"당장 사과해!"

"으아아아, 미미미, 미안합니다."

"진심으로 사과해!"

"으아아악! 안 풀어? 당장 풀어!"

남자는 꽥꽥 소리를 지르고 몸을 흔들어 대며 난동을 피웠다. 그사이 경광등을 켠 순찰차가 가게 앞에 멈춰 섰다. 경찰 두 명이 내리더니 가게 안으로 들어와 난장판이 된 상황을 보더니 태경에게 다가왔다.

경찰은 곧장 남자를 붙들고 두 사람 사이를 떨어뜨려 놓았다. 그러자 남자가 씩씩거리며 태경에게 쌍욕을 내질렀다. 경찰들은 단박에 남자를 알아보고 혀를 내둘렀다.

"아휴, 이 동네 골칫거리 아저씨네!"

경찰 중 한 사람이 남자에게 한소리 하고는 수갑을 채워 순찰차 뒷좌석에 태우는 동안 다른 한 사람은 머리에 쓰고 있던 모자를 벗으며 말했다.

"저분, 이 동네에서 유명해요. 여기 어딘가에서 장사를 하다가 말아먹고 1억을 날렸다나 어쨌다나. 그래서 이혼당하고 가족들에게 버림받아서 저러고 떠돌아다니더라고요. 돈도 없는 양반이 꼭 이렇게 유명한 식당에 들어가서 행패 부리고 공짜로 밥 달라고 생떼를 부리는 거예요. 아주 잡범이에요. 잡범! 저희가 적당히 잘 달래서 보낼 테니까, 이번 한 번만 봐주세요."

태경은 화가 잔뜩 나서 소송을 걸어야겠으니 당장 잡아넣으라고 했다. 하지만 지안이 그를 달랬다. 그녀는 한 번은 선처를 해 주지만 한 번만 더 이러면 그때는 법적 조치를 하겠다고 말한 뒤 돌려보냈다.

경찰들이 돌아가기 무섭게 지안은 바로 가게 정리를 시작하려 머리를 묶었다. 태경이 심란한 얼굴로 물었다.

"정말 괜찮겠어? 저런 사람은 한번 봐주면 또 와서 비슷한 짓을 더 해. 끝을 보려고 덤비지. 그냥 음식 가지고 진상만 피우면 차라리 나은데, 사람 몸에 손을 댄 경우는 이런 식으로 하면 안 돼. 다음엔 더 위험한 짓을 할 수도 있어."

지안이 빗자루와 쓰레받기를 가져와서 그에게 내밀었다.

"청소 좀 해 줘요. 의자 다 세우고. 설거지가 한 가득이에요. 은혜 씨! 내일 재료 손질하는 것만 해 놓고 퇴근해요."

"네, 사장님."

은혜가 심상찮은 분위기를 감지하고 재빨리 부엌으로 피했다. 지안은 바깥에 클로징 팻말을 걸어 두고 암막 블라인드를 전부 내렸다. 이제야 모두의 시선으로부터 자유로워졌다.

지안은 말없이 빗자루를 들고 선 태경을 쳐다보며 말했다.

"오빠, 이런 일은 의외로 심심찮게 일어나는 일이에요. 음식으로 생트집 잡아서 SNS에 올려 매장해 버리겠다는 등 온갖 협박을 하는 사람이 한둘인 줄 알아요? 그런 거에 일일이 반응하다간 장사할 시간이 없게 돼요. 다음번엔 확실하게 할 테니까, 이번 일은 못 본 척해 주세요."

그러자 태경이 빗자루를 바닥에 내려놓더니 험상궂은 얼굴로 지안을 쳐다봤다.

"넌 목숨이 여러 개야?"

"그런 소리가……."

"너, 그러다 몸에 무슨 짓이라도 당했어 봐! 술 마신 사람은 그렇게 쉽게 판단하면 안 돼. 언제든 무슨 일이 일어나도 이상하지 않아. 그러다 어딘가를 다쳐야 정신 차릴래? 다 벌어지고 난 뒤에 후회하는 게 무슨 소용이 있어? 내가 하는 걱정이 귀찮고 부담스럽니?"

그런 게 아니다. 일일이 반응했다간 정말 일할 시간이 줄어든다 생각했을 뿐이었다. 일을 하는 이유는 하나였다. 모든 시스템을 체계화해서 그녀가 부재중에도 완벽하게 가게가 돌아갈 수 있게 만들겠다는 게 목표였다.

그리고 그 목표의 끝에는 태경이 존재했다.

자신도 그저 일에 미친 사람은 아니다. 나름의 명분을 두고 치열하게 달려가는 중이었다.

"왜 그렇게 생각해요?"

"듣기 싫은 표정이잖아."

"……그런 거 아니에요. 그런 생각은 해 본 적 없어요. 오해하지 말아요."

"이대로 돌려보내는 거 반대지만, 이미 네가 그렇게 하자고 결론을 내렸으니까 그냥 따를게. 그런데 다음부터는 그러지 마. 경고하는데, 술에 취한 사람은 안전을 보장해 주지 않아. 알겠어?"

"……알았어요. 조심할게요."

그제야 태경이 엄한 표정을 풀더니 빗자루를 다시 손에 쥐고 청소를 하기 시작했다. 쓰러진 의자와 식탁을 제자리에 놓고 바닥에 떨어진 포크를 쳐다보더니 그는 한참 동안 긴 한숨을 몇 차례 내쉬었다. 그에게 걱정을 끼쳤나 보다. 별거 아닌 일에 그가 좀 예민하게 군다 싶었다.

하지만 그의 입장에서는 언제든 와서 지켜볼 수 없게 되니까 아마도 마음이 좋지 않았을지도 모른다. 그의 입장에서 생각해 본다면 충분히 저렇게 화를 낼 만도 하다.

지안은 가만히 다가가 그의 등에 툭 이마를 기댔다. 그러자 태경이 뒤를 흘끗 쳐다보더니 물었다.

"왜?"

"내 걱정만 하다 늙겠어요. 오빠는……."

"상관없어. 그렇게 늙는 건 환영이야."

"그걸 뭐하러 환영해요. 그래도…… 내 동생 외에는 날 걱정해 주는 사람 하나 없는 이 하늘 아래 오빠가 날 걱정해 준다고 하니까 정말 고마워요. 보호받지 못하고, 가족도 없는 사람이라 점점 독종이 되어 가는 것 같아요. 남자랑 싸워서 이길 수 있다는 생각마저 했거든요. 이젠 안 그럴게요. 오빠가 그렇게 걱정하는 일이라면…… 위험하다 싶으면 도망가고 바로 경찰에 신고할게요."

그제야 태경이 뒤를 돌아보더니 지안의 머리를 부드럽게 쓰다듬어 주었다.

"하여간에 되게 씩씩해. 쓸데없이 씩씩해서 더 걱정된다. 물론 내가 늘 곁에 있는 게 아니니까, 너 혼자 버티려면 그러는 게 맞긴 해. 하지만 무식하게 씩씩할 필요는 없어. 그것만 명심해. 네 목숨은 하나뿐이라는 거."

"그래요. 알아요."

"괜히 와서 잔소리만 하다 가네. 이래서야 내가 불안해서 널 혼자 둘 수 있겠어?"

"이제 괜찮다니까 그러네요."

"얼른 정리하고 가자."

지안은 웃으며 부엌으로 들어가 재료 정리를 끝내고 음식
물 쓰레기를 밖에 내놓고 돌아온 은혜에게 빨리 퇴근하라고
말했다. 그리고 그녀도 내일 봐야 할 장보기 리스트를 정리한
뒤 입고 있던 주방복을 가방에 넣었다.

"저 먼저 들어갑니다."

"그래, 수고했어."

은혜가 뒷문으로 나가는 걸 지켜본 지안은 남은 뒷정리를
한 후 홀의 의자에 앉아 휴대폰으로 노래를 듣고 있던 그에게
다가갔다.

"가요."

"오늘은 네 집에서 잘까?"

"별로 추천하고 싶지 않아요. 너무 피곤하기도 하고요. 아까
그 아저씨 때문에 온몸이 두드려 맞은 듯이 아파요."

"가서 내가 마사지해 줄게."

"그건 더 됐는데……."

"아무 짓도 안 한다고."

"흠, 웃으면서 사기 치지 말아요."

"들켰나?"

태경이 문을 열고 홀 밖으로 나가는 지안을 따라 나가며 입

가에 미소를 지었다. 하지만 두 사람은 그 자리에서 얼어붙고 말았다. 사십대 초반으로 보이는 굉장히 마르고 머리를 빡빡 민 남자가 그들 앞을 가로막았다.

"혹시…… 임성운 씨 딸 맞나요?"

수염이 듬성듬성 난 데다 눈동자는 어딘가 모르게 불안해 보이는 남자가 지안을 쳐다보더니 말을 이었다.

"임지안 씨 맞죠?"

"네…… 제가 임지안입니다."

"전…… 임성운 씨에게 살인 의뢰를 받았던 고광수라고 합니다."

쿵! 잠시 그녀의 사위가 새카맣게 지워지고 귓속이 진공 상태라도 된 것처럼 세상의 모든 소음이 일시에 사라졌다.

"잠깐…… 얘기를 좀……."

지안이 놀란 얼굴로 태경을 쳐다봤다. 태경은 다행히 매우 침착한 표정으로 그녀를 향해 고개를 끄덕거렸다.

아무리 그래도 자신의 어머니를 살해했을 가능성이 큰 남자가 눈앞에 서 있는데, 어떻게 저렇게 무표정할 수가 있는 걸까? 놀랍도록 자기 통제력이 강한 남자였다.

아마도 그녀가 위험한 상황에 빠질 수 있기 때문에 더 냉정하게 상황을 관찰하려는 건지도 모른다. 어쨌든 그 사람은 살인마니까.

"들어오세요."

132 쾌락과 공포의 유사성에 대해

광수가 가게로 들어왔다.

"물 좀……."

지안이 생수를 플라스틱 컵에 담아 광수에게 권하며 의자에 앉으라고 했다. 광수는 자리에 앉더니 물을 한 번에 다 비우고 긴 한숨을 쉬었다.

"어디서부터 어떻게 말해야 할지 모르겠지만…… 말을 해야할 것 같아서 왔습니다."

태경이 그의 맞은편에 앉아 자신은 지안의 약혼자라고 에둘러 설명했다. 그리고 대화를 녹음해도 되는지를 물었다.

"녹음해도 됩니다."

태경이 휴대폰 녹음기를 열어 녹음을 시작했다. 그리고 광수는 그 밤에 있었던 일에 대해 모두 이야기를 털어놓았다. 사건에 대한 얘기는 그들이 아는 것과 크게 다르지 않았다. 하지만 광수는 한 가지 이해할 수 없는 얘기를 전했다.

"저를 고용한 사람은 임성운 씨였지만, 이 작전을 실행하기 위해 모든 걸 주도한 사람이 따로 있었습니다. 제 나이는 당시 열아홉 살이었어요. 그때 임성운 씨는 제 나이가 너무 어리다고 반대했습니다. 하지만 의뢰를 한 사람은 오히려 깨끗하기 때문에 추적에서 자유로울 거라고 했죠."

"의뢰인의 얼굴은 봤나요?"

"아니요. 항상 검은 우산을 쓰고 나타났거든요. 딱 두 번밖엔 못 보긴 했지만 키가 매우 큰 사람이었어요. 목소리는 중

후한 걸로 봐서는 당시 나이가 좀 있는 것 같았고요. 임성운 씨가 그 사람에게 예의 바르게 행동했던 걸로 기억합니다. 그 사람이 왕 여사를 이름으로 부르는 걸 들었습니다."

어머님의 이름은 왕미라였다.

"이름을 뭐라고 부르던가요?"

"미라라고 했어요. 왕 여사의 특징에 대해 매우 잘 알고 있었어요. 뭘 좋아하고 뭘 잘 먹는지 같은 것도요. 대부분의 정보는 그 사람에게서 받았습니다."

지안이 태경을 물끄러미 쳐다봤다.

"그렇다면 이건 어머니를 매우 잘 아는 사람의 짓이었다는 얘긴데…… 게다가 당시 어머니를 그렇게 편하게 부를 만한 상대가 누가 있지? 고향 선배 혹은 친인척밖에는 없었을 텐데……."

"그런 이상한 것들에 대해 얘기를 전하고 싶었어요. 그리고 전 자수를 할까 합니다."

"계속 숨어 살면 됐을 텐데 왜요?"

"그분, 임성운 씨한테 죄송해서요. 당시 이 작전을 짜면서 그분이 인간적으로 정말 잘해 줬거든요. 자꾸 그게 떠올라서 마음이 좋지 않아요. 그리고 처음 사람을 죽인 거라…… 그 일이 내내 양심을 짓누르더군요. 돈을 받아 살면 잘 먹고 잘 살 줄 알았는데, 누군가의 목숨 값으로 받은 돈이라 그런지 빨리 치워 버리고픈 마음만 들더라고요. 그래서 대부분 유흥비로

날리고 거지처럼 살았습니다. 이후로는 계속 악몽에 시달렸고요. 이제 못 참겠어요."

"그래도 이렇게 수소문해서 찾아와 줘서 고맙습니다."

지안이 광수에게 인사를 하자, 그는 고개를 저었다.

"저 대신 그분이 들어가 감옥살이를 하고 있는데, 고맙다니요. 죄인한테 그런 말은 마세요. 이제 좀 홀가분하네요. 이렇게나마 가족에게 미안함을 전하니까. 이만 가 봐야겠습니다. 경찰서에 가서 자수하고 이제 그만 그분은 놔 달라고 해야겠어요."

태경이 일어나 데려다주겠다고 했다. 지안도 어차피 나가던 차였으니 같이 가자고 했다.

세 사람이 한 차에 타고 인근 경찰서로 향했다. 태경은 경찰서 입구 앞에서 그를 내려 줬다. 광수가 입구에서 긴 한숨을 한번 내쉬더니 넓은 마당을 가로질러 경찰서 건물로 들어갔다. 그 모습을 두 사람은 묘한 기분으로 쳐다봤다.

"이게 꿈이에요? 생시예요?"

둘 다 꿈이라도 꾼 듯한 표정으로 서로를 쳐다봤다.

"그러게."

"오빠는 어떻게 그렇게 아무렇지도 않아요? 저 사람 만나면 죽여 버리고 싶지 않았어요?"

"감정이 그때로 돌아가지는 않더라. 분노나 증오는 있어. 하지만 저 사람이 반성하는 표정과 말투로 사죄하듯 말하니까,

135

마음이 한결 부드럽게 풀리더라. 너한테 혹시라도 허튼짓을 할까 싶어서 일부러 자극하려고 하지 않으려고 노력한 것도 있고. 이제 이 일은 우리 손을 떠났어. 저 사람이 움직였으니, 그다음은 언론과 검찰, 경찰들이 어떤 결론을 내놓을지에 대해 생각해 봐야겠지."

"……아버지가 그렇게 풀려난다고 해도 감 의원님은 아버지가 깡패라는 사실 때문에라도 우리 사이를 허락하려 하지 않을 거예요."

"그건 모든 게 어느 정도 수습되면 생각해 보자. 당장 생각할 건, 이 모든 사태가 진정국면으로 접어들기를 바라는 수밖에 없겠어."

"이제 또다시 한없는 기다림의 시작이군요."

"음, 무언가 실마리가 드러나기 전까지는 절대로 안심할 수 없지."

그나마 다행인 건, 진짜 살인범이 나타났다는 사실 하나였다. 이제 앞으로 아버지는 감옥을 나와 어떤 삶을 살게 될까?

그러고 보니 지안은 아버지가 세상으로 돌아온다는 생각 자체를 해 보지 않았다. 만약 아버지가 출소를 한다면 어떤 표정을 짓고 봐야 할지 알 길이 없었다.

문득 두려움과 함께 만감이 교차했다.

#19

감 의원이 금고를 열어 모든 파일을 확인했을 때 자료가 그 자리에 그대로 있긴 했다. 문제는 최 마담이 사라졌다는 것이었다.

일주일 동안 그녀의 행방이 묘연했다. 휴대폰도 받지 않는데다 기존에 사용하던 신용카드는 죄다 그대로 남아 있었다.

그녀는 옷만 몇 벌 싸 들고 완전히 연기처럼 사라졌다. 술집에도 나타나지 않았고, 그곳에서 오랫동안 친분을 과시하던 깡패들이나 호스티스들과도 일절 연락을 주고받지 않는다고 했다. 계획적으로 사라진 상황이라고밖에는 말할 수가 없었다. 어디로 간 걸까?

미치겠는 건 그 여자가 사라진 직후에 드러난 증거 자료였다. 그건 그가 갖고 있던 자료였고, 적당한 때 토끼몰이를 해볼 양으로 감춰 놓은 핵심기밀이었다. 그걸 왜 그 여자가 갖고 있느냐는 거였다. 물론 그 여자가 아닐지도 모른다. 하지만 그때에 맞춰 사라진 걸 보면 온전히 아니라고 할 수도 없다.

지금 조폭을 동원해 최 마담의 뒤를 쫓고 있다. 하지만 아파트 CCTV에서 홀연히 자취를 감춘 여자는 이후 어디서도 행적을 드러내지 않고 있다. 이러니 추적이 제대로 이루어질 리 없다. 그로서는 난감할 수밖에 없는 상황이었다.

대체 금고를 어떻게 열었던 걸까? 비밀번호는 그만 알고 있는 데다 모든 비밀번호에 지문인식 기능이 세트로 저장되어 있기 때문에 그의 손가락이 아니라면 절대로 열 수가 없다. 그래서 최 마담이 금고를 열었을 거라고는 전혀 의심할 수가 없었다.

이것만으로도 골치가 아픈데 한 가지 더 큰 사건이 터졌다. 왕 여사 사망 사건의 진짜 범인이 자수를 한 것이다. 뉴스에서는 연일 사실을 보도하면서 앞으로 임성운이 석방될 거라는 논의를 하고 있었다. 깡패이기 때문에 사회적 물의를 일으켰다는 명목으로 감옥에 가둔다고 하더라도 이미 임성운은 20년 가까이 감옥살이를 했다. 그러므로 자신의 죗값은 충분히 치른 셈이라는 게 전문가들의 소견이었다.

보통 살인이 아니라면 깡패라 해도 최고형이 10년 정도가 대부분이었다. 그에 비해 20년은 너무 과하다는 판단이었다.

게다가 자신이 한 짓도 아닌데, 자신이 했다고 시인한 것 자체가 나이가 어렸던 범인의 사정을 고려한 측은지심에서 비롯되었다는 여론까지 있었다. 여론은 이제 그만 임성운을 석방을 해야 하지 않느냐는 분위기였다.

이렇게 되면 감 의원의 입장이 난처하다. 하루라도 빨리 임성운의 죄를 오인했다는 판단과 함께 그에게 화해 신청을 하는 듯한 분위기의 인터뷰를 하나라도 내야 한다.

살인을 사주하기는 했지만, 그동안 감 의원에게 인간미와 따스함 등의 이미지를 심어 주는 데 좋은 도구였던 임성운이었다. 그는 항상 언론을 통해 임성운을 이제 그만 용서했다는 둥의 얘기로 이미지 세탁을 시도했다. 그런데 임성운이 세상 밖으로 나오면 용서고 뭐고 사회에 빨리 적응해 선한 사람으로 살라는 둥의 인사말이라도 지껄여 줘야 한다. 그가 진짜 살인을 저지른 자는 아니기 때문에.

그리고 그 애들도 여러모로 걸린다. 임성운은 살인 사주를 했기 때문에 죄인이 맞긴 했다. 하지만 20년의 장기 복역으로 이미 죗값은 충분히 치렀다. 그런 사람의 자식이라는 이유만으로 그에게 갖은 학대와 핍박을 받은 자식들이 문제라도 제기하고 나설까 염려스러워졌다. 사실 가장 치명적인 문제가 임씨 남매들이었다.

머리가 다 지끈거려 왔다. 대체 최 마담은 어디로 사라진 걸까? 잡히면 가만 안 둔다. 그간 누렸던 호사를 내팽개치고 사라진 건 혹시라도 다른 사내가 생겼기 때문일까? 그게 아니라면 돈밖에 모르던 그 여자가 갑자기 모든 걸 버리고 떠난다는 건 있을 수가 없다. 무언가 모종의 거래가 있었던 걸까? 아니면 납치라도 된 건가?

"아아아악!"

그는 의자를 집어 올려 바닥에 내동댕이쳤다. 자기 뜻대로 되는 게 어떻게 이렇게 하나도 없는지 정말 미칠 노릇이었다. 그나마 아들인 태경만큼은 자신이 원하는 사람의 자식과 결혼이라도 올리겠다고 나와서 안도의 한숨을 쉬는 중이었는데, 최 마담이 뒤통수를 칠 줄이야.

아니야. 그 여자가 배신을 할 리가 없다. 남자가 생겼던가, 누가 돈이라도 주겠다고 한 게 아니라면 절대 움직일 여자가 아니다. 뭔가가 있을지 모르니 최대한 빨리 찾는 것만이 이 분노를 가라앉힐 유일한 방법일 것이다. 최 마담이 돌아와 오해였다고 잘못했다는 말 한마디만 한다면 그는 눈을 감고 용서해 줄 마음도 있다. 그는 양주장에서 위스키를 꺼내 병째 들이마시기 시작했다. 이렇게 모든 것이 감당 안 되기는 난생처음이었다.

교도소에서 이달 내로 아버지가 석방될 거라는 연락이 왔다. 절차상 시간이 길어지는 점을 양해해 달라는 말과 함께 정확한 날짜가 정해지면 다시 연락하겠다고 했다.

아버지가 온다. 어디로 오라고 해야 하는 걸까? 당분간 이 집에서 같이 살아야 하는 건가? 그럴 수는 없다. 아버지가 살인을 하지 않은 건 사실이지만 완전히 죄를 면피할 수 없었다. 어찌 되었건 광수를 불러들여 살인 사주를 한 건 아버지였다. 이러니 죗값을 과하게 치르고 나온다고 해도 그들로서는 여전히 감 의원에게 죄스러운 마음이 남아 있는 건 사실이다.

하긴 감 의원도 남매에게 이미 보복은 다 한 것 같았다. 갖은 욕설과 핍박으로 아무런 힘도 없는 어린 그들에게 가장 큰 상처를 남겼으니 이미 서로 퉁친 거나 다름없는 셈이 되는 건가? 사실 정확히 계산을 하자고 덤비면 지안의 가족이 받아야 할 게 더 많은 입장이었다. 과한 징역살이, 그리고 남매를 학대한 꽤 오랜 세월. 누가 보더라도 이건 감 의원이 돌아와 사죄해야 할 만한 일이 아닌가. 더 이상 어깨를 움츠릴 필요가 없다. 남매는 이미 충분히 다 갚았으니까.

이젠 정정당당하게 태경을 좋아해도 되는 걸까? 완전히 안도해도 되는 건지에 대해 묻고 싶었다. 하지만 이런 꺼림칙한 관계를 감 의원이 용인해 주려고 할까? 어림도 없는 꿈인지도 모르겠다.

"하아……."

감자를 썰어 바싹 굽던 지안이 연신 한숨만 내쉬자 은혜가 카운터 쪽에 다가서서 물었다.

"무슨 걱정 있으세요? 요 며칠 계속 한숨이네요?"

"아버지가 돌아온다고 해서……."

"아, 뉴스 봤어요."

"어릴 때 헤어지고 이후로는 쭉 같이 산 기억이 없어서 원래부터 내 옆에 없던 사람 같은 존재…… 어떻게 받아들여야 할지 잘 모르겠어. 부모라고 해도 떨어져 살면 남이나 다름없는 건데…… 어떻게 인사를 해야 할지도 모르겠고. 뭘 좋아하는지도 모르는데 어떻게 같이 살지? 은혜 씨, 아버지는 어떤 사람이야?"

"음, 말이 별로 없고 잘 안 웃고…… 매사 심드렁해 보이고 주로 스포츠 경기에 열광하고 친구 좋아하고요. 자식들하고 하는 대화라고는 기본적인 인사가 전부인, 그냥 옛날 아빠 스타일이에요. 구식이에요. 신식 아빠들은 딸 바보네 뭐네 그런다는데 우리 아버지는 좀 멋도 없고 재미도 없고 그래요. 엄마도 아빠랑 왜 사는지 잘 모르겠다고 할 정도니까요."

"그런가……. 나도 그럼 거리를 두고 대하면 되는 건가?"

"필요한 게 있으면 알아서 요구할 거예요. 기다리면 되겠죠."

"글쎄, 날 어려워한다면 필요한 게 있어도 요구는 하지 않을 것 같아. 자기도 양심이 있지. 나한테 아무것도 해 준 게 없는데, 뭔가를 요구한다는 것 자체가 좀 웃기지 않아?"

"아…… 그것도 맞는 말이네요. 학교를 다닌다거나 하는 걸 옆에서 본 것도 아니고……."

"고작 의리 때문에 자식들을 버린 사람이니까."

구운 감자를 꺼내 접시에 담고 가볍게 점심을 먹었다. 뭘 먹어도 맛도 못 느끼겠다. 식욕도 없고, 뭘 먹으면 모래를 씹는 듯 까슬거렸다. 가족이라는 존재가 이렇게 무겁게 느껴질 줄이야.

식사를 마치고 장사를 시작하려는데, 딸랑 풍경 울리는 소리와 함께 군복 차림의 지령이 들어왔다. 오랜만에 휴가를 나온 지령의 모습을 본 지안은 아무런 말도 없이 무작정 지령에게 다가갔다. 그러더니 두 팔을 활짝 벌리고 울컥한 얼굴로 그를 끌어안았다.

"누나, 잘 있었어?"

"응."

저절로 목이 메었다.

"배고프다."

지안은 고개를 들어 동생의 까맣게 그을린 얼굴을 가만히 쳐다봤다. 추운 겨울에 얼마나 혹독한 훈련을 받았을지 굳이 말하지 않아도 알 것 같았다.

"기다려. 밥 줄게."

지안이 안으로 들어가 햄버거와 볶음밥, 감자튀김 등을 잔

뚝 해서 그의 앞에 내밀고 맞은편에 앉아 흐뭇하게 바라봤다. 은혜는 그사이 몰려들기 시작하는 손님들의 주문을 받기 시작했다.

"나 그만 쳐다보고 가서 요리해. 알아서 먹고 주변 좀 돌아다니다 다시 올게."

"그럴래?"

"응, 할 얘기도 있고."

"그래, 그러자."

지안은 동생의 어깨를 툭 두드리고 다시 조리대로 향했다. 정말 해야 할 말이 너무 많았다. 하지만 지금은 책임과 의무를 다해야 하는 순간이다. 그녀는 마음을 다잡고 일에 몰두했다.

태경이 아버지의 사무실로 찾아갔다. 아버지는 그가 찾아온 것에 대해 미적지근한 반응을 보였다.

"출소 날짜를 좀 더 당겨 주세요. 아버지. 아버지한테 그만한 힘은 있잖아요."

"싫어."

"아버지! 그분은 자신의 죗값을 충분히 치렀어요."

"아니, 난 만족 못 한다. 어찌 되었든 임성운은 네 엄마를 죽이라 사주받았고 그놈을 고용했어. 그렇게 죽지 않아도 됐던 네 엄마가 잔인하게 생을 마감했어. 죗값을 치른다고 해도 내 감정은 달라지는 거 없다."

이젠 아예 배짱으로 버틸 모양이었다.

"결혼, 보류하겠습니다."

그러자 아버지가 눈을 희번득거렸다.

"뭐?"

"왜 해야 하는지 잘 모르겠어요."

"왜 몰라. 나한테는 매우 중요한 자료가……!"

그때 문이 열리더니 의원 하나가 다급하게 달려와 텔레비전을 켰다.

"이것 좀 보세요."

최 기자가 두 번째 폭탄을 투하했다. 텔레비전에서는 누군지 이름이 밝혀지지 않은 어떤 여자의 사망 진단서와 섹스 동영상 파문에 대한 공식적인 자료를 요청한다는 보도가 이어지고 있었다. 태경을 비롯해 감 의원, 그리고 또 다른 의원이 동시에 휴대폰으로 섹스 동영상을 검색했다. 편집된 동영상 자료가 온갖 사이트에 퍼진 채로 대중의 입에 오르내리고 있었다.

"난리 났군."

"아무래도 이제 비리 3인방은 이대로 생매장을 당할 듯합니다. 현재 야당도 세 파로 갈라질 양상을 띠고 있어요. 비리 3인방을 주축으로 따르던 세력들이 이참에 아예 갈라서서 새로운 당을 창당할 뜻을 비치고 있다고 합니다."

아버지는 아무런 말도 없이 빠득 이를 갈았다.

"내 자료를 그년이 빼 갔군."

아버지가 지칭한 그년이 누군지 그는 알고 있다. 하지만 태경은 모른 척 시침을 떼고 일단 자리에서 일어나기로 했다. 이런 예민해진 상황에서 결혼 보류에다 임성운의 출소 시한 독촉까지 조르면 불같이 화를 내서 역효과만 일으킬 게 뻔했다.

"전 가 보겠습니다."

"그래, 나중에 얘기하자."

인사를 하고 밖으로 나오니 사무실 바깥쪽은 더 아수라장이었다. 다들 혹시나 이 불똥이 자신에게 튀는 건 아닌가 서로 눈치를 살피는 기색이 역력했다. 정치깨나 한다는 사람치고 기생의 치맛자락을 들춰 보지 않은 자가 어디 있겠는가. 올바른 대의를 실현하기 위해 안간힘을 쓰는 몇몇이 저런 타락하고 더러워진 정치인들 때문에 싸잡아 욕을 먹는 현 세태가 안타까울 따름이었다.

밖으로 나온 그는 차에 시동을 걸고 휴대폰을 들어 지안에게 전화를 걸었다.

—여보세요?

"바빠?"

—브레이크 타임이에요. 지령이 와서 얘기 중이었어요.

"아! 저녁에 가도 될까?"

—마음대로 하세요. 지령이 붙들어 놓을까요?

"그래, 같이 보자. 상의할 일도 있고."

통화를 끝낸 그는 곧장 안선주에게 전화를 걸었다.

—여보세요?

감정이라고는 느껴지지 않는 무미건조한 음성이 돌아왔다.

"잠깐 볼 수 있나요?"

—네, 어디서 볼까요?

"집 근처로 가죠."

—지금 회사에 있어야 하는 시간 아닌가요?

"갑자기 여유가 생기는 그런 날도 있게 마련입니다. 바로 집 앞으로 갈 테니 시간 맞춰 나와 주세요. 한 40분 걸리겠군요."

—알았어요.

통화를 종료한 그는 곧장 가속 페달을 밟았다. 상황이 상상도 할 수 없는 속도로 다양한 양상을 띠며 변화하고 있다. 아버지가 손에 넣으려 했던 어떤 신원 미상인 여자의 사망 진단서는 이미 세상에 뿌려졌다. 그와 동시에 섹스 동영상 파문까지 일어나고 있다. 이게 과연 서로 완전히 다른 사건일까? 섹스 스캔들과 그 여자의 사망은 어딘지 모르게 닿아 있을 것만 같았다. 그게 아니라면 아버지가 상관도 없는 두 자료를 한데 묶어 놓았을 리 없다. 지금 최 마담은 묶인 파일 순으로 폭로를 하는 상황이었으니까.

이 섹스 스캔들이 무서운 이유는 하나였다. 그야말로 추잡한 난교 파티였다는 점이었다. 세 명의 남자와 네 명의 여자가 한 공간에서 짐승처럼 알몸으로 술 마시고 웃고 떠들며 내키는 대로 섹스를 하는, 그야말로 더럽고 음탕하며 비도덕적인 짓을 저지른 것이다.

그나마 아슬아슬하게 화면은 19금 장면을 편집하고 있지만, 상황이 벌어지고 있는 것 자체까지 완벽하게 필터링하지 못하는 상황이었다. 게다가 이 엄청난 동영상의 원본은 어이없게도 누군가의 SNS를 통해 바이러스가 전염되는 것처럼 무서운 속도로 온 사방에 퍼졌다. 그 속도는 가히 상상을 초월할 정도였다. 대부분의 사람들이 이 추잡스럽고 개차반 같은 짓을 직접 목도한 후 한결같은 평가를 내렸다. 열녀전을 끼고 서방질하는 것과 대체 뭐가 다르냐는 맹비난과 함께 당장 국회의원 자격을 박탈하라는 청원이 쇄도하기 시작했다. 이제 '비리' 3인방의 별칭은 '알몸' 3인방으로 한 단계 넘어섰다. 이제 그들은 국회의원 자격을 영원히 박탈당할 것이다.

여기서 뭔가 더 남은 게 있는 걸까? 아버지가 쥐고 있는 카드는 이게 다인 것 같은데, 뭐가 더 있다면 어쩌지?

그때 그의 휴대폰이 울어 댔다. 그는 한적한 길가에 차를 잠시 세우고 휴대폰 화면에 뜬 번호를 쳐다봤다. 최 기자다. 그는 재빨리 통화 버튼을 눌러 대답했다.

"네, 최 기자님."

—이거 아무래도 워낙 사건이 크다 보니까, 저도 신변에 위협을 느끼게 되는데요. 그분에게 경호원을 붙여 두는 게 좋을 것 같습니다.

"안 그래도 경호원 외에 사설탐정을 곁에 두었습니다. 전직 경찰 출신이라 경찰들이 어떤 절차를 거쳐 사무를 보는지를 명확하게 알고 있기도 하구요. 경호원은 총 4명이 번갈아 가면서 일대를 지키고 있어요."

─다행이군요. 그런데 한 가지 불길한 얘기가 기자들 사이에서 돌고 있어요.

"무슨?"

─감 의원에게 억하심정을 품은 의원 몇 명이 감 의원 외에 두어 명의 어떤 자료를 조만간 터트릴지도 모른다는 소리를 하더군요.

"그럼 한쪽만 감시를 한 게 아니라 다른 쪽도 감시를 했다는 거군요."

─맞아요. 비슷비슷한 사람들이다 보니 하는 짓까지 비슷하군요. 아마 며칠 내로 감 의원에 대한 무언가가 터질지 모르니 마음의 준비를 하는 게 좋을 겁니다.

"알겠습니다. 그런데 신원 미상의 사망 진단서에 대해서는 알아낸 게 있나요?

─이름을 모자이크 처리해서 화면을 여러 방송국에 보내긴 했는데, 저한테는 그 이름이 있으니까요. 그래서 그 여자에 대해 수소문을 했고 가족들을 찾게 됐거든요. 그런데 좀 암담하네요.

"왜요?"

—여자가 고등학교 2학년 때 가출을 한 이후 제대로 연락을 주고받은 적이 없다고 하더군요. 집안도 풍비박산이 나서 부모는 이혼한 지 오래인 데다, 언니라는 사람도 그리 윤택하게 사는 형편이 아니더라고요. 그래서 동생이 어떤 일을 하면서 살았는지에 대해서는 아는 바가 없다고 했습니다. 그 부분에 대해서는 제가 따로 알아보는 중이니, 조만간 신원이 밝혀질 거예요.

　"그래야겠죠. 그 사람이 어쩌다 사망하게 되었는지를 파헤치다 보면 범인이 드러나겠죠."

　—최악의 경우 알몸 3인방이 몹쓸 짓을 하다가 여자를 죽음에 이르게 한 것이라면 이제 그들은 사회적으로 매장당하겠죠. 거기에다 고의가 아니었다 하더라도 무기징역을 면치 못할 겁니다. 워낙 그간 했던 짓들이 말도 못하게 개 같잖아요?

　순간 웃음이 터지는 것을 꾹 누르며 그가 답했다.

　"설마 살인까지 했을까요? 그래도 한 나라의 정치계를 쥐락펴락한다는 사람들인데."

　—아니길 바랄 뿐입니다. 여자의 신원에 대해 더 알아내면 다시 연락할게요.

　"네, 기다리겠습니다."

　휴대폰을 내려놓은 그는 다시 차를 몰아 도로로 진입했다.

　왜 보자고 하는 걸까?

150　쾌락과 공포의 유사성에 대해

선주는 초조한 얼굴로 화장을 마친 후 크림색 셔츠와 바지를 입고 가벼운 카디건을 하나 걸쳤다. 밖으로 나와 마당을 가로질러 대문을 열고 주위를 두리번거렸다. 아직 태경이 도착하기 전이다. 그가 말한 시간에서 5분 정도 이르다.

선주는 대문을 닫으려다 그냥 대문 밖으로 나왔다. 그리고 계단을 오르락내리락하며 시간이 지나가기를 기다렸다. 잠시 후 집 근처로 차 한 대가 느리게 다가오더니 멈춰 섰다. 그걸 본 그녀는 고급 외제차가 태경의 차라는 걸 알아보고 입가에 미소를 지었다. 좋은 티를 내지 말아야지, 하는데도 그게 되지 않는다. 태경을 보면 저절로 입가에 미소가 번지니 어쩔 줄을 모르겠다. 태경의 차 문이 열리더니 태경이 내려섰다. 그가 차에서 내려 그녀에게 다가와 말했다.

"근처에 앉을 데가 있나요?"

"뒤쪽으로 가면 공원이 있어요."

"좀 걷죠."

가슴이 두근거렸다. 한 달 있으면 결혼을 하게 될 사람이었다. 자신의 남편이 될 사람과 함께 산책을 한다고 생각하니 가슴 벅찰 만큼 기뻤다.

그가 차를 한쪽에 제대로 주차를 하고 차 문을 잠그더니 그녀의 뒤를 쫓았다.

"앞장서요. 따라갈게요."

"같이 걸어요."

그제야 그가 곁으로 다가왔다. 무슨 얘기를 하러 온 걸까? 요새 정치판이 뒤숭숭하다는 건 아버지한테 들어서 알기도 했다. 게다가 요즘은 어린애라도 알 정도로 뉴스가 온통 정치계를 비난하는 소리를 높이는 상황이었다. 온갖 비리가 난무하다 못해 성 스캔들까지 불거져 국회의원들의 위신이 땅바닥으로 곤두박질치고 있었다. 그리고 그런 사람들 때문에 따로 법을 만들어야 한다고 여론이 한목소리를 내는 상황이었다.

아마도 태경의 부친인 감 의원 역시 주변 눈치를 보고 있을 것이다. 감 의원은 꽤 오랫동안 정치계에 몸담고 존경을 받는 위인이었다. 하지만 아버지에게 들으니 그에 대해 좋지 않은 소문도 돈다고 했다. 그런 것들이 세상에 드러나면 감 의원도 무사치는 못할 것이다.

"찾아온 건 할 얘기가 있어서입니다."

가슴이 덜컥 내려앉았다. 얼마 전에 태경의 모친을 살해한 진범이 나타나 자백을 했다고 아버지에게 들었다. 이런 사실이 알려지면 가장 먼저 두 팔 벌려 만세를 부를 사람은 태경과 임지안이었다. 억울한 누명이 벗겨졌으니 지안은 더 이상 감 의원에게 굽실대며 눈치를 보지 않아도 된다. 태경 역시 아버지에게 아무런 말도 못 하고 전전긍긍할 이유가 없는 것이다.

그래서 태경이 찾아온다고 해도 인상을 풀 수가 없었다. 그가 할 말이 너무도 빤하니까. 바보가 아닌 다음에야 그가 할 얘기를 모를 수는 없다. 그녀는 인상을 굳히고 자신의 발끝을 쳐다보며 걸었다. 기어이 그 얘기를 꺼낼 모양이었다. 이제 한 달 남았는데……

"결혼 보류에 대해 말하고 싶어서요."

역시.

"부모님들은 아직 그런 얘기를 하지 않고 있어요. 모든 결정은 부모님들이 했으니, 보류하는 것도 어른들에게 맡겨야 한다고 생각해요. 우리가 나설 일이 아니라는 거죠."

"좋아요. 그럼 어른들이 반응할 때까지 기다리죠. 하지만 그런 제안이 온다고 해도 속상해 말아요. 아버지에게는 이미 운을 떼어 놓았습니다."

빠르구나. 어떻게든 자신을 떼어 내려 안달하는 듯한 그를 이렇게 계속 좋아해도 되는 건지 모르겠다. 착잡한 심정이 들었다.

"저에 대한 배려는 하나도 없군요."

"지금은 다른 사람을 배려하기보다는 내 사람을 챙기는 게 우선이거든요. 이 결혼을 진행하면서 그 사람이 많은 상처를 받았습니다. 물론 선주 씨한테도 미안하게 생각해요. 시간을 벌기 위한 도구로 선주 씨를 이용했다는 거 잘 압니다. 그에 대한 보상은 꼭 할게요. 하지만 이제 더 이상 시간을 끌고 갈 이유가 사라졌어요. 이 관계가 길어지면 선주 씨가 다친다는 건 알고 있죠?"

안다. 그래도 무리를 해서라도 끌고 가고 싶었다.

"모든 계산 속에 항상 그 사람이 우선이군요. 부럽네……. 어른들이 결정할 때까지 기다릴게요. 전…… 지금 제가 할 수 있는 말은 그것뿐이에요."

"알았어요."

"전…… 정말 재고의 여지가 없는 건가요? 알아요. 너무 뻔뻔하다는 거……. 이미 한번 망가진 몸인 데다 그런 몸을 너무 생각 없이 마구 사용했다는 것도 잘 알아요. 태경 씨를 원할 자격도 없는 사람이라는 거 잘 아는……!"

갑자기 태경이 그녀의 손을 가만히 쥐더니 말했다.

"진심으로 나를 좋아했다는 거 알아요. 그러니까 지금까지 내내 나만 바라보면서 추잡한 스캔들에 휘말리지 않았던 거잖아요. 그런 마음을 모르진 않아요. 하지만 내가 그런 마음을 받아들여 줄 여유가 가슴 안에 없어요. 이럴수록 자신을 그렇게 자격 없는 사람이라는 둥 비하하지는 말아요. 저한테 보여 준 성의는 굉장히 존중받아 마땅한 것이었으니까."

눈물이 왈칵 차올랐다. 비로소 무언가가 씻겨 나간 것만 같았다. 항상 몸 전체에 오물 같은 망토를 둘러쓰고 있는 기분이었는데, 지금 그가 그녀의 머리 위에서 그것들을 털어 내 벗겨 주는 듯했다.

구원이다.

눈물이 흘러내렸다. 왜 자신에게 이런 사람이 찾아와 준 건지 모르겠다. 결국 이럴 거면, 다른 사람에게 보낼 사람이면서 왜 이토록 멋진 사람을 자신에게 잠시 빌려주는 걸 허용했던 걸까. 하늘에게 따져 묻고 싶어졌다. 눈물이 하염없이 흘러내렸다.

"한 번만…… 안아 줄래요?"

태경이 망설임 없이 우정의 포옹을 해 줬다. 그는 감정 없이 무미건조하지만 담백한 손동작으로 그녀의 등을 부드럽게 쓸어내렸다. 그녀는 처음이자 마지막으로 그를 와락 끌어안고 한참 동안이나 그렇게 울었다. 다 울고 나자마자 그녀는 여전히 흐느끼며 말했다.

"잘 먹고 잘 살아요."

"욕하는 건가요?"

"그런 거죠."

눈가를 닦아 내면서 그렇게 말하고는 몸을 돌려 다시 집으로 향했다. 그 뒤를 태경이 말없이 쫓아오는 기척이 느껴졌다.

하염없이 눈물이 차오르고 욕심 때문에 심장이 미어졌다. 갖고 싶었다. 하지만 이렇게까지 하는 사람에게 뭘 더 요구하겠는가. 지저분하게 질척대 이상하고 별로라는 인상을 남기고 싶지 않았다.

이대로 보내 주는 게 맞는 것 같았다. 매달려서 같이 살자고 하고 싶었지만, 제대로 그를 놔줘야겠다.

"아버지한테 얘기할게요. 결혼 보류가 아니라 깨고 싶다고……."

"네?"

"깰래요. 이 결혼…… 별로 하고 싶지 않아졌어요. 태경 씨의 변덕에 맞춰 이래 주고 저래 주는 거 싫어요. 그래서 깰래요."

태경은 깊게 가라앉은 눈동자로 오래도록 그녀를 쳐다보더니 한 걸음 그녀에게 다가와 손을 내밀어 악수를 청했다.

"무슨 의미예요?"

코가 발갛게 물든 채로 그를 가만히 흘겨보았다.

"어려운 일이 생기면 연락 줘요. 도울게요."

선주는 가만히 손을 뻗어 그의 손을 가만히 움켜쥐었다. 태산이 손에 닿은 기분이 들었다. 선주는 울먹이며 고개를 끄덕거렸다.

"그래요, 한 번은…… 도움받을 일이 생기겠죠. 그때 아버지가 아닌 태경 씨에게 연락할게요. 그때 한 번쯤은 무슨 일이든 묻지 말고 도와줘야 해요."

"그럴게요."

믿음이 가는 목소리와 강렬한 눈빛에 선주는 피식 웃음이 났다.

"왜 웃죠?"

"울다가 웃어서 정말 미안한데…… 한 번도 태경 씨가 사람 같은 표정을 지어 준 적이 없었거든요. 그런데 지금 굉장히 인간미가 넘쳤어요. 놔준다는 게 그렇게나 좋은 일인가 싶군요. 철벽을 두르고 방어만 하던 남자가 이런 호의가 짙은 눈빛까지 드러내는 걸 보면……."

태경이 멋쩍은 미소를 살며시 그었다가 금세 지웠다. 그녀는 팔짱을 끼고 서서 단호하게 말했다.

"다급하게 움직여서 어른들을 자극하려고 하지는 마세요. 현명한 방식으로 약혼을 깨야 하니까요."

"그러죠. 양쪽 집안 상황을 서로 교류하면서 적당한 타이밍을 물색해 보도록 하죠."

"좋아요. 이만 가세요."

어느새 그의 차 근처에 도착했다. 그녀는 홀가분한 기분으로 그를 보내려고 했다. 태경이 그녀에게 한마디만 하지 않았더라면.

"좋은 사람이니까, 그에 맞는 상대를 찾을 겁니다."

울컥, 눈물이 차올랐다. 그녀는 몸을 돌리며 성의 없이 손을 흔들었다. 그의 앞에서 그만 울고 싶었다. 차가 떠나는 소리가 들리는데도 그녀는 돌아보지 않았다.

마지막이니까 립서비스야 얼마든지 할 수 있을 것이다. 기분 좋으면 무슨 소리든 못 하겠는가. 그녀는 그의 앞에서 좋은 사람이 되기 위해 노력했고, 그에게만은 나쁜 사람이라는 인상을 남기지 않으려 필사적인 기분이었다. 그런 속도 모르고 잘도 저런 말을 한다. 아마도 그는 반대로 지안에게 그런 모습을 보여 주겠지. 새삼 임지안이라는 여자가 마냥 부럽기만 했다.

결국 이렇게 되는 거였구나. 자신의 손아귀에 곧 들어오게 될 거라고 야심 찬 계획을 짜고 있었던 모든 순간이 신기루처럼 눈앞에서 사라졌다. 뜨겁게 뛰던 심장에서 갑자기 커다란 응어리 하나가 쑥 빠진 듯 허전함을 느꼈다.

태경이 문을 열고 들어서자 지안이 환하게 웃으며 그를 맞았다. 아직 영업시간이긴 한데, 다행히 손님들이 주문한 음식들은 전부 나간 상태였다. 주문이 더 들어오지 않는 이상 지안이 주방으로 들어가 있어야 할 이유가 없는 상황이긴 했다. 지안은 지령과 마주 보고 앉아 있다가 태경이 오자마자 자리에서 일어났다.

"오빠가 지령이랑 잠깐 놀아 주세요. 전 주방 정리 좀 할게요."

"그래."

지안은 태경에게 지령을 맡기고 바로 주방으로 들어갔다. 정리를 하는 사이 두 테이블이 계산을 한 뒤 나갔고 한 테이블에서 추가 주문이 들어와서 다시 요리를 시작했다. 그렇게 버티는 사이 10시 반쯤 되었고 술자리를 위해 모인 세 테이블 외엔 모든 손님들이 빠져나갔다.

세 테이블에서 들어오는 주문은 은혜가 알아서 받기로 하고 지안은 다시 태경과 지령의 사이에 앉았다. 태경과 지령은 이미 지안이 내놓은 샐러드와 피자를 안주 삼아 술을 마시던 중이었다.

"군대 가더니 지령인 진짜 남자다워졌어."

지령이 입가에 미소를 지었다.

"아직 애예요. 멀었어요."

"그래도 보기 좋다. 참, 아버지에 대한 소식은 들었지?"

"네, 그걸 누나하고 상의했어요. 어떻게 해야 할지를 두고……."

"이제 집을 따로 얻어야 할 것 같아."

지안이 지령에게 마음에 준비해 놓았던 얘기를 꺼냈다.

"나도 그 생각은 했는데 누나한테 그만한 여유가 돼? 가게를 두 개나 냈잖아. 초반엔 이득보다는 손실이 더 커서 손에 쥐는 돈은 많지 않을 거라고 하던데."

"그런 소리를 누구한테 들었어?"

태경이 대견해서 묻자, 지령이 뒷목을 슥슥 문질거리며 말했다.

"선임이 군에 오기 전에 식당을 아버지와 같이 했대요. 얘기를 들으니 초반엔 돈을 많이 못 벌었다고 하더라고요. 단골이 생기고 자리가 잡히고 나서야 점점 수익이 창출되었다고 했어요."

지안은 동생이 대견했다. 이제 그런 얘기도 하게 되었나 보다. 언제 이렇게 어른이 다 된 걸까? 늘 보호해 줘야만 하는 아이 같은 기분이었는데, 이제 동생을 혼자 둬도 될 것 같아

안심이 되었다.

"미안한데, 누나…… 난 아버지와 살기 싫어."

"무슨 소리야?"

"제대하면 나 혼자 살고 싶어. 아버지란 사람은 내 기억에 아예 존재하지를 않아서 뭘 어떻게 해 줘야 할지 정말 모르겠어. 그런 사람하고 어떻게 같이 살아? 서로에 대해 아무것도 모르는 남이나 다를 바가 없는데. 같이 살면, 그 사람은 으레 우리가 자기를 모실 거라고 속 편한 생각을 하게 될 텐데 난 그것도 용납 못 해. 우리를 포기하고 의리를 택했으니, 자기 앞가림은 자기가 알아서 해야 하는 거 아니야?"

그 말엔 아무런 말도 할 수가 없었다. 너무 맞는 말이니까. 그러자 태경이 한마디 했다.

"아버님도 이제 나이가 들어서 다시 그런 곳에 가서 일을 한다는 것 자체가 말도 안 되는 일이기도 하고. 이런 때일수록 너희 남매가 똘똘 뭉쳐서 아버지를 안아 줘야 한다고 생각해. 물론 너무 하기 싫은 심정이야 잘 알아. 하지만 그렇게 하지 않으면 범죄자는 눈치 볼 사람이 없어지면서 다시 망가지는 길을 택하기 십상이야. 너희들이 그간 아버지라는 사람 때문에 왜 그렇게 힘들게 살았는지를 생각해 봐. 마냥 방관만 할 수 있는 처지는 아닐 거야."

가족들이라는 안전장치가 사라지면 범죄자는 다시 재범할 가능성이 커진다는 얘기를 어느 방송에서 본 것 같았다. 아버지가 다시 감옥에 가게 된다면, 그녀나 지령은 다시 이슈의 중심에 서게 될 게 뻔했다. 지안은 그런 게 끔찍하게 싫었다. 뭔가를 너무 잘해서 이슈가 되는 게 아니라 악행에 연루되어서 관심의 중심에 서는 게 싫은 거였다.

"결국, 감시 차원에서라도 가족들의 도움이 필요하다는 거군요."

"맞아. 그렇게 하지 않으면 다시 깡패들을 만나 좋지 않은 일에 손을 댈 게 뻔해. 그리고 그러다 보면 저 나이에 감당 못할 실수를 해서 또 법적인 처벌을 받게 될 거야. 너희들에게는 정말 골치 아픈 존재이긴 하지만 어쩌겠어. 미우나 고우나 결국 너희를 낳아 준 핏줄인걸. 그리고 아버지라는 사람이 너무 싫다고 해도 그걸 온전히 누나한테만 맡기는 건 잘못이야. 누나 지금까지 정말 힘들게 버텼어. 그런데 아버지까지 홀로 감당하라는 건 좀 아니잖아."

지령은 한동안 아무런 말도 없이 맥주를 마시더니 깊게 심호흡을 한 번 하며 말했다.

"알아들었어요. 정말 싫지만, 누나가 같이 살아야 한다고 말하면 따를게요. 그런 사람과 누나가 단둘이 있는 것도 어쩐지 꺼림칙하고 별로니까……."

태경이 웃으며 지령을 향해 엄지를 세웠다.

"그런데 형하고 누나는 어떻게 되어 가는 거예요? 일전에 이하연인가 하는 사람은 듣기로 태일이 형하고 결혼을 해서 섬에 내려가 산다고 하고……. 태경이 형은 뭐가 어떻게 되어 가는 거예요?"

"난 아직 아무 계획 없는데?"

갑작스러운 말에 지안이 그를 빤히 쳐다봤다.

"당분간은 지금 밝혀지는 사안들이 모두 정리되기를 바랄 생각이야. 그리고 어머니를 살해하라고 지시한 진짜 범인을 먼저 찾아야겠지. 현재 내 목표는 그거 하나야. 그다음은 나중에 지안이랑 더 의논해 보고 추진해야겠지."

"누나하고 형은 어째 될 듯 말 듯 하기만 하고 끝이 안 보이는군요. 그게 안타까워요. 사실은 선임 중에 누나를 이상형으로 말하는 분들이 되게 많아서 그중 몇 분을 좀 소개해 줄까도 생각 중이에요. 누나가 평범한 남자와 만나서 평범하게 가정을 이루고 행복하게 사는 것도 좋지 않을까 싶어서……."

태경이 맥주를 한 모금 마시다 말고 기가 막힌 얼굴로 지령을 쳐다봤다.

"지령아! 너, 그렇게 말하면 안 돼. 내가 지금 네 누나한테 얼마나 열과 성을 다해 뒷바라지를 하고 있는지 알아? 그런데 나한테 닭 쫓던 개 지붕 쳐다보는 꼴이 되라는 거야?"

"형이 속도를 안 내니까. 이참에 우리 누나가 결혼이나 했으면 싶어서요."

지안이 피식 웃으면서 지령에게 손사래를 쳤다.

"됐어. 난 그런 사람들한테 일단 관심이 없어. 내가 평범하지 않은데, 평범한 사람이 어떻게 날 받아들이고 감당하겠니? 그건 어림도 없어. 꿈도 안 꿔. 그냥 적당한 때가 된다면 그때 알아서 할게. 결혼에 목숨 건 것도 아니고, 하는 일이 없는 것도 아닌데 왜 그렇게 조바심을 내니?"

"난 누나가 안정되기를 바라거든. 좋은 사람과 행복한 가정 안에서 사랑받으면서 아이도 키우고⋯⋯. 누나는 그런 걸 너무 모르고 살았잖아."

마음 한구석이 싸르르 아파 왔다. 그런 삶은 모른다. 그건 지령도 마찬가지였다.

"오빠, 우리 집에서 자고 가도 되면 자고 가요. 가서 술이나 더 하죠."

"나야 마다할 이유가 없지."

지안은 입가에 쓴웃음을 지으며 자리에서 일어났다. 손님들이 서서히 빠져나가는 모습을 본 뒤 설거지를 시작했다. 하루가 또 이렇게 마무리되어 간다. 그렇게 마흔쯤 되면 안락하고 평온한 삶 속에서 여유를 즐기며 자신의 일을 하게 될까?

하지만 그 안에 태경이 없다면 아무 의미가 없다. 지안은 고개를 돌려 태경을 쳐다봤다. 그는 지령에게 진지하게 뭔가 충고라도 하는 듯한 표정으로 이야기를 하고 있었다. 그가 우리 가족이었으면 좋겠다고, 진심으로 욕심을 내고 싶다.

#20

감 의원이 실오라기 하나 걸치지 않고 잠든 가사도우미 정 씨를 가만히 내려다보았다. 그는 목욕 가운을 걸치고 창가 쪽에 다가가 티 테이블의 의자에 앉았다. 만족이 되질 않는다. 아무리 안아도 최 마담 같은 스킬은 느낄 수가 없다.

그는 테이블에 머리를 기대고 천장을 올려다봤다. 처음엔 죽여 버리고 싶었다. 최 마담이 자신의 금고를 뒤져서 모든 걸 빼내 도주했음을 깨닫고 살의가 전신에 퍼져 부르르 떨렸다. 하지만 몇 주 지나니 이젠 얼굴을 한 번만 봤으면 싶었다. 아니, 이젠 안고 싶었다. 대체 왜 그런 짓을 했는지를 묻고 싶었다. 나름 잘 한다고 했는데…….

"아이를 낳고 싶어요. 아이를 낳으면 혼인신고 해 줄 수 있어요?"

최 마담과 잠자리를 하고 나면 늘 하는 이야기가 그 얘기였다. 아이를 빌미로 결혼이 하고 싶은 건가 싶어서 더 싫은 내색을 했다. 그런 건 있을 수 없는 일이다. 감 의원은 정치적으로 입지가 탄탄한 데다 많은 정치 후배들에게 존경받고 있었다. 그런 그가 호스티스와 결혼을 한다는 것 자체가 체신을 떨어트리는 짓이기 때문에 선뜻 선택할 수도 없었다.

게다가 아들이 둘이나 있는데, 굳이 애를 더 낳아 기르고픈 욕구도 없었다. 딸만 둘이라면 응당 아들을 낳고픈 마음에 미련이라도 갖겠다만 그게 아니니 딱히 자식 욕심도 들지 않았다. 그가 매번 심드렁하다는 걸 안 최 마담이 떠날 계획을 짜기 시작한 건지도 모른다. 같이 있어 봐야 더 이상 얻을 게 없다고 판단했을 가능성이 높다.

시계를 보니 새벽 6시였다. 그때 차고 문이 열리더니 태경의 차가 안으로 들어왔다. 그는 소스라치게 놀라 재빨리 정 씨를 흔들어 깨웠다. 놀란 정 씨가 자리에서 일어나 벗어 놓았던 옷들을 재빨리 입고 그가 챙겨 준 수표를 주머니에 찔러 넣더니 후다닥 나갔다.

잠시 후, 태경이 그의 침실 앞에 서서 노크를 했다.

"누구냐?"

"아버지, 접니다."

"어쩐 일이야."

문이 열리고 태경이 안으로 들어왔다.

"출근 전에 드릴 말씀이 있어서 찾아왔어요."

"밥은 먹었어?"

"네, 간단하게 먹었습니다."

"무슨 말을 하려고 온 거야?"

"약혼을 파기하고 싶습니다."

태경이 그의 앞에 서서 말했다. 이미 예견됐던 이야기였다. 지안의 상황이 좋게 풀리면 태경이 어떤 반응을 보일지 그는 이미 예상했다. 하지만 깡패 놈의 자식과 태경을 좋게 이어 줄 마음은 코딱지만큼도 없었다.

"안 돼."

"아버지, 이미 아버지가 꼭 취해야 한다는 신원 미상 여자의 사망 진단서는 세상에 드러났어요. 현재 그 여자가 누구인지 모든 기자, 경찰들이 뒤를 쫓고 있는 상황이고요. 곧 그 여자가 누군지도 드러나게 되겠죠. 그런데 왜 이 결혼을 강행해야 하는지 모르겠습니다."

"이 결혼을 파투 내면 넌 어쩔 생각이냐? 평생 혼자 살겠다고? 그게 아니라면 네 한심한 형 놈처럼 지방 어느 이름도 모를 섬으로 내려가 풀이나 뜯어 먹으며 살겠다는 거냐?"

"전 제 사업장이 여기 있고, 뭐든 스스로 판단할 만한 지능도 있습니다. 형 역시 그런 삶에 매우 익숙해졌고 흡족해합니다. 아버지 생각만으로 다른 사람의 행복을 강요해서는 안 되는 거잖아요. 저도 아버지가 해 달라는 건 그게 어떤 요구 사항이든 들어 드렸습니다. 하지만 이 상황에서는 더 이상 유지해야 할 이유가 없어요."

"그렇다면 다른 사람과 결혼해라. 너와 짝을 지어 줄 여자야 세상에 널렸지."

"아니요. 아버지가 데려오는 여자와는 아무하고도 안 할 겁니다."

감 의원이 눈을 시퍼렇게 뜨고 태경을 올려다봤다.

"살인자든 아니든 그게 뭐가 중요해! 그놈이 지시를 내렸고, 고용당한 그놈이 네 엄마를 죽인 건데! 그 모든 게 뒤집혔다고 해서 깡패 놈이 깡패가 아닌 게 되는 게야?!"

빽 소리를 내지르자, 태경이 굳은 표정으로 그를 내려다봤다. 기어이 자기 고집대로 하겠다는 눈빛이라 화가 치밀었다.

"임지안은 절대로 안 돼!"

"전 합니다."

"다 끝장내고 싶으면 해. 나는 네가 가진 모든 것과 그 계집애가 취한 모든 걸 엉망진창으로 파괴할 만한 능력을 가진 사람이야."

"그렇다면 아버지의 팔다리를 모조리 결박시키면 되겠군요."

"뭐?"

"아버지가 정치를 하면서 벌여 놓은 온갖 비리를 국민들이 귀 막고 눈 막고 모른 척해 줄 거라 생각합니까? 그건 드러나지 않을 것 같나요? 화무십일홍이라고 했습니다. 평생 가질 수 있는 권력 따위는 없어요. 언젠가 끝나게 마련입니다. 그걸 좀 더 빨라지게 하면 되겠죠."

"네가 그러고도 아들이냐?"

"도발은 아버지가 먼저 하셨습니다."

"뭐?"

"자식들과 인연을 다 끊고 홀로 외롭게 고립될 생각이라면 계속 이런 식으로 척을 지세요. 이런 식의 반목이 아버지에게 대체 뭐가 득이 되는지는 잘 모르겠지만, 독거노인으로 살다 생을 끝마치는 게 목적이라면 매우 잘하고 계신 겁니다."

"이런 개놈이!"

그는 갑 티슈를 집어 들어 태경의 가슴팍에 내동댕이쳤다. 태경은 석상처럼 무표정한 얼굴로 그를 잠시 내려다보더니 한마디 더 했다. 그건 을씨년스러운 경고였다.

"그 사람, 건드리기만 하십시오. 저도 가만히 당하고만 있지 않겠습니다. 소중한 걸 공격당하면 제가 어떻게 반응하는지 궁금하다면 얼마든지 하세요. 이만 가 보겠습니다."

"절대 안 돼! 깡패의 자식은 절대로!"

태경은 뒤도 돌아보지 않고 밖으로 나가 버렸다. 그는 노한 얼굴로 태경이 닫은 문 쪽을 노려봤다. 곧 지안의 아버지 성운도 퇴소하고 지령도 군에서 제대를 하게 된다. 꼴 보기 싫은 그 집안 사람들이 전부 모이는 것이다. 그들에게 태경마저 빼앗겨야 한단 말인가?

어찌 보면 태경은 그에게 유일하게 남은 가족이나 다를 바가 없다. 태일은 이미 섬으로 내려간 순간 마음에서 지웠다. 하지만 태경은 다르다. 자신만의 비전이 확고한 데다, 정치인들 사이에서도 장래가 매우 촉망되는 수백억대 사업을 할 브레인이라는 평가를 받고 있다. 그런 아들을 보란 듯이 깡패 놈에게 주고 싶지 않다.

실컷 공들여서 개 준 꼴이 되는 셈이니 절대 용납 못 한다.

'내가 가만히 당하고만 있을 줄 알고!'

태경이 한 경고는 이미 귓등으로 들리지도 않는다.

장사를 할 수가 없을 지경으로 요즘 거의 매일 기자들이 가게 앞을 가로막고 서 있다. 지안은 심란한 얼굴로 가게 밖을 응시했다. 그녀의 기구한 인생에 대해 궁금해하는 대중들의 심리를 반영하듯 기자들도 그녀의 삶에 대한 이야기를 기사로 쓰고 싶어 했다.

그들은 이런저런 조건을 들어 그녀에게 접근하려고 했다. 연예계에서 완전히 잊혀지고 싶었는데, 잊힐 만하면 한 번씩 그녀가 부각되는 일이 벌어지는 바람에 잠수를 타는 일이 쉽지만도 않았다. 손님들도 기자들 때문에 골치 아파하는 기색이 역력했다.

"손님들이 좀 그래 해요. 밥을 먹는 건지 구경을 당하는 건지 분간이 되지 않는다고 투덜거리네요."

"내가 의도한 상황이 아니라서 더 미친다는 거지."

"차라리 정식으로 기자회견을 가져서 저들이 궁금해하는 것들을 일부 해소하는 게 좋지 않을까요?"

그 말도 괜찮은 방법이긴 하다. 하지만 저들이 하는 질문이 대체 어디서부터 어디까지일지를 알 수가 없으니 무조건 해보겠다고 말을 꺼내기도 뭐하다. 그녀는 바쁜 점심시간 장사를 마무리하고 브레이크 타임 팻말을 걸어 놓은 후 곧장 예전에 같이 일을 했던 윤 대표에게 전화를 걸었다.

—아, 기자회견? 그거야 간단하게 추진해 줄 수 있어요. 지안 씨와의 인연을 좋게 이어 가고픈 마음도 있고. 그런데 연기는 아예 생각 없는 건가요?

"네, 아직까지는…… 아버지가 그래도 직업 깡패여서 여전히 저들에겐 제가 터부시하는 존재인 건 맞거든요."

—그렇긴 해도 지안 씨처럼 연기하는 배우를 찾는 게 갈수록 어려워지고 있어요. 연기 좀 한다 싶으면 몸값을 올리질 않나. 신인 배우도 기근이 심각해서 기용하는 걸 보면 대부분 아이돌 가수 출신이에요. 그런 애들을 데려다 억지로 연기를

시키니 시청률이 나오기를 하나……. 요새 애들은 이상하게 치열하게 연기 공부를 하질 않는 건지 고민이 없는 건지 연기가 깊지를 않아요. 그러니 몰입도가 떨어질 수밖에 없죠……. 이래서 요새 감독들 사이에 지안 씨의 컴백에 대한 기대감이 높아지고 있어요. 컴백 작품 역시 이슈가 될 테니, 서로 하겠다고 하는 분위기죠.

"아직은 관심이 없어요. 그래도 개중에 연기 좀 잘하는 배우들이 하나씩이라도 나타났던데요. 저한테 듣기 좋은 말을 해 줘서 고맙지만 현재로서는 셰프 생활이 만족스러워서 여기에만 몰두하고 싶기도 해요."

—그럼 다큐멘터리나 같이 여행을 가는 힐링 프로 정도는 참여해 줘요.

"그 정도라면 생각해 볼게요."

—좋습니다. 요새 요리 프로도 대세거든요. 지안 씨가 일하는 가게에서 수습으로 들어간 연예인들이 일을 배우며 성장해 가는 이야기를 하는 리얼 예능도 볼만할지도 모르겠어요.

"예능이라는 게 문제죠. 전 딱히 웃길 줄 아는 능력도 없고요."

—예능에도 여러 가지가 있어요. 지안 씨는 힐링 육성 예능을 하면 되는 거죠. 웃기는 건 손님들의 몫일 테고요.

"그런 건 좀 더 생각해 봐야겠어요. 지금 당장 답을 할 만한 상황도 아니고요."

—그래요. 지안 씨하고 엮어 보려고 제가 아주 머릿속이 바빠요. 그럼 이번 주 내로 기자회견 일정을 잡아서 공지할게요.

"고마워요, 대표님."

휴대폰을 끊은 그녀는 하얀 스케치북을 꺼내 매직으로 간단하게 몇 마디를 죽 나열했다. 그리고 그걸 바깥쪽에 있는 화이트보드 위에 올려놓아 달라고 은혜에게 부탁했다.

은혜가 나가자마자 기자들이 우르르 달려드는 게 보였다. 이래서야 이제 속 편하게 태경을 만날 수도 없겠다. 절로 한숨이 나오는 상황이었다. 언제쯤이 되어야 그녀의 존재는 사람들에게서 완전히 지워질 수 있는 걸까? 한숨 돌리는데, 휴대폰이 울어 댔다. 뒷주머니에서 꺼내 든 휴대폰에 뜬 전화번호를 확인한 그녀의 심장이 그대로 돌이 되었다.

"여보세요?"

—나 감 의원이야.

"네, 압니다. 안녕하세요. 건강하시죠?"

—네가 그런 걸 궁금해할 사람이 아니라는 건 익히 잘 알고 있고. 저녁에 시간 되면 얼굴 좀 봤으면 좋겠다.

"저녁엔 힘들고, 내일 오후에 3시부터 4시 반 정도까지는 시간이 괜찮습니다."

—그럼 그 시간에 본가로 와라.

"네, 의원님."

무슨 얘기를 하려는 걸까? 태경에게서 떨어지라는 압박을 하기 위해 불렀을 거라 생각되지만, 그 외에 뭐가 더 있는지 예측이 불가능하다.

혹시라도 그녀에게 사과할 마음이 눈곱만큼이라도 생긴 건 아닐까? 아니, 지금 말투로 보건대 그런 마음이 생겼을 리 없다. 여전히 명령조의 말투인 데다 인색하고 까다로운 감정이 휴대폰 너머에 고스란히 다 담겨 있었다.

휴대폰을 내려놓고 심상찮은 눈빛으로 허공을 바라보는데, 은혜가 기분 좋은 음성으로 나타났다.

"어휴, 다 사라졌어요. 곧 기자회견 예정이라는 스케치북 내용을 보고 다들 알겠다며 갈 길 갔어요. 이제 바깥쪽은 고요해요."

"응, 고마워. 정말 피곤했는데……."

"사장님의 인생도 참 복잡하네요. 쉽게 풀리는 게 하나도 없고."

"그러네."

은혜의 말에 모든 힌트가 담겨 있었다. 좋아하는 사람과의 인연을 계속 이어 나가려면 인생을 좀 더 복잡하게 꼬아 놓을 필요가 있는 거다. 그러려고 감 의원이 그녀를 부르는 거겠지. 복잡하고 고통스럽게 꼬기 위해서.

감 의원을 만나면 뭐라고 말을 해야 할까? 무슨 말을 어떻게 시작해야 할지 도통 모르겠다.

태경과 최 기자가 모니터에 뜬 여자의 얼굴을 쳐다봤다. 호스티스 출신이라는 사망자의 이름은 나은경으로 고등학교 때 가출한 이후 쭉 술집에서 일을 하며 살아왔다. 가족이라고 해봤자 연락을 끊고 살아온 지 오래라 혼자나 다를 바가 없는 사람이었다. 그렇다고 해도 그렇게 처참히 죽어야 하는 사람도 아니었다.

사망 진단서는 두 개로 나뉘어져 있었다. 하나는 진짜, 하나는 적당히 위험 수위를 넘지 않고 시신을 매장할 수 있는 가짜. 진짜 사망 진단서에는 여자의 얼굴 전체에 피멍과 함께 한쪽 눈이 밑으로 꺼질 정도의 폭력이 행사되었다고 나와 있었다. 목이 졸려 있는 데다 아랫배에도 엄청난 폭행을 당한 흔적이 있으며 성폭행을 당한 증거도 명확하게 남아 있다.

여자의 몸에 남아 있던 정액을 통해 상대 남자의 혈액형을 추정컨대 B형 남자이며 여자의 직접적인 사인에 남자의 소행으로 보이는 구타가 치명적인 원인이 되었다고 적혀 있다.

국민들은 분노했다. 짐승만도 못하게 그렇게 맞아 죽어야만 했던, 인격조차 용납되지 못했던 이를 향한 애도였다.

나은경의 신원이 확보되기 무섭게 기자들은 상상 소설 같은 기사를 써 내리기 시작했다. 기자들은 조회 수 전쟁에서 승리하기 위해 못 할 짓이 없다는 듯 사실이 아닌 이야기도 만들어 써 내려가며 국민을 자극했다.

"누가 죽인 걸까요?"

"알몸 3인방 중 하나이기 때문에 감 의원이 감춰 놓은 거겠죠. 이미 그쪽 병원으로 꽤 많은 기자가 몰려갔고 병원장 역시 난처해하고 있는 상황입니다. 기자들은 밝힐 때까지 진을 치고 안 가겠다고 드러눕고, 병원장은 유력한 정치 후보를 함부로 발설했다가 자신에게 불똥이 떨어질까 불안해서 눈치만 보는 상황입니다. 그래서 제가 다른 방식으로 수소문을 해 보니, 문 의원과 박 의원의 혈액형이 B형이라고 하더군요."

그렇다면 두 사람이 가장 유력한 용의자로 압축이 되는 셈이다. 그때 최 기자의 휴대폰이 울어 댔다.

"여보세요?"

—저…… 최 마담이에요. 폭행 동영상을 갖고 있어요. 보내 줄게요.

"정말이요?"

—네, 노트북에 꽂아 보니 아무래도 그 영상 같아서 보내니 확인해 보세요.

최 기자는 웹 하드로 로그인해서 최 마담이 보낸 영상을 바로 재생했다. 그리고 두 사람은 경악했다. 원래는 이 장면은 찍힐 장면이 아니었다. 그런데 여자가 겁에 질려 현관문을 열면서 바깥에 설치해 놓은 CCTV에 해당 장면이 찍힌 것이다.

갑자기 밖으로 뛰어나온 전라의 여자를 박 의원이 실오라기 하나 걸치지 않고 맹추격을 했다. 결국 그는 그녀의 뒷머리를 강하게 움켜쥐고 질질 끌다시피 여자를 다시 집 안으로 끌고 갔다. 동영상에는 그런 장면이 찍혔다.

이 집 자체가 별장으로 알몸 3인방이 난교를 벌일 때마다 찾아오는 밀실이었다. 이런 상황을 뻔히 보고도 문 의원과 최 의원은 방조했다. 여자가 맞아 죽어가는데도 그들은 낄낄거리며 자신들의 쾌락에 젖어 있었다. 젖혀진 커튼 사이로 내부의 모습이 드러난 몇 개의 방 안에서 벌어지는 일들이 화면 속에 고스란히 드러나 있었다.

"바로 경찰에 보내야겠군요."

최 기자는 해당 내용을 잘 아는 형사 과장에게 원본을 보내주고, 그는 바로 편집 작업에 들어갔다. 이런 내용은 되도록 외부에 유출을 시켜야 사장되지 않는다. 그는 편집본을 한 사이트에 익명으로 올렸다. 곧장 수십여 차례나 재생되기 시작했다. 새로 고침을 할 때마다 그 숫자는 기하급수적으로 늘어나 금세 몇만이 되었다.

"됐습니다. 이제 특별 수사팀이 꾸려질 겁니다. 이제 우리 손을 떠났어요."

"아버지는 이런 걸 알고 있었으면서도 왜 지금껏 눈을 감고 지낸 걸까요?"

"협상용 카드로만 생각한 거죠. 정치인다운 시선이라고밖에는 납득할 방법이 없군요."

"혐오스러워요. 모든 게 다 그런 식으로밖엔 계산이 안 된다는 게……."

"박 의원은 아마도 꽤 긴 세월을 감옥에서 보내야 할 겁니다. 방조한 정치인들 역시 4, 5년은 감옥에 가서 세월을 하릴없이 보내다 와야겠죠."

"그렇다고 해도 저들이 바로 시인하고 감옥살이를 받아들일까요? 혐의를 인정하지 않고 계속 항소를 하다 보면 어영부영 1년에서 2년을 허비할 가능성이 커요. 그게 아니라면 어떻게든 형량을 줄이려고 잔머리를 굴리겠죠."

"저런 놈들은 그냥 사형을 시켰으면 싶은데 말이죠."

"극악한 범죄자라고 해도 인권이 있는 세상이니까요. 앞으로 좀 더 지켜봐야겠군요. 이제 하나만 남은 건가요? 실질적으로 어머니를 사망으로 몬 당사자가 대체 누구인지를 밝혀내는 일 말입니다."

"맞아요. 저들과 관련이 있을 줄 알았는데, 이상하게 파도 파도 그런 대목이 전혀 드러나질 않으니 의아하군요. 분명히 저들 중 하나가 앙심을 품고 살해 의뢰를 했을 가능성이 크다고 생각했는데……. 캄캄한 벽에 부딪친 기분이에요."

"더 알아보는 수밖에요."

여러 가능성을 놓고 퍼즐을 끼워 맞추기 위해 노력해 봤지만, 핵심인물이 드러나지 않는 상황이었다. 이렇게 되면 이제 그가 직접 임성운을 만나 보는 수밖에 없었다.

태경의 본가에 도착한 그녀는 차를 주차하고 오랜만에 마당을 훑었다. 집사가 나와 그녀에게 반가운 인사를 건넸다.

"오랜만에 보네."

"안녕하세요, 아저씨?"

예전엔 자신을 돕지 않는 사람들이라 마냥 원망만 했는데, 이렇게 세월이 지나고 만나자 그들이 그럴 수밖에 없었던 이유가 있었겠거니 하고 이해가 되었다.

그들은 자신에게 잘해 줬다가 일자리를 잃게 되는 게 싫었던 것이다. 그럴 바에는 본체만체하는 게 서로를 위해 좋다는 걸 어른들은 알고 있었다.

어렸던 그들은 그런 걸 알지 못했다. 왜 어른들인데, 같은 어른을 두려워하면서 피하기만 하는지에 대해 이해를 할 수 없었다. 하지만 지나고 보니, 저들의 입장에서는 상관도 없는 아이들 때문에 목숨을 걸어야 할 이유가 없었던 것이다.

목숨이라고까지 말하는 게 과하게 들릴지 모른다. 하지만 세상엔 생활고에 시달려 자살하거나 죽는 사람들이 많다. 그런 걸 보면 그들의 살아갈 권리를 불쌍한 고아들이 빼앗을 수는 없는 거였다. 물론 비약이고 과장이긴 하지만 그렇게 납득하면 사람들을 대하기가 쉽다.

"의원님이 보자고 해서……."

"그래, 연락은 받았다. 이쪽으로."

감 의원은 서재에서 그녀를 기다리는 중이었다. 지안이 노크

하고 안으로 들어가자 반팔셔츠 차림에 편한 면바지를 입은 감 의원이 뒷짐을 지고 섰다가 돌아보더니 소파를 가리켰다.

"앉아라."

지안이 인사를 하고 소파에 앉자 감 의원은 1인용 소파에 앉아 가만히 그녀를 응시했다.

"건강해 보이는구나."

"덕분에요. 집도 빌려주셔서 편안히 잘 지내고 있습니다. 여러모로 살펴 주셔서 감사합니다."

"감사한 마음이 다는 아니겠지?"

지안은 말없이 감 의원의 의도를 간파하기 위해 그를 쳐다봤다.

"네 안에는 나나 태일에 대한 원망이나 저주가 있겠지. 그걸 누르고 넌 사회 생활하기 편한 표정을 지어 보이는 데 익숙한 피에로가 된 거다. 안 그러냐?"

사실 감 의원 한 사람만 놓고 본다면 그녀는 모든 분노를 그에게 다 표출해도 그만이었다. 하지만 그의 뒤에 태경이 있다. 태경과의 관계가 부서지는 게 싫기 때문에 감 의원에게도 함부로 할 수가 없었다. 그래서 그를 향해 치밀어 오르는 분노를 매번 누를 수밖에 없다. 처음엔 살기 위해, 그다음엔 동생 때문에, 이젠 태경 때문에 검게 번지는 감정을 누르기만 해야 한다.

감 의원, 그는 얼마나 복을 많이 받은 사내인가. 그만큼 손에 쥔 게 많다는 얘기인데도 정작 그 행복을 저자는 알지 못한다.

"솔직한 심정을 그렇게 꿰뚫어 봐 주시니 감사하지만, 이제 저도 어른입니다. 계속 과거에 사로잡혀 살면 앞으로 나아갈 수가 없죠. 그럴 땐 뚜껑을 덮어야 한다고 배웠습니다."

"태경이 때문이냐?"

이제 솔직해져야 하는 건가?

"네, 태경 오빠 때문에요."

"좋아하는 거냐?"

"네, 좋아합니다."

감 의원은 한동안 아무런 말 없이 허공을 응시하더니 고개를 저었다.

"그런데 어쩌면 좋으냐? 나는 네 가족들에게 그런 저주를 받는 존재인데도 너희들에게 절대 용서를 빌 마음도 없거니와 네 아버지를 여전히 받아들이기 힘들다. 지금이라도 개과천선해서 다른 사람이 되지 않겠느냐고 속 편하게 말하는 이들이 있는데, 개 버릇 남 주겠느냐? 왜 선조들이 이런 속담까지 만들어 대대손손 물렸겠느냐? 네 아버지가 개과천선하든 말든 나는 아무런 관심도 없다. 난 내 아들과 결혼할 여자가 깡패 놈의 자식인 게 싫고, 그런 몸을 통해 손주가 나온다는 걸 생각하면 끔찍하게 치가 떨려 잠도 오질 않아. 왜 결혼이라는 걸 시키면서 양가 집안의 환경이나 배경 같은 걸 따지는지 아니? 너 같은 애들을 걸러내기 위해서 하는 짓이다. 난 반대다!"

완벽하고도 명료하게 자신의 뜻을 전달하는 감 의원의 태도를 보고도 지안은 동요하지 않았다. 이미 예정된 시나리오였다. 그가 두 팔 들어서 적극 찬성해 줄 거라는 생각 같은 건 아예 하지도 않았다.

"말씀은 잘 알겠습니다."

"태경이랑 끝내."

"말처럼 쉬운 일이 아닙니다."

"그럼 어떻게 해 주랴? 네 가게를 다 박살이라도 내 줄까? 그게 아니면 불이라도 질러 줘? 네가 공들여 키운 전부를 순식간에 잃어 봐야 정신을 차리겠어?"

그래, 욕심을 내면 이렇게 되는 거였다. 알고 있으면서도 욕심을 부린 자신이 한심스러워졌다. 그녀는 쓰디쓴 조소를 머금고 차게 말했다.

"그걸 원하신다면 그렇게 하세요. 빈손으로 싸우기를 원한다면, 빈손이 되겠습니다. 의원님이 그렇게 궁지로 몰면 몰수록 전 하나씩 가장 소중한 것들을 버릴 테죠. 그리고 그러다 보면 결국 전 맨몸뚱이 하나만 남겠죠? 그러면 악에 받쳐 뭐든 할 수 있게 되지 않을까요? 그렇게 협박만 하면 만사형통이라는 안일한 생각은 버려 주셨음 합니다. 이제 저도 물리면 덤빌 겁니다. 의원님. 제게 비장의 카드가 한 장 남았죠."

"그게 무슨 소리야?"

"곧 기자회견이 있을 예정이고, 그 자리에서 제 인생 역경에 대한 고백을 해 달라고 하더군요. 아버지의 억울한 수감 생활과 함께 앞으로 어떻게 살아갈 것인지에 대해. 거기서 제가 감 의원님의 집에 붙들려 들어가 어떤 수모를 당했는지 구구절절 섬세하게 이야기를 풀어놓아 볼까요?"

지안은 더없이 평온한 음성으로 말했다. 감정에 치우치지 않기 위해 이를 악물고 마음을 다잡았다. 그가 태경의 아버지라는 걸 절대 잊어서는 안 된다. 매 순간 그걸 인지하고 적정선을 넘어가서는 절대로 안 된다. 그러기 위해서는 초인적인 인내심을 짜내야만 했다. 터지지 않기 위해, 온 힘으로 감정이라는 놈을 붙들고 있다.

"네가 지금 나한테 이런 소리를 지껄여서 뭘 얻는 건데?"

"찬성 같은 건 바라지도 않으니 태경 오빠와 제 사이를 박살 내지만 말아 주세요. 저희가 가진 걸 건드리지 말아 달라는 말이에요. 결혼하자고 조를 마음도 없고 결혼 생각도 없어요. 그건 태경 오빠도 마찬가지고요. 당장 어떤 일이 벌어지는 게 아니니까, 조바심 내지 말라는 얘기예요. 혹여 제가 임신이라도 하게 되면 아이는 제가 혼자 알아서 키울게요. 의원님한테 와서 아이를 책임져 달라는 둥 헛소리는 절대로 하지 않을 거예요. 요새는 결혼하지 않고 홀로 애를 키우는 여자들이 많아졌고요. 전 그만한 능력도 있어요. 의원님한테 거슬리는 짓은 하지 않을 거예요. 그러니까 건들지만 말아 달라는 거예요. 제가 미치는 꼴을 보지 않으려거든……."

한동안 감 의원은 눈매를 가늘게 좁히고 지안을 사납게 쳐다보았다. 잠시 후 그는 입가를 아래로 늘어트리며 팔자 주름을 더욱 깊게 만들었다.

"꽤 괜찮은 얘기구나. 네 말을 백 프로 신뢰하진 않는다만, 네가 그렇게 말한다면 그렇게 되겠지. 너도 소신은 있는 애니까. 그리고 이제 그만 그 집을 정리할까 한다."

"네, 나갈 집은 알아보고 있어요. 곧 이사하도록 할게요."

"태경이 붙들고 헛소리는 하지 마라."

"네, 이젠 더 의원님을 사적으로 뵙는 일은 없었으면 좋겠어요."

"그건 나도 마찬가지야. 이젠 머리 컸다고 하고 싶은 말은 다 하는구나. 너는 그래도 이거 하나는 명심해. 어찌 되었건 넌 내 돈으로 먹고살았다. 더럽고 치사하고 고통스러운 나날이었다는 둥 말하고 있지만 내가 아니었으면 너희들은 입양도 안 됐을 거고 고아원에 버려졌을 거야."

"아버지를 협박해 감옥에 가게 한 사람이 의원님이라는 건 잘 알고 있어요. 아버지가 가지 않았어도 될 곳에 들어가게 되면서 저절로 우리가 버려지게 되니까, 일말의 양심의 가책이 괴롭히던가요? 그래서 우리를 들여놓긴 했는데, 아내를 죽인 자의 애들이라 영 마뜩잖았던 거잖아요. 안 그래요?"

"너도 근본 없이 자라서 말본새가 형편없어. 그저 고맙다 감사하다 하고 끝내면 될 일이야. 내가 너한테 그런 소리를 듣자고 얘기 꺼낸 게 아니잖아? 독기만 남아서 눈은 시퍼렇게 뜨고 쳐다보기는! 내가 이래서 네가 싫은 거야. 알겠어? 얼른 가 봐! 보기 싫으니!"

지안이 자리에서 일어나 묵례를 하고 그곳을 나왔다. 그녀는 적막이 흐르는 긴 복도에 홀로 서서 오래도록 한 곳만 쳐다봤다. 다 터트려야 하는데 그러지 못해서 명치가 답답하고 체기가 느껴졌다. 저런 와중에도 뻔뻔스럽게 고맙다는 얘기를 하라고 말할 줄이야. 단 한 순간도 자신이 가해자라는 생각 같은 걸 하지 않는 사람 같다. 그저 마냥 아내를 잃은 것에 대한 복수라고 모든 행위를 정당화하기만 한다. 말이 안 통하는 상식 밖의 사람이었다.

그래도 이 정도 선에서 마무리 지어져서 어쩌면 다행인지도 모르겠다. 무슨 일이 생기면 아마도 그녀는 태경에게 쫓아가 독설을 퍼부었을지도 모른다. 아니, 여봐란듯이 태경에게 결혼하자고 했을지도 모른다. 감 의원을 괴롭힐 수 있는 온갖 방법을 다 동원해서라도 감 의원에게 지옥을 맛보게 해 주고 싶어질 것이다.

하지만 완전히 안도할 수도 없다. 감 의원이 저리 심드렁하게 나오다가 어느 날 갑자기 무슨 짓을 하고 싶어질지 모를 일이다. 사람의 변덕이라는 건 도통 감 잡을 수 없는 일이니.

태경이 늦은 밤 지안의 집으로 찾아왔다. 두 사람은 나란히 자정에 진행되는 뉴스를 봤다. 박 의원이 긴급 체포되었고, 땅에 묻힌 호스티스의 관이 내일 아침 일찍부터 파헤쳐질 예정이라고 했다. 이미 오랜 시간이 지나 백골이 되었을 시신을 부검하라는 명령이 떨어졌다는 것이다.

나은경의 시신이 국과수에 넘어가 부검이 시작된다면 또 어떤 증거가 나올지 알 수 없는 상황이다.

그 외에도 문 의원과 최 의원도 긴급 체포되었고, 수색 영장이 동시에 발부되었다. 세 의원의 사무실과 집은 그야말로 풍비박산이 날 것이다.

"점점 끝으로 가고 있는 것 같은데, 왜 왕 여사님을 살해하라는 지시를 내린 자만 나오지 않는 걸까요?"

"안 그래도 그것 때문에 내일 교도소에 가 볼 생각이야. 이젠 네 아버지가 입을 열어야 할 때가 되었어."

"쉽게 입을 열까요? 계속 모른 척하고 있을 가능성이 높아요."

"만약에 말이야. 네 아버지가 두려워하는 누군가가 이미 경찰에 붙들려 간 상황이라면 얘기가 달라지지."

"그게 무슨 소리예요?"

"네 아버지가 유력한 의원 중 누군가를 두려워해서 후환 때문에 입을 다물고 있었던 거라면 그자의 존재가 매우 하찮은 것으로 추락했다는 걸 알게 될 경우엔 굳이 입을 다물고 있어야 할 필요가 있을까? 이제는 그자가 아무런 힘이 없는데, 왜 그런 쓸데없는 데 감정 소모를 하겠어? 차라리 다 불고 홀가분해지는 게 나을 수도 있잖아."

"그럴듯하기도 하네요."

"가서 직접 물어보려고. 이젠 네 아버지에게 마지막 기회를 주는 거야."

"……그렇다고 해도 한번 다물기로 한 사람이 스스로 입을 열지는 미지수예요. 유치하게 의리라는 둥 그딴 거에 목숨 거는 거라면…… 모든 게 다 무의미하다고 해도 말을 하지 않으려 할지도 몰라요."

"네 아버지가 무슨 생각을 갖고 사는 사람인지 너나 나는 전혀 모른다는 게 참 유감이야. 잘 아는 분이라면 설득하기도 여러 면에서 정말 편할 텐데."

"할 수 없죠. 평생 남처럼 살았던 사람이라……."

"조만간 기자회견 연다고 하더니, 무슨 얘기를 하려고?"

"질문 몇 가지를 만들어 봤는데…… 잘할 수 있을지. 워낙 기자들 질문이라는 게 돌발적인 부분도 많아서 아무리 치밀하게 짜 놨다고 해도 제대로 된 대답을 꺼내지 못하게 될까 봐 염려스러워요. 제 일생에 대한 이야기를 쓰고 싶다고 하는데…… 나이가 많은 것도 아닌 제가 나서서 할 얘기가 뭐가 있을지. 대단한 성공담도 아니고 여전히 전 도전을 하고 있는 단계에 불과한데 다들 정말 극성스러워서 미치겠어요."

태경이 가만히 손을 뻗어 지안의 손등에 손을 포갰다.

"요새는 향수를 전혀 사용하지 않아?"

"왜요? 이상한 냄새가 나요?"

"아니, 삶의 현장에서 오는 냄새가 짙게 나. 이미 네 몸에 다 밴 것 같은데?"

태경이 코를 그녀의 목덜미에 대고 킁킁거렸다. 안 좋은 냄새가 나나 싶어서 가만히 있는데, 그가 웃으며 말했다.

"불 냄새 같은 게 난다. 아니, 이런 걸 태양 볕 냄새라고 해야 하나? 무언가 타는 듯한 그런 냄새라서 정말 좋다."

"남은 실컷 진지하게 대답해 줬더니, 장난이나 치고…… 안 되겠어요!"

지안이 그를 밀어내면서 살짝 흘겨보자, 태경이 웃으면서 그녀의 허리에 팔을 감았다.

"나랑 살자."

그가 깊어진 검은 눈동자로 다정하고 간절하게 그녀를 들여다보며 말했다. 간절한 속박의 주문은 달콤했다. 하지만 그럴 수는 없다.

"싫어요."

"왜?"

"동거라는 걸 하다 보면 갖고 싶어질 게 뻔하니까요. 가정이라는 걸 꾸리면서 가정의 폭을 좀 더 확장해 나가고 싶다고 욕심을 부리게 되면 정말 곤란하니까요."

"욕심 부려. 내가 따를게."

피식 웃은 그녀는 그의 가슴팍에 고개를 묻었다.

"항상 욕심은 나요. 오빠가 좋아서 늘 같이 있고 싶고……
이젠 오빠의 그늘에서 일도 쉬면서 행복하고 달콤한 인생 계
획이나 짜면서 그렇게 살고 싶기도 해요."

"그렇게 하자."

"하지만 누가 바라겠어요. 우리의 삶을 그렇게 그려 나가도
록 누가 지지해 주겠어요?"

"너와 내가 지지하면 돼."

지안은 고개를 저었다.

"지금은 겁이 나요. 이제 곧 이사도 해야 하고요. 정신없는
것들이 다 끝나고 나면 그때 다시 얘기해요. 그리고 오빠 집
에 들어가 살게 되면 우리 지령이랑 아버지는 어떻게 해요?
가뜩이나 어색한 두 사람이 데면데면하게 서로를 쳐다볼 거
생각하면 벌써부터 진땀 난단 말이에요."

"그것도 그렇구나. 그 생각을 못 했다. 같이 살고 싶다고만
생각했어. 내 생각이 짧았다. 그러니까…… 해 줘야 할 게 있
어."

태경이 그녀를 뒤로 발랑 눕히고 깊게 입술을 포개어 왔다.

#21

태경이 그녀의 가슴을 입 안에 깊게 빨아들이면서 혀로 유두를 휘감고 강하게 핥았다. 지안은 거친 숨을 몰아쉬며 허리를 비틀었다. 그는 그녀의 하얀 가슴을 손안에 세게 움켜쥐고 모양을 무너트리며 손가락 사이에 붉어져 나온 유두를 흐뭇하게 바라봤다.

그는 그녀의 한 가슴은 입 안에 넣고 한 가슴은 손안에 휘감고, 그녀의 삼각지에는 자신의 페니스를 문질거리며 쾌락의 성전으로 진입하기 위한 기초 작업을 시작했다. 하얗고 부드러운 나신 위를 강인하고 단단한 그의 몸이 내리누르며 위아래로 오래도록 짓눌러 대자 하얗던 피부는 금세 발갛게 물들었다.

그는 가슴을 혀로 연신 자극하다가 서서히 고개를 들어 올리며 성난 짐승처럼 그녀의 안쪽으로 뿔난 페니스를 서서히 밀어 넣기 시작했다.

물기가 가득하고 뜨거워진 그녀의 속살로 페니스가 밀려들어 가자 그의 근육들이 더욱 단단하게 팽창하기 시작했다. 미칠 듯이 짜릿한 쾌감이 전신을 휘감으며 그를 고통으로 내몰았다.

페니스를 휘감은 강렬한 마찰력에 시야가 온통 뿌옇게 보였다. 그녀의 몸에서 빛이 뿜어져 나오는 것 같은 착각이 일었다. 하얀 몸이 에로틱하게 위아래로 흔들리자, 가장 풍만하고 동그란 선을 그리는 육감적인 가슴이 정신없이 함께 흔들리며 그를 자극했다.

그는 고개를 숙여 지안의 목덜미를 혀로 훑으며 서서히 아래로 내려가 쇄골 부근을 동그랗게 핥았다. 그리고 가슴 둔덕 위로 올라가다가 잠시 미적거리기 시작했다. 그러자 지안이 숨을 몰아쉬며 가슴을 위아래로 비틀어 댔다. 빨리 오라고 성화를 부려 대며 끼를 부리는 모습이 사랑스러웠다.

"하아, 하아…… 오빠아아……."

그는 혀를 아래로 내려 붉어지고 탱탱하게 솟아난 유두를 길게 위아래로 빨다가 치아로 살며시 깨물었다. 자근거리며 혀로 툭툭 건드리는 자극을 계속 주자 지안이 허리를 비틀며

간드러지는 신음을 내질렀다.

"아아, 하아…… 오빠아아……."

"좋아? 넌 내가 들어갔을 때 가슴을 자극하는 걸 좋아하더라."

"아, 아니에요. 아니야아……."

"너보단 내가 더 잘 알아. 이렇게 야한 표정을 지으면서 아니라고 하긴!"

그는 숨을 깊게 들이마시며 다시 지안을 몰아붙이듯 허리를 강하게 조이면서 앞뒤로 움직이기 시작했다. 질척거리는 소란이 요란스럽게 사방으로 번졌다. 치덕치덕, 살과 살이 부딪치는 소리가 요란해질수록 그녀의 속살에서 흘러내리는 물기의 양은 점점 많아져 그녀의 허벅지를 축축하게 적실 지경이었다.

그는 아랫도리를 빼내고 수건으로 젖은 부근을 닦은 후, 그녀의 발갛게 피어난 꽃살에 혀를 댔다. 자신의 페니스를 깊게 당기고 감던 그녀의 속살 이파리를 물고 빨다가 동그랗게 부푼 음핵을 혀로 할짝거리다가 깊게 빨아 당기기를 반복했다. 그리고 그는 그녀의 아랫배를 지그시 누르고 손가락으로 은밀한 굴속을 자극하기 시작했다.

"아아, 아웅, 오빠아아…… 그, 그만…… 갈 것 같아. 나 갈 것 같다고……."

"싫어."

그가 두 손을 이용해 리드미컬하게 그녀의 속살 안쪽의 스 폿과 예민한 음핵을 자극하며 정신없이 빠르게 움직였다. 그 러자 그녀가 허리를 들어 올리며 강하게 몸을 떨더니 맑은 물 기를 줄줄 쏟아 냈다. 그는 다시 그곳을 수건으로 닦고, 강하 게 솟구친 페니스를 그녀의 안으로 슬며시 넣었다. 하지만 그 는 깊게 밀어 넣지 않고 짧게 넣어 예민한 스폿을 일부러 더 자극하듯 그 근처만 찌르고 나왔다 들어가기를 반복했다. 지 안이 미칠 것 같은지 허리를 이리저리 비틀어 대며 숨을 멈추 고 몸을 경직시켰다.

다시 격렬한 발작이 찾아왔다.

"하앗, 하으…… 하아아…… 하아……."

그녀가 빳빳하게 경직됐다가 일순 이완하는 모습을 바라보 면서 그는 일부러 더 계속 그녀를 몰아붙였다. 가슴 끝을 손 가락으로 야무지게 쥐고 비비기를 반복해 보기도 했다. 그러 다 손을 내려 자신의 페니스를 머금은 곳을 쳐다보면서 불거 져 나온 음핵을 엄지로 꾹꾹 누르고 비비기도 하며 자극했다. 그러면 여지없이 지안이 경련하면서 쾌락의 고통에 신음했다.

여체가 이토록 아름답다는 건 처음 알았다.

사내가 주는 쾌락에 젖어 완벽하게 몸을 굳히는 순간, 감춰 져 있던 부드럽고 완만한 근육들이 드러나기 시작한다. 그 모 습이 너무도 아름답고 섹시했다.

땀에 젖어 번들거리는 몸이 전율하는 모습은 발레리나가

가장 난이도 높은 동작을 취할 때의 모습처럼 아름답고 경이로워 눈을 뗄 수가 없었다. 특히나 지안은 몸의 선이 매우 아름다운 여자였다. 잘록한 허리 라인과 풍만한 가슴과 엉덩이 라인은 모래시계처럼 완벽한 굴곡을 완성했다.

그는 그녀의 가느다란 허리를 강하게 쥐고 다시 깊게 페니스를 밀어 넣고 연신 밀어붙였다. 그녀의 가슴이 위아래로 흔들리는 모습을 내려다보는 기분은 세상을 지배하는 것과 그리 다르지 않았다. 큰 세상을 차지할 마음은 없다. 이 여자를 지배하고 군림하는 것만으로도 이미 이 세상을 다 손에 넣은 듯한 쾌락을 느끼니까.

그는 고개를 숙여 그녀의 귓불을 빨며 거친 숨을 토해 냈다.

"임지안…… 질식해 버릴 만큼 아름다워. 너무 아름다워서 부숴 놓고 싶을 지경이야."

"하아, 하아…… 오빠아……."

지안이 열기 섞인 눈빛으로 그를 올려다봤다. 타락한 천사의 얼굴이 저런 것일까? 하얀 피부가 붉게 젖어 있고 마른 입술엔 아까와 달리 혈기가 돌아 새빨간 장밋빛으로 물들어 미치게 싱그러웠다.

까만 눈동자가 탁하게 젖어 있다. 이런 눈빛은 오직 그에게만 허용한다는 걸 알기에 더 몰아붙여서 또 다른 그녀를 만나고 싶었다.

그는 페니스를 빼내고 그녀의 몸을 돌린 후 엉덩이를 높이 들어 올렸다. 그리고 다시 깊은 굴을 찾아내 그 안으로 자신을 밀어 넣어 강하게 튕기기 시작했다.

"하아, 하앗, 으읏!"

휴대폰 소리가 요란하게 울렸다. 잠든 지 채 1시간도 안 된 시점이었다. 휴대폰은 지안의 것이었다. 지안도 여러 차례의 섹스로 이미 몸이 만신창이라 손도 뻗지 못할 만큼 지쳐 있었다. 그가 휴대폰을 집어 그녀에게 주었다.

"여보세요?"

—여기 교도소입니다. 다름이 아니라…… 비보를 전하려고 연락드렸습니다.

지안은 소름 끼치는 예감에 상체를 일으켜 앉았다.

"무슨?"

—수감 중이던 임성운이 같이 수감되어 있던 죄수에게 살해당했습니다.

숨이 쉬어지지 않아 잠시 넋을 놓고 멍하니 허공을 쳐다봤다.

"뭐라고요?"

넋을 놓자, 태경이 휴대폰을 빼앗더니 약혼자라 소개하고 그쪽에서 하는 말을 대신 들어 줬다. 몇 분간 통화가 이어지고 태경이 휴대폰을 끊고 그녀의 곁에 앉더니 어깨에 지안의 머리를 당겨 기대게 했다.

"피를 많이 흘려서…… 수습할 수가 없었대. 1시간 전에 돌아가셨다고 해. 가서 시신 수습하자."

눈물도 나오지 않았다. 곧 퇴소한다고, 조금은 들떠 있었던 걸까? 돌아오지도 못할 사람을 놓고 이래야 하네 마네 대화를 한 것 자체가 우습게 느껴졌다.

허탈하고 무력한 기분에 사로잡혔다. 아버지로서 이렇다 할 만한 사랑을 느끼게 해 준 적은 없었다. 하지만 그래도 돌아오면 아버지의 빈자리가 채워지겠구나 하고 마음속으로 은근한 기대를 품었던가 보다. 그게 아니라면 이렇게 극심한 허무함에 사로잡힐 리가 없다.

모든 게 무너져 내리는 기분이 들었다. 어떤 세상을 구축했는데, 갑자기 모든 게 의미가 없어진 기분이었다.

"지안아. 씻자."

"참…… 웃기네. 나…… 눈물도 안 흘리네요. 오빠…… 연기를 할 때는 그렇게 잘 울어 놓고 아버지가 죽었다는데…… 난 왜 눈물도 안 흘리죠? 남을 위해서 가짜 인생을 살 때는 신나게 울어 놓고 왜 이럴 땐 눈물도 안 나는 걸까요?"

"진짜 네 이야기이기 때문에 안 나오는 것뿐이야. 남의 이야기엔 금세 동화될 수 있지만 네 이야기엔 네가 실감할 수 있는 시간이라는 게 필요한 거지. 넌 지금 아버지가 그렇게 됐다는 게 믿겨지질 않는 거야. 직접 가서 보자."

"······미치겠어요. 가 보지도 않았는데······ 나, 그동안 일이 바쁘다고 가 보지도 않았고, 그 사람을 내내 원망만 했는데······ 벌 받겠네······."

그녀는 혼잣말인 듯 그에게 하는 말인 듯 갈팡질팡 중심을 잡지 못하고 아무렇게나 이야기를 했다.

태경이 그녀를 번쩍 안아 올리더니 욕실로 데리고 들어갔다. 그 때문에 억지로 씻기 시작했다. 다 씻고 나오자마자 검은 상복으로 입을 만한 정장 투피스를 찾아 입었다. 머리는 그냥 질끈 묶은 뒤 은혜에게 전화를 걸었다.

그녀는 은혜에게 아버지의 부고를 알리고 가게에 가서 며칠 간 문을 닫는다는 팻말을 걸어 달라고 부탁했다. 그리고 예약 손님들에게는 일일이 죄송하다는 연락을 해 달라는 부탁도 덧붙였다.

"나중에 내가 다시 연락하도록 할 테니까, 지금 당장은 은혜 씨가 좀 수습해 줘. 미안해."

─아니에요. 사장님. 저도 이따 가 볼게요. 장례식장 정해지면 알려 주세요.

"응······."

장례를 치를지 말지도 아직 정해지질 않았다. 멍했다. 태경이 이끄는 대로 그의 차에 탔고, 차는 교도소 앞에 멈춰 섰다.

교도소에서는 시신을 인근 병원으로 이송해서 지금 영안실에 안치해 두었다고 했다. 다시 인근 병원으로 가서 시신을 보기로 했다.

영안실 안으로 들어가자 싸한 공기와 뭔지 모를 불쾌한 냄새가 났다. 직원이 철제관의 문을 열어 시신이 누워 있는 철제 침대를 꺼내 하얀 천을 살며시 들어 올렸다.

다리가 후들거리고 숨이 쉬어지질 않았다. 아버지가 정말 죽었다는 사실이 이제야 전신을 내리눌러 두 다리로 설 수가 없었다.

태경이 곁에서 그녀를 부축해 밖으로 나왔다. 이번엔 다른 직원이 다가와 장례 절차 등에 대해 물었다. 이 병원에서 해도 상관없고 외부에 나가서 해도 괜찮다고 했다. 그러자 태경은 서울 중심부에 자리한 장례식장을 수소문했고 마침 빈자리가 있다는 대형 병원 장례식장으로 시신을 옮겨 달라고 했다.

"오빠…… 그러지 마."

"억울하게 살다 그렇게 돌아가셨다. 가시는 길이나마 떳떳하게 어깨 펴고 가시게 꽃길을 만들어 주고 싶어서 그래."

그제야 눈물이 차올랐다. 맞는 말을 정확하게 하는 남자였다. 가슴이 미어졌다. 제 아버지는 끝까지 떳떳함을 갖지 못하고 죄수복을 입은 채 사망했다.

"으흐흐으으윽…… 어떻게 저렇게 죽어? 으흐흐흐흑…… 나 같음 억울해서라도 삶의 끈을 놓지 않았을 거야."

태경이 곁으로 다가와 다시 그녀를 부축해 차로 향했다. 그들의 차와 시신을 이동시키는 구급차가 같이 이동했다.

그들은 장례식장에 도착해 시신을 안치하고 장례식 준비를 시작했다. 우선 부고를 낸 뒤, 지안은 상복을 입고 텅 빈 장례식장 안으로 들어갔다. 이렇다 할 만한 사진도 준비한 게 없었다. 그래서 교도소에서 찍은 사진 중 하나를 골라 그걸 전송받아 출력해서 영정 사진으로 사용하기로 했다. 바로 액자가 준비되고 국화가 3단으로 벽면을 빼곡하게 채웠다.

지안은 자신이 알고 지냈던 모든 사람들에게 연락을 취해 아버지의 사망 소식을 전했다. 그래 봤자 대부분 연기를 하면서 알게 된 사람이 전부였다. 그래도 그들에게 위로라는 걸 받고 싶었다.

준비가 끝나고 저녁 시간을 넘기기 시작하자 삼삼오오 문상객이 들어오기 시작했다. 그리고 지령도 넋이 나간 얼굴로 나타났다. 군복 대신 상복으로 갈아입은 지령이 문상객들을 일일이 맞으며 상주 노릇을 했다. 문상객이 빠지고 조금 고요해지면 나란히 앉은 남매는 사진을 쳐다봤다.

"뭐가 이렇게 돼?"

"그러게."

"같이 살기 싫다는 말을 들은 건가?"

"그런 걸까? 꼴 보기 싫고 같이 있기 불편하다고 했는데…… 그걸 알았던 걸까?"

"저 사람 인생도 진짜 안 풀린다."

"깡패 인생에 칼 맞아 죽는 건 어쩌면 최고의 복인지도 모르지."

"후훗, 그런가······."

서로 무참히 무너져 내린 표정으로 얼굴을 일그러트렸다. 결국 아버지가 자초한 일인지도 모른다. 아버지는 어떤 마음으로 눈을 감았을까? 도무지 그 마음의 끝을 알 도리가 없다.

다시 문상객들이 밀려들어 왔다. 지안은 서서 인사를 하고 지령은 연신 맞절로 문상객을 맞았다. 자꾸만 아버지의 영정 사진에 시선이 고정되었다. 잘 가라는 말도 못 하겠다. 받은 것도 없고, 준 것도 없다. 뭐 이렇게 깔끔한 계산이 다 있을까?

그래도 밥 한 번은 같이 먹고 싶었는데······.

남들한테는 흔한 그게 왜 우리 집안에서는 이뤄질 수 없는 일인 건지. 요리를 하면서 가족들이 함께 식사하며 화기애애한 분위기를 내는 걸 보면 가슴이 찌르르 울었다. 그녀에겐 영원히 갖지 못할 소소한 풍경이었다. 이렇다 할 만한 추억 하나 없이 아버지는 너무 어이없게 세상을 떠났다.

뭐가 이렇게 엉망진창일까? 자식들은 마음의 준비도 안 됐을 때 버려지더니 이제 똑같이 복수라도 해 주려고 하니까 지레 겁먹고 아버지란 사람은 먼 길을 떠났다.

영원히 돌아올 수도 없는 그런 곳으로······.

　　　　　*　　*　　*

5일 뒤, 기자회견이 열렸다. 기구한 그녀의 삶을 기사로 써 보겠다고 온 기자만 해도 30명이 넘었다. 그녀는 지금까지 어떤 삶을 살았는지에 대해 천천히 이야기를 시작했고 모든 이야기가 끝났을 때 꽤 오래 적막이 흘렀다.

"그런데 감 의원 집에서 살면서 대접은 잘 받았나요?"

"감 의원님은 바쁜 분이셔서 자주 마주칠 일이 없었어요. 우리 남매는 그 집안의 일을 도우면서 지냈고요. 아무래도 부모님도 안 계신데, 남의 집에서 빈둥거리기엔 좀 눈치가 보여서 어른들이 시키지 않는데도 이것저것 일을 좀 했어요."

"그런데 학교는 왜 안 다녔나요?"

"감 의원님의 의견이었어요. 살인자의 자식들이라는 게 밝혀지면 학교 측이나 학부모들이 가만있지 않을 거라면서 차라리 다니지 않는 게 좋을 거라고……. 그 당시엔 그게 그리 실감이 나질 않아서 학교에 가고 싶은 마음이 굴뚝이었는데 성장하고 나니까 그 마음이 이젠 이해가 되더라고요."

"그렇다고 해도 안타깝군요. 친구들을 만들어 가면서 사회의 다양한 면모를 볼 수 있는 나이였는데. 그동안 내내 집안에서만 지냈다는 사실이 마음에 걸립니다. 혹시 아내를 죽인 자의 자식들이라는 이유로 학대를 받은 건 아닌가요?"

"글쎄요. 감 의원님이 저희 남매에게 그리 잘하지는 않았어요. 쳐다보는 눈빛이 정답지는 않았으니까. 그렇다고 해서 그 분에게 저희를 사랑해 달라고 하는 것도 우습잖아요? 아내가 죽었는데, 어떻게 그래요? 차갑게 대하는 게 맞는 것 같아요."

그때 남자 기자 한 명이 자리에서 일어서더니 말했다.

"임지안 씨! 거짓말은 이제 그만하고 사실을 말하죠?"

심장이 덜컥 내려앉았다. 기자의 표정이나 말투에 너무도 확신이 담겨 있어서 자신도 모르게 흠칫하고 말았다. 뭔가를 알고 하는 말 같았다. 하지만 그녀는 평정심을 유지하고 기자를 바라보며 물었다.

"갑자기 그게 무슨 소린가요?"

"감태일 씨를 만나고 왔습니다. 감 의원의 장남이고 현재는 땅끝 마을 아래에 자리한 어느 섬에서 살고 있죠. 감태일 씨가 고백하더군요. 임지안 씨와 임지령 씨를 감 의원과 자신이 학대했다고."

순간 기자들이 술렁거리기 시작했다. 지안은 바로 자리를 박차고 일어났다. 사회자에게 인터뷰 중단의 제스처를 취하고 곧장 뒤에 마련된 방으로 이동했다.

밖에서 한바탕 난리가 벌어졌다. 경호원들이 문을 가로막고 버티고 기자들은 언성을 높여 학대가 사실이냐는 질문을 쏟아부었다.

"이런 변수가 있을 줄은……."

지안이 머리카락을 뒤로 넘기며 길게 한숨을 쉬었다. 상상

도 못 한 전개다. 태일은 대체 왜 저런 자백을 한 걸까? 그녀
는 바로 태경에게 전화를 걸어 전후사정을 얘기하고 태일의
휴대폰 번호를 물었다.

"통화해 보고 다시 연락 줄게요. 이유를 명확하게 알아야
저도 대처를 할 수 있어요."

—알았어.

곧장 태일에게 전화를 걸었다.

—여보세요?

"저…… 임지안입니다."

—아, 그래. 오랜만이다.

"지금 인터뷰를 하다가 감태일 씨가 어릴 때 있었던 학대를
폭로했다는 얘기가 어느 기자 입에서 나왔는데, 이게 대체 어
떻게 된 일이죠?"

—……찾아왔더라. 너에 관한 얘기를 듣고 싶다고……. 그래
서 얘기해 줬어. 이런저런 얘기를 하다가 이제 그만 홀가분해
지고 싶어서 양심선언을 한 거야. 너를 떠올리면 늘 가슴 한
쪽이 되게 무거웠거든. 너한테 집착하고 매달린 건 아마도 미
안함의 다른 표현이었던 건지도 모르겠다. 미안하고 안타까운
마음을 몰라서 널 좋아해 주는 게 보상하는 거라고 착각한 것
같아. 그런데 진심으로 사죄하는 게 최상의 보상이라는 걸 알
았어. 미안해. 지안아……. 너와 네 동생에게 그런 몹쓸 짓을
한 지난날에 대해 진심으로 사죄한다. 조만간 서울로 가서 얼

굴 보고 얘기할게.

무슨 말을 해야 할지 떠오르지 않았다. 이런 상황에서는 받아들여 주고 이제 다 괜찮다고 해야만 하는 걸까? 그녀는 신이 아니다. 고작 인간에 불과한, 미미한 존재다. 그 기억이 머릿속의 한 부분을 장악하고 아무리 도려내려 해도 상상도 못한 순간마다 불쑥 칼을 들이밀어 대듯 통증을 일으켰다. 이런 상황에서 웃는 낯으로 그를 용서하노라 말할 수 있을까? 그게 진짜 용서이기는 할까?

"미안하지만 난 평생 감태일 씨를 증오할 거예요. 사죄를 한다고 해도 이 안에 깊게 자리한 기억을 도려내는 건 할 수가 없어요. 언젠가 조금은 흐려질지도 모르지만…… 시간이 지워 주기를 바라는 수밖에요. 감태일 씨는 미안하다는 사죄를 하면서 홀가분해질지 몰라도 전 아니에요. 그게 그렇게 쉬운 문제가 아니란 말이에요. 하아…… 어찌 되었든 이 일로 인해서 감 의원의 신상에도 새로운 사건이 벌어질 것 같군요."

─그건 이미 감당할 준비가 됐어. 아버지도 이제 진심으로 너희 남매에게 고개를 숙여야 할 때가 됐다. 네가 받아들여 주고 못 하고를 떠나 내가 노력하고 있다는 것만은 알아줬으면 좋겠어. 너에게 진정성 있는 사과를 하기 위해 노력하고 있다는 걸 말이야.

"……알았어요. 일단 여기 사태를 좀 수습하고 나중에 다시 연락하죠. 잘 지내요."

—고맙다.

휴대폰을 내려놓은 그녀는 가만히 마음을 다잡고 다시 기자들 앞에 나갔다. 그녀는 질문이 쏟아지는 걸 잠시 막고 학대 사실을 인정했다.

여섯 살에 그 집안에 들어가 꽤 오랜 세월 말로 표현 못 할 폭언과 폭행 등을 당하며 살아왔다고 솔직하게 모든 걸 시인했다. 충격적인 소리를 들은 기자들은 그녀의 주변에 구름떼처럼 몰려들어 사진과 기사를 써서 곧장 인터넷에 띄우고 곧장 감 의원이 있는 사무실로 향했다.

이제 이 사태를 감 의원은 어떻게 받아 낼까? 아니라고 우기며 버틸까? 차라리 잘됐다. 모든 게 다 밝혀졌으니, 이제 감 의원은 그녀와 동생 앞에 고개를 숙여야 할 것이다. 이 일이 어떤 파장을 몰고 올 것인지에 대해서는 아무런 생각도 하지 않기로 했다. 이젠 밀어붙이는 것 외에는 수가 없다.

지안의 인터뷰 기사가 모든 웹사이트를 장악했다. 모든 검색 사이트에서는 감 의원과 임지안, 그리고 사망한 임성운의 이름이 연일 실시간 검색어 1위를 오르내리며 대중의 관심을 한 몸에 받고 있었다.

그와 함께 모든 언론사에서는 감 의원에게 미성년 아동 감금 폭언과 폭행 등에 대한 사실 확인을 위한 인터뷰 요청이 쇄도했다. 그뿐 아니라 대중들은 그를 범죄자로 보고 당장 감옥에 가둬야 하는 게 아니냐는 대대적인 분노를 표출하기도 했다.

"하아, 개자식! 태일이 그놈이 그 멀리서 내 머리통을 내리찍을 줄이야."

보좌관과 비서가 답답한 얼굴로 이 상황을 어떻게 정리해야 할지를 다른 의원들이 답을 듣고 싶어 한다며 그의 결정을 독촉했다. 당장 정치계에서 사라지라는 얘기였다.

여섯 살밖에 안 된 어린아이를 데려다 폭언과 폭행으로 아내의 죽음에 대해 어른스럽지 못한 보복을 했다는 사실은 전 국민을 경악하게 했다. 그는 매우 골치 아픈 눈빛으로 한숨을 쉬었다. 그리고 기자회견을 자청했다.

두 시간 후, 사무실로 몰려든 수십 명의 기자들을 향해 그는 허리를 굽혀 사죄하고 눈물을 흘리며 말했다.

"정계에서 물러나도록 하겠습니다. 진심으로 국민 여러분께 사죄드리며 이후 묵묵히 봉사하면서 조용한 삶을 살아가도록 하겠습니다."

"임지안 씨 남매에게도 사과를 했나요?"

하지만 거기에 대해서는 답하지 않고 곧장 인터뷰를 종료했다. 어차피 보여 주기식 사죄만 하면 그만이다. 그 이후는 이제 임지안과 해결해야 하는 일만 남았다. 여기서도 적절히 쇼를 잘해야 그에게 유리하다.

그는 사무실 밖으로 나가 대기 중인 몇몇 친한 의원들과 인사를 한 뒤 곧장 보좌관을 데리고 지안의 식당으로 향했다. 그렇게 시끄럽기를 원한다면 그렇게 해 주겠다. 세상이 다 들썩거리게 시끄러운 사죄를 하면 그만 아닌가!

그의 차가 식당 앞에 멈춰 섰다. 그는 보란 듯이 입구에 무릎을 꿇고 허리를 굽혔다. 그러자 지나던 시민들이 그의 모습을 사진으로 남기기 시작했다. 곧 그 소식은 SNS를 통해 온 세상을 뒤덮을 것이다. 잠시 후 문이 열리고 지안이 나오더니 경악한 얼굴로 그를 쳐다봤다. 그가 말했다.

"미안하다! 정말 미안하다. 어린 시절 너에게 저질렀던 모든 행위는 이렇게 사죄하마. 그러니 나를 용서해라. 어떻게 그 빚을 갚으면 되겠니?"

노련한 정치인은 연기자보다 더 연기를 능숙하게 잘한다. 눈물이 필요한 순간엔 정확히 악어의 눈물을 뿌리는 기술도 가능하다. 역시나 보는 사람들의 숫자가 더 늘어나기 무섭게 그는 눈가에 물기를 매달고 그녀를 올려다봤다. 이 구도는 매우 유용한 컷이 될 것이다.

"일대일로 만나서 해야 할 얘기를 왜 굳이 이 많은 사람 앞에서 하는지 이해가 되지 않군요. 일어나세요. 그런 식으로 보여 주기식 사과는 굳이 안 해도 됩니다."

심장이 덜컥했다. 식은땀이 나는 게 느껴졌지만 그는 능구렁이 정치인답게 입가에 더 가련한 미소를 지으며 울먹거렸다.

"나한테 뭘 바라는 거니?"

"의원님에게 바라는 건 아무것도 없어요. 죽은 아버지를 되살려 줄 게 아니라면 그만해요. 그런 식의 사과는 구차할 뿐, 저한테 아무런 의의도 없어요."

싸늘하게 내려다본 지안이 그대로 가게 문을 열더니 눈앞에서 사라졌다. 정말 그의 사과를 받아 줄 의향이 하나도 없어 보였다. 이렇게 되면 그의 일방적인 호소는 아무런 효과가 없게 된다.

"뭐해요? 따라 들어가서 다시 무릎을 꿇어야지! 그깟 무릎 닳아 없어지도록 삼천배라도 해야 하는 거 아닌가!"

뒤에서 한 시민이 외쳤다. 그러자 다른 사람은 그 말에 호응하면서 그가 지안의 화를 풀게 하려면 하루가 아닌 몇 날 며칠에 걸쳐 무릎을 꿇어야 한다고도 말했다.

그는 벌겋게 달아오른 얼굴로 곧장 가게 안으로 들어갔다. 손님들이 내부를 가득 채우고 있는 상황이라 성질대로 할 수도 없었다. 그는 조리대 근처까지 다가가 지안에게 말했다.

"나를 봐서 봐주는 시늉 정도는 해 줄 수 있는 거 아냐?"

"대국민 사기에 저까지 가담시키지는 마세요. 그런 건 못하니까요."

"넌 태경이 안 볼 거야?"

"상관없는 사람의 이름은 빼시죠. 서로 페어플레이 했으면 좋겠는데요?"

열불이 터져 나왔다. 그는 손님들의 눈치를 살피며 바닥에 무릎을 꿇었다. 지안이 바란다면 무릎이 나가는 한이 있더라도 이젠 끝을 봐야 한다. 그러자 지안은 본체만체하면서 자신의 일에 집중했다.

'괘씸한!'

기어이 끝까지 해보자는 건가! 두 테이블의 음식이 다 나가도록 본체만체하던 지안이 그를 사납게 노려보며 말했다.

"칼 들고 달려들어서 여기저기 찔러 대고 장애인이 되게 만든 후에 미안하다고 말한다 해서 그 사람의 인생이 바뀌는 건 아니죠. 하지만 의원님이 모든 수치심을 감당하고 이만큼 행동하시니까, 저도 더는 옛날 일 가지고 왈가왈부하진 않겠어요. 그만 일어나서 돌아가 주세요."

그제야 감 의원이 자리에서 일어나 슬며시 미간을 좁히고 말했다.

"너처럼 까다로운 아이도 없어."

"글쎄요. 다들 이만큼은 할 거예요. 14년이에요. 그 이후에도 스스럼없이 수시로 협박을 하면서 절 압박했죠. 마음 편히 살았다고는 못 해요. 의원님 덕분에…… 이번 일로 의원님에 대한 다큐멘터리나 소설 같은 자서전을 발표할 일은 없겠네요. 염려 말고 돌아가세요."

"약속했다."

"물론이에요."

"그럼 수고해라."

갑 의원이 가게를 나오자 사람들이 웅성거리며 그의 표정을 살폈다. 그는 침묵을 유지한 채 굳은 표정으로 보좌관이 기다리는 차에 탔다.

차가 유유히 가게를 벗어나자마자 그는 인상을 쓰며 쌍욕을 했다. 그리고 바로 태블릿 PC로 자신에 관한 기사들을 다시 검색하기 시작했다. 지안의 가게 앞에서 무릎을 꿇고 있는 모습이 메인 기사로 뜨고 있다. 원하는 대로 여론 몰이는 되어 가고 있지만 영 마음이 좋지 않았다.

모든 사실이 밝혀지기 무섭게 등을 돌리는 친한 의원들의 표정이나 행동이 마음속에 각인되었고, 지안의 태도 또한 그를 불쾌하게 했다. 의원들은 자신의 몸에 똥물이 튈까 전전긍긍하는 눈치였고, 지안은 그가 망신을 당하든 말든 상관없다는 태도로 일관했다.

정말 자기가 원하는 대로 풀리는 게 이렇게 하나도 없을 줄은 몰랐다.

이제 정말 사퇴를 해야 하는 순간인가 보다. 지안의 용서와는 관계없이 이 이상의 증언이 더 터지기 전에 빨리 국회의원 자리를 그만두고 조용히 잠수를 타야 한다. 지금까지 힘들게 쌓아 올린 부와 명예가 이런 식으로 쉽게 무너질 줄이야.

그렇다고 해서 진심으로 반성하느냐면 그딴 건 없었다. 남들이 다 해야 한다고 하니까 그저 엎드려 준 것일 뿐. 그 이상도 이하도 아니다. 누가 아내의 죽음을 보상해 줄 것인가! 아무것도 보상받을 수도 없는 상황에서 그가 할 수 있는 최후의 복수는 징역살이를 시작한 임성운의 아이들을 괴롭히는 것뿐이었다. 어른스럽지 못하고 치졸하다는 둥의 얘기엔 관심 없다. 그렇게라도 해서 가슴에 일어나는 들불 같은 분노가 일시적으로나마 가라앉으면 그걸 끝이었다.

'감태일!'

장남이라는 놈이 하라는 건 몽땅 다 때려치우고 날름 지방으로 내빼더니 부모도 없는 애처럼 저리 막 나갈 줄이야. 그는 곧장 감태일을 데리고 오라는 명령을 보좌관에게 내렸다. 그가 관두면 어차피 보좌관도 그만둬야 한다. 계속 일을 해도 그만이지만, 지금까지 그와 손발을 맞춰 오던 사람이기 때문에 갑자기 배신할 수도 없다. 보좌관이 고개를 끄덕거리며 바로 떠나겠다고 답했다.

인터넷에 올라온 모든 기사들을 취합한 태경은 턱을 어루만지다가 미간을 좁히고 가장 먼저 해야 할 일을 떠올렸다. 지안에게 먼저 가야 할지, 아버지에게 찾아가 전후 사정에 대한 이야기를 들어야 할지를 고심하던 그는 지안을 먼저 만나는 편이 낫겠다 싶어서 사무실을 나왔다.

로비에 도착해 외부 주차장으로 나가려는데, 최 기자가 문가에서 담배를 태우다 그를 보더니 환하게 웃었다.

"이제 가세요?"

"네, 왜 연락도 안 하고 이렇게 기다리세요?"

"제가 검찰 측에 줄이 닿아 있어서 박 의원에 대해 몇 가지 들은 사안이 있어서 급히 왔습니다. 담배 한 대 피우고 연락을 하려고 했는데 태경 씨가 내려온 겁니다. 타이밍이 절묘하군요. 잠깐 시간 괜찮으세요?"

"네, 됩니다. 로비에 있는 카페로 가실까요?"

"네, 그럽시다."

태경이 그를 회사 내 카페로 안내하며 커피를 두 잔을 주문하고 자리에 가서 앉았다. 최 기자는 커피가 오기를 기다렸다가 종업원이 테이블 위에 커피 두 잔을 놓고 멀어지자 그제야 입을 열었다.

"아버님 문제 때문에 골치가 아프시죠?"

"좀 그러네요."

"태경 씨는 지안 씨랑도 사이가 깊으니 어느 쪽이 잘했다 말하기도 되게 애매하겠군요."

"아니요. 그런 건 없습니다. 누가 보더라도 아버지는 잘못하셨죠."

"그런데 당시 태경 씨는 어디에 있었나요?"

"저도 당시 철모르던 시절이라, 변명처럼 들리겠지만 남매의 학대를 방관했습니다. 아버지의 말을 철석같이 믿고 마냥 증오심에 불타던 때였거든요. 아이들에 대한 동정심보다는 어머니의 죽음으로 인한 충격 때문인지 계속 그 아이들을 용서할 수가 없더군요. 애초에 아버지가 그 아이들을 집안에 들인 것 자체가 문제였습니다. 이슈를 만들겠다고 애들을 집안에 들여놓더니 감당을 못 하고 학대를 한 것밖엔 안 되거든요."

"솔직하게 말해 줘서 고맙군요. 태경 씨의 입장에 대해서도 궁금해하는 사람들이 많아서요. 이미 태일 씨는 자신의 입장을 명확하게 밝혔습니다. 어떤 죗값도 치르겠노라고. 하지만 이미 세월이 오래 흐르기도 했고, 지안 씨가 스스로 가서 신고를 하거나 다른 방식으로라도 도움의 사인을 보낸 적이 없었죠. 그래서 이제 와서 할 수 있는 게 있을지 모르겠습니다. 당장 지안 씨는 태경 씨와의 관계가 깊으니 아버지와 형을 잡아넣어 달라고 말할 상황도 아닐 테고요."

"그렇죠. 그 부분에 대해서는 지안에게 모든 결정권을 넘길 생각입니다. 저를 의식할 것 없이 하고 싶은 대로 하라고……."

"글쎄요. 좀 회의적인데요? 연인이 와서 그런 얘기를 해 봤자, 지안 씨가 할 수 있는 건 별로 없거든요."

"지안과 얘기해 보도록 하겠습니다."

"그래요. 그건 됐고요. 진짜 할 얘기는 박 의원의 입에서 나온 말이라는 거예요."

"무슨?"

"왕 여사님 사건에 개입한 제삼자가 있답니다. 그 사람이 박 의원과 관련된 온갖 더러운 일은 다 도맡아 마무리를 해

쳤다고 하더군요. 문제는 그자의 행방이 지금 묘연하다는 겁니다. 잠적했어요."

"그게 누군데요?"

"박 의원의 사촌동생이라는데 이름이 박상두라고 하더군요. 혹시 기억나세요?"

"네? 글쎄요…… 전 모르겠는데요."

"음, 모를 겁니다. 제가 그 부분에 대해 따로 조사를 더 해봤는데, 특이점이 발견됐어요. 박상두와 왕미라 씨 사이에 상당한 연관 관계가 보이더군요."

"어머니와요?"

"네, 박상두의 아버지와 왕미라 씨의 어머니가 두 사람이 십대 시절에 10년간 사실혼 관계, 즉 동거를 했던 적이 있더군요. 박상두는 왕미라에게 오빠였고, 한집에서 같이 살았다고 합니다."

"박상두가 어머니와 일시적으로나마 가족이었다는 사실이 이 사건과 무슨 관계가 있는 걸까요?"

"목적이 그 안에 있다는 거죠."

"네?"

"살해 목적 말입니다. 박상두가 왜 어머니를 타깃으로 정하고 죽였는지에 대해 박 의원이 한 말이 있답니다."

"뭐라고?"

"양쪽 어른들은 둘 다 맞벌이였기 때문에 남매가 집안에 있는 경우가 잦았고, 그로 인해 박상두는 십대 후반인 동생을 예뻐했다고 합니다. 그런데 그게 다가 아니었다는 거죠. 마냥 오빠로서 예뻐하기엔, 박상두와 동생은 아무런 혈연관계도 아니었거든요. 즉, 욕망을 자제해야 할 이유가 없었던 거죠."

설마! 태경이 경악한 얼굴로 최 기자를 쳐다봤다.

"박상두가 어머님을 성폭행한 전적이 있다고 했대요. 만약 그 사실이 세상에 드러나면 감 의원이 자신을 가만두지 않는 것은 물론이거니와 사촌인 박 의원에게도 찬물을 끼얹은 꼴이 될 거라고 했답니다. 그러면서 알몸 파티를 왕 여사가 목격했고요. 그 사실이 감 의원의 귀에 들어갔다면 어떤 식으로든 감 의원이 어떤 무언가를 포착해 압박해 올 것을 알았던 거죠. 그리고 하필 그 타이밍에 감 의원이 비리 장부를 꺼내 들었던 거고요. 감 의원이 신요물산과 얽힌 비리를 내놓는 순간 왕 여사의 입에서 알몸 파티에 대한 얘기가 흘러나갔음을 직감했겠죠. 당시 알몸이 된 신요물산 사람들을 만났는데, 그걸 알 만한 사람이 누가 있겠습니까?"

"그래서 어머니가……."

"네, 찝찝한 두 가지를 완전히 덮으면서 동시에 감 의원의 입을 완전히 틀어막아 놓을 무언가가 있어야 했죠. 그리고 그 대상이 왕 여사가 된 거라고 합니다."

현기증이 나고 주변이 새카맣게 차오르다 못해 일렁거렸다. 욕지기가 날 것만 같아 재빨리 새카만 아메리카노를 한 모금 삼켰다. 쓸쓸한 맛이 목구멍을 타고 내려가자 천천히 산소가 몸속 깊은 곳으로 스며들어 오는 것 같았다.

어머니가 알몸 파티를 목격한 게 20년 전이었다. 20년 전에도 그랬던 놈들은 자신들의 별장에서 또다시 난교 파티를 벌이다가 여자를 죽이는 파렴치한 짓까지 저질렀다. 스스로 인간이기를 포기한 짐승들이었다.

"경찰들이 박상두를 잡기 위해 움직이기 시작했으니 곧 잡히겠죠. 이제 기다리는 수밖에요. 이 사실은 아마 일주일 뒤쯤 공식 발표될 겁니다. 아직 범인의 신원이 확보되지 않아서 당장 발표할 수가 없는 거죠."

"이미 해외로 뜬 거라면요?"

"그래서 걱정입니다. 그랬을 가능성이 너무 높거든요. 외부에서 압력이 들어온다는 걸 알았을 테고 우리가 일주일 간격으로 사건을 기사화하는 걸 놈도 봤겠죠. 곧 자신에게도 불똥이 떨어진다는 걸 알았을 테니까, 미련 없이 떠났을 가능성이 높아요. 요새는 해외로 도주하는 범인들이 많으니까요."

"범인은 따로 있는데, 애먼 사람만 죽은 꼴이군요."

"그런 셈이죠."

"이제야 미스터리가 전부 해소됐군요. 그간 고생하셨습니다. 최 기자님."

"아니에요. 여러모로 좋은 정보를 취할 수 있도록 연을 이어 준 태경 씨 덕분도 크죠. 지안 씨도 그렇고요. 저도 뭔가 굉장히 답답하던 게 하나 마무리된 듯한 기분이라 좋습니다. 혹시라도 더 궁금한 사안이 있으면 언제든 연락 주십시오. 저도 더 듣게 되는 얘기가 있으면 연락 줄게요. 아마 조만간 경찰 측에서 연락이 갈 겁니다. 진짜 범인이 나타난 셈이니까요. 지금껏 잡은 건 몸통과 꼬리였지만 진짜 머리가 나타난 거잖습니까?"

"그렇죠. 아직 범인이 잡힌 게 아니니 홀가분해할 상황은 아닌 것 같아요. 이제 또 다른 난관의 시작이군요. 저는…… 아버지와 지안의 관계를 제대로 봉합할 방법을 좀 찾아봐야 할 것 같습니다."

"현명한 분이니 잘될 겁니다."

"그렇다면 좋겠지만……. 바쁘신데, 이만 일어나시죠."

"그럽시다."

최 기자에게 인사를 하고 헤어진 그는 곧장 외부 주차장으로 가서 차에 시동을 걸었다. 사실 이제 와서 지안에게 범인이 잡혔다는 얘기를 해도 그녀는 심드렁할 것이다. 임성운이 사망한 상황에서 그런 것들이 무슨 의미가 있겠는가. 그는 지안에게 전화를 걸었다. 저녁 9시니까 바쁜 시간대는 지나갔을 것이다.

―여보세요?

"나야…… 내가 지금 가도 괜찮겠어?"

―오빠, 미안한데 당분간 저희 가게 쪽으로는 오지 말아 주

세요. 집도 그렇고……. 기자들이 많이 있지는 않아도 교대 근무라도 하듯이 번갈아 가면서 나타나고 있거든요. 사진이라도 찍히면 오빠나 나나 웃음거리가 될지도 몰라요.

"그래, 그럼 어떻게 만나야 하는 거니?"

―제가 오빠 집으로 갈게요. 오빠가 거기 계속 산다면요.

"그대로 있지. 그럼 집에서 기다릴게. 내 집으로 와라."

―네, 그리고 오빠…… 신경 쓰지 말아요. 오늘 일…….

지안은 그를 염려하고 있었나 보다. 그가 하던 생각을 지안도 하고 있었다고 생각하니 마음이 좀 싸해졌다.

"그래."

짧막하게 답하고 인사를 한 후 통화를 끝냈다. 또다시 선이 그어진다. 세상이 시끄러워져서 지안과 밀착되어 있으면 안 된다. 그리되면 지안이 다시 손가락질을 받게 될 게 너무도 뻔했다. 자신을 학대한 집안에서 방관자 역할을 하던 남자와 사랑에 빠진 이상한 여자라는 언론의 비난이 이어질 것이다.

지안에게 미안한 마음이 들었다. 그녀를 좋아하지 않았더라면, 이런 마음고생도 하지 않아도 되는 거였는데 모든 게 너무 늦고 말았다.

#22

지안과 태경이 나란히 앉아 위스키를 온더록스잔에 채워 마시면서 두런두런 이야기를 나눴다. 그는 우선 최 기자가 해준 이야기를 지안에게 전부 들려주었다.

"성폭행이요?"

"음, 그 당시엔 여자가 집안에서 그런 일을 당했다고 해도 쉬쉬할 뿐 아무런 도움을 주지 않았어. 맞은 것도 아니고 보이지 않는 것인 데다 임신이 된 게 아니라면 굳이 나서야 할 이유가 없었던 거지. 아니, 임신이 되어도 몰래 데리고 가서 낙태를 권하는 게 사회적 분위기였지. 앞길이 구만리 같은데 성폭행 사실이 알려지면 지역사회에서 매장당하니까. 게다가 그런 소문이 돌면 시집도 제대로 못 간다는 선입견도 있으니까. 피해자가 더 핍박받던 시절이기도 하고."

"지금이랑 그리 다르지 않아요. 지금도 여전히 성폭행과 관련해서는 여자들이 목소리를 높일 수 있는 분위기가 아니잖아요. 피해자가 되레 가해자 취급받는 세상이니까, 꺼내봐 봤자 달라지는 게 없으니 공론화를 하지 않으려 하죠. 그 당시라면 더했겠어요."

"음, 그런 짓을 당했는데도 어머니는 용케 아픔을 감추고 살아오신 거네. 우린 까맣게 그런 줄도 모르고 살았고. 새삼 어머니한테 죄송하기도 하고…… 그런 추잡한 자신의 과거와 오점을 감추겠다고 어머니 몸에 칼을 댄 놈들에 대해서는 분노가 인다."

"마냥 행복했다고는 할 수 없는 인생이네요. 어머님도……."

잠시 침묵이 흘렀다. 왕 여사에 대해 생각하느라 누구도 먼저 쉽게 입을 열지 못했다. 지금 튀어나온 주제 자체가 어렵고 무거운 내용이었기 때문에 더 그러했다.

지안은 같은 여자로서 그런 짓을 당할 뻔한 일이 수차례였기에 왕 여사의 마음이 읽혀졌다. 가장 가까운 사람이 보살펴주지는 못할망정 강자의 입장에 서서 되레 약자를 짓누르는 파렴치한 짓을 자행하다니. 상상만 해도 진저리가 쳐졌다.

그런 부분 때문에 여전히 태일을 용서할 수가 없었다. 정작 태일이 자신의 어머니가 그런 일을 겪었다는 걸 알면 어떤 기분일까? 태일 역시도 그녀에게 여러 차례 성추행을 시도했다. 물론 어린 그녀는 당할 수밖에 없었다. 이제 와서 그가 사과를 한다고 해도, 마음이 온전히 씻긴 건 아니다. 깔끔한 기분이 들지 않았다. 초록색으로 흠 하나 없이 고결하던 사과가 땅에 떨어져 여기저기 멍이 들고 팬 거나 다를 바 없는 그런 기분이 들었다. 원치 않는 스킨십이란 그런 걸 두고 하는 말이었다.

"아버지가 너한테 무릎을 꿇으러 간 것에 대해 동영상이 올라와서 확인해 봤어. 아버지…… 표정이 가관이더라. 대놓고 연기를 하시던데?"

"알았어요?"

"내가 내 아버지를 모르겠어? 정말 대단하신 분이야. 사람들이 카메라를 꺼내 드니 단박에 연기에 들어가신 거잖아. 너의 입장 같은 건 안중에도 없는 거지."

"알고 있었어요. 그런데 계속 집요하게 행동하시니, 별수 없이 사과는 받아들였는데 영 찜찜해요."

"아버지도 대단하시네. 사회적 지탄을 어떻게든 모면하고 싶은 거지. 그리고 너한테 그런 행동을 해서 어떻게든 법적인 조치는 받지 않겠다는 뜻이기도 할 테고."

"지령이 가만히 있을지 모르겠어요. 아버지 그렇게 보내고 너무 아무 말을 하지 않아서 내내 마음에 걸리더라고요. 괜찮을지 정말 걱정스러워요."

"면회를 한번 가 보자. 그렇게 힘들수록 가족이 챙겨 주는 것 외엔 이렇다 할 만한 방법이 없어. 그리고 내가 진심으로 사과할게. 아버지와 형의 일에 대해……."

"오빠가 왜 그 사람들을 대신해서 사과해요. 그러지 말아요. 그렇다고 그 사람들이 한 일들이 오빠가 한 일이 되는 것도 아닌걸요. 미안해요. 흥분해서 그 사람들이라고 해서……."

"네 입장에서는 충분히 그러고도 남아. 이해가 돼."

그래도 그에겐 가족들인데, 이런 식으로 비난해도 되는지 모르겠다. 그에게도 상처가 될지도 모를 일이다. 보통 자기 가족에 대한 비난이나 비판은 자신만 할 수 있고 다른 사람이 할 경우 자존심에 상처가 간다고 알고 있다. 그런 얘기를 아무리 그라고 해도 너무 스스럼없이 한 것 같아 후회가 생겼다.

"미안해요. 제가 너무 막말을 한 것 같아서…… 그렇다고 해서 오빠를 혐오한다, 그런 건 아니에요. 그랬더라면 오빠와 가까워지지도 않았겠죠."

노력은 했지만 결국 이렇게 되었다. 떨어져 나가는 일이 그렇게 힘든 일일 줄은 생각도 못 했다.

"아버지와 형이 너한테 했던 일들을 다 알고도 그걸 방조했던 나로서는 네게 유구무언이야. 네가 무슨 소리를 해도 나는 어떤 말도 할 자격이 없어. 그리고 넌 그들에 대해 비난하는 말을 스스럼없이 하는 게 너무도 당연하다고 생각해. 내가 무슨 권리로 그걸 막겠어."

"그건 아니에요. 이제 신경 쓰지 말아요. 태일 씨한테도, 감의원님한테도 이미 다 사과를 받았고 해묵은 감정은 그걸로 이제 정리할래요. 서로 계속 비난해 봤자 좋을 게 없는 게 태경 씨와의 관계를 여기서 끝낼 게 아니라면 굳이 비난을 이어 나갈 필요가 없어요."

"그 말은 듣기 좋다. 나하고 끝내자고 할까 봐 되게 두려웠는데."

그런 일은 없다. 어떻게 그를 떠날 수 있을까? 꽤 오랜 세월 동안 만났다 헤어졌다를 반복하긴 했지만 그들이 정식으로 이별을 말해 본 적이 있었던가? 결국 모든 시간들이 서로 아무런 약점도 없이 온전히 마주치기 위한 기다림일 뿐이었다.

그래서 그와 영원한 이별을 하지 않는 순간을 맞이하고 싶어서 그를 계속 기다려 왔다. 이제 와서 어떻게 이별을 말한단 말인가. 그의 달이 되고 싶다. 어떻게 해도 벗어나지 못하는 지구의 달. 늘 그에게 달라붙어 일하는 시간 외에는 늘 함께하고픈 그런 마음이었다. 용서는 중요치 않았다. 그건 사랑이 먼저 완성된 이후에 하는 것이다. 지금은 태경과의 이 관계를 어떻게 더 견고하게 지속시킬지만 고민하고 싶었다.

불 꺼진 방으로 달빛과 함께 가로등 불빛의 미미한 빛들이 스며들어 와 긴 그림자를 만들었다. 나무 이파리가 그림자가 되어 살랑거린다. 지안은 말없이 그 모습을 쳐다보며 입가에 미소를 지었다.

"욕심 같은 건 없나 보네요."

"왜?"

"지금 이렇게 오빠와 나란히 앉아서 살랑대는 이파리 그림자를 신기하게 쳐다보는 게 왜 이렇게 즐거운지 모르겠어요."

그녀가 손가락을 내밀어 살랑대는 이파리 그림자를 쿡쿡 찌르자 태경이 풋 하고 웃었다.

"너, 취했니?"

"아니요. 별거 아닌 풍경이 오빠와 함께 있으면 의미 있는 풍경이 되는 거예요. 그걸 말하고 싶었던 거라고요."

태경이 웃으며 그녀의 곁으로 바싹 다가오더니 하얀 그녀의 목덜미에 입을 맞추며 말했다.

"잘래?"

지안이 고개를 저었다.

"너랑 나랑 쉬는 날이 같지도 않은 데다 너는 쉬는 날도 별로 없으니까 같이 어딜 가자고도 못하고 힘들어. 명절만이라도 온전히 다 쉬면 안 되나?"

"돈은 언제 벌어요."

"내가 버니까, 넌 벌지 말고 내 곁에만 있어 주면 안 돼?"

"좀 불안해서요. 오빠 곁에 붙어서 오빠가 주는 안온한 삶에 젖어들어 나태해진 순간 갑자기 우리 관계가 어떤 이유에서 틀어지면 어떻게 해요? 그때 헤어지게 될 경우를 대비하고 싶어요. 그게 아니더라도 감 의원님과의 트러블로 쫓겨날 수도 있는 거고요. 전 의지할 친정이나 가족도 없고 제가 도와야 할 동생뿐이잖아요. 다 잃고 빈손일 때를 대비해서 안전장치가 필요해요."

"너, 나하고는 영 끝까지 못 갈 것 같아?"

"피해망상이라고 할지도 모르겠는데…… 단 한 번도 온전히 완벽한 행복을 느낀 적이 없어서 그런지 아무것도 믿지 못하겠어요. 그냥 보험같이 내 터전이 존재했으면 좋겠어요. 그 편이 오빠도 좋을 거예요. 일하던 애가 갑자기 일을 쉬면 정신적으로 문제가 일어날 수도 있거든요."

"좋아. 그럼 딱 3년만 더 해. 그리고 그다음엔 그만하기로 약속해."

"왜 3년이에요?"

"완벽한 행복, 영속될 것만 같은 감정을 네가 느끼게 해 줄게. 그럼 되잖아."

"글쎄요. 그게 가능할까요?"

"네가 그렇게 의심을 하면 당연히 끝이 좋지 않겠지. 의심하지 말고 나만 보고 쫓아와. 아버지는 내가 어떻게든 할 테니까."

태경이 이렇게라도 말해 주니까, 한결 든든해졌다. 하지만 쥐뿔도 없는 친정이라는 둥, 친정도 없는 주제라는 둥, 친정과 관련된 비하 발언을 듣게 될 게 겁나서라도 돈이 있어야 했다. 그래서 미친 듯이 이 일에 매달리는 것이다. 의지할 친정이 없어서.

그리고 지령이 한 명의 성인으로 완전히 자리를 잡게 되기까지도 시간이 필요하다. 제대 후 적어도 2년에서 3년은 취업을 해도 인턴 혹은 견습이라는 딱지가 붙어서 쥐꼬리 같은 월급만 받게 된다. 그럴 때 지령에게 의지하고 싶지는 않았다. 오히려 지령이 의지할 수 있는 누나가 되고 싶었다.

"내일은 또 무슨 일이 일어날지 궁금하네. 어찌 된 일인지, 몇 달 내내 우리 뉴스만 나오는 것 같지 않아? 감씨 일가와 너에 관한 기사 말이야."

"별로 좋지 않아요. 그런 거…… 기억에서 잊혀지고 싶었는데, 더 또렷하게 각인시키고 말았잖아요. 최악이에요."

"이럴 줄 알았음 연기 같은 거 시키는 게 아니었는데."

"몰랐죠. 뒷감당이 안 될 만큼 제가 그렇게 스타가 될 줄은……."

태경이 그녀를 따스하고 달콤한 초콜릿 같은 눈빛으로 바라보며 손가락으로 입술을 어루만졌다.

"오늘 이거 쉬는 날이야?"

"기분이 좀 그래요."

"그럼 나만 혼자 좋으면 안 되나?"

"어쩌려고 그래요?"

"만지기만 할게."

"그럼 저도 좀 민감해질 텐데요. 그건 저를 괴롭히는 것이잖아요."

"나더러 계속 참기만 하라는 거야?"

지안이 그를 슬쩍 노려봤다.

"이틀밖에 안 됐어요. 뭘 얼마나 참았다고……."

다시 뭐라고 하려던 태경이 입술을 꾹 다물고 자리에서 일어났다.

"씻어야겠다. 넌?"

"저쪽 욕실에서 씻을게요."

"오늘은 그냥 자자."

"당연하잖아요. 건드리기만 해 봐요. 아랫도리 끝자락을 실로 꽉 묶어 버릴 거예요."

"잔인해!"

그가 경악한 눈빛으로 그녀를 노려보더니 욕실로 들어갔다. 피식 웃음이 났다. 평소엔 정말 차갑고 냉철한 사람인데, 그녀와 있을 때는 되도록 가벼운 분위기를 유지하려 노력한다.

하긴 둘 다 무게 잡고 앉아 있으면 몇 시간을 같이 있어도 대화가 되질 않겠다. 누군가 하나라도 숨구멍을 틔워 줘야 대화든 사랑이든 진행이 되지 않겠는가. 그런 면에서 태경은 많은 면을 양보한 셈이다. 자신의 카리스마를 무너트리고 그녀에게 한없이 맞춰 주는 존재가 된 거니까. 아마 지금까지 살면서 그가 누군가에게 그런 배려를 하는 일은 없었을 것이다. 그녀가 처음이겠지.

그녀는 입가에 미소를 지으며 입고 있던 옷을 벗고 욕실로 들어갔다. 오늘따라 이상하게 하루가 굉장히 길게 느껴진다. 너무 많은 일이 있었다. 목 뒤의 근육이 깡깡 얼어붙어서 목을 움직일 때마다 빠득빠득 소리를 내는 것 같다. 내일은, 모레는 대체 무슨 일이 벌어지게 될지 염려스럽다.

하늘에 있는 아버지는 이제 알겠지? 진짜 범인이 어디에 숨어서 살 궁리를 하고 있는지 말이다. 안다면 제발 그자가 운 없게도 경찰의 눈에 띄어 곧장 잡히기를 바란다. 억울하게 마지막 순간 죽을 수밖에 없었던 아버지의 모든 액운을 그자가 가져가기를 빌었다.

그리고 아버지를 죽인 자는 아버지를 왜 죽였는지에 대해서 입을 꾹 다물고 말하지 않는다고 한다. 누가 시켰을지 의심해 보았지만 알 길이 없다. 박 의원 혹은 박상두라는 자인지, 그도 아니면 아버지에게 앙심을 품은 어느 조폭이 하수인을 시켜 저지른 건지 알 수 없다. 이유를 말하지는 않지만, 그자는 이미 전과가 너무 많은 데다가 사람을 죽인 일로 무기징역형을 받았다. 그게 그 사람에게 무슨 감흥이나 있을까?

지안은 욕실 문을 닫았다.

* * *

태일이 본가에 도착했다. 옆엔 아내인 이하연이 함께였다.

그사이 하연은 살이 쪄서 통통해 보였고 얼굴도 까무잡잡해 져 언뜻 보면 시골 마을 아낙처럼도 보였다. 옷차림도 너무 수수했다. 화려함은 이미 씻겨 나간 지 오래였다.

태일은 그런 그녀를 사랑했다. 그에게 이런 감정이 존재할 거라고는 생각도 못 했다. 게다가 이렇게 포근한 마음의 안식 을 느끼게 될 거라고는 더더욱 상상도 못 했다.

그리고 그녀의 배 속에 기다리던 아이가 생겼다. 서로 양가 어른들에게 연락을 끊고 살고 있기 때문에 굳이 서울에 와야 할 이유는 없었다. 하지만 이번엔 달랐다. 아버지의 보좌관이 거기까지 찾아와 돌아가자고 했기 때문이었다. 아버지가 왜 오라는지 그 이유는 모른다.

태일과 하연이 응접실 소파에 나란히 앉아 아버지를 기다리 는 중이었다. 잠시 후 문이 열리더니 서재 쪽에서 아버지가 다 가오는 소리가 들렸다. 슬리퍼를 신고 나타난 아버지를 보자 마자 두 사람이 동시에 자리에서 일어섰다. 아버지는 태일을 보자마자 신고 있던 슬리퍼를 벗어 그를 향해 내동댕이쳤다.

"모자란 놈!"

하연이 놀란 얼굴로 그를 쳐다봤다. 태일은 괜찮다며 아내 를 안심시킨 후 아버지를 쳐다봤다.

"잘못된 것을 바로잡았을 뿐입니다. 그런데 뭐가 모자라다 는 거예요? 아버지는 이 모든 걸 무덤까지 갖고 갈 수 있을 줄 알았습니까?"

"왜 못 해! 몇 명만 입을 다물었으면 조용했을 일이야."

"그러기 위해 아버지는 계속 돈을 벌어 그 몇 명의 입을 막아야 했겠죠. 그만한 대가를 치러야 하는 거 아닌가요? 돈을 벌어 그들의 입을 막기 위해 쓸 바에는 돈을 잃고 자유를 얻겠습니다. 미련한 생각 같은가요? 적어도 아버지가 밤새 두 다리를 쭉 뻗고 잘 수 있게는 해 드렸다 생각하는데요? 또 다른 방식의 효도를 했다고 생각해요."

아버지가 노여운 눈빛으로 혐오감을 담아 그를 쳐다봤다.

"뭐가 어쩌고 어째? 단단히 미쳤구만! 그게 아니라면 저렇게 당당할 수가 없지."

"뭐라고 말씀하셔도, 이젠 아버지가 들이대는 기준이 완벽하게 틀렸다는 걸 압니다. 아버지 세상은 완벽하게 잘못됐어요. 그런 사고방식으로 정치를 한다는 것 자체가 위험한 발상입니다. 이제 그만하세요. 이젠 물러서야 할 때가 됐습니다. 욕망에 찌든 정치인처럼 꼴 보기 싫은 게 없습니다, 아버지."

"그게 왜 하필 나여야 하는데? 나보다 더한 인간들이 아무런 제재도 받지 않고 떵떵거리며 잘사는데, 나는 왜 이런 어처구니없는 짓 때문에 모든 걸 잃어야 하는 거냐?"

"아버지는 적어도 아버지를 사랑하는 사람이 있기 때문에 이제라도 지켜 주기 위한 행동을 했다고 판단하셨으면 좋겠습니다. 그 사람 주변엔 그런 사람이 없는 거고요. 똥 묻은 돈을 만지는 것 자체가 행복이라 생각한다면 그 사람은 그렇게 살게 두면 됩니다. 하지만 전 아버지를 사랑해요. 그러니 지금 은 화가 나지만 조금만 생각을 달리해 주세요."

"네놈의 잡설 따위는 더 이상 듣기 싫다. 아들 두 놈 다 머 릿속에 뭐가 들어 있는 건지, 이젠 도무지 감을 잡을 수가 없 구나."

"저를 부르신 이유가 뭔가요?"

"이제 그만 서울에서 살아라."

"싫습니다. 거기가 좋아요. 그리고 이 사람도 그곳에서 정신 적으로 안정을 이루면서 살고 있고요. 우리는 거기에 어울리 는 사람이 되었어요."

"그러니까 안 된다는 거야. 개풀 뜯어 먹는 소리 그만하고 적당히 세파에 찌들어 가며 살아. 애를 낳아도 그런 데서 낳 아 뭘 어쩌려고 그래?"

"그 기준 또한 아버지가 정할 게 아니라 제가 정할 일이죠. 전 이제 한 집안의 가장입니다. 제 세상을 키워 가는 일에 아 버지가 감 놔라 배 놔라 하는 건 참견이에요. 저와 아내가 충 분히 상의해서 일을 해결해 나가는 중입니다. 충분히 즐겁고 행복해요. 그러니까 그냥 놔둬 주세요."

"쯧쯧, 네놈이 장남이라는 걸 잊은 게냐? 그리고 난 이제 혼 자야. 네 엄마도 없고…… 이만한 집안을 무슨 수로 운영해 나 가겠어? 네놈 덕분에 더는 들어올 돈도 없고……. 이제 네놈이 책임져야 하지 않겠어? 나를! 이 집을!"

"그럼 저와 함께 내려가시죠."

쾅! 쾅! 쾅!

화가 치민 아버지가 발로 테이블을 연속으로 세 번 걷어찼다. 그 바람에 하연이 놀라 딸꾹질을 시작했다. 태일이 하연에게 잠시 나가 있으라고 하고 아버지를 쳐다보며 말했다.

"혼자 사십시오. 저는 아버지를 책임질 만한 역량도 없는데다, 임신 중인 하연이를 아버지 하녀로 들여놓고 싶은 마음도 없습니다. 하연인 마음이 여린 사람이에요. 굉장히 예민하기도 하고…… 그런 사람을 아버지 곁에 붙여 놓는다면 어떤 스트레스를 받게 될지 너무도 뻔합니다. 이제 와서 저한테 조선시대 때와 같은 효자상을 강요하실 생각은 마세요. 저는 지금 제 아내가 제일 중요하거든요. 아버지에게는 정말 죄송하지만. 자식이 행복하게 잘 사는 게 중요하지 않나요? 아버지의 삶을 지금껏 그래 왔듯 알아서 끌고 가세요. 지금까지 우리에게 논의 한번 없이 혼자 하고 싶은 대로 다 하셨으니."

태일의 말에 화가 단단히 난 아버지가 기어이 언성을 높였다.

"그러려고 여태 널 키운 줄 알아?"

"차라리! 고아였으면 좋았겠어요! 그랬더라면 아버지가 하는 행동이 당연하다 생각하지도, 지안 남매에게 그런 몹쓸 짓을 하지도 않았을 텐데. 물론 제가 모자라 저지른 짓이었고 반성합니다. 하지만 그때 아버지가 냉정하게 저를 야단쳐 주

231

셨어야 했습니다. 아버지란 존재가 뭔데요? 옳지 않은 길로 가면 야단쳐서 바로잡아 줘야 하는 거 아닙니까? 저를 위해 대체 무슨 훈육을 하신 건데요? 방관만 하셨잖아요. 어머니는 항상 저를 안쓰러워하셨어요. 왜 그랬겠어요? 아버지한테 절대적으로 신임을 받는 태경에 비해 항상 멍청이 취급을 받기만 하는 저였기 때문에 연민하신 겁니다."

그는 자리에서 일어나 아버지에게 꾸벅 인사를 했다.

"돌아갈게요. 더는 아버지의 얼굴을, 눈빛을 마주하고 싶지 않습니다. 혹시 모르죠. 아버지에게서 독하고 악한 감정이 사라져 부드럽고 너그러워진다면 그때는 다시 만나게 될지. 하지만 지금은 아닌 것 같습니다."

"네 이놈이!"

태일은 더 이상 아버지의 말을 듣고 싶지 않아 귀를 닫았다. 그리고 곧장 부엌에 홀로 있던 하연을 데리고 택시를 불러 고속 터미널로 향했다.

호스티스 나은경을 사망에 이르게 한 직접적인 범인은 박 의원인 것으로 밝혀졌다. 박 의원은 모든 죄를 박상두에게 뒤집어씌우려 했지만 결정적 증거가 나오면서 상황은 바뀌었다.

시신을 부검하던 도중 그녀의 가슴팍 부근인 갈비뼈 부근에 말라붙은 살점 일부에 찍힌 어떤 상처 속에, 박 의원이 늘 끼고 다니던 어머니의 유품이라는 반지의 성분이 나온 것이다. 그것을 그의 측근에게 부탁해 샘플을 구해 체취하는 데 성공하고, 그 반지의 특수한 성분이 박 의원의 반지와 일치하는 결과가 나왔다. 박 의원은 명백한 증거 앞에서 결국 자신의 죄를 시인했다. 박 의원은 살인죄와 시체유기 등의 혐의로 기소되었다.

지안은 그 영상들을 보면서 기가 막혀 헛웃음을 지었다. 자신의 자리를 지키는 일이 그리도 중요한가? 어떻게 저리 아무렇지도 않게 사람을 때려죽인 후 자기 멋대로 암매장을 한단 말인가. 그래 놓고 반성은커녕 다른 이에게 죄를 뒤집어씌워 어떻게든 벗어나려 하는 걸 보면 인간의 추악한 일면을 보는 것 같아 소름이 끼쳤다.

그녀는 저녁 장사를 마무리 짓고 저녁 9시, 술장사를 시작하기 위해 안주를 준비했다. 주로 야채와 과일, 고기 위주의 안줏거리가 많이 팔리는 시간이라 재료들을 손질해 놓아야 했다. 한참 주방 뒤에서 재료 손질을 하고 있는데, 밖에서 비명이 들려왔다.

지안이 놀라 안으로 들어가자, 일전에 왔던 동네 술주정뱅이라던 사십대 후반의 대머리 남자가 또 와서 행패를 부리고 있었다. 가게로 들어와 되는 대로 부수고 내동댕이치는 모양새가 아무래도 예사롭지 않았다. 눈에 깃든 독기도 다른 때와 달리 형형한 것이 당장 무슨 짓이라도 저지를 듯했다.

지안이 바로 경찰서에 연락을 해서 가게 주소를 불러 주고,

남자에게 다가갔다. 물론 되도록 거리를 벌리기 위해 일부러 앞에 테이블을 하나 두었다.

"여긴 왜 또 왔어요?"

문이 열려 있었기 때문에 밖에서는 이 실랑이를 구경하기 위해 사람들이 몰려들고 있었다.

"그럼 내가 아이고, 감사합니다! 하고 감동이라도 받을 줄 알았어? 생각할수록 괘씸하잖아! 맛없는 걸 맛없다고 했는데, 그게 뭐가 잘못이야? 내가 거지 같아서 내 의견을 무시하는 거야? 왜 무시해? 내가 돈 한 푼 없는 거렁배이라 무시하는 거야? 생각할수록 화가 나서 잠이 안 오더라니까!"

그가 재킷 안주머니에서 갑자기 술병을 꺼내더니 술병에 쑤셔 박아 놓은 양말을 향해 라이터 불을 붙였다. 지안은 고개를 돌려 소화기를 찾았다. 무작정 달려가기에는 거리가 좀 있었다. 적어도 대여섯 걸음 이상은 떼어야 닿을 거리에 소화기가 있다. 은혜는 소화기에서 한참 떨어진 모퉁이 쪽에 쪼그려 앉아 오들오들 떠는 중이었다.

"움직이기만 해 봐! 던져 버릴 거야."

술병 안엔 알코올이 차 있어서 저걸 깨트리면 순식간에 불이 번질 것이다. 어떻게 해야 할까? 던진다고 해도 빠르게 번지는 불길을 소화기로 재빨리 수습만 한다면 조용히 끝날 가능성도 있다. 어떻게 해야 가게에도 피해를 주지 않으면서 모두 안전할 수 있을까? 남자가 몸을 이리저리 돌리면서 사람들을 향해서도 위협하듯 말했다.

"나 무시하지 말라고! 내가 한때는 얼마나 잘나갔는데! 돈도 많았고 가족도 있었다고! 내가 이렇게 됐다고 너도나도 다 나를 무시하는데…… 아니라고! 난 정말 괜찮은 놈이었다고. 그러니까 늬들! 나 좀 그만 무시해!"

남자는 열등감에 사로잡혀 있었다. 소주병에서 활활 타오르는 불길이 남자가 몸을 돌릴 때마다 커졌다가 줄어들기를 반복했다. 이 상황은 경찰이 온다고 해도 수습이 될 만한 상황이 아니었다. 가게는 좁고, 뒤에서 사람이 들어온다고 해도 어차피 그녀처럼 대치 상태가 될 수밖에 없다. 이제 결정을 해야 할 순간이었다.

지안이 몸을 날렸다. 그리고 재빨리 소화기를 손에 쥐고 안전핀을 제거했다. 그리고 그 순간 남자가 술병을 지안의 근처에 내동댕이쳤다.

퍽, 챙그랑!

화아아아악! 불이 순식간에 번지기 시작함과 동시에 그녀는 소화기 손잡이를 손아귀로 세게 움켜쥐었다.

치이이이이익, 하얀 분말이 불길을 향해 쏟아짐과 동시에 불길이 잡혔다. 하지만 하얀 분말이 사방에 퍼져 주위는 안개 속 같았다. 긴장이 풀린 그녀의 다리가 휘청거리는 순간 의자가 날아와 그녀의 몸통을 후려쳤다. 콱, 엄청난 소리와 함께 그녀의 몸이 기우뚱 옆으로 무너졌다.

"사장님! 사장님!"

은혜가 울먹거리며 부르는 소리가 들렸지만 그녀는 대답을
할 수가 없었다. 머리에서 뜨거운 피가 흘러내린다. 눈가에서
도 물기가 흘러내리고 있었다. 경찰들이 오는지 일대가 소란
스러워졌다. 졸음이 몰려왔다. 몸에 극심한 통증이 몰려왔지
만, 자신이 할 수 있는 건 아무것도 없었다.

"오…… 빠아……."

눈물이 주루룩 흘러내렸다.

은혜가 울면서 전화를 걸어왔다. 지안이 응급수술 중이라고
했다. 일전에 왔던 사십대 대머리 손님이 찾아와 불이 붙은
술병을 던지고 지안을 의자로 내리쳤다는 것이다. 그 바람에
지안의 팔이 부러지고 머리도 바닥에 부딪치면서 두개골에
금이 갔다고 했다.

그 소리를 듣고 태경은 심장이 미친 듯이 뛰고 눈에 뵈는
게 없었다. 마음이 도무지 안정이 되질 않아 곧바로 곽 비서
를 불러 연성대 병원으로 향했다. 거긴 안 병원장이 일을 하
는 곳이다. 어쩌다 보니 이렇게 엮였지만, 지안을 위해서라면
무슨 짓이든 할 각오가 되어 있었다.

병원에 도착하자마자 은혜에게 전화를 걸어 수술실 위치를
물었다. 그곳으로 올라가자 은혜가 얼굴이 퉁퉁 부어서 그를
쳐다보며 말했다.

"아직 수술 중이에요."

"고마워요. 이렇게 옆에 있어 줘서……."

"으흐흐흐흑…… 제가 막았어야 했는데……."

"아니오. 그건 아무도 막지 못하는 거예요. 그자는 잡혀갔나요?"

"네, 경찰들이 잡아갔어요. 내일 아침에 한번 들르겠다고 했어요. 수술 상황에 대해서도 연락 좀 달라고…… 여기 연락처예요."

그는 자신을 지안의 약혼자라고 밝힌 후 사건에 대한 전반적인 보고와 함께 곧 변호사를 그쪽에 보내 정식으로 그놈을 고소하겠다는 의사도 밝혔다. 할 수 있는 모든 죄목을 다 뽑아내 형량을 최고치로 받게 해 줄 생각이었다.

변호사에게 전화를 걸어 담당 형사의 번호를 알려 주었다. 그는 통화를 끝내자마자 초조한 얼굴로 수술 현황판을 쳐다봤다. 지안의 수술이 계속 이어지고 있었다. 그리고 6시간 만에 수술이 전부 끝났다. 집도의가 나와 전후 사정에 대해 설명했다.

"수술은 매우 잘됐습니다. 팔이 부러진 곳은 인체에 무해한 철제를 넣어 고정했고요. 한동안 팔을 사용하기는 어려울 겁니다. 그리고 두개골도 금이 간 부분은 워낙 미세한 균열이기 때문에 당분간 지켜보면 될 것 같아요. 피가 나온 상처 부위는 전부 꿰맸고요. 머리카락을 일부 밀었기 때문에 깨어나면 좀 놀랄 수 있습니다. 다만 쓰러지면서 머리를 다친 상황이라 기억 일부를 제대로 떠올리지 못할 수도 있어요. 가벼운 뇌진탕 증상이 있을지도 모르겠어요. 우선은 환자가 잘 깨어나는지를 지켜보는 게 중요합니다."

"네, 수고하셨습니다."

"환자가 의식을 차릴 동안은 한동안 중환자실에서 상태를 지켜보도록 하죠."

"네, 알겠습니다."

집도의와 인사를 하고 지안이 마취에서 깨어나기를 밖에서 기다렸다. 1시간쯤 지나자 보호자 호출이 와서 그는 전신에 소독복을 입고 안으로 들어갔다. 지안은 여전히 잠든 채이다. 수술실 간호사가 다가와 말했다.

"환자가 깨어나질 않아서 이대로 중환자실로 올릴 예정이에요. 올리기 전에 얼굴 한번 보시라고요."

"감사합니다."

그는 말없이 그녀의 이마와 눈가에 묻은 핏자국을 보면서 하늘이 무너지는 듯한 깊은 비애에 가슴이 무너지고 말았다. 왜 이런 일이 벌어지는가. 당장 저 팔이 아니면 그토록 계속하고 싶어 하던 요리도 더 이상 못 하게 된다.

연기를 하고 싶어 했는데, 아버지가 죄인이라 타의에 의해 그만두어야 했던 그녀였다. 그런데 요리를 하고 싶어 하는 지금, 팔이 저리되는 바람에 또다시 공백기가 생길 것 같았다.

그녀를 대신해서 요리를 해 줄 사람이 없는 것도 문제였다.

그는 지안의 **뺨**을 부드럽게 어루만지다가 그녀의 이마에 자신의 이마를 지그시 댔다.

"별일 아니야. 지안아…… 넌 다 이겨 낼 거야. 너무 어려운 주문이라는 거 잘 아는데, 여기서 고꾸라지면 안 되잖아. 그건 너답지 않은 거잖아. 눈 떠! 지안아. 눈을 떠!"

고른 숨소리가 일정하게 이어지고 있었다. 마음에 태풍이 인다. 눈물이 차올라 하염없이 흘러내렸다. 사랑하는 사람이 처참하게 다쳐 자신의 꿈을 또다시 놓게 될지도 모른다 생각하니까 암담했다. 그나마 위안이 된다면 팔목 윗부분을 수술했다는 점이었다. 손가락을 사용하는 데는 문제가 없으니 그나마 다행이지 않던가.

그는 하염없이 그녀를 내려다보다가 간호사에게 인사를 하고 그곳을 나왔다. 밖으로 나와서도 눈물이 쉽게 가라앉지는 않았다.

망연자실한 얼굴로 허공을 쳐다보다가 눈가의 물기를 닦고 은혜가 기다리는 대기실로 갔다. 은혜가 그를 보더니 후다닥 다가왔다. 초조함이 얼굴에 묻어나고 있었다.

"어때요? 의식은요?"

"의식은 없어요."

"아…… 어쩜 좋아요. 우리 사장님!"

은혜가 다시 펑펑 울기 시작했다. 그는 말없이 그녀의 어깨를 다독거려 주고 한쪽 자리에 가서 앉았다. 이제 중환자실로 올라가면 보호자 면회 시간이 하루 두 번, 정해진 시간만 가능해진다. 그는 가만히 허공을 보고 있다가 은혜에게 말했다.

"은혜 씨, 이만 가서 식당 내부 정리를 먼저 하고 계세요. 제가 중환자실에 지안이 올라가는 거 확인하고 그곳으로 갈게요."

"아! 그럴게요."

"비서를 보낼게요. 혼자 정리하기는 무리가 있을 테니."

그는 곽 비서에게 전화를 걸어 은혜를 데려다주고 정리를 같이 해 놓으라 부탁했다. 곽 비서에겐 은혜를 차로 데려다주라고 했다. 나중에 자신은 택시를 타고 가면 그만이니까.

은혜가 꼭 다시 연락을 달라고 부탁하고 먼저 대기실을 빠져나갔다. 홀로 남겨지자, 새삼 지안의 쓸쓸함이 묵직하게 와닿았다. 그녀를 진심으로 걱정해 줄 사람이 달랑 그와 은혜뿐인 건가. 그나마 지령은 군대에 있어서 연락을 하지 않는 이상 지금 상황을 알 수 없다.

그는 지령에게 따로 연락을 할 마음이 없다. 괜히 걱정을 끼쳐 좋을 게 뭐가 있겠는가. 지안은 언제 그랬냐는 듯 잘 털고 일어날 것이다. 그래야만 한다. 그걸 믿는다.

#23

사흘째, 지안이 의식이 없다. 이 사실은 다시 뉴스로 대대적
으로 보도되었다. 잠시도 언론에서 지안의 삶은 멀어질 수가
없나 보다. 잊혀지길 원해도 그럴 수 없는 그녀의 삶이 참 애
잔하다.

　뉴스 그녀의 상황이 보도되는 바람에 병원엔 기자들이 다
시 죽치고 대기하는 일이 벌어졌다. 병원에서는 경비원의 수
를 늘렸다. 또한 기자들이 환자인 척 가장해 들어오는 걸 방
지하기 위해 환자들에게는 놀이동산에서나 할 법한 팔찌가
제공되었다. 보호자에게는 다른 색상의 팔찌가 제공됐다. 보

호자도 병동에 한 명씩만 들어오는 걸 허가했다.

북적대는 병원 내부와 외부 사정 때문에 지안을 다른 병원으로 옮겨야 하네 마네 하는 말이 돌았다. 하지만 선주의 간곡한 부탁으로 병원을 옮기는 건 보류되었다.

선주가 찾아왔다. 지안을 보고자 함이 아니라, 태경이 염려되어 찾아왔다고 했다.

"괜찮아요?"

"그럭저럭······."

"아무래도 난 지안 씨를 이길 수는 없을 것 같아요."

"그게 무슨 소린가요?"

"지안 씨는 삶에 질곡이 많아서 아무래도 태경 씨 입장에서 볼 때 연민을 강하게 일으키잖아요. 그에 비하면 나란 여자는 가진 게 너무 많아서 동정의 여지가 없고······."

"그런 것조차 부러워한다는 건가요?"

"오죽하면 이 지경이겠어요? 그래도 막상 이런 순간이 닥치면 이런 일이 일어나지 않는 게 훨씬 나았다고 하겠죠?"

"당연하죠. 저렇게 의식 없이 잠만 자는 게 마냥 좋을 리 없으니까. 제 입장에서는 불안해요. 지안이 깨어나지 않을까 봐."

"깨어날 거예요. 머리를 부딪치긴 했지만 수술을 할 정도로 심한 상태는 아니라고 아버지한테 들었어요. 결국 자기 의지라고 하던데······ 지안 씨는 어쩌면 좀 쉬고 싶은 건지도 몰라요."

"그런 거라면, 그래도 자는 거라면 상관없지만…… 한 번쯤 눈을 뜨고 나한테 잠시 쉬고 싶다는 얘기를 하고 자는 거라면 이렇게 걱정도 하진 않을 텐데……."

"염려 말아요. 일어날 거예요. 그리고 아버지한테 약혼 파기에 대해 얘기를 했어요. 아버지도 이젠 더 이상 감 의원님하고 얽히고 싶지 않으니 이참에 깨끗하게 깨자고 하시더라고요. 그래서 어제 아버지가 감 의원님과 통화를 했을 거예요. 아동 감금과 학대죄로 의원직을 사퇴하기로 한 감 의원님과 가족이 된들 아버지 입장에서는 챙길 만한 이익이 없는 거죠."

"계산은 그렇죠. 잘됐군요."

"이제야 좀 웃네요."

선주의 말에 그는 입가에서 얼른 미소를 지우고 커피를 다마신 후 벤치에서 일어났다.

"이만 들어가 봐야겠어요. 면회시간이 다 되어 가는군요."

"가세요. 전 잠깐 앉았다가 갈게요."

"이번 일 고마웠어요."

"뭘요. 잠깐이나마 만나서 즐거웠어요. 가끔씩 얼굴도 보고 그래요. 친구나 해요. 우리……."

그는 대답 대신 입가에 엷은 호를 그어 보이고 곧장 병원으로 향했다. 태경이 중환자실로 올라가는 엘리베이터를 타자 같이 탄 남자가 그를 유심히 쳐다보더니 대뜸 물었다.

"감 의원님 차남 아니세요?"

태경이 그를 빤히 쳐다보자, 그가 웃으며 명함을 내밀었다.

"권 기자입니다. 태성일보에서 나왔고요."

여기까지 기자가 침입한 건가? 그는 본체만체하고 중환자실 층수에 도착하자마자 엘리베이터에서 내렸다. 그러자 권기자가 그의 뒤를 쫓아 내리더니 중환자실로 들어가는 출입구 앞까지 쫓아왔다. 태경이 대기 중인 경비원 두 사람에게 손짓을 했다.

"임지안 씨와의 관계가 궁금한데, 연인 사인가요?"

"아닙니다."

딱 잘라 말하고 태경이 팔에 두른 밴드를 출입구의 단말기에 대자 문이 저절로 열렸다. 권 기자가 쫓아 들어오려는 걸 앞에 대기하던 경비원 두 사람이 막아 밖으로 내쫓았다.

그는 지안이 누운 중환자실 쪽으로 가서 소독복으로 갈아입고 긴 복도를 따라 걸었다. 중환자실 내부에서도 별도로 마련된 1인실에 홀로 누운 지안의 모습이 눈에 보였다. 그는 지안의 곁으로 다가가 장갑 낀 손으로 그녀의 손을 잡았다.

"임지안…… 이제 그만 일어나라. 언제까지 그렇게 잠만 잘거니?"

마음이 고달팠다. 지안의 의식이 이곳에 없다 생각하자 이우주 전체에서 미아가 된 기분이 들었다. 완벽하게 혼자가 된기분에 사로잡혀 쓸쓸했다. 그는 철제의자를 당겨 그녀의 옆에 앉아 혼잣말처럼 말했다.

"가게는 은혜 씨가 수습하고 정리를 싹 했고, 부서진 물품들은 내가 같은 업체에 문의해서 다시 주문을 넣었어. 일주일 정도 걸릴 거래. 장사는 잠시 중단했다. 손님들에게 네가 입원한 사실을 말하니까, 기사로 봐서 알고 있다면서 널 진심으로 염려해 줬다고 하더라. ……너는 왜 이렇게 기구한 삶을 살아가는 건지 모르겠다. 끝이다 싶은 순간마다 미끄러져 엉덩방아를 찧는 사람처럼 그렇게 한 번씩 틀어지네. 네가 불안하다고 한 거 조금은 이해가 가."

가게를 계속 하고 싶다고 했다. 의지할 친정도 없는데, 지령이 돌아왔을 때 힘이 날 수 있게 뒷바라지를 할 수 있는 집이 되고 싶다고 했다. 그러려면 경제적으로 어느 정도는 뒷받침이 되어야 할 것이다. 그래서 지안이 하고 싶다는 장사를 그도 적극적으로 도울 생각이었다. 지안이 행복한 일이라면 그게 뭐든 돕겠다. 이렇게 밑도 끝도 없이 갑작스러운 공격으로 누워 버린 그녀를 보고 있자니 생각이 만 갈래로 갈라졌다.

"후우…… 속상하다."

이 감정을 뭐라고 표현해야 할까? 겨울이 막 시작하는 메마른 계절에 먹구름이 잔뜩 드리워져 한없이 무기력한 기분에 사로잡혀 있다. 즐거움을 느끼는 감각 자체가 훼손된 사람처럼 뭘 해도 신나지 않았다. 지안이 없는 세상은 모든 것의 음량이 한껏 낮춰진 세상인가 보다. 무기력이 찾아와 아침엔 일어나는 것조차 어렵다.

가만히 그녀의 손가락을 꼼지락거리며 어루만졌다. 손가락이 하얗고 가느다란 건 좋은데, 핏기 없이 마른 손이 물에 너무 많이 닿아 마르고 거칠다. 그는 가만히 손을 바라보다가 울컥한 심경에 미간을 좁혔다. 이러다 울보가 될지도 모르겠다.

"오빠……."

흠칫 놀라 고개를 들어 지안을 쳐다봤다. 지안이 눈을 뜨고 그를 바라보며 입가에 미소를 짓고 있었다. 왈칵, 눈물이 차올랐다. 자신이 아무래도 지안을 많이 좋아하나 보다. 그게 아니라면 지안의 미소만 보고도 이렇게 정신없이 반갑고 감동적일 수는 없다.

"임지안!"

"미안…… 너무 깊게 잤나 봐요."

"그래, 사흘 내리 자더라."

"미안해요. 피곤해서 자꾸 하품이 나오더라고요. 일어나야지, 그러는데도 자꾸만 누군가 절 재우는 거예요. 그러다 보니까 이제야 일어난 거예요. 이제 괜찮은데……."

지안이 인상을 찡그리며 자신의 팔을 쳐다봤다.

"팔이 부러졌어. 뼈가 산산조각이 나서 그 부분을 이어붙이기 위한 수술을 했고, 당분간 깁스한 채로 꼼짝 말래."

"아…… 가게는요?"

"문 닫았지. 네가 없는데 어떻게 해? 2호점은 주방장이 네

요리법을 전수받아서 요리가 가능하니 상관없다지만, 본점은 그렇지가 않잖아."

"그렇죠. 아…… 이럴 줄 알았으면 은혜한테도 요리를 바싹 가르쳤어야 하는데……."

"일어나자마자 그런 거 묻지 말고……. 간호사한테 얘기하고 올게. 난 이제 나가 봐야 해. 면회 시간이 다 끝나 간다."

지안이 눈물이 그렁그렁해서 그의 손을 꽉 잡았다.

"오빠…… 곁에 있어 줘서 고마워요."

지독하게 외로운 그녀의 삶이 만져질 것 같은 한마디였다. 가슴으로 바람이 몰아쳤다.

"당연한 소리를 하네. 밖에서 병실 언제 옮기는지 물어볼게."

"네, 가지 말아요."

"그래. 안 가."

네가 하라면 뭐든 다 해. 난…….

이제 눈에 뵈는 게 없다. 임지안이라는 세상이 무너지기 직전까지는 평생 그녀를 수호하면서 살겠다는 마음 하나만이 결연하게 솟구쳐 올랐다. 그는 간호사에게 지안이 깨어난 걸 이야기하고 병실을 언제쯤 옮기게 되는지에 대해서도 주치의한테 확인해 달라고 부탁했다. 밖으로 나와 기다리자, 그의 휴대폰이 울어 댔다.

―주치의입니다. 병실을 바로 옮기기를 바라시는 건가요?

"네, 응급상황이 없는 거라면 옮겼으면 해서요. 환자가 불안해하기도 하고요."

—그럼 옮겨야죠. 환자의 안정이 치유에는 가장 중요한 요소거든요. 그럼 오더를 내릴 테니, 조금만 기다려 주세요.

잠시 후 간호사가 나오더니 병실을 어떻게 할지를 묻기에 그는 1인실로 해 달라고 했다. 그리고 15분쯤 대기하자 빈 병실이 있으니 옮겨도 좋다는 허락이 떨어졌다. 그에게 먼저 병실로 가서 대기하라고 해서 그는 지정받은 호수로 이동했다.

1인실에 도착해 기다리는데 10분쯤 뒤에 지안의 침상이 병실 안으로 들어왔다. 남자 간호사들이 그녀를 들어 올려 1인실에 있던 침상으로 옮겨 주었다. 그 뒤, 해당 층수의 수간호사가 와서 환자 이름 등을 확인한 후 혈압과 체온을 체크하고 나갔다. 지안이 그제야 안도하는 표정을 지었다.

"다행이에요. 바로 나올 수 있어서……."

"이제 내가 여기서 먹고 자고 할게."

"그러지 말아요. 천천히 일어나 앉기부터 할게요."

"아니야. 무리해서 움직이면 더 다쳐. 의사가 움직여도 된다고 할 때까지는 그냥 누워 있어. 사흘간 아무것도 먹지 않아서 죽부터 시작해서 먹는 건 좀 신경 써야겠어."

"이런 때 보면 엄마 같아요. 원래 이렇게 자상한 사람이었나요?"

"그런가? 나도 모르는 모습인 것 같기도 하고……. 네가 걱정되니까 뭐든 하고 싶어진 거야. 좀 잔소리처럼 들릴지도 모르지만 참고 들어 줘. 그래야 내가 마음이 편하니까."

"음…… 그래요. 그런데 이 손은…… 정말 내 손이 아닌 것 같아요. 힘을 주면 아프고……."

"통증이 좀 있을 거야."

"진통제가 들어가는데도 아프네요. 그냥 기분상의 문제인 건가?"

"아니, 실제로도 아플 거야."

"그런가 보네요. 아파요."

"엄살 피우는 건가?"

지안이 웃음을 터트렸다. 그러다 또 아픈지 인상을 찡그렸다.

"아프네……."

그녀가 히죽 웃으면서 배를 만졌다. 그가 환자복을 젖히고 배 부근을 쳐다봤다. 의자를 내동댕이쳤다고 하더니 그걸 고스란히 얻어맞아서 안 아픈 데가 없는 모양이다. 정확히 맞은 곳은 새파랗게 멍이 들어 있었다. 사흘간 멍은 푸르스름하다 못해 검게 변해 있었다.

"개자식!"

저절로 욕지거리가 터져 나왔다. 그는 간호사에게 가서 그녀가 멍든 곳에 바를 만한 약을 달라고 부탁했다. 잠시 후 간호사가 와서 멍든 부위를 보더니 눈살을 찌푸리며 혀를 찼다.

"그 사람은 정말 정신이 온전한 사람은 아닌가 보네요. 어떻게 여자한테 이런 짓을…… 정말 죽일 생각이 아니고서야…… 너무하네요. 정말 운이 좋으셨어요. 이 정도기에 망정이지……."

"죽지 않고 살아서 다행이긴 하죠. 좋게 생각해요."

지안이 웃으며 답하고 약을 발라 주고 나가는 간호사에게 인사를 했다.

"그러게 내가 초반에 아예 가두자고 했잖아. 한번 해 본 놈은 또다시 찾아와 끝을 보려는 심리가 있어."

"몰랐어요. 전 사람들에게 기본적으로 착한 심성이 깔려 있다고 생각했었거든요. 그런데 일이 이렇게 되니, 서글픈 생각이 드네요. 한 번은 믿어 주고 싶어서 그랬던 건데……."

"사람 봐 가며 해야지. 그 사람은 끝으로 내려앉고 싶은 사람이었어. 붙들어 줄 가족이 곁에 없는 그런 사람이라고. 그런 사람을 어떻게 믿고 그래. 그러고 보면 너도 참 순진해."

"순수하다고 해 줘요. 아직은 바보스럽게 살아가는 사람이 좀 많다고 믿고 싶으니까."

"그러다 다친다."

지안이 쓰게 웃었다.

"오빠는 잠깐 집에 다녀와야 하는 거 아니에요?"

"너 혼자 어떻게 두고?"

"은혜한테 와 달라고 할게요."

"아, 그럴래? 그럼 난 여기서 먹고 자고 할 살림을 좀 싸 오고."

"얼마나 있으려고요?"

"2주일은 버텨야지. 병원비는 저쪽에서 다 내 줘야 하는 거고. 너 머리 쪽 부상을 좀 더 지켜보자고 했으니까. 실금이라고 해도 위험할 수 있으니, 회복되는 걸 좀 더 지켜봐야지."

"그건 그렇죠. 휴대폰 좀……."

그가 휴대폰을 꺼내 지안의 손에 쥐여 주었다. 지안이 바로 은혜에게 전화를 걸었다. 몇 마디 하지 않았는데 은혜가 당장 오겠다고 했는지 통화가 짧게 끝났다.

"온대요."

"의리 있네. 은혜 씨는……."

"사람 운이 좋은 건가 봐요. 태경 씨도 그렇고 은혜 씨도 그렇고…… 윤 대표도 그렇고 저한테 너무 잘해 줘서 감사한 마음만 들어요."

"어릴 때 고생을 많이 해서 이젠 힘든 일이 서서히 사라지는 건가 보지. 이제 이 일로 무서운 일은 더 이상 일어나지 않았으면 좋겠다. 아! 그리고 은혜 씨한테 기자 조심하라고 해. 기자들이 네 기사를 쓰려고 눈에 불을 켜고 덤비는 중이야."

지안이 금세 피곤한 표정을 짓고 고개를 저었다.

"아…… 정말 싫다. 기자회견 한 지가 언제인데 이게 뭐예요? 연예부부터 시작해서 사건 사고까지 저질러서 이젠 사회부 톱이겠군요."

"기자들한테는 매우 흥미로운 떡밥이지. 그리고 권 기자라는 사람이 너와 내 관계를 의심하고 벌써부터 집요하게 달려들기 시작했어. 어떻게 해야 할지 아직 아무런 대안도 못 정했으니까, 넌 절대로 외부에 널 노출해서는 안 돼."

"알았어요. 치료도 제대로 받지를 못하겠네요. 정말⋯⋯."

그는 지안에게 다가가 뺨에 입을 맞추고 오래도록 그녀를 부드럽게 끌어안다가 놓아주었다.

"다녀와서 씻겨 줄게. 간호사한테 씻기는 법에 대해 좀 물어봐야겠다."

"은혜 씨한테 해 달라고 할게요. 오빠가 하는 건 좀 창피하단 말이에요."

"왜 그래? 이제 와서⋯⋯ 볼 거 다 봐 놓고! 간다!"

태경은 마음이 급했다. 지안에게 인사를 하고 나온 그는 곽 비서를 불러 은혜가 올 때까지 외부인이 들어오지 못하도록 감시하고 있으라 시키고 곧장 집으로 가서 짐을 싸기 시작했다.

'결혼이라⋯⋯.'

은혜가 난데없이 결혼에 대한 이야기를 꺼냈다. 그녀는 별로 관심도 없던 것이었기에 주의 깊게 듣지는 않았다.

"왜 진지하게 생각 안 하세요? 이젠 어느 정도 상황이 정리된 거 아닌가요? 사장님의 아버지는 더 이상 감씨 집안에 죄인이 아닌 거로 밝혀진 거나 다를 바가 없잖아요. 이미 20년이나 유죄판결로 형을 살았으니 죗값도 치렀고. 무엇보다 어린 시절에 그런 학대를 받았는데도 사장님은 그 일에 대해 일언반구 말도 하지 않았어요. 되레 집안의 장남이 이 모든 사실을 드러냈잖아요? 자연스럽게 감 의원은 더 이상 의원도 아닌 일반인이 될 예정이라고요. 그런데 뭐가 문제인 건데요? 일반인 대 일반인의 결혼인 거잖아요. 이것저것 계산해도 이젠 똑같다고요. 이퀄!"

완벽한 계산법에 정리는 깔끔하게 되긴 했지만, 오랜 감정이 곪을 대로 곪은 관계이기 때문에 계산식처럼 그렇게 가볍게 끝날 수 있는 게 아니었다. 숫자로 계산하듯 그렇게 해결된다면 간단하겠지만 사람인 이상 그 속에 해묵은 감정이 더해지게 되어 있다. 쉬운 계산법으로 끝낼 수가 없다. 그 사람의 속에 들어가 보지 않는 이상 얼마만한 무게의 감정을 갖고 있는지 알 수도 없는 게 문제였다.

감 의원이 지금 무슨 생각을 하고 있는지는 모르겠다. 이런 어수선한 상황에서 결혼을 운운한다는 것 자체가 무리수다. 지금은 모든 사건들에 대한 판결이 나와야 다음 이야기를 할 수 있을 것 같았다.

"그런데 감 대표님은 정말 보기와는 달리 지극정성이시네요."

"뭐가?"

"연인에게는 한없이 충성스러운 분인가 봐요. 인상으로 보면 되게 차갑고 무뚝뚝해 보이는데, 자기 연인에게만은 모든 걸 다 내줄 듯한 분위기잖아요. 정말 부러워요. 최고의 남자에게 한없는 혜택을 받고 있잖아요."

"그렇게 보이는 거였어?"

"그렇죠. 누가 봐도 감 대표님은 여자들의 로망인걸요. 완벽하게 잘생긴 얼굴에 늘씬하게 각 잡힌 멋들어진 몸매, 무엇보다 그 동굴 보이스 같은 중저음의 목소리…… 게다가 평소엔 표정이 싸늘해서 쉽게 접근하기 어려운 사람 같아 보여요. 카리스마가 줄줄 흘러내리죠. 옷도 정말 잘 입지 않나요? 자신에게 잘 어울리는 색감을 정말 잘 아는 사람 같아요. 어떻게 그렇게 브라운 계열이나 짙은 그레이 계열의 색을 잘 사용하는지 모르겠어요. 놀라울 따름이네요."

"앞으로는 은혜 씨를 우리 태경 오빠와 못 마주치게 해야겠다."

"엥?"

"그러다 은혜 씨가 태경 오빠를 꼬시면 곤란하잖아. 은혜 씨는 나보다 훨씬 귀엽고 솔직하고 성실한 데다 의리도 있고……."

"허어어어얼! 사장님! 이거 지금 진심으로 놀리시는 거죠? 전 사장님보다 생긴 게 딸리기도 하지만 키도 작고 애 같은

몸매잖아요! 제가 사장님처럼 늘씬한 몸매를 지니고 태어났
다면 더는 바랄 게 없겠고만. 못났다고 대놓고 놀리시네. 정
말!"

"아하하하, 아이고…… 아파라! 그런 거 아니잖아! 이 말이!"

"맞거든요. 봉변당했어. 정말 용서 못 해요."

"알았어. 미안해. 혹시 뭐 바라는 거 있어?"

"이따 감 대표님한테 맛난 아이스크림이나 하나 사 오라고
해 줘요."

"알았어. 그럴게."

"신난다!"

은혜가 어깨춤을 추며 좋아했다. 그때 노크 소리가 들려왔
다. 은혜가 멈칫하더니 밖에 대고 외쳤다.

"누구세요?"

그런데 상대방이 답을 하지 않는다. 어째 불안해져서 은혜
가 천천히 문가로 다가가서 다시 물었다.

"누구세요? 빨리 대답하지 않으면 경찰 부를 거예요!"

그러자 밖에서 답이 돌아왔다.

"저기 여기가 임지안 씨 병실 맞죠? 컨디션이 괜찮으면 간
단하게 인터뷰를……!"

"당장 돌아가요! 경찰, 아니 경비원 부를 거예요!"

그와 동시에 호출 버튼을 누르고 간호사에게 도와달라고
요청했다. 기자가 찾아왔다고 말하자, 간호사가 곧장 경비원

과 나타나 한바탕 실랑이가 이어졌다. 지안은 이마를 싸쥐고 한숨을 쉬었다. 간호사들도 일 때문에 바쁜데, 자신이 일을 더 보태는 거 같아져서 미안했다. 아무래도 태경이 오면 퇴원을 적극 추진해 보는 게 좋을 것 같았다. 이렇게 괴롭힘을 당하는 건 자신 하나로 족하다. 실랑이 소리가 멀어지자 은혜가 긴 한숨을 내쉬었다.

"이것도 은근히 스트레스받네요."

"그러네. 제대로 아프다고 엄살도 못 피우겠네. 이래서야……."

잠시 후, 태경이 노크를 하고 안으로 들어왔다. 기자가 다녀갔다는 얘기를 하자 그는 더는 안 되겠다며 경호원을 고용해서 문과 출입구를 막고 서게 해야겠다고 말했다. 태경이 은혜가 좋아한다는 유산균 아이스크림 녹차 맛을 사서 내밀자, 은혜가 신이 나서 헤헤거리면서 아이스크림 삼매경에 빠졌다. 셋은 텔레비전을 켜 놓고 최근에 벌어진 여러 사건들이 어떻게 수습되는지 상황을 지켜봤다.

"아버지의 사퇴 처리는 2주일 내에 받아들여질 거라고 하는군. 비로소 아버지도 강제로 은퇴를 하게 되었어."

"다음 계획에 대해 들었어요? 어떻게 하신대요?"

"모르지. 그 이후로는 나도 간 적이 없어서……. 형이 한번 찾아갔었다는데 싸움만 하고 헤어진 것 같아. 참, 형 부부는 임신했대."

"와아, 드디어!"

"응, 형이 되게 좋아하더라."

아이스크림을 먹던 은혜가 태경에게 한마디 했다.

"대표님도 이참에 그냥 우리 사장님한테 혼수를 배 속에 확 안겨 주세요!"

난데없는 발언에 놀란 두 사람의 볼이 한꺼번에 벌겋게 달아올랐다. 어떻게 저렇게 아무 거리낌 없이 저런 발언을 잘도 하는지 모르겠다.

"은혜 씨! 우리 일은 우리가 알아서 할게. 응? 제발!"

"큭큭, 좀 그랬나요? 죄송해요. 아이스크림이 너무 꿀맛이라 잠시 취했나 보네요."

은혜의 말에 어처구니가 없어진 두 사람이 피식 웃었다. 아이스크림을 먹어 치운 은혜는 슬슬 잠이 온다며 집에 가야겠다고 일어섰다.

"혹시 제가 필요하면 언제든 콜이에요. 그리고 식당 언제 오픈하냐고 다들 문의가 많으니 SNS에라도 상황을 좀 올려 주세요. 사장님. 언제쯤 퇴원하게 되고 손은 언제쯤 사용이 가능하다고 말을 올려놓으면 손님들도 기다려 주겠죠. 이러다 단골들 다 떨어져 나가겠어요."

"아! 그래, 바로 올릴게. 고마워."

"갈게요."

은혜가 꾸벅 인사를 하고 나가자 태경이 잘 가라는 인사를 하고 돌아와 그녀를 쳐다봤다.

"재밌는 친구야."

"스스럼없죠? 쟤는 그게 매력이에요. 부모님 사랑을 듬뿍 받고 자라서인지 항상 자신감이 넘치죠. 그런 부분은 정말 부러워요. 전 항상 이리저리 계산하고 눈치 보고 그랬던 것 같은데……."

"사람 나름이지. 천성이라는 것도 있어서 계속 밝게 살고 긍정적인 힘을 갖고 대인관계를 유지하는 사람도 있어. 너도 예전에 비하면 많이 밝아진 편이야. 여섯 살 때를 떠올려 보면 지금보다 더 시크했던 것 같은데? 어린애가……."

"흠…… 그땐 너무 무서워서 더 정신을 차리고 있었죠. 지령이 어려서 저라도 정신을 차리지 않으면 큰일 날 것만 같았어요. 그 집에 오자마자 감 의원님은 저한테 소리를 질러 대지 오빠는 본체만체 유령 취급이고, 태일 씨는 노골적으로 악당같이 절 괴롭혔거든요. 정신을 차리지 않았더라면 아마도 더 휘둘렸겠죠. 태일 씨한테는……."

"그때 얘기는 하지 말자. 내가 체한 것 같아져서……."

"너의 죄를 사하노라!"

지안이 손을 들고 장난스럽게 말하자 태경이 그녀를 와락 끌어안더니 귀에 대고 말했다.

"알아, 잊지 못한다는 거…… 억지로 잊은 척하지도 마. 그런데 가슴 아프니까, 내 앞에서는 그 얘기 하지 말아 줄래? 너무 후회돼서 죽을 것 같거든. 깊이, 계속 깊이 반성은 하고 있어. 그런데 되돌릴 수 없어서 미치겠어. 지안아, 미안해. 널 외롭고 쓸쓸하게 해서."

태경에게 이런 말을 듣자고 한 말은 아니었는데. 평생 그에게 미안하다는 얘기만 들으면서 살 마음은 없었다. 과거의 죄에 사로잡혀 그를 속죄라는 뫼비우스의 띠 안에 가둬 놓고 쳇바퀴를 돌게 할 마음은 정말 없다. 행복하고 달콤한 내일을 위해 그를 택한 거다. 그를 고통스럽게 하기 위해 그를 택한 게 아니다. 그래서 마음이 좋지 않았다. 그녀는 성한 손으로 그의 등을 쓸어내리면서 말했다.

"네, 그럴게요. 오빠를 고문하는 짓은 안 할게요."

"미안해."

"이제 우리 그 말도 그만해요. 속죄하려고 날 선택한 게 아니라면…… 그 말도 그만해요."

"응, 그러자."

아마도 한동안 과거의 망령에 사로잡혀서 서로에게 상처를 줄지도 모르겠다. 한 번씩 과거에 대한 이야기가 나오면 묵직한 침묵과 고통 속에 가라앉을 것이다. 서로에 대해 너무 잘 아는 데다 과거의 이야기도 서로 알기 때문이었다. 자신도 모르게 과거사를 꺼내 놓으면 그런 식으로 서로에게 상처를 줄 게 뻔했다. 서서히 세월이 둘을 단단하게 바꿔 주겠거니 그렇게 지안은 믿기로 했다.

태경은 정말 그날부터 매일매일 그녀의 곁에서 잤다. 2인용 소파에 기다란 몸을 욱여넣느라 아침마다 온몸이 쑤신다고 투덜거리면서도 고집스럽게 그녀의 곁을 지켰다. 그리고 경호원이 병실과 1층 출입구를 지키게 되었다. 병원장과 상의해 그가 고용한 개인 경호원이 기자들의 출입을 삼엄하게 감시했다. 덕분에 2주일은 그렇게 별일 없이 빠르게 흘러갔다.

* * *

지안이 이사를 했다. 병원에서 돌아와 2주 뒤에 가진 재산으로 전셋집을 구했다. 지령의 방과 그녀의 방이 있는 30평대 전셋집이었다.

이사를 한 후 세간을 거의 팔아서 없던 그녀는 하나씩 필요한 걸 채워 넣기 시작했다. 태경이 사 주겠다고 해도 한사코 거절했다. 그건 나중에 결혼할 사람한테 해 주는 게 맞다면서 그의 카드를 사용하는 걸 극도로 싫어했다. 별수 없이 그는 값비싼 압력밥솥을 그녀의 품안에 안겼다.

그 외에도 이 제품은 집들이 전용 선물로 많이 쓴다는 둥 되지도 않는 핑계를 대 가며 돈백 이상 하는 고가의 명품 브랜드 제품을 안겼다. 그건 지안이 그냥 받아 줬다.

이사를 마친 후 지안은 슬슬 식당에 나가서 은혜에게 요리를 가르치기 시작했다. 워낙 곁에서 보고 배운 게 있어서 그런지 의외로 은혜는 빠른 속도로 요리법을 습득해 나갔다. 그리고 여름이 되었을 즈음, 은혜가 본격적으로 메인 조리장이 되어서 장사를 주도했다. 지안은 주로 재료 등을 구입하거나 신제품을 개발하는 데 많은 시간을 투자했다.

은혜를 위해 알바생도 한 명 구했다. 이번엔 이십대 남자로 이름은 양준호였다. 잘생기고 키도 큰 모델 같은 준호가 들어와 줘서 가게의 인기는 한층 더 높아졌다.

그렇게 점점 지안 혼자만의 시간이 많아지기 시작했고, 팔도 완전히 회복되었다. 수술 자국이 흉측하게 길게 남아서 마음은 좋지 않았지만 지안은 별로 신경 쓰지 않았다. 그게 뭐가 그렇게 중요하냐고. 살았고, 이렇게 아무렇지도 않게 팔을 쓰는 게 어디냐고 했다.

집기를 파손하고 지안에게 치명적인 폭행을 가해 죽을 뻔하게 만든 범인은 징역을 살게 되었다. 5년형을 선고받았고, 언젠가 그녀에게 편지가 한 번 날아왔다. 진심으로 미안하고 또 미안하다며.

지안은 별 감흥 없이 편지를 보고는 그걸 한쪽 서랍에 밀어 넣었다. 나중에 은혜에게 들으니 그 사람에게 선물을 보냈다고 했다. 요리책을 사서 보냈다는데, 왜 그랬는지는 잘 모르겠다.

그리고 태경은 지금 결전의 날을 맞았다.

이제 아버지를 만나 지안과 결혼을 해야겠다 말을 하고 싶었다. 그래서 본가에 와서 아버지를 기다리는 중이었다. 아버지는 의원직을 사퇴하고 지금은 어느 기업의 임원으로서 힘을 발휘하고 있었다. 워낙 여기저기 인맥의 폭이 넓어서 사업을 하는 사람으로서는 아버지 같은 사람의 인맥이 매우 유용했다. 그래서 아버지를 필요로 하는 곳이 많았다. 이것저것 하는 것도 많아져서 명함만 몇 개인지 모른다. 그래서 아버지 스케줄을 확인하고 빈 시간에 맞춰 찾아온 것이다.

"어쩐 일이냐?"

아버지가 급히 안으로 들어오더니 부채질을 하며 물었다.

"바로 나가세요?"

"음, 골프 약속이 있어서. 왜?"

"지안이와 결혼하고 싶습니다."

아버지가 우뚝 멈춰 서더니 태경을 사납게 노려봤다.

"당장은 어림도 없다. 3년쯤 뒤라면 몰라도. 세상 분위기를 봐라. 이런 상황에서 너와의 결혼 사실이 전해지면 다들 얼마나 비웃겠니? 임지안이라는 이름이 뉴스에서 싹 사라질 때까지 기다려라. 이런 상황에서 너와 지안의 결혼은 위험해. 애초에 지안이 그렇게 유명한 배우가 되지 않았더라면 이렇게 시끄럽지도 않았겠지. 안 그러냐? 네가 자초한 일이야. 알겠느냐?"

"그럼 반쯤은 허락하신 겁니까?"

"한동안 지켜보마. 그 애와 너의 관계를. 넌 어차피 내가 하라는 결혼을 할 마음이 없잖아? 네 고집대로 하겠지. 네 사업체가 점점 그렇게 거대해져만 가는데도 넌 아비한테 손 한번 뻗지를 않더구나. 내가 아는 여러 기업들이 너와 인연이 닿아 보려고 얼마나 안달복달하는지 알아? 그런데도 아비 체면이고 뭐고, 가차 없이 만날 이유가 없다고 잘라 대질 않나. 너처럼 지독한 인사는 처음 본다. 이번에 제주에 지사를 설립한다더니, 너도 그리 가냐?"

"아니요. 직원들 중 신청자들에 한해서만 보낼 예정입니다. 그쪽은 여러모로 혜택이 더 좋아서 서로 가려고 하기도 하고요. 신입사원도 더 채용해야 하기 때문에 본사 직원의 숫자를 줄일 예정입니다."

"그래서 지부를 내는 거냐? 하여간에 능력도 좋다. 어찌 되었든 너 혼자의 힘으로 세계에서도 알아주는 IT 개발 회사로 우뚝 섰으니, 네 능력만큼은 인정하겠다. 하지만 결혼은 다른 문제고. 특히나 임지안은 더더욱 다른 문제지. 적당한 때를 좀 더 기다리자. 어쨌든 올해는 안 된다."

"네, 알겠습니다."

태경은 그래도 아버지가 아주 절망적인 얘기를 하지 않아서 차라리 다행이다 싶었다. 아버지에게 인사를 하고 밖으로 나오니 한결 바람이 시원하게 느껴졌다. 당장 어떤 결과가 나온 건 아니지만 인내심을 갖고 더 기다린다면 지안과 그의 가는 길도 이제 꽃길이 되지 않을까?

그는 입가에 미소를 띠고 차에 올라 차창을 전부 내리고 가속 페달을 밟았다. 가면서 지안에게 전화를 걸었다.

―네, 어디예요?

"회사로 가려고. 나는 내일부터 제주도 지사로 내려가는데 일주일간 얼굴을 못 봐서 어떡하지?"

―전화 자주 해요. 영상 통화 해도 되고요.

"그걸로 채워지나. 난 하루라도 널 보지 않으면 뭔가 빼먹은 것처럼 허전하단 말이야. 나랑 같이 안 갈래?"

―알잖아요. 자리 못 비우는 거.

"여전히 고집스럽네. 일이 그렇게 좋아?"

―은혜 씨한테 맡겨 놔도 야무지게 잘할 걸 알지만 그래도 마음이 편치 않아서요. 그래도 본점이라 계속 마음이 쓰이기도 하고요. 그리고 3호점이 오픈할 것 같아요.

"틈만 나면 일을 벌이려고 하네. 언제 나랑 연애할 거야?"

―5호점 오픈까지 성공적으로 끝나면?

"연애할 마음이 아예 없네. 난 찬밥이구나."

―그러면서 자기도 제주도에 지사도 엄청 크게 낸다던데, 뭘! 오빠는 나보다 더 규모가 크잖아요. 돈 쓰는 범위가 다르면서……. 거기에 건물은 언제 짓기 시작했데요?

"은밀히 진행했지. 잘 지어졌어. 그리고 너와 내가 살 별장도 멋지게 하나 장만했지. 정말 보러 안 갈래?"

―와아…… 그건 정말 매우 유혹적인 제안인데, 못 가요. 나

중에 같이 가요. 나중에…….

"휴가도 없어?"

—네, 이번엔 무리예요. 3호점 오픈 때문에 바빠질 거예요. 휴가고 명절이고 다 반납하고 매달릴 생각이에요.

그는 흐뭇하게 웃었다. 자신의 일에 끝까지 열정을 갖고 책임을 지는 여자는 멋지다. 이젠 그녀를 열심히 뒷바라지하겠다고 작정했으니 더 이상 그만 괴롭히자.

"알았어. 난 그럼 제주도 잘 다녀올게. 다녀와서 한번 보자. 그날은 하루 빼놔야 한다. 내가 일주일이나 널 괴롭히지 않은 점을 높이 사서!"

—알았어요. 조심히 다녀오세요.

"너도 조심하고."

—네, 염려 마세요.

한번 그런 사고가 벌어진 이후에는 지안이 물가에 내놓은 아이 같았다. 지안이 수술한 건 지령은 아직 모른다. 제대 후에 얘기하자는 게 지안의 말이었다. 동생에게 불안감을 안겨줄 이유가 없다면서 말하지 말자고 했다. 그래서 그도 입을 다물었다.

그는 조금 가벼워진 마음으로 차를 몰아 회사로 향했다. 그나저나 일주일이나 임지안 없이 어떻게 하루를 꽉 채울지 염려되었다.

#24

　지안이 함께 일을 하게 될 새로운 셰프와 함께 공사가 마무리되어 가는 가게 내부를 살폈다.

　지안의 식당은 비슷한 인테리어 스타일을 강요하지 않는다. 각 주인마다 특색을 갖고 있으면 그에 맞춰 인테리어를 하도록 권하는 편이다. 어차피 음식 맛이 중요하고, 꼭 그녀가 제안하는 방식의 인테리어야 할 필요도 없다는 게 그녀의 생각이었다. 빵틀에 넣고 찍은 것 같은 비슷비슷한 프랜차이즈는 지양하는 편이었다.

　이번에 새롭게 일을 가르칠 셰프는 이미 식당을 두어 번 오픈을 해 봤던 삼십대 중반의 남자로 이름은 이승준이었다. 그는 굉장히 잘생기고 유쾌한 사람이었다. 하지만 그는 끈기가 없어서 한 가지 스타일의 식당을 오래 유지하지 못하고 금세 흥미를 잃는 타입이었다.

공사가 진행되는 동안 그녀는 예전에 그가 사용하던 개인 작업실로 가서 요리 수업을 해 줬다. 워낙 요리를 오래 했던 프로라 한번 설명하면 바로 알아듣는 점이 좋았다.

"그럼 이게 메인 디시가 되겠군요."

"아무래도 햄버거가 우리의 주력 제품이죠. 그리고 그 외에 고기와 신선한 샐러드 등으로 공략하고 있어요. 소스는 제가 만든 특제 소스를 사용해 맛의 차별화를 신경 썼고요. 밤에는 특별한 술안주를 제공해서 지금까지 맛보지 못한 새로운 느낌의 야식을 맛본다는 느낌을 강하게 주고 있죠. 하지만 메뉴는 질릴 수 있으니 술안주의 경우 두어 달에 한 번씩은 리뉴얼을 해 주든가 그게 안 된다면 한 달에 한 번씩은 새 메뉴를 넣어 주는 게 좋아요."

"그럼 대표님은 새 메뉴를 계속 개발하고 계신 건가요?"

"네, 신메뉴를 만들어 내놓아서 반응을 보고 뜨뜻미지근하다 싶으면 바로 내리는 편이에요. 그리고 계절 메뉴로 만들어 내놓는 것도 있어서 통상 한 달에 한 번은 신메뉴가 소개되는 편이죠. 그보다 더 짧아지는 경우도 있고요. 본점에서 반응을 체크하고 꾸준한 반응이 나올 경우에는 바로 다른 지점에도 그 메뉴를 넣는 편이에요."

승준이 흐뭇한 얼굴로 그녀를 쳐다봤다.

"하루에 세 개씩의 메뉴를 클리어하면서 다시 재시험을 보고 이런 식의 교육은 매우 좋군요. 잊어버리려고 해도 잊을 수가 없고 굉장히 긴장감을 갖게 되거든요."

"다행이에요."

입가에 미소를 짓자, 승준이 묘하게 탁한 눈빛으로 그녀를 쳐다보며 말했다.

"정말 아름다운 거 아세요?"

"고마워요."

"그냥 흔한 칭찬이 아니라……."

승준이 한 걸음 바싹 다가오더니 그녀에게 손을 뻗으려 하는 순간, 지안이 한 걸음 뒤로 물러서며 바로 저지했다.

"남자 있고요, 전 이런 식으로 접근해 오는 것에 대해 매우 큰 저항감이 있어요. 그러니 조심했으면 좋겠군요."

그러자 승준이 입가에 미소를 지으며 당당하게 말했다.

"전 다른 남자가 있다고 해도 별로 개의치 않아요. 지금까지 남자 있다는 여자를 빼앗지 않은 전례가 없거든요. 지안 씨한테도 남자가 있건 말건 그건 그리 중요한 게 아니에요. 지안 씨가 너무 매력적인 사람이라 전 성적으로 끌린 것뿐이고요."

"그러니까, 하지 말라고요. 전 그런 거 싫어요. 일할 땐 시크하게 일만 했으면 좋겠는데요."

"아아, 제가 그렇게 시크한 사람이 아니라는 건가요? 흠……
알아들었어요. 일단은…… 하지만 지안 씨가 무척이나 제 타
입이라는 거 알아 두세요. 전 언제든 남자가 되어 지안 씨를
차지할 거예요."

확고한 말에 그녀는 기가 차서 실소했다. 그나마 다행인 건
그 이후로는 더 이상 작업 멘트를 하지 않고 일에 몰두했다는
것이었다. 2시간의 수업이 모두 끝난 후 그녀는 가방을 어깨
에 둘러메고 휴대폰을 꺼내 들었다. 태경에게서 문자가 들어
와 있었다. 저절로 입가에 미소가 번졌다. 그걸 본 승준이 물
었다.

"남친?"

"아…… 네."

"나중에 같이 식사 한번 해요."

"아…… 왜 굳이……."

"제가 지안 씨한테 호감이 있다는 걸 상대방에게 알릴 필요
가 있지 않나 싶어서요."

"됐어요. 그런 거라면……."

"한번 자리 마련해 줘요. 지안 씨가 사귀는 사람이 어떤 사
람인지 정말 궁금해서 그러니까. 그냥 3호점 오픈하는 사람인
데 같이 식사를 하고 싶어 한다고 간단하게 말하면 그만 아닌
가요?"

무슨 짓을 하려고 이러나 싶어서 그녀는 눈매를 가늘게 좁히고 승준을 노려봤다.

"생각 좀 해 볼게요."

그때 태경에게서 전화가 왔다.

"여보세요?"

—어디야? 제주도에 혼자 보내 놓고 연락 한 번이 없네?

"아, 미안해요. 3호점 공사 상태 파악하고 셰프님한테 요리 수업을 하던 중이었는데 이제 다 끝났어요. 좀 바빴다고요. 어?"

갑자기 승준이 그녀의 휴대폰을 빼앗아 들더니 입가에 미소를 띠고 말하기 시작했다.

"안녕하세요. 저는 이승준이라고 합니다. 반갑습니다. 3호점 셰프예요."

—죄송하지만, 저는 지금 임지안 씨랑 통화 중이었는데요? 무례하게 통화 중이던 사람의 손에서 휴대폰을 빼앗아 상대방에게 막무가내로 인사를 하는 건 옳지 않은 매너 같은데요?

"아아, 죄송해요. 장난기가 발동해서……. 나중에 식사 한번 해요. 제가 사겠습니다. 임지안 씨가 상당히 매력적인 여성이다 보니까 사귄다는 분을 한번 뵙고 싶었거든요. 그리고 오늘 무례하게 굴어서 정말 죄송합니다. 다시 바꿔 드릴게요."

지안이 황당해진 눈빛으로 승준을 쳐다봤다. 10년 이상 사귀고 너무 친해서 이런 행동을 하는 거라면 어느 정도는 이해가 된다. 하지만 알고 지낸 지 며칠 되지도 않았는데 왜 이런 짓을 하는지 그녀로서는 납득이 되질 않았다. 워낙 외모가 준수한 편이고 잘 웃는 인상이기 때문에 지금껏 이런 행동을 해도 상대방이 싫은 내색을 하지 않았던 것 같다. 하지만 그녀의 기준에서는 이미 도를 지나친 상황이었다. 휴대폰을 받아든 그녀는 살짝 성난 음성으로 태경에게 말했다.

"오빠, 미안한데 지금은 통화하기 좀 그래요. 나중에 다시 연락할게요."

—그러자. 내가 한소리 했으니까, 넌 적당히 해. 넌 아무래도 사업적으로 얽혀 있으니 예의는 지키고.

"그래요. 알았어요."

휴대폰을 주머니에 넣은 그녀는 승준을 매우 단호한 눈빛으로 노려봤다.

"이거 지금 무슨 행동으로 받아들여야 하는 거죠? 휴대폰은 한 사람의 사생활 전체가 담겨 있는 것이에요. 누군가의 집 같은 거죠. 함부로 봐서도 안 되고 침입해서도 안 되는 겁니다. 허락을 받은 이후에 한 행동이라면 이해를 하지만 허락도 없이 남의 휴대폰을 빼앗아 지금 뭐한 거예요?"

정색하고 화를 내자, 승준이 무안해진 표정을 지었다.

"와아, 난 또 이렇게 화내는 사람은 처음 보네. 그렇게 화낼 일도 아니잖아요. 이런 일이 얼마나 많이 일어나는데요? 지안 씨가 너무 민감하게 받아들이는 거 아니에요?"

"아니요. 이건 상식 수준을 넘어선 거죠. 제 프라이버시 라인 안으로 함부로 들어오지 마세요. 저랑 10년 이상 알고 지낸 사람도 아닌데, 어떻게 그래요? 어떤 사람은 그런 걸 문제 삼지 않고 넘어갈 수도 있지만 전 이런 상황에 매우 엄격해요. 앞으로는 이런 식의 침입은 삼가세요."

승준도 금세 굳은 표정으로 말했다.

"그러죠. 너무 극성스러운 거 아닌가 싶군요. 전 순수하게 친해지고 싶어서 그런 것뿐인데……."

상식 수준이 애매하게 형성된 사람 같았다. 그러지 않고서야 이런 짓을 할 수는 없다. 지안은 근처에 세워 놓은 차로 다가가 차 문을 열고 시트에 앉아 곧장 시동을 걸었다. 승준이 팔짱을 긴 채 불만이 가득한 얼굴로 그녀를 쳐다봤다. 지안은 고개를 한 차례 꾸벅 숙여 인사를 하고 곧장 그곳을 벗어났다. 그리고 그녀의 가게 앞에 도착해 다시 태경에게 전화를 걸었다.

―무슨 일이야? 그 사람은 왜 그런 행동을 하는 거야?

"제가 마음에 든대요. 제가 받아들인 것처럼 행동하네요. 어이가 없어서……."

―잘생겼어?

"여자들이 보면 좋아할 타입이죠. 오빠처럼 키도 큰 편이고 체격도 좋고 준수한 생김새에 목소리도 그럭저럭이에요. 그래서 거절을 당해 보지 않았던 것 같아요."

—자신감이 넘치는 사람이군. 그렇다고 해도 네가 싫다고 제스처를 취했는데도 무례하게 나오는 거 보면 굉장히 경우 없는 사람 같아. 조심해.

　"식사 자리 어쩌고 하는 건 무시하세요."

　—아니, 한번 만날 필요는 있겠어. 깔아뭉개 줘야지.

　"네?"

　—자기가 우주 최고인 줄 아는 남자를 만나서 자신이 어떤 위치에 있는지를 알려 줄 필요가 있겠네. 남자들도 은근히 외모 서열이라는 게 있어. 그 남자도 그런 계열의 남자인 것 같군. 외모로 상대를 평가하고 무시하는 타입이야. 정말 별로인 사람이지. 계속 집요하게 만나 보자고 하면 날짜 잡아. 내가 잘라 줄게.

　"정말 괜찮겠어요?"

　—너랑 빨리 결혼해야겠다. 임자 없는 여자라고 여기저기서 자꾸 들이대니 내가 피곤하다. 종종 어떤 남자들은 좋아한다는 고백을 뱉어 놓고 그 이후로 상대방의 감정과 상관없이 매우 무례하게 구는 경우가 많아. 그래서 조심해야 해.

　"자기가 좋아한다고 고백한 게 무슨 최강의 무기라도 되는 건가요? 싫다는데 왜 저러는 건지."

　—심란하네. 왜 제주도에 있는데 이런 일이 생기는 거야? 마음 찝찝하게……

　"무시해요. 정말 이상한 사람이라 쳐다볼 가치도 없어요. 일이나 할 뿐이죠. 저런 사람이라 나중에 이상한 스캔들에 엮여서 우리 가게 이미지만 실추시키는 건 아닌지 염려스럽네요."

—그런 부분도 염려되긴 하네. 저런 식으로 몰상식하게 들이대는 스타일이라면...... 하여튼 이제 그 사람 만날 땐 꼭 휴대폰 갖고 있어. 무슨 일 있으면 누구한테든 바로 전화를 해서 불러들이고.

"네, 알았어요. 걱정시켜서 미안하네요. 괜히......"

—아니야. 그런 사람인 걸 안 게 나로서는 차라리 다행이야. 난 이제 회의가 있어서 나가야겠다. 이따 다시 전화할게.

"네, 일하세요."

통화를 끝낸 후 지안은 한참 동안 한자리에 앉아 숨을 골랐다. 별의별 사람을 다 겪어 봤지만 이런 난관은 또 처음이라 당황스러웠다.

그때 휴대폰이 울어 댔다. 태경인가 싶어서 쳐다보니 '3호점 셰프'라고 저장된 이름이 떴다. 낮게 숨을 내뱉은 그녀는 휴대폰 통화 버튼을 눌렀다.

"여보세요?"

—가게에 도착했어요?

"네."

—아깐 미안했어요. 생각해 보니 지안 씨가 화낼 일일 수도 있겠다 싶어서요. 화 풀어요. 혹시 뭐 좋아하는 거 있어요? 뭐든 말해 봐요. 사 줄게요.

이건 또 무슨 시추에이션이지? 그녀는 눈살을 살며시 찌푸리고 허공을 쳐다봤다.

"네?"

—여자들은 선물 좋아하잖아요. 뭐든 해 줄게요.

"저…… 셰프님, 저와 승준 셰프님은 일로 만난 관계이지, 사적인 관계가 절대로 아니라는 점 명심해 주셨으면 좋겠는데요? 더 할 얘기가 없다면 이만 끊겠습니다."

—너무 야박하네. 제가 사과까지 하는데 왜 그렇게 쌀쌀맞게 대해요? 난 상대방이 그렇게 나오면 조바심이 나서 어쩔 줄을 모르겠단 말이에요. 풀어 주고 싶은데, 방법을 모르겠어서 이러잖아요.

"미안하다고 했으니 그걸로 됐어요. 일일이 선물로 상대방의 환심을 사려고 하지 않아도 됩니다. 진심이 있는 사과만 있으면 저는 됐어요."

—정말이죠? 그럼 우리 식사는 언제 해요? 한번 만나요.

갑자기 얘기가 다른 방향으로 튀었다. 마음 같아서는 휴대폰을 이대로 끊어 버리고 제 할 일을 하고 싶었지만 일로 엮인 관계였다. 노골적으로 자를 수가 없다는 게 문제였다.

"죄송하지만 당분간은 제가 바빠서요. 신메뉴 개발 때문에 요새 시간이 아예 안 납니다. 제가 괜찮은 시간이 생기면 연락을 드리죠."

—그럴래요? 그럴 필요 없이 일주일에 세 번씩 만나서 요리

수업하는데 그날 같이 식사해도 되잖아요. 술 살게요.

집요하다. 끝을 볼 때까지 놓는 스타일이 아니다.

"죄송하지만 그것도 곤란합니다. 본점 관리를 해야 하거든
요. 본점으로 직접 온다면 상관없지만……."

—그럼 본점에서 식사하고 술 마시면 되겠군요.

"대놓고 놀지는 못할 것 같아요. 일을 도와야 하니까. 양해
바랄게요."

—다 알죠. 그럼 모레 뵐게요.

승준이 기분 좋게 휴대폰을 끊는 걸 보고 그녀는 황당해진
얼굴로 휴대폰을 쳐다봤다.

"뭐야? 얘!"

정말 감당 안 되는 희한한 사람이 달라붙었다. 과도한 집착
에다 될 때까지 들이대는 게 어째 슬슬 사람을 질리게 한다.
생김새가 어떻든 적절한 거리를 두고 다가와야 하는데, 왜 저
렇게 집요하게 달라붙는 걸까? 사람이 이렇게도 무서워질 수
있나 싶어서 어안이 벙벙해졌다. 차에서 내려서 가게 안으로
들어가자 알바생 준호가 그녀에게 인사를 했다. 참 산뜻하고
싱그러운 남자였다.

"오늘 손님 많았니?"

"네, 평소대로 늘 꾸준히요."

"점심 식사는 했고?"

"네, 했어요. 사장님은요?"

"나도 간단하게 해야겠다."

그녀는 식당 뒤로 들어가 은혜에게 인사를 하고 샐러드를 하나 만들어 간단한 한 끼를 때웠다. 그리고 은혜에게 이승준 이라는 남자의 상식 밖의 행동에 대한 얘기를 하자, 은혜도 성질을 냈다.

"와아, 뭐 그런 사람이 다 있어요? 뭔가 단단히 잘못된 사람 같아요. 사장님 조심하세요. 왜 이렇게 이상한 사람만 꼬이는 건지 모르겠네. 아무리 외모부심이 강해도 그건 아니죠."

"흠, 내가 예민한 건가 싶었는데 역시 그 사람이 이상한 거 였어. 조심하긴 해야 하는데 요리 수업은 단둘이 하고 있으니, 난감하네. 그것도 우리 가게가 제일 바쁜 시간대에 가서 하는 거라서…… 시간대를 바꾸자고 해야 할까?"

"그래도 한낮이 낫죠. 밤은 좀 아니잖아요. 노골적으로 나올 텐데요. 대표님은 뭐라고 하세요?"

"오빠? 화내지. 이상한 사람이라고 한번 자리 마련해 달래. 혼쭐을 내 준다고."

"아하하하, 역시! 감 대표님 짱!"

지안도 괜히 피식 웃었다. 태경의 반응이 이런 식으로 받아 들여질 수도 있다는 사실이 즐거웠다. 태경과 만나 마음을 맞 춰 가며 곤란하고 고통스러운 일들을 풀어 나가는 과정을 겪 는 동안 그가 얼마나 괜찮은 사람인지 알게 되었다. 진솔하고 우직하며 한번 마음을 주면 깊은 끝을 내보이는 사람이라는 사실이 너무도 좋았다.

누구에게나 똑같은 행동과 마음을 주는 건 어렵지 않다. 하지만 남들과 다르게 오직 그 한 사람에게만 진실하고 다정하며 배려심 있게 대한다는 건 분명하게 다른 방식으로 와닿는다.

태경이 그녀에게 보인 수많은 행동과 언사는 그녀에게 많은 영향을 미쳤고, 그를 믿고 기다리게 하는 원동력이 되었다.

"결혼…… 어떤 거야? 재밌을까? 다들 재밌게 사나?"

"사장님은 또래 친구가 없죠?"

"아무래도…… 초중고 시절 자체가 없으니까. 또래 친구나 문화 자체를 몰라."

"제 주변에서 일찌감치 결혼한 친구가 몇 있기는 한데, 어떤 애는 괜히 일찍 결혼했다고 후회를 하기도 해요. 또 어떤 애는 정신적으로 안정감이 느껴져서 너무 좋다고 하기도 하고요. 그게 자신의 환경이 그저 그렇다고 판단하면 자꾸 주변과 비교를 하면서 상대적 박탈감에 빠지는 것 같더라고요. 행복의 척도는 결국 마음 아니겠어요?"

"좋은 말이네. 내 마음에 천국과 지옥이 존재하는 거니까."

"그래서 사장님이 어떤 마음을 먹느냐에 따라 결혼 생활이 좌지우지되는 거라는 거죠. 굳이 다른 사람들의 삶에 연연하지는 말라는 거예요."

"난 내가 너무 일찍 결혼이라는 테두리 안으로 들어가는 게 아닌가 싶어서. 난 이제 스물여섯 살인데 요즘은 삼십대 중반에 하는 사람들이 점점 늘어나고 있으니까, 어째 나만 빨리하는 기분이라."

"그건 그렇지만 태경 대표님을 생각한다면 일찍 해도 될 것 같아요. 충분히 좋은 분이잖아요. 결혼이라는 선물을 해 줘도 좋을 만큼……."

"후후후, 내가 해 주는 건가? 그 선물?"

"남자는 여자를 쟁취해서 결혼이라는 감옥 안에 가두고 자신의 유전자를 번성시키려 하는 원초적인 본능을 갖고 있다고 친구가 그러더라고요. 그렇게 따지고 보면 집을 마련하는 것에서부터 아이를 낳기 위해 하는 모든 준비 역시 남자가 해 줘야 맞는 게 아닐까 싶어요. 생명을 잉태하는 가장 중요한 일을 여자는 해야 하니까요. 그것도 다른 사람의 아이도 아닌 남자 본인의 아이를 낳아 세상에 유전자를 남기는 원대한 작업을 하는 거잖아요? 그렇게 보면 선물더미가 맞는 셈이죠. 여잔 선물입니다. 남자에게!"

"호호호호, 은혜 씨는 참 별스럽게 해석하는구나."

"그렇게 포장하지 않으면 결혼하려는 사람들이 더 줄어들걸요? 요새 미혼남녀에게 물으면 다들 결혼과 출산에 대해 아무런 관심이 없다고 하잖아요."

"음, 아무래도 N포 세대가 점점 늘어난다고 하더라. 부모에게 유산 상속을 받는 게 아니라면 자신의 힘으로 집을 사고 차를 끌면서 쾌적하고 행복한 삶을 살기는 어려우니까. 그래서 일찌감치 다 포기하고 오직 자신만을 위해 사는 걸 택한다고."

"그러니까 남자가 여자를 데려다 자신의 인생 계획안에 꽂아 넣으려면 상당한 공이 필요하다는 거죠. 가정의 유지는 어찌 되었든 여자의 헌신과 희생으로 유지되는 게 더 많지 않나요? 맞벌이라도 해 봐요. 여자는 한 번에 임신 출산 육아를 해야 하고 돈까지 벌어야 한단 말이죠."

"남자가 나서서 도와주는 경우도 많으니까 요새는……."

"노노노, 의외로 젊은 세대들 중에도 보수적인 사람들이 많아요. 사장님, 아이는 무조건 엄마가! 그럼에도 불구하고 맞벌이는 필수! 이런 전제 조건을 까는 남자가 얼마나 많은데요."

"그건 너무 이기적이고 못됐다."

어쩌다 보니 사회적 이슈에 관한 토론으로 대화가 이어졌다. 한참 동안 갑론을박이 오가다가 그녀는 다시 결혼에 대해 깊이 고심했다. 태경이 다른 여자와 결혼을 하는 경우에 대해 한번 생각해 봤다.

'끔찍하네.'

그건 진저리쳐지게 싫었다.

그때 풍경 울리는 소리가 들리더니 준호가 손님을 맞자마자 지안에게 다가와 나직하게 물었다.

"사장님, 강종석 배우가 왔는데요?"

"아? 그래. 나 좀 나갔다가 올게."

은혜에게 인사를 하고 홀로 나가자 종석이 손을 흔들며 웃었다. 브레이크 타임이라 원래는 손님을 들이지 않았지만, 상대가 상대인지라 종석은 특별석으로 따로 모셨다. 그 자리는 블라인드가 쳐져 있어서 그녀가 아는 지인들만 그곳에 앉혔다.

"오랜만이에요. 어쩐 일이에요?"

"생각나기도 하고 보고 싶기도 하고. 이상한 일이지. 왜 이렇게 한 번씩 지안 씨가 생각나는 건지 모르겠어. 가족도 아닌데. 지안 씨는 그동안 여러 사건에 휘말려서 굉장히 정신없었겠더라. 괜찮은 거야?"

그가 지안의 팔 쪽을 쳐다봤다. 지안은 일부러 긴소매의 옷을 입고 있었다. 그래서 안쪽의 상처가 보이지는 않았다.

"괜찮아요. 이젠 더 이상 배우를 하는 것도 아니니까, 드러낼 이유도 없고요."

"그래, 그나마 다행이다. 걱정됐는데도 연락을 못 한 건 한참 지안 씨가 이슈의 중앙에 있던 때라 나까지 연락해서 이것저것 묻는 건 좀 아니다 싶어서. 구경거리가 생겼다는 듯이 달려드는 것처럼 생각할까 봐 차라리 피하자 싶었어. 나 말고도 찾는 사람들이 많았지?"

"고마워요. 그렇게 생각해 줘서⋯⋯ 안 그래도 좀 정신이 없긴 했어요. 이렇게 직접 얼굴 보고 안부를 물어 줘서 더 고맙고요. 선배와는 아무래도 오래 인연이 이어질 것 같네요."

"그런가? 내가 의외로 되게 괜찮은 놈이라고. 참, 아직도 연애는 현재진행형이야?"

"네, 계속 그 자리예요."

"왜 결혼은 안 해?"

"고리타분한 질문이네요."

"연애가 길어지면 다들 그다음 단계에 대해 안부 인사처럼 같은 질문을 하게 되잖아. 난 혹시라도 뭔가 걸림돌이라도 있는 건가 궁금해서."

"있긴 하죠. 그 사람의 아버지가 절 싫어해요."

"전후 사정은 이미 인터뷰 기사로 다 봤으니, 굳이 지안 씨가 설명하지 않아도 알겠네. 태경 씨한테는 매우 유감스러운 일이지만, 그 정치가는 매우 속물적 성향이 강한 매스컴형 마스크를 낀 인간이야. 그래서 한동안은 지안 씨를 마음에 들어 하지 않을 거야. 하지만 그게 언제까지 지속될까? 나이 지긋한 배우들이 한결같이 하는 말이 나이 드니까 자신이 세워 놓았던 모든 것들이 어쩌면 별게 아닐지도 모른다는 생각이 든다더라. 그냥 편하게 자식들에게 맞춰 주며 살아가는 것도 나은 삶을 사는 방식 중 하나가 아닐까 그런 생각을 한대. 자신이 돈을 벌 땐 어깨에 힘이 들어가고 목소리에도 힘이 실리지만, 나이의 숫자가 늘어나는 만큼 벌이는 반비례로 줄거나 없어지잖아? 그렇게 되면 점점 그런 마음도 사라지게 된다는 거지."

"결국 세월이 약이라는 건가요?"

"음, 그럴 것 같아. 그분도 현직 정치인으로 온갖 유세를 부리며 살다가 더 이상 그런 대접을 못 받게 되면 자신이 입은 옷이 별게 아니라는 걸 느끼게 되겠지. 현직 정치인과 전직 정치인의 명암은 확실하게 다르거든."

"그렇다면 차라리 다행일지도 모르겠어요. 왜 이렇게 힘들게 풀리는지 모르겠어요. 어디 가서 굿이라도 해야 하는 건가요?"

"안 어울리는 소리 하지 말고. 지안 씨는 뚝심 있게 외곬으로 나아가면 돼. 그렇게 하면 태경 씨가 알아서 다 해결해 주지 않을까? 난 그 사람 처음 보자마자 그런 힘이 느껴지던데?"

"어떤?"

"뭔가 하나의 야심을 품으면 끝을 보고 만다는 그런 느낌 있잖아."

"아……."

"눈빛이 보통이 아니더라. 강렬하고 고집스러운 데가 있었어. 아마도 아버지란 사람마저 다 꺾어 놓을 거야."

"그렇다면 정말 다행이겠네요."

"참, 선물 하나 할게."

그가 크림색 벨벳으로 된 네모난 상자를 내밀었다.

"이게 뭐예요?"

"열어 봐."

뚜껑을 열자 안에서 황금 열쇠가 나왔다.

"이게 뭐예요?"

"무사히 생환해서 고맙다고 준비한 거야. 이제 모든 일들이 술술 풀리라는 의미에서 열쇠로 정해 봤어. 어때?"

크기가 아주 크고 무거운 걸로 봐서는 가격이 꽤 나갈 것 같았다.

"이런 선물을 받아도 되는 건지……."

"병원에 있을 때 갔어야 하는데 가 보지 않은 것도 그렇고 연락 못 한 것도 여러모로 다 마음에 걸려서 겸사겸사 왔어. 계속 잘 살아 주라. 내가 안심되게……. 그리고 너도 나한테 연락 좀 해. 어째 매번 나만 아쉬운 놈처럼 널 찾아오네? 이러다 너, 연예계에 아는 선배 하나 없는 왕따 된다."

"죄송해요."

지안이 피식 웃자, 그는 손을 뻗어 그녀의 손등을 툭 쳤다.

"친오빠처럼 생각해. 도울 일 있음 언제든 말하고. 연예계 쪽에 궁금한 거 있음 얘기해. 나중에 아이를 낳고 나서라도 네가 연예계에 다시 돌아오고 싶어질 수도 있는 거잖아. 그렇게 무 자르듯 단박에 자르지 말고 연락은 하고 지내자. 알겠지?"

"알았어요. 미안해요. 선물 감사히 잘 받을게요."

"그래, 이제 가 봐야겠다. 또 연락하자."

"네, 고마워요. 바쁜데 시간 내서 와 줘서……."

종석이 웃으면서 손사래를 치더니 선글라스와 모자를 눌러 쓰고 재빨리 밖으로 나갔다. 지안은 멀리 사라지는 그의 뒷모습을 기분 좋게 바라봤다. 좋은 사람과 인연이 맺어진다는 건 이렇게나 좋은 일인데, 한 번씩 이상한 인연이 꼬여서 사람을 힘들게 해서 문제였다. 이제 슬슬 이승준을 어떻게 해야 할지에 대해 고심해야겠다.

* * *

태경의 적극적인 주도로 결국 승준을 저녁 식사 자리에 초대하는 사태가 벌어졌다. 장소는 호텔 레스토랑의 룸이었고, 세 사람이 마주 앉아 어색한 미소만 짓고 있었다.

적막이 이어지던 중 종업원이 들어와 메뉴판을 내밀었다. 태경이 초대했으니만큼 그가 세트 메뉴를 주문했고, 종업원이 나가자 승준이 태경을 유심히 쳐다보며 물었다.

"굉장히 핸섬하시네요. 혹시 모델 경력이 있으신가요?"

"아닙니다. 전 대학 나와서 바로 사업을 시작했습니다. 지금은 사업을 하고 있고…… 아, 잠시만요."

태경이 명함을 꺼내 승준에게 내밀었다. 승준이 명함을 받아 들더니 입가에 미소를 지었다.

"대표시구나. 지안 씨가 상당히 능력 있는 분과 사귀나 보군요."

지안은 아무런 대답도 하지 않고 물컵을 들어 한 모금 마시기만 했다.

"그런데 두 분은 만난 지 얼마나……."

지안을 흘끗 쳐다본 태경이 그때를 곰곰이 떠올리는 듯한 표정으로 말했다.

"지안이 여섯 살 때부터 알고 지냈으니까 20년이나 됐죠? 제가 당시 여덟 살이었고……."

"제가 보려고 본 건 아닌데, 뉴스를 보니 지안 씨가 감 의원님 댁에서 상당히 학대를 받으며 지냈다던데. 감태경 씨도 혹시 감 의원님 아들 아닌가요?"

"맞습니다."

그러자 승준이 회심의 미소를 지으며 적당한 먹잇감을 낚아챘다는 듯 말했다.

"그렇다면 서로 좀 껄끄러운 사이 아닌가요? 서로 좋아하는 감정을 의심해 볼 필요가 있어 보이는데요? 종종 자신을 가둔 살인범에게도 사랑을 느낀다는 심리적 기제가 있잖아요. 스톡홀름증후군 같은…… 혹시 지안 씨가 느끼는 감정이 그런 거 아닌가요? 지안 씨, 말해 봐요. 혹시 저쪽 집안 사람들한테 겁에 질려서 솔직한 심정을 꺼내지 못하는 건 아닌가요?"

태경은 기가 막혀서 눈매를 가늘게 좁히고 입술을 꽉 다물었다. 의도적으로 지안을 도발하는 듯한 질문이었다. 이런 질문에 일일이 답을 하다가는 끝이 없다.

"지금 제가 느끼는 감정이 공포처럼 보이나요? 아니요, 절대 그런 거 아니에요. 어쩌면 그 말도 일리는 있을지도 몰라요. 그런 정신병 같은 감정일지도 모르죠. 하지만 그게 뭐 어때서요? 전 태경 오빠한테서 충분한 사과와 보상을 받았고, 그로 인해 깊은 신뢰와 안도감을 느끼게 되었어요. 그걸로 된거 아닌가요?"

지안이 찬 어조로 딱 잘라 말하자, 승준이 입가에 미소를 짓더니 마른침을 한번 삼켰다.

"하지만 누가 봐도 두 사람의 결합은 너무 이상한 거 아닌가요?"

"남의 시선은 그리 중요하지 않아요. 둘만 좋으면 그만이죠."

"지안 씨도 어떤 땐 상당히 막무가내군요. 누가 봐도 이성적으로 지적할 수 있는 부분에 대해 말하는 거니까 너무 흥분하지 말고 얘기해 주세요. 정말 궁금해서 그런 거니까."

"흥분하지 않았다는 건 누구보다 승준 씨가 잘 알 텐데요?"

승준이 입맛을 몇 번 다시더니 고개를 성의 없이 끄덕거렸다.

"누가 봐도 걸림돌이 확실한 게 보이는데도 지안 씨가 그걸 택하겠다면 누가 말리겠어요? 다만 끝이 빤히 보여서 아쉽군요."

"전 승준 씨가 내 끝을 굳이 보지 말아 줬음 좋겠는데요? 서로 얽힐 일도 없는 남이잖아요."

"너무 야박하네요. 그래도 같은 일을 하고 있는 사람한테……. 가족같이 함께 일을 하자는 모토는 어쩌고 이렇게 차갑게 대하세요?"

"공사분별 못 하고 선을 넘어온 사람이 할 소리는 아니죠."

지안도 지지 않고 하고 싶은 말을 다 했다. 일이 틀어지건 말건 개의치 않겠다는 듯 말했다. 태경은 그런 지안의 태도를 보면서 한편으로는 마음을 놓았다.

혹시라도 조금이나마 준수해 보이는 이런 남자에게 마음이 흘러가면 어쩌나 하는 조바심이 분명하게 있었다. 그런데 그게 아니니 안심이 되었다.

지안이 저렇게 야무지게 독설을 뱉어 내는 모습이 낯설기도 하면서 상대가 자신이 아니라는 사실에 슬쩍 웃음도 났다. 예쁜 그녀의 입에서 저런 모질고 독한 소리를 들으면 정말 살기 싫어질 것 같았다.

마침 문이 열리고 종업원이 음식을 갖고 들어와 테이블 위에 놓았다.

"이제 그만해 두고 식사하죠."

태경이 상황을 정리하고 먼저 나이프와 포크를 들었다. 그제야 팽팽한 기 싸움을 하듯 얼어붙어 있던 공기가 차츰 녹아내렸다. 지안은 말없이 고기를 잘라 입 안에 넣었다. 먹는 내내 대화는 한 마디도 오가지 않았다. 아무래도 승준은 사회성이 매우 떨어지는 듯했다. 이런 경우 자연스럽게 분위기를 풀어 나가는 방법에 대해 전혀 배운 바가 없는 건가?

"그런데 이승준 씨는 왜 많고 많은 프랜차이즈 중 지안의 가게를 선택한 건가요?"

"아, 우연히 지인을 통해 그곳에 가서 식사를 하게 됐는데 굉장히 맛도 좋더라고요. 가게 분위기도 마음에 들어서 나중에 혼자 한 번 더 가 보게 됐죠. 아마 지안 씨는 전혀 기억도 못 할 거예요. 안에서 음식을 조리하던 중이었으니. 그래서 한 번 더 맛을 보고 확신했죠. 이 요리사는 진짜다. 이 진짜 정성을 배워야겠다. 그리고 기사를 검색해 보다가 알게 됐죠. 지안 씨가 여기 셰프라는 걸. 사실 전 지안 씨 데뷔 시절부터 팬이었거든요."

편안한 대화를 유도하려고 꺼낸 말에 의외의 고백이 터져 나왔다. 지안이 놀란 눈으로 승준을 쳐다봤다.

"처음에 보자마자 마음에 들었어요. 눈빛이 너무 순수하고 되바라진 데가 하나도 없더라고요. 이런 사람과 한번 대화를 해 보고 싶다고 느꼈는데, 바로 스타가 되더라고요. 이후엔 드라마도 거의 다 봤던 것 같아요. 그렇게 엮이면서 인연이라고 혼자 생각했죠."

지안이 피식 웃으면서 고개를 저었다.

"소녀 같은 데가 있네요."

"그래서 지안 씨한테 찾아갔던 거였는데, 그렇게 냉혹하게 나와서 사실 좀 실망했어요. 일은 일, 그 외의 것은 절대적으로 배제! 이런 식으로 선을 딱 그으니까, 기분이 좀 그렇더라고요. 매스컴을 통해서 본 지안 씨와 실제의 지안 씨 사이의 간극이 너무 커서 계속 실망했지만 그래도 믿고 기다렸죠. 그러다 요리 수업이 시작되면서 친해질 기회를 노렸는데…… 역시 곁을 주질 않더라고요. 아마도 멋진 남자친구 때문인 듯하지만……."

지안은 승준을 흘끗 쳐다보더니 다시 시선을 내려 고기를 썰며 말했다.

"진즉 사인이라도 한 장 해 달라고 했더라면 분위기가 조금은 유해졌을 거예요. 애초에 승준 씨는 접근 방식이 완벽하게 빵점이에요."

승준은 어깨를 으쓱했다.

"글쎄요. 이런 접근이 대부분의 여자들에게는 먹혔는데, 유일하게 지안 씨한테서만 아무런 효과가 없네요. 이렇게 완벽하게 튕겨 낸 여자는 없었어요. 대부분 제가 보이는 호의에 흔들렸는데…… 왜 지안 씨는 흔들리지 않았는지, 오늘부터 치열하게 연구를 해 볼 겁니다."

가만히 듣고 보니 승준은 여전히 자신이 하는 행동에 아무런 의심도 없는 듯했다. 태경이 한마디 했다.

"미안하지만, 승준 씨의 연구는 아무런 성과도 나타내지 못할 겁니다. 승준 씨의 시선 자체가 틀렸거든요. 보는 시선 자체가 다른데 어떻게 답을 찾겠어요."

"뭐가 문제일지 평생 모를 거라는 겁니까?"

"네, 상대방이 하는 말을 제대로 듣지 않는 한 아마도 평생 모를 겁니다. 누가 됐건 상대가 보내는 신호를 명확하게 읽는 것도 매우 중요하다고 생각하는데요, 승준 씨는 그런 마음이 전혀 없는 게 문제입니다. 마치 미션을 하나하나 클리어해 나가 고지를 점령해 가기라도 하듯이 여자를 처리해 가죠. 그런 방식 자체를 바꾸지 않는 한 진심이라는 건 절대로 만져 보지 못할 겁니다."

승준은 오래도록 아무런 말을 하지 않았다. 진심을 말해 줘도 마음에 자만심이 가득한 데다 여자를 하나의 부속품쯤으로 취급하는 자에게 진짜 사랑이 찾아올 리 없다.

"그 말은 긍정적으로 고려해 보도록 하죠. 하지만 당분간은 이런 체재를 유지할 것 같습니다. 사람이 원래 그렇게 쉽게 바뀌는 게 아니잖아요."

"그래요. 차분히 생각해 보세요."

식사가 얼추 끝이 났다. 태경이 입가를 닦으며 마지막으로 한 가지를 물었다.

"그래서 앞으로 지안에게는 어떻게 할 건가요?"

승준도 입가를 닦더니 웃으며 말했다.

"고민이에요. 전 남자친구 여부 따위를 그리 중요치 않게 생각하는 사람인데, 지안 씨를 어떻게 해야 하나…… 참, 매력적인 사람인데…… 남자친구도 예사롭지 않게 매력적이고. 둘의 사랑은 매우 단단해 보이는 데다 임지안이라는 여자는 나란 남자에게 관심이 하나도 없는 것처럼 보이죠. 이런 경우는 또 처음이라 낯설면서 자존심은 상하고……. 그래서 끝까지 버텨 볼까, 여기서 스톱을 외치고 다른 데 정신을 팔까……. 후후, 이상한 고민을 장황하게 늘어놓았군요."

그래서 결론은 뭐라는 걸까? 그가 담백하게 웃더니 답했다.

"아직은 모르겠으니 보류할게요. 감정이 끌리는 대로 하고 싶어요. 팬으로서 좋은 마음과 이성적으로 끌리는 마음 사이 어중간한 곳에 제가 있기 때문에 답을 못 내놓겠어요."

그 감정은 개인의 것이라 남의 어쩌란다고 해결되는 것도 아니다. 혼자 알아서 정리해야 할 마음이다. 그만의 영역 안에 있는 감정일 테니까. 다만 상대방의 마음을 배려하는 차원에서라도 그 감정을 일일이 드러내며 지안을 괴롭히는 짓은 하지 말기를 바랄 따름이었다.

"그렇다면 경고 하나 하는데, 앞으로는 지안에게 감정을 강요하는 일은 없었으면 좋겠군요."

"그래요. 주의할게요. 이렇게 남자친구까지 나서는 상황이니까, 주의하는 게 맞겠죠."

대화는 잘 끝났다. 그로서는 목적한 바를 얻었으니 더 이상 승준에게 바라는 게 없었다. 지안도 곁에서 고개를 가만히 끄덕거리다가 입가에 미소를 지었다.

"이만 일어날까요?"

식사 자리가 마무리되었다. 승준은 강남 쪽에 약속이 있다며 먼저 서둘러 나갔고, 지안은 커피를 마시고 싶다며 그를 카페로 잡아끌었다. 카페로 들어가 커피를 한 잔씩 앞에 놓고 대화가 이어졌다.

"어때요?"

"자기가 뱉은 말은 책임지려고 할 거야."

"그럴까요? 이 상태로 3호점 오픈 때문에 계속 요리 수업을 해 줘야 하는 게 가능할지 모르겠어요. 또다시 이상한 식으로 접근을 해 올까 봐 두렵기도 하고……."

"더는 안 할 거야. 남자가 있는 여자라는 것도 알았고, 내쪽에선 그래도 신사적으로 협조를 요청했으니 그 남자로서는 존중받은 기분도 들 테고."

"그렇게 여러 가지 감정이 난무하는 자리였던 거였나요?"

"그런 감정을 이승준이 읽었기를 바라는 수밖에."

"눈치 빠른 남자는 아닌 것 같던데요."

"상관없어. 한 번만 더 무례하게 나오면 그땐 내 쪽에서도 강하게 나가는 수밖에. 너도 계약파기까지 운운해."

"공사분별 못 하는 수준까지 가라는 건가요?"

"저런 케이스는 자르는 게 상책이야. 아무리 최상의 조건을 제시하는 클라이언트라고 해도 비위를 맞추기 힘들면 계약을 파기하는 수밖에."

"흐응…… 그래서 돈은 언제 벌어요? 까다로운 고객의 취향을 일일이 다 맞춰 주는 게 우리 셰프들의 도리인걸요. 점주역시 잘 맞춰 줘야죠. 제게는 일종의 민들레 홀씨 같은 존재인데……."

"그런 마음이라면…… 나랑 결혼하자."

"갑자기 그게 무슨 소리예요?"

지안이 놀라서 그를 쳐다봤다.

"정식으로 하는 결혼은 아니고 너와 나만 하는 결혼식을 하자고. 같이 식을 올리고 혼인신고를 하자. 이렇게는 내가 불안해서 안 되겠다. 기본적으로 넌 사람들에게 너무 물러."

"그럴지도 모르죠. 기본적으로 저 사람은 착한 사람이라고생각하고 싶으니까. 너무 어릴 때부터 악한 감정에 노출되어있어서 그런지 몰라도 이젠 사람을 좀 믿고 싶거든요."

"그래, 뭐든 좋으니까 이젠 나랑 하나가 되자. 아버지는 지금 당장 결혼하면 더 큰 이슈몰이만 하기 때문에 좋지 않다고하는데……."

"음, 그 말엔 저도 찬성이에요. 이제 겨우 조금 관심 밖으로나갈 것 같은데 오빠 때문에 다시 관심 안으로 들어가는 거정말 별로거든요."

"그럼 너도 당장은 싫다는 거야?"

"알잖아요. 기자들이 가게 앞에 와서 죽치기 시작하면 장사못 해요. 사람들이 얼마나 짜증을 내는데요. 저로 인해 다른 사람들에게까지 피해를 주는 건 정말 아니잖아요. 그러니까 지금 그러고 싶은 마음을 참아 주세요."

지안의 마음이 와닿기는 하지만 갑갑한 그로서는 하루빨리 법적인 절차를 거쳐 완벽하게 그녀를 자신의 것으로 삼고 싶었다. 하지만 지안이 세상에 이런 뉴스거리로 알려지는 걸 결코 용납하려 들지를 않으니 추진하기도 어렵다. 원수의 딸과 결혼을 한다는 둥 말도 안 되는 드라마를 만들어 내 방송을 타게 될 수도 있는 노릇이었다.

지안은 그런 감정적 피로를 조금이나마 덜 느끼고 싶은 것이다.

"그럼 이 얘기는 그만하고, 가게로 다시 가 봐야 돼?"

"아니요. 은혜 씨가 실컷 놀라고 했어요. 오늘 장사는 그리 힘든 요리는 없을 것 같다고 혼자 해 보겠다고 했으니까, 믿고 맡겨 보려고요. 그래서 오빠랑 조금 더 데이트할 수 있어요. 뭐 할래요? 커피 마시는 건 했으니까, 그다음은 뭘 하면 되는 거죠?"

"노래방 아니면 볼링장 아니면 VR 게임장이나 또래들이 할 수 있는 놀이 문화는 거의 그 정도?"

"다 해 보고 싶네요. 한꺼번에 다 하기는 어려울 테니까, 하나씩 해 볼까요?"

"그럼 제일 먼저 뭘 하고 싶은데?"

"VR 게임 해 보러 가요. 텔레비전에서 보니까 연인들이 자주 간다고 하던데."

"근처에 있으니 가 보자."

태경은 지안의 손을 잡고 카페를 나섰다. 하지만 은퇴한 것이나 다름없는데도 여전히 길에서는 지안을 알아보는 사람들이 많았다. 지안은 저절로 잡힌 손을 슬그머니 빼내게 되었고, 자신도 모르게 어깨를 움츠린 채 시선은 땅을 향하게 되었다.

태경은 그런 그녀가 참 안타까웠다. 죄를 지은 것도 아닌데 고개를 똑바로 들고 다니지 못하는 현실이 화가 났다. 그저 연예인이었다는 이유 하나로 길을 걷는 것조차 마음대로 하지 못하다니. 그는 손을 뻗어 지안의 손을 더 세게 잡았다. 지안이 놀라 그를 쳐다봤다.

"이젠 익숙해져야지. 언제까지 그렇게 주눅 든 사람처럼 의식하면서 다닐 거야. 차라리 당당해져. 그럼 널 쳐다보는 사람들도 아예 시선을 돌리게 될 거야. 이제 넌 더 이상 연예인이 아니잖아. 그냥 보통 사람이잖아."

지안이 입가를 살짝 휘어 올리더니 그의 손을 잡고 그에게 바싹 붙어 섰다.

"이렇게 걷는 것보단 주로 차를 타고 이동하다 보니까, 사람들에게 노출되는 일이 별로 없었거든요. 밖에 나온 것만으로도 좋긴 한데, 이렇게까지 쳐다볼 줄은 정말 몰랐어요."

"그러게, 한물간 연예인인 줄 알았는데 네 인기는 여전한가 보네."

"좋아해야 하는 거겠죠?"

"좋게 생각하자. 그나마 어린 사람들보다는 나이가 좀 있는 사람들이라 극성스럽게 네 뒤를 쫓지는 않으니까. 뒤를 쫓기 시작하면 어딘가로 숨어야 하는 상황이 벌어져서 귀찮잖아."

"그것도 그렇죠."

"저기야."

게임장 안으로 들어가 한 시간 요금을 내고 지안과 이 방 저 방을 돌아다니며 게임을 했다. 게임을 해 본 적이 없어서 익숙지 않은 지안은 처음엔 어떻게 하는지 방법을 몰라 계속 우왕좌왕했다. 그러다 방법을 깨달으면 금세 게임에 익숙해져서 굉장한 몰입도를 보였다. 온몸에 땀이 나도록 뛰고 소리 지르고 웃다 보니 금세 한 시간이 지나갔다.

밖으로 나오자 시원한 바람이 불어왔다. 두 사람은 소프트 아이스크림을 사서 하나씩 들고 길을 걷다가 포토방이 나오자 그 안으로 들어가 사진을 찍었다. 돈을 기계에 넣고 여러 표정을 지으며 다양하게 사진을 찍었다. 완성되어 나온 사진을 보던 지안이 웃으며 말했다.

"이렇게 사진 찍는 것도 처음이지만…… 오빠랑 있을 때는 내가 애 같은 표정도 짓네요. 신기하게……."

태경은 그런 지안의 볼에 입을 맞췄다. 그 바람에 지안이 놀라서 자지러지는 웃음을 터트렸다.

"왜 그래요? 누가 보면 어쩌려고."

"그게 뭐가 중요해? 지금 네가 어떤 표정을 짓고 있는지 알고 그래?"

지안이 볼을 발갛게 물들인 채 물었다.

"어떤데요?"

"자연스러워. 편한 표정이야."

"언제는 안 그랬나……."

"너, 늘 쫓기는 사람 같았어. 미간엔 늘 이렇게 십일 자로 주름을 잡고……. 일을 열심히 해야 한다는 건 잘 알지만, 조금은 긴장감을 풀지 그래?"

그는 그녀의 허리에 팔을 감고 뺨을 기댔다. 이렇게 사랑스러운 지안의 모습을 발견하게 되어서 너무 즐거웠다. 조금 더 많은 걸 보고 함께 즐기고 싶었다. 그러려면 더 많이 같은 시간 속에 있어야 한다. 그는 사진 기계 안에서 버튼을 누르며 조작하는 그녀의 허리에 팔을 감은 채로 말했다.

"더 자주 같이 있을 방법 좀 연구해라."

"둘 다 무인도에 갇히면 지겹게 같이 있을 수 있죠."

아무렇지도 않게 한 말에 그의 입가에 오묘한 미소가 슬며시 번졌다가 사라졌다.

"만약에 그런 일이 생기면 어쩔 거야?"

"음, 뭐 어떻게든 되겠죠. 오빠는 움막을 하나 짓고 난 음식을 잘하니까 요리를 하면 될 테고요."

"두렵지 않겠어?"

"시간이 지나가면 두려워지겠지만…… 처음엔 재밌을 것 같네요."

"3호점 개점은 언제야?"

"석 달 정도 걸릴 거예요."

"여름 다 지나가겠구나."

"그렇죠. 휴가는 텄다고 했잖아요."

찰칵거리는 요란한 소리가 들리더니 사진이 바깥쪽으로 뽑혀 나가는 소리가 들렸다. 마지막 촬영을 하고 스티커 사진을 가방에 밀어 넣은 후 시간을 보자 벌써 10시가 다 됐다.

"이제 쉴래?"

"네, 술 마시러 가죠. 살짝 알딸딸하게 마시고 싶어지네요."

그들은 10분 정도 걸어 근처 술집으로 들어갔다. 테라스에서 사람들이 오가는 모습을 보면서 술과 안주를 먹을 수 있는 곳이었다.

자리를 잡고 앉기 무섭게 지안은 가게에 전화를 걸어 오늘 매상에 대해 묻고 손님들의 출석률에 대해서도 확인했다. 노쇼가 난 게 없는지도 체크한 후 내일 필요한 재료를 문자로 보내 달라 했다. 지안은 휴대폰을 끊고 술과 안주를 주문하고 그녀를 빤히 바라보는 그를 응시했다.

"뭘 그렇게 꿀 떨어지게 쳐다보나요?"

"내 애인 봐. 예쁜 내 사람."

지안이 무안한지 볼을 손가락으로 천천히 긁다가 말했다.

"돌아다니다 보니까 여자들이 화장도 되게 예쁘게 하고 잘 차려입고 다니던데…… 전 매일 후줄근하게 입고 다녀서 미안해요."

"후줄근하면 어때? 패션의 완성은 얼굴이라던데……. 넌 얼굴과 몸매가 다 되니까, 됐어."

"오호호호…… 사람을 되게 힘들게 해요. 오빠는……."

"왜? 칭찬하는 거잖아."

"겸손해질 수가 없잖아요. 그런 말을 계속 듣다 보면 어느새 내가 정말 그런 사람인가 착각에 빠져 버리고 말 거예요."

"그렇다고 해도 별수 없어. 내 눈엔 네가 그런 사람이니까."

자신이 사랑하는 여자를 데리고 이런 시답잖고 유치한 얘기를 읊어 대며 사랑을 속삭이고 갈망하는 존재가 될 줄은 몰랐다. 그는 술과 안주가 나올 때까지 지안을 원 없이 바라봤다. 그녀의 얼굴 안에 사계절이 너울거리는 듯 보였다. 모처럼 여유롭고 자연스러운 그녀의 표정을 보고 있자니 행복감이 충만하게 차올랐다.

"너 하나 때문에 내 기분이 이렇게까지 절정이 될 거라고는 생각도 못 했다."

"어떤데요?"

"그냥…… 꽉 찬 기분이야. 모든 게 다 완벽하게 차오르는 그런 기분……."

"오빠가 그렇다면 나도 그런 거겠죠. 그렇죠?"

"그거 봐라. 넌 나보다 사랑이라는 감정에 깊게 몰두하지 않은 거야. 난 지금 이 연기에 흠뻑 도취됐는데 왜 너는 못해?"

황당한 비교였는지 지안이 쿡쿡거리며 소리 내어 웃었다.

"이제 그만하고 술 마셔요. 취하지도 않았는데 왜 이렇게 취한 사람 같은 소리만 해요."

지안이 맥주를 잔에 채워 그에게 내밀었다. 서로의 잔이 꽉 채워지자 둘은 잔을 소리 나도록 부딪치고 한 모금씩 마셨다. 치킨 한 마리에 맥주 한 잔이 가볍게 오가는 자리인데도 이런 일상이 특별하게 와닿았다. 그는 맥주 한 잔을 다 비우고 그녀를 바라보며 말했다.

"좋다. 이런 일상도……."

지안이 하늘의 햇살을 가득 머금은 듯 환한 미소를 지었다. 자신과 함께 있는 것만으로도 기뻐해 주는 사람을 그녀는 아마도 처음 봤을 것이다. 그 또한 처음이니까.

늘 함께 같이 해 나가자.

이렇다 할 만한 추억 하나 없는 그들에게 추억이 빼곡하게 채워지기 시작하고, 과거의 기억을 다 덮게 될 때가 되면 지안도 그늘 없이 하얀 웃음을 짓게 될 것이다.

"지안아……."

"네?"

"사랑해."

지안의 양 볼과 귓불이 발갛게 달아올랐다. 그녀가 입가를 휘어 올리며 작게 속삭였다.

"잘 받을게요."

"뭘?"

"사랑."

"넌 대답 안 해 줘?"

"복사 붙이기."

"그게 뭔데?"

지안이 손을 휘휘 저으며 패스하라는 표정을 지었지만, 그는 집요했다.

"난 못 알아듣겠는데?"

"다 알면서!"

"몰라. 답해 줘. 내가 보낸 무게는 상당한데 넌 지금 너무 가볍게 보내 주고 있어."

지안이 지친다는 표정으로 긴 한숨과 함께 툭 던졌다.

"사랑해요."

"진짜?"

"뭘 더 어떻게 확인시켜 줘요?"

"이상하게, ……나는 네가 하는 말은 믿어지질 않아서……."

믿는다. 그런데도 계속 같은 말을 반복해서 듣고 싶은 마음에 한 번씩 이렇게 그녀를 떠본다. 지안이 속이 터진다는 듯 술을 벌컥벌컥 마시더니 말했다.

"잘 봐요. 나한테 얼마나 많은 남자가 대시를 하는 줄 알아요? 그런데 다른 데는 눈도 안 돌리고 오직 한 사람, 오빠만 바라봤잖아요. 그 이상 뭘 더 어떻게 해야 하는 거예요? 이런 데도 의심해요?"

흠, 듣기 좋은 소리군. 이런 식의 커밍아웃은 매우 올바르다. 그는 슬며시 섭섭한 표정을 지우고 그녀를 향해 한마디 더 했다.

"그게 다야? 증거를 더 대 봐야지."

무뚝뚝하고 자신의 감정을 잘 드러내지 않는 그녀의 성격상 이때가 아니면 속마음을 들을 일이 없다.

"다쳤을 때, 오빠를 영원히 못 보게 되면 어떻게 해야 하는지…… 미칠 것 같았어요. 다른 모든 건 다 버려도 좋은데, 오빠를 못 보게 될지도 모른다는 생각이 제 심장을 아프도록 죄어 왔어요. 그걸 참을 수 없겠더라고요. 오빠가 뭔데…… 죽을 수도 없는 건지……."

심장이 뜨겁게 요동쳤다. 그 때문에 살고 싶다고, 그 때문에 살아야 한다는 그녀의 말이 오래도록 가슴을 들끓게 했다.

"……오빠가 아니었으면 아마 그대로 계속 잤을지도 몰라요."

"좋다. 너한테 그런 말을 들으니까."

지안이 눈매를 가늘게 좁히고 그를 노려보며 툴툴거렸다.

"일부러 이런 걸 노린 거죠? 낚였네, 낚였어."

"넌 이런 식이 아니면 절대로 속마음을 말하지 않잖아. 나로서는 기회지."

뾰루퉁해진 얼굴로 앉은 그녀가 귀여워진 그는 손을 뻗어 그녀의 볼을 슬며시 어루만졌다. 그는 다정한 눈빛으로 그녀의 손을 잡은 채 이런저런 이야기를 오래도록 나눴다. 둘은 사람들의 시선을 완벽하게 외면하고 서로에게만 집중하며 즐거운 밤을 채워 나갔다.

* * *

지안이 벙 뜬 얼굴로 휴대폰 속 웹사이트 뉴스 페이지를 넋이 나간 채 쳐다봤다.

<충격! 임지안, 감운식 전 의원의 차남 감 모 씨와 밀월 데이트!>

감 모 씨인 태경의 얼굴엔 모자이크 처리가 되어 있었지만 은퇴를 해서 일반인이나 다를 것 없는 삶을 살고 있는데도 지안의 얼굴과 이름은 고스란히 드러난 채였다.

뉴스 페이지에는 태경과 그녀가 손을 잡고 걷는다든지 마주 보고 웃거나 맥주를 마시는 등의 모습이 담긴 사진이 주루룩 올라와 있었다.

우려하던 일이 현실이 된 순간, 이 상황을 대체 어떻게 대처할지 고민이 될 수밖에 없었다. 출근하려고 나서다 말고 그녀는 은혜에게 전화를 걸어 전후 사정 설명을 하고 오늘은 은혜에게 직접 재료를 구입해 장사를 하라고 말했다. 그리고 매장 앞에 지안이 개인적인 사정으로 부재중이라는 푯말을 걸어 두라고 했다. 기자들이 몰려드는 걸 방지하기 위함이었다.

이제 그녀는 뭘 해야 할지를 두고 고심했다. 감 의원과 태일에게 당한 학대와 태경의 방조를 묵인하고, 태경과 열애를 이어 나가는 그녀를 언론이나 대중들은 도덕적인 잣대로 있을 수 없는 일이라며 매도할 게 자명했다.

하지만 사람의 감정 문제가 그렇게 쉬운 것이었다면 그녀도 태경에게 빠져들지 않았을 것이다. 그건 그렇게 쉬운 문제가 아니었다.

딩동, 차임벨 소리가 들려왔다. 모니터로 다가가 쳐다보니 태경이 현관문 앞에 와 있었다. 다행히 이사 온 집은 아파트도 빌라도 아닌 단독주택이었다. 아주 오래되고 낡은 집이었지만 자기 일로 인해 공동 주택에 사는 사람들에게 피해가 갈까 봐 그녀는 단독주택을 택했다.

그녀는 열림 버튼을 누르고 문을 열어 주었다. 태경이 대문을 지나 짧은 마당을 가로질러 현관을 열고 들어오더니 근심 어린 표정으로 그녀를 쳐다봤다.

"뭐하러 왔어요."

"일주일 정도 쉬겠다고 했어."

"네?"

"여길 뜨자."

"하지만 일주일 갖고는 턱도 없어요."

"그냥 다 놓고 잠시 머리를 비우는 것만으로도 마음이 안정될 수도 있어. 그러니까 가자."

지안은 어안이 벙벙해져서 그를 쳐다보다가 지금은 여러 가지 생각을 할 때가 아니라는 결론을 내렸다.

그녀는 방으로 들어가 짐을 싸기 시작했다. 캐리어에 가장 필요한 것들만 넣었는데도 안이 빼곡하게 꽉 찼다.

"가자."

"그런데 어디로 가는 거예요?"

"섬."

"네?"

"민박할 집을 구했어. 서울에서 살던 분들이 건강 때문에 섬으로 들어가 살다가 생활비를 벌 겸 도시 사람들을 상대로 집을 빌려주더라. 식사도 거기서 다 준비를 해 준다고 하니까, 가서 아무 생각 없이 그냥 쉬기만 하면 돼."

모르겠다. 그녀 역시 지금은 인터넷에 올라오는 온갖 기사들을 보고 싶은 마음도, 해명을 해야 하는 이유도 찾지 못했다. 그저 지금은 잠수를 타고 싶었다.

태경이 타고 온 차에 짐을 싣고 그들은 곧장 떠났다. 태경은 잠시 눈이나 붙이라고 했다.

"아니에요. 고민이 많아서 잠이 쉽게 올 것 같지 않아서 그러는데…… 대책에 관해 얘기해 봐요."

"어떤?"

"제가 나서야 하는 건가요?"

"변명을 하겠다고? 아니면 잘못했다 빌려고?"

"연애를 하는 것에 대해서도 변명을 한다는 것 자체가 좀 우습죠?"

"당연하잖아. 그리고 넌 이제 더 이상 연예계에서 활동을 하질 않는데, 왜 변명을 해? 네가 드라마나 영화에서 열심히 활동하고 있다면야 그럴 수 있지만 이제 그들의 세계에서 빠져나왔는데 그럴 이유가 없지."

"하긴 스캔들이 터져도 사귀는 걸 인정까지는 하지만 그것에 대해 가타부타 말하는 연예인을 본 적은 없어요. 가만히 입 다물고 있는 게 상책이겠군요."

"그게 낫지. 모른 척 시침을 뚝 떼고 있는 게 나아. 당장 넌 손님들과 계속 접촉을 해야 하니까 그게 문제네."

"네…… 손님들 중에서 고의적으로 그런 질문을 하거나 아예 악의적인 눈빛이나 질문으로 당혹스럽게 하는 경우도 많아서요. 매번 마음을 다잡긴 하지만 늘 그런 것들에 노출되었다고 해서 아무렇지도 않은 건 절대로 아니거든요."

"그렇지. 이번엔 한 걸음 뒤로 떨어져 있어. 일주일 정도 잠수 탔다가 아주 뻔뻔한 얼굴로 가게에 나가서 심드렁하게 일해. 너희들 따위 안중에도 없다는 표정으로……."

"정말 끝이 없는 난관이군요. 심적으로 사람을 왜 이렇게 괴롭히는 건지 모르겠어요. 에휴."

그녀는 신경질적으로 머리카락을 긁어 뒤로 넘기고 차 시트에 머리를 기대며 긴 한숨을 쉬었다.

"오빠…… 다 그만두고 시골에 집 짓고 사는 건 어때요?"

"네가?"

"네, '조용한 식당'이라는 가게를 하나 열어 놓고 주인장이 하고 싶은 요리만 하는 거예요. 그래서 손님이 오면 오나 보다, 가면 가나 보다, 하고. 그날그날 냉장고 상태에 따라 음식을 만들어 주는 그런 집 말이에요."

"정말 그런 게 하고 싶어?"

"나중엔…… 세상의 눈이 너무 싫어서 그렇게도 살아 보고 싶은 마음이 드네요."

"그러기엔 네가 너무 젊잖아."

"그렇긴 하죠."

"노래 틀까?"

"네, 생각이 꼬리에 꼬리를 무는데 하나같이 나쁜 생각들뿐이네요."

태경이 말없이 재생 버튼을 누르자 곧장 음악이 흘러나오기 시작했다. 대부분 잔잔한 발라드였다. 마구 엉키던 마음이 점점 가라앉고 졸음이 몰려왔다. 잠이 모자라지는 않은 것 같왔는데, 스트레스가 극에 달하니 졸음이 찾아왔다.

그녀는 시트를 뒤로 살짝 젖히고 눈을 감았다. 음악이 혈액을 타고 전신을 휘감았다. 그렇게 잠시 잠든 것 같았다. 번쩍, 눈을 떴을 때 파도 소리가 들려왔다. 태경이 입가에 미소를 띠고 그녀를 쳐다봤다.

"일어났어?"

"어? 차가 흔들거리는데……."

"배를 탔어."

"네? 차를 타고?"

"응, 차도 운송이 된다고 하기에 그냥 신청했지. 원래는 놓고 들어갈 생각이었는데, 네가 잠든 바람에 그냥 끌고 들어왔어."

"내려도 되나요?"

"내려. 바깥도 좀 보고. 빨리 위로 올라가는 게 좋을 거야. 아래쪽은 기름 냄새가 너무 심하게 난다."

"윽, 그러네."

차 문을 열자마자 매캐한 연기와 함께 코를 찌르는 기름 냄새가 진동했다. 지안이 위로 오르자, 태경도 차 문을 잠그고 그녀의 뒤를 쫓아 올라왔다.

2층에 오르자 평일이라 그런지 손님들보다는 동네 사람들이 더 많이 타고 있었다. 구수한 사투리가 정겹게 오가는 가운데, 지안과 태경은 가만히 새카만 바다를 쳐다봤다.

"바다네…… 얼마 만인지……."

"꽤 오래 못 봤지?"

"일하는 동안은 거의 못 봤죠."

"나도 너랑 같이 보는 건 정말 오랜만이야."

이런 때 보면 영락없이 여우다. 자기는 제주도를 오가는 일이 많아서 수시로 봤을 거면서. 굳이 그녀와 보는 건 오랜만이라고 말하는 걸 보면 보통이 아니다.

"다른 여자랑도 온 거 아니에요?"

"아무래도…… 내 주변에 일하는 여자들이 많지."

"저 봐, 저 봐! 일 핑계 대고 여자들이랑 놀았네, 놀았어."

괜히 심통이 나서 간족거리자, 태경이 웃으며 그녀의 허리에 팔을 감고 말했다.

"아무렇게나 생각해. 너랑 이 바다를 달리니까, 난 세상을 다 얻은 것 같아서 마냥 좋기만 하다. 신난다."

그녀도 덩달아 신이 나는 건 사실이었다. 머리 복잡한 일이 생기면 어디든 멀리 뜨는 게 상책인가 보다. 그와 함께 여행을 하는 건 그리 자주 할 수 있는 경험이 아니었다. 연예인이 되고 나서는 주변 눈치를 봐야 했고, 연예인을 그만두고 나서는 일 때문에 바빠 짬이 나질 않았다. 해외 촬영 때 한번 태경에게 지령을 데리고 와 달라고 해서 같이 만난 거 외에는 단둘이 그럴싸한 여행을 해 본 기억이 없다.

"여행을 하는 게 이런 기분이구나. 내가 속한 곳에서 빠져

나와 완벽하게 해방되는 기분에 사로잡히는 거 있잖아요."

"그래서 여행을 가는 거겠지. 모든 것으로부터 해방되고 싶어질 땐. 거기가 아니라 다른 곳이면 되는 때가 있는데, 우린 지금이 딱 그럴 때인 것 같아."

"이렇게 도망 다니는 것도 찍히면 어떻게 하죠?"

"결혼해야지. 큭!"

그가 장난치듯 말하더니 재밌다는 듯이 웃었다. 그녀는 가볍게 눈을 흘기며 물었다.

"남은 진지하게 물었는데 정말 그렇게 나올 거예요?"

"난 장난 아니고 진짜야."

"그게 그렇게 간단한 문제인가?"

"결혼으로 종지부를 찍어 버리면 자기들이 어쩔 거야. 아무런 말도 못 하게 되어 있어. 누군가의 불행을 바라는 나쁜 사람이 되고 싶은 사람은 없거든."

"결혼에 대해서는 생각해 보지 않았는데…… 전 좋은 엄마가 될 자신이 없어요. 좋은 아내 외에도 좋은 며느리도 되어야 할 텐데……."

"그런 거 되라는 소리 안 해. 나한테 그냥 가장 좋은 사람으로만 있으면 되는 거야."

태경이 뒤에서 그녀를 끌어안은 채 파고드는 바람을 온몸으로 막으며 입가에 미소를 지었다. 그녀는 배를 감싸 안은 그의 손등에 손을 포개고 부드럽게 어루만지며 입가에 미소를 지었다. 행복하다는 생각을 하면 안 되는 순간인데, 행복하다.

이렇게 위험한 순간 행복을 느끼는 자신이 어이가 없었다. 하지만 그게 어디라도 태경과 함께라면 두려울 일이 없을 것 같았다. 그것만은 확신했다. 태경이 보여 주는 깊은 신뢰와 사랑을 어찌 의심하겠는가.

"그런데 우리 일주일 동안 뭐 하고 놀아요?"

"텃밭 가꾸는 법 같은 걸 알려 주신대. 거기 텃밭에 심은 건 우리가 마음대로 따서 먹어도 된다고 하더라고."

"그래요? 상추나 깻잎 같은 건 원 없이 먹겠네요."

"샐러드나 나물 같은 것도 해 먹기 좋을 거야."

"재밌겠다."

"네가 그렇게 말해 주니까 좋다. 나…… 너한테 이 여행을 가자고 하면서 엄청나게 욕을 먹을 줄 알았어. 그런데 네가 좋다고 해 주니까, 마음이 한결 편안해진다."

"고마워요. 탈출구와 숨 쉴 수 있는 기회를 이렇게 만들어 줘서……. 오빠가 없었더라면 어쨌을 거야, 나?"

"숨 막혀 죽었겠지."

"그러게…… 이렇게까지 나를 이해해 주고 생각해 주는 사람이 주변에 없었더라면 그랬을 거예요. 정말……."

혼자라는 생각을 떨칠 수 있도록, 혼자라는 생각을 단 한 번도 하지 않게 해 준 그는 그녀에게 평생의 은인이었다.

배가 섬에 도착한다는 선장의 말에 사람들이 짐을 챙기기 위해 분주히 움직였다. 지안과 태경도 아래로 내려가 차에 다시 올라탔다. 배가 선착장에 도착했고, 문이 열리자 순서대로 차량들이 배 밖으로 나가기 시작했다.

태경은 배에서 내리자마자 민박집의 위치를 먼저 확인하고 내비게이션 출발 버튼을 눌렀다. 원래는 주인 부부가 마중을 나오기로 되어 있었지만 차를 갖고 왔으니 그냥 가기로 했다.

차를 몰아 섬의 가장 끝자락에 자리한 한 집 앞에 도착했다. 마당이 넓은 집으로 디귿자 형태로 세 채의 가옥이 배치되어 있었다.

태경이 주인 부부에게 전화를 걸어 집 앞에 도착했음을 알리자마자 주인아줌마가 나오더니 인심 좋게 웃었다. 서울 사람이라 대화하는 데도 무리 없었다.

"차는 여기 세워 놓으면 되고요. 이리 따라오세요."

태경이 주차를 하자마자 짐을 내려 주인아줌마를 따라갔다. 우측에 자리한 신축 건물이 손님들을 위한 전용 공간인 듯했다. 완전한 독채로 부엌과 화장실, 세탁실 등 모든 것이 하나의 신혼집처럼 마련되어 있어서 주인 내외를 불편하게 할 일은 없어 보였다.

"필요한 건 거의 다 갖춰져 있지만 혹여나 사용하는 물품 중에 떨어진 게 있거든 말해요. 여기서는 필요한 걸 구하기가 쉽지 않아요. 근처에 슈퍼가 하나 있긴 한데, 주인이 있는 시간도 들쑥날쑥하고 그 집도 날씨가 좋으면 고기를 잡으러 바다로 나가거든요."

"네, 필요한 게 있음 말씀드릴게요. 그리고 선불로……."

태경이 일주일치 숙박비에 조금 웃돈을 얹어 주며 말했다.

"반찬에 고기 좀 넣어 주세요. 소고기든, 돼지고기든."

"그럴게요. 그럼 이제 그만 쉬세요. 아, 그리고 여기 섬 전체를 돌아다닐 수 있는 자전거가 집에 있으니까 얼마든지 사용하세요."

"감사합니다."

민박집 내부로 들어가자 자그마한 거실이 나타났고, 곁으로 방 두 개가 있었다. 4명 정도는 너끈히 놀다 갈 수 있는 공간이었다. 지안은 안쪽을 꼼꼼히 살펴보고 침대 위에 몸을 뉘었다. 대자로 뻗자 이 동네 특유의 바다 냄새가 지천에 퍼졌다.

"공기가 다르네요. 여긴……."

"다르겠지. 서울하고는 딴판이지?"

"너무 좋아요. 푸근하다고 해야 할지……."

"쉬다가 산책이나 할까?"

"밥은 어째요?"

그러고 보니 휴게소에도 들르지 않고 무작정 밟아서 내려온 터였다. 아침도 안 먹은 데다 점심도 건너뛴 상황이었다. 그러고도 내내 배가 고프지 않았는데, 이제 와서 왜 배가 고픈 건지 모르겠다.

"간단하게 라면이라도 끓여야겠다."

그가 장식장을 뒤적거리더니 라면을 발견했다. 냉장고에는 계란과 해물도 있었다. 그가 바로 물을 냄비에 받아 라면을 끓일 준비를 했다. 지안이 곁으로 가서 그를 쳐다보며 빙그레 웃었다.

"직접 해요?"

"라면도 못 끓일까 봐?"

"아니에요. 기대되는데요? 주로 남한테 요리를 해 주긴 했지만 제가 얻어먹는 건 처음이라……."

"가만히 기다려. 텔레비전이라도 보든지."

"영화 채널 나오나 볼까요?"

"마음대로 해."

텔레비전을 켜자 돈만 내면 영화를 보는 것도 가능했다. 지안은 이리저리 채널을 돌리다가 자신의 얼굴이 나오는 화면에 잠시 넋을 놓았다. 그녀가 제일 처음에 찍어서 상까지 받았던 영화가 방영되는 중이었다.

그녀는 무릎을 양팔로 끌어안은 채 가만히 화면을 쳐다봤다. 자신이 봐도 참 예뻤다. 지금은 어쩐지 그때보다 더 나이가 들어 보이는 기분이었다.

배우라는 직업은 종종 흑역사도 남기지만, 자신의 성장해 가는 모습을 고스란히 화면 속에 남겨 놓기도 하는 특이한 일이었다. 원하든, 원치 않든 자신의 과거가 저렇게 완벽하게 화면 속에 붙들려 있다.

한참 동안 넋을 놓고 보고 있는데, 뒤에서 목소리가 들려왔다. 태경이 상에 라면과 그릇 등을 준비해서 들고 텔레비전 앞으로 왔다.

"어? 첫 영화네?"

"예쁘죠?"

"난 네 나이대마다 서로 다른 매력이 존재한다고 생각해. 저 나이엔 그 나이다운 매력이 있고, 그 이후엔 그 이후의 매력이 있는 것 같아. 왜? 영 이상해?"

"저 안에 제가 느끼던 슬픔이 고스란히 압축되어 있는 것 같아서요. 저때 느꼈던 모든 감정들이 느껴지는 것 같아요."

"그래?"

"종종 음악을 들을 때 내가 그 노래가 배경 음악으로 깔리던 순간으로 빨려 들어가는 것 같지 않아요? 이 영화가 저한테는 딱 그래요. 그 당시 느꼈던 혼란과 두려움과 아픔이 저 안에 완벽하게 붙들린 기분이에요. 보고 있으면 딱하고 아리고 슬픈 것 같아요."

"좋은 기분은 아니라는 거군."

지안은 라면을 떠서 자신의 그릇에 적당히 담았다. 그도 라면을 담아 후루룩 먹더니 화면에 시선을 고정시켰다.

"넌 어떤 감정을 느낄지 몰라도 내가 보기에 저 안의 넌······ 현실의 너보다 더 생동감 있고 다채롭게 빛났던 것 같아. 그것만은 확실해."

좋은 시선으로 평가해 주는 그가 있어서 한결 마음이 차분해졌다. 그건 그렇고 서울은 지금 어떻게 돌아가고 있는 걸까? 가게가 어떻게 되어 가고 있는지가 가장 염려스러웠다.

승준한테는 요리 수업을 일주일간 쉰다고 미리 양해를 구했다. 문자로 전달을 해서 미안하긴 하지만 일일이 말할 만한 상황도 아니었다. 다행히 그는 이미 예상한 일이라면서 알았다고 간단한 답을 보내왔다. 이후 전화는 거의 받지 않고 있었다.

가게에서도 급히 그녀를 찾는 전화를 하진 않았다. 뭔가 다급한 게 있으면 문자를 먼저 했을 텐데 없는 걸로 봐서는 견딜 만한 것 같았다.

이런 고민에 계속 사로잡혀 있어야 한다는 걸 생각하면 벌써부터 머리가 아파 왔다. 쉬어도 제대로 쉴 수나 있는 건지. 라면이 코로 들어가는지, 입으로 들어가는지도 모르고 그녀는 화면만 망연히 바라보며 그렇게 주린 배를 채웠다.

#25

감 의원이 부글부글 끓어오르는 속을 진정시키면서 곽 비서를 쳐다봤다.

"이런 상황에서 아니라고 나서지는 못할망정 뭐? 여행을 갔다고?"

"네, 의원님……."

이제 더 이상 의원이 아닌데도 그는 여전히 의원이라고 불리는 게 좋았다. 그래서 모두에게 의원으로 부르라고 지시해 두었다. 어찌 되었든 그는 지금 언론에서 터트린 아들에 대한 온갖 루머들 때문에 머리가 아팠다. 아직 그에 대한 감정이 하나도 사그라진 게 없는 상황에서 갑자기 이런 기사를 터트리면 어쩌라는 건지. 그리 주의를 줬는데도 굳이 이렇게 꼭 붙어 다니는 걸 보면 철이 없는 건지, 모자란 건지를 모르겠다.

"곽 비서, 태경이에 대해서는 하나도 남김없이 보고해 달라고 했잖은가! 왜 일을 이렇게 크게 키워!"

"죄송합니다. 아무래도 제가 대표님 밑에서 일을 하다 보니까, 눈치가 보여서 의원님께 일일이 보고를 하기가 사실은 좀 어렵습니다."

"돈 주는 놈이 주인이라는 게야?"

"그런 건……."

곽 비서가 입술을 꽉 다물고 아무런 말을 하지 않았다. 이놈이나 저놈이나 죄다 마음에 들지 않았다.

"가 봐!"

곽 비서를 보낸 후, 그는 최 마담의 휴대폰 번호를 만지작거렸다. 그를 배신하긴 했지만, 자꾸 생각이 났다. 그렇게 사라진 이후 여태 소식이 없다. 사람을 풀어 수소문했는데도 여전히 발견되지 않는 걸로 봐서는 해외로 잠적을 한 게 아닌가 싶을 지경이었다. 뭔가를 의논할 만한 믿음직한 사람이 없었다.

의원직을 그만두고 나니, 주위에 사람이 이렇게 없는 줄 처음 알았다. 그가 가진 권력에 빌붙어 있던 인간들은 널렸었는데, 막상 권력이 사라지자 흥미를 잃고 줄줄이 떨어져 나가기 시작했다. 단순하게 '언제 밥 한번 사지?'라고 하면 '제가 그럴 시간이 어디 있습니까? 바쁘잖아요.'라는 답이 돌아왔다. '시간 괜찮으면 술이나 살게.'라고 하면 '요새 좀 정신이 없어서요. 제가 나중에 전화드릴게요.'라고 해 놓고 전화 한 통 없다.

휴대폰이 쥐 죽은 듯이 고요하다. 이렇게까지 자신을 진심으로 생각해 주는 사람이 단 한 명도 없었던 건가? 슬프다 못해 인생무상이란 생각까지 들었다.

그런 상황에서 아들들도 전부 외부에 나가 집은 썰렁하기 짝이 없다. 일하던 사람들도 거의 다 내보냈다. 그들의 월급을 챙겨 줄 만한 여력이 이젠 없었다. 그래서 도우미와 집사 하나씩만 뒀다. 늙고 손에 쥔 게 없어지고 나니, 그의 삶 전체가 잿빛의 겨울이다.

그는 태경에게 전화를 걸었다.

―여보세요?

"그래도 받는구나."

―네…….

"서울은 발칵 뒤집어 놓고 넌 대체 어딜 가 있는 거야?"

―잠시 숨어 있으려고 지방에 내려왔어요. 어쩐 일이세요?

"수습 안 해?"

―안 합니다. 왜 하나요?

"하아, 네 아버지 입장 같은 건 눈에 안 보이냐?"

―죄송하지만, 그건 아버지가 자초한 일이잖아요.

"말본새하고는! 내가 자초했다고 해도 너로 인해 벌어지는 사태 때문에 내가 다시 검색어 순위에 오르고 손가락질을 받아야겠어? 내가 지은 죄만큼만 사람들에게 욕을 듣게 해 줘야 하는 거 아니냐고!"

태경은 말없이 그가 하는 소리를 듣기만 했다.

"그 애 바꿔라!"

—지안인 왜요?

"안 잡아먹을 테니, 바꿔! 묻고 싶은 게 있다. 걔하고 끝을 내야 하는 게 있어!"

—나중에 이상한 소리 해서 지안이 가슴에 대못 박으면 아버지한테 똑같이 해 줄 거예요.

"네놈은 아비에 대한 애정은 콩알만큼도 없구나."

—아버지도 그 마음을 저나 형에게 다 쓰진 않으셨잖아요. 넓은 가슴으로 여기저기 다 사용하시다 모두 소진한 지금에서야 저희한테 바라는 거 아니신가요? 지안이 바꿉니다.

더는 말도 하지 말라는 듯 바로 지안에게 돌린다. 대놓고 무시한다. 그는 미간을 좁히고 지안에게 욕지거리를 한번 쏟아부어 볼까 하다가 어금니를 사리물었다.

—여보세요? 안녕하세요.

지안이 피죽 한 그릇 못 얻어먹은 음성으로 인사를 했다. 지금 얼마나 긴장을 하고 있을지 빤히 보였다.

"너한테 이런저런 건 물을 생각이 없으니 놀랄 거 없다. 너는 아직도 내가 끔찍하게 싫으냐?"

잠시 답이 없다. 그는 인내심을 갖고 기다렸다. 20년 가까운 기간 동안 원수의 딸이라는 허울을 뒤집어씌워 놓고 인정사정없이 내리치며 학대했던 그였다. 그런 그를 향해 한순간에 좋은 감정으로 대한다는 건 있을 수 없다. 아무리 태경의 아버지라고 해도 말이다.

—……솔직히 그래요.

"정직해서 좋구나. 만약 태경과 결혼을 해서 나랑 살아야 한다고 해도 넌 태경이를 선택할 거냐?"

다시 또 한참 적막이 흘렀다.

—태경 오빠가 원한다면 따를 거예요.

"나는 태일이나 태경이와 같이 살고 싶다. 혼자 이렇게 쓸쓸하게 노후를 맞이하고 싶지 않아. 하지만 태일이는 지방으로 도망쳤고, 태경인 너 때문에 나와 살지 않겠다고 할 게 너무 자명해서 너한테 묻는 거다. 싫어도 나와 같이 살 수 있다면, 너와 태경의 결혼을 허락하겠다."

물론 혀를 씹는 기분으로 하는 말이었다. 하지만 일이 이 지경으로 커지는 데다 자신까지 욕을 먹는 상황이 벌어지는 이때, 그가 할 수 있는 가장 파격적인 이슈는 결혼뿐이었다. 다시 긴 적막이 흘렀다.

—정말…… 허락하시는 건가요?

"그게 중요한 게 아니잖아. 넌 세상에서 제일 싫은 나를 모시고 살아야 하는 거야. 그래도 괜찮다면 들어와 살아라. 나는 태경이를 너한테 주고 싶지 않아. 그러니 공평하게 너와 내가 나눈다고 생각하면 될 거야. 최대한 너와는 마찰이 없도록 노력은 하마. 사실 나도 예전의 일 때문에 너를 보는 일이 마냥 쉽지는 않을 거야. 나라고 죄책감이 없겠냐? 불편하다. 그래도 너 때문에 태경일 잃을 수는 없다."

그게 최선이었다. 태경은 그에게 마지막 보루였다. 지켜야만 하는 아들이다.

—죄송하지만 생각할 시간을 좀 주세요. 너무 갑작스러워서 어떤 결정을 내려야 할지 모르겠어요. 오빠랑 상의도 해 볼게요.

"알겠다. 태경이 바꿔라."

휴대폰을 태경에게 내밀었다.

—여보세요?

"나는 할 도리를 했다. 이제 선택은 너희의 몫이야. 알아서 해라. 딱 사흘 기다리마. 그 이후엔 없었던 일이 될 거다."

—뭔지 모르겠지만, 그리 알겠습니다. 연락드릴게요.

휴대폰을 끊은 그는 체념한 얼굴로 머리를 소파 헤드에 기댔다. 세상을 꽤 오랫동안 쥐락펴락해 왔고, 제법 이룬 게 많다고 스스로 회고했지만 결국 자식 농사는 망했다. 아니, 대인 관계도 망한 건가? 이토록 쓸쓸한 상황이 된 걸로 봐서는 사람 간에 만나 쌓아야 하는 모든 건 글렀다. 그래도 이 순간 하나는 잡아야겠다.

'내 아들 태경이!'

똑똑하고 잘나서 뭐라도 할 줄 알았던 태경은 그의 곁에 놓아야겠다. 그러려면 태경이 죽고 못 사는 지안을 설득하는 수밖에 없다. 가끔은 정말 중요한 게 무엇인지 알고 공략할 필요가 있다. 지금은 자존심이고 뭐고 그런 걸 세울 때가 아니다.

지안과 태경이 손을 잡고 바닷가 근처를 천천히 거닐며 이야기를 나눴다.

"결혼하라는 건 의외인걸. 게다가 조건부일 줄은 정말 상상도 못 했어. 아버지는 널 보는 것 자체를 불편하게 생각하니까 되레 따로 살기를 바랄 줄 알았는데 의외인데?"

"의외는 아니죠. 그분은 오빠에게 유난스럽게 애정과 집착을 드러냈던 분이니까. 오빠가 워낙 영민하고 우수했던 사람이라 지금도 오빠의 미래에 거는 기대가 큰 거예요. 지금 하는 일도 굉장히 잘 풀리고 있고, 평생 함께해도 좋은 비장의 카드니까요. 그런데 오빠는 요새 아버지 말을 너무 안 들어주니까 차선책으로 절 택한 거예요. 애를 설득해야 아들이 같이 오겠구나, 하고 예상한 거죠."

"그렇게 따진다면 우리 아버지는 정말 정치 쪽으로는 최고네. 이런 때조차 그런 공격법을 사용하다니. 나 같음 자존심상해서 절대로 하지 않을 방법이야. 그래서 넌 어떻게 할래?"

지안은 섣불리 입을 열 수가 없었다. 결혼을 승낙해 주니

더없이 기쁘기는 했지만 그 뒤에 달린 조건이 목에 걸린 가시 같았다. 그 조건 때문에 선뜻 고개를 끄덕거리며 기쁨의 축포를 터트릴 기분이 들지 않았다.

"오빠한텐 미안한데…… 지금 감정은 반반이에요. 이것도 저것도 아닌 맹탕 맛?"

"야아, 그건 좀 아니지. 나를 걸고 그런 식으로 저울질하면 안 되는 거 아냐? 섭섭해지는데?"

바람이 빠지듯 푸시시 웃음이 나왔다. 하지만 워낙 큰 감정들이 걸려 있는 선택이라 그녀로서는 걱정을 할 수밖에 없었다. 그래서 이렇게 아무것도 선택을 하지 못하는 상황이었다.

"좀 더 생각해 볼게요. 딱 하루만!"

"결혼에 대해서는?"

"오빠가 청혼을 안 해서…… 사실 그래서 지금 마음이 더 결정을 보류하라고 외치는 것도 없잖아 있는 것 같지 않나요?"

"뭐? 아하하하, 뭐야! 그게!"

태경이 어처구니가 없다는 듯 큰 소리로 웃었다. 그러자 멀찍이 모래사장 위를 거닐던 갈매기들이 푸드득 날아올랐다. 파도 소리가 더 요란해지고 바람도 세졌다. 그나마 여름이라 더위가 날아가는 기분이었다.

"내가 여길 떠나기 전까지는 청혼한다. 그럼 되지?"

"그거야 오빠 자유죠. 전 지금 오빠가 아닌 아저씨한테 제안을 받은 거나 다름없는 거라서 쉽게 결정을 내릴 수가 없는 거예요. 결혼반지는 다이아몬드로 준비했겠죠?"

"커헉!"

그가 마른기침을 토하더니 파랗게 질린 얼굴로 그녀를 쳐다봤다.

"정말 아무런 준비가 없네. 어떤 남자들은 청혼하려고 몇 달 전부터 가슴에 반지 하나 정도는 감추고 대기 중이라는데……."

"내가 그렇게까지 절박했어야 하는 거야?"

"호오, 아닌가 보네. 그럼 나도 뭐…… 절박하지 않게 꾸물꾸물 미적미적 대답해 줘야겠네요."

그의 시큰둥한 반응에 그녀는 잡고 있던 손을 놓고 슬리퍼를 벗어 던진 후 바다로 달렸다. 태양열에 뜨겁게 달아오른 모래사장이 후끈거리고 발목까지 오는 깊이의 바닷물은 차갑기보다는 뜨끈했다. 좀 더 깊이 들어가자 입고 있던 반바지가 젖기 시작했지만 개의치 않았다. 물이 배꼽 위까지 찰랑거리자 제법 찬기가 느껴졌다.

"와아, 시원해! 오빠, 들어와요!"

"나 지금 시위 중인데?"

"어떤 시위요?"

"여기서 쪄 죽을 거야!"

"풋! 아하하하, 만두인가요? 왜 쪄 죽나요?"

"네가 한 말에 상처받았어."

"앞으로 매번 이런 식으로 상처받다가 오빠 조만간 제 앞에서 아주 평평 울겠어요?"

"뭐!"

그가 어이없다는 얼굴로 웃더니 바닷속으로 성큼성큼 달려와 곧장 그녀를 향해 질주했다.

"너, 잡히기만 해! 이렇게 근육 넘치는 남자한테 뭐가 어쩌고 어째?"

"으아아아악!"

지안이 온 힘을 다해 도주했다. 하지만 물속이라 아무리 달려도 속도가 나질 않았다. 모래사장에 자꾸만 발이 푹푹 빠지기만 할 뿐이었다. 그리고 어느 순간 등 뒤에서 태경이 나타나 그녀를 번쩍 안아 올리더니 물속으로 집어 던지려 했다.

"으아아악! 오빠, 제발! 던지지 말아요. 옷 다 젖는단 말이에요?"

"뭐야? 이미 다 젖어 놓고!"

풍덩! 엄청난 물살과 함께 그녀가 물속으로 빨려 들어갔다. 숨을 참으며 물속 깊이 들어간 그녀는 허우적거리며 재빨리 손을 뻗어 그의 바지를 확 잡아챘다. 그러는 사이 태경이 그녀를 건져 올려 수면 밖으로 빼냈다.

"너, 뭐해?"

"아무것도……."

"내 바지가 반쯤 내려간 것 같은데?"

"난 아무것도……."

"너, 바다에서 남자한테 뜨거운 맛 좀 볼래?"

"됐어요! 됐어!"

태경이 그녀를 세우더니 브래지어 속으로 손을 쑥 밀어 넣고 가슴을 세게 움켜쥐며 약을 올렸다.

"하지 마요! 동네 사람들이 보면 혼나요!"

지안이 그의 손을 탁탁 때리면서 야단을 쳤다.

"네가 시작했는데?"

"그만해요! 이따 해요. 이따!"

"약속했다?"

"알았다고요."

"좋아."

태경이 얼른 손을 빼내자마자 지안은 그에게 몸을 잡아 달라고 한 뒤에 물 위에 누운 채로 둥둥 떠올랐다. 잔잔한 파도와 물살 때문에 몸이 좌우로 흔들거리고, 떨어지는 땡볕 때문에 몸이 타들어 갈 것 같은데 살 것 같았다.

눈을 감고 햇살을 양껏 빨아들였다. 이렇게 마음껏 햇살 아래 몸을 내놓고 있었던 일이 있기는 했었나.

"좋다."

"덥지 않아?"

"견딜 만한데…… 자외선 차단제를 안 발라서 타겠어요."

"들어갔다가 다시 나오자. 한잠 자게."

"피곤해요?"

"음, 긴장감이 풀리면서 좀 나른해."

"가요, 그럼."

"이대로 끌고 갈게."

태경이 모래사장까지 그녀의 몸을 한 조각 배처럼 끌면서 물 밖으로 나갔다. 모래사장에 발이 닿자, 어째 미련이 남는다.

"이따 또 해 줘요!"

"그게 뭐라고 그렇게 좋아해. 그러자."

"히히."

지안이 하얗게 이를 드러내 보이고 웃자, 태경이 그녀의 몸을 일으켜 세우더니 손을 꽉 잡고 민박집으로 향해 걸었다.

"삼겹살 있나 물어볼까? 소주랑."

"오오, 좋죠."

"오늘은 회식 분위기인가?"

"다른 거 먹을 필요 있나요? 간단하게 고기와 야채 몇 가지와 술만 있음 땡이죠."

태경이 그런 지안을 바라보며 흐뭇하게 웃었다.

"난 너의 소박함과 털털함이 좋아. 돈 좀 있는 남자만 만나면 신나게 흥청망청 쓸 궁리만 하는 여자들하고는 정말 달라."

"저도 돈 벌어 본 여자라 아는 거죠. 돈 버는 게 죽도록 힘들다는 걸……."

"그럼 슬슬 준비나 할까?"

"없다고 하면 어쩌죠? 여긴 섬이라 고기 구하기 힘들 텐데. 이럴 줄 알았음 사 올 걸 그랬나 보네요."

"그럴 만한 정신이 없었지. 주인댁에 물어는 보자."

민박집에 도착하자마자 태경이 주인댁에 고기를 살 수 있느냐고 묻자, 미니 정육점이 있다면서 장소를 알려 줬다. 태경이 고기를 사 오겠다며 자리를 비운 사이에 주인아줌마가 나와서 숯불을 넣고 불을 피울 수 있는 그릴을 준비해 주었다.

지안은 텃밭에서 따 온 야채를 미리 씻어 놓고 태경이 오기를 기다렸다. 주인댁에서 김치와 반찬 몇 가지를 나눠 줘서 그것도 테이블 위에 올렸다. 그러자 태경이 웃으며 들어왔다.

"인심도 좋네. 한 근만 달라고 했더니 반 근을 더 주네. 나눠서 냉동시켰다가 나중에 녹여서 먹자."

"그래야겠네요. 줘 봐요. 미리 좀 나눌게요."

"그럼 난 고기 먼저 구울게."

태경이 고기를 일부 덜어내 굽기 시작했고, 지안은 안으로 들어가 남은 고기를 랩으로 나눠 냉동실에 넣었다. 그녀는 소주잔을 챙겨 나와 소주병 뚜껑을 열고 잔을 채웠다.

"술 한잔해요."

지안이 술잔을 내밀자 그가 고기를 굽다 말고 소주잔을 받아 한 모금 마시며 입가에 미소를 지었다. 지안은 환하게 웃는 그를 보며 가슴 안에 뜨겁게 차오르는 감정을 음미했다.

좋구나. 사랑을 주고받는다는 건…….

그녀는 술 한 잔을 한 번에 비우고 다시 잔을 채웠다. 그리고 주인댁이 직접 담갔다는 고추장에 텃밭에서 따 온 고추를 찍어 한 입 먹었다. 직접 담가서 그런지 맛이 시중에서 파는 고추장과는 천양지차로 달랐다.

"맛있다."

"나중에 여기에 고추장 된장 같은 걸 주문해서 먹을까?"

"괜히 번거롭게 해 드릴 필요 있나요? 섬이라 우편물을 밖으로 내보내는 일도 여간 어려운 일이 아닐 텐데."

"그런가? 맛이 다르네. 확실히……. 고기도 먹어 봐."

그가 다 익은 삼겹살을 접시에 담아 내놓았다. 지안이 고기를 소금에 찍어 맛봤다. 기존에 먹었던 삼겹살하고는 어딘지 모르게 맛이 다른 것 같았다. 쫀득하고 고소한 맛이 오래간다.

"와아, 다르네."

"역시! 이러면 쭉쭉 들어가겠는데?"

"그렇겠네요. 맛있다."

그가 삼겹살을 다 구운 후 그녀의 맞은편에 앉아 본격적인 식사를 시작했다. 술 한 모금에 삼겹살 쌈 하나를 밀어 넣으며 배를 채웠다. 그녀는 입가에 미소를 띠고 흐뭇하게 그를 바라보며 말했다.

"오빠는 예전하고 되게 많이 달라진 것 같아요."

"어떤 점이?"

"무뚝뚝하고 자기감정을 잘 드러내지 않은 것 같았는데 이제 안 그러네요."

"너한테만 그래. 지금도 다른 사람들한테는 굳이 내 감정을 드러내려고 하지 않아. 약점을 일일이 드러내서 뭐에 쓰게. 나 같은 경우는 그렇게 하면 좋을 게 없어. 그리고 아무한테나 나를 가볍게 드러내고 싶지도 않고."

"그러네요. 일을 하는 데는 쓸모없긴 하죠. 돌이켜보면 나도 일을 하는 동안에는 마음을 주지 않다가 그 사람이 진심으로 다가오는 것 같으면 그제야 슬슬 마음을 내놓기 시작하니까."

"우린 어떻게 보면 고슴도치 같은 사람들이야. 친해지기 쉬운 성향을 갖고 있지는 않아."

"그런 것 같아요. 그래서 지금도 보면 주변에 사람이 그리 많지 않아요."

"피곤한 인간관계에 치일 바에는 진짜 괜찮은 사람 몇 명만 남겨 놓는 게 좋을 때도 있지. 그리고 넌 당장 나와의 일에 대해 급히 결정을 내려야 하는 거 아니야? 딱 5분 줄게. 이제 답을 해야지. 생각할 시간은 충분히 줬는데?"

"인생 최고의 고민거리를 결정하는 데 달랑 5분은 좀 아니잖아요."

"그동안 계속 고민했을 텐데? 너랑 나랑 하루 이틀 관계야? 이제 와서 한 번도 그런 생각은 안 해 봤다고 말하면 그건 좀 문제가 심각하거나, 내숭이거나 둘 중 하나인데."

"좋아요. 딱 5분 줘 봐요."

그는 말없이 술잔을 비우면서 그녀가 대꾸하기를 기다렸다. 5분간 저렇게 노려보기만 할 모양이었다.

"5분간 계속 그렇게 쳐다보기만 할 거예요?"

"응, 그럴 건데?"

"그럼 어떻게 결정을 해요. 아무 얘기나 좀 해 봐요. 그래야 나도 덜 무안하고……."

"거절할까 봐 그러지."

"청혼을 멋지게 해 달라니까, 이게 뭐야?"

"아!"

갑자기 그가 자리에서 일어나더니 차로 달려갔다. 지안은 그가 뭘 또 하려고 저러나 싶어서 심드렁한 얼굴로 술잔을 비우고 삼겹살 한 덩이를 집어 우물거렸다. 그가 안으로 다가오더니 지안의 소주잔 바로 옆에 청색 벨벳으로 덮인 보석 상자를 내밀었다.

"이게 뭐예요?"

"열어 봐."

"브로치, 뭐 그런 거예요?"

지안이 웃으면서 상자를 열자, 안에는 커다란 다이아몬드 알갱이가 왕관에 받쳐진 모양의 반지가 놓여 있었다.

"결혼하자."

"뭐예요? 이게?"

"1년 전인가 사 뒀어. 언제쯤 꺼낼지를 몰라서 계속 여기저

기 가지고 다니면서 주인을 못 찾고 있었는데 이제야 주인한
테 가네."

그냥 해 본 말이었는데, 정말 반지를 꺼내 놓자 당황스러워
진 지안은 망연자실해서 그를 쳐다봤다.

"어…… 저기……."

"너, 지금 되게 미안하지?"

볼이 발갛게 달아올랐다. 정말 무슨 말을 어떻게 해야 할지
모르겠다. 그가 정말 자신에게 주기 위해 반지를 들고 다녔을
줄은 상상도 못 했다.

그가 반지를 꺼내더니 그녀의 약지에 반지를 끼워 넣었다.
사이즈도 딱 맞다. 지안이 자신의 손가락 위에서 빛나는 콩알
만 한 다이아몬드를 황홀한 눈빛으로 쳐다봤다.

"이걸…… 받아도 되나요?"

"난 네가 아버지와 같이 살지 않겠다고 해도 결혼을 강행할
거야. 그러니까 아버지한테 거절한다고 말해도 널 미워할 일
은 없으니 편하게 결정해. 난 지금 네 입에서 나와의 결혼을
긍정적으로 생각한다는 답을 듣고 싶어. 그다음에 아버지와
살지 말지에 대해 얘기하자. 얼른 답해 봐. 어쩌고 싶어?"

이제 더 이상 미적거릴 이유가 없다. 지안이 반지를 긴 손
가락을 활짝 펼쳐 보이면서 생긋 미소를 지었다.

"해요, 결혼."

"됐어!"

그가 주먹을 불끈 쥐면서 빙글 한 바퀴 돌더니 기분 좋게 자리에 앉아 술잔을 한 번에 비웠다.

"아버지의 제안에 대해서는 어떻게 할 거야? 난 네가 불편하다면 거절해도 좋다고 생각해. 방법은 여러 가지가 있어. 초반에 몇 년만 살다 헤어지는 방법도 있고, 그게 싫다면 나가서 살다가 나중에 합류하는 방식도 있고. 이도저도 다 싫다면 너랑 나만 같이 살면서 아버지한테 자주 인사나 가는 방식도 있을 테고."

지안은 술잔을 들고 만지작거리다가 한 번에 비우고 답했다.

"그냥…… 시험 삼아 같이 살아 보죠?"

"괜찮겠어?"

"대신 내가 너무 스트레스를 받는 것 같다고 판단되면 오빠가 나가자고 해 주세요. 전 아마 제 입으로는 차마…… 나가고 싶다는 말을 꺼내지 못할 거예요."

"그러자. 그럼……. 아버지한테도 그렇게 전할게."

"뭔가 갑자기 해결되는 기분이에요."

"아버지가 또 무슨 소리를 할지 모르니 해결이라고 말하기는 어려워."

"쉬운 게 없네요."

"그런데 서울의 상황이 궁금하지는 않아?"

"며칠간은 무시할래요."

"그러자."

술잔을 부딪치며 태경이 말했다.

"행복한 결혼을 위해서!"

"언제 하려고요?"

"가을에?"

"헉! 그렇게 빨리요?"

"너랑 나, 그 외에는 우리가 아는 지인 몇 명 초대해서 조촐하게 할 건데 굳이 질질 끌어서 뭐하게?"

"그것도 그렇지만…… 되게 번갯불에 콩 볶아 먹는 듯한 기분이라……."

"뭔가 진행될 때는 항상 그렇게 돌발적으로 추진되곤 하지. 그렇게 하지 않으면 아무것도 못 해. 넌 그냥 내가 하자는 대로만 따라오면 돼."

"그럴게요. 도무지 속도를 따라가지 못하겠네요."

그녀의 대답에 태경은 슬며시 웃어 보였다.

"달이 참 밝다."

문득 고개를 들어 하늘을 올려다보니 어느새 달이 떠올라 있었다. 바닷물이 철썩거리는 소리가 멀리서 들려오기도 하고 수풀에서는 밤벌레 우는 소리가 요란했다. 모기들도 기승이었지만 모기 잡는 풀을 근처에 태워 둬서 그런지 가까이 다가오는 모기는 그렇게 많지 않았다.

"종종 여기로 휴가 와요. 굳이 해외로 나갈 것도 없네요."

"네가 좋다면 언제든지."

지안은 기분 좋은 얼굴로 턱을 괴고 그를 빤히 바라봤다. 그리고 노래 부르듯 살며시 불러 봤다.

"여보오오……."

"뭐?"

"연습해 보는 거예요. 여보오오……."

"왜? 자기야……."

순간 지안의 얼굴이 발갛게 달아올랐다.

"으으으, 닭살 돋아! 이상해요. 오빠는 하지 마요."

"왜? 난 좋은데."

두 사람은 계속 여보, 자기야, 불러 대면서 장난스럽게 밤을 채워 나갔다.

*　　*　　*

지안이 알고 지내던 연예부 박 기자에게 두 사람의 결혼 소식을 먼저 전했다. 가을쯤으로 예정된 결혼에 대해 미리 기사를 내 달라고 부탁했다. 그리고 기사가 나오기 전에 감 의원에게도 전화를 걸어 감 의원과 같이 사는 것을 긍정적으로 생각하니 가을에 결혼하는 것을 찬성해 달라 요구했다. 감 의원은 그렇게 할 테니 자세한 이야기는 서울에 와서 하자고 했다. 다음 날, 그녀의 결혼 보도가 대대적으로 매스컴을 장악했다.

나흘째 되는 날, 지안은 처음으로 휴대폰을 통해 인터넷에 접속해 상황을 살폈다. 모든 사람들의 관심이 태경과 지안에게 몰려 있었다. 둘의 결혼이 타당한가에 대해 갑론을박이 계속 이어지는 상황이었다. 아마도 결혼 이후에도 꽤나 시끄러울 것 같았다. 지안은 기사 몇 개를 열어 내용을 다 읽어 보고 한숨을 쉬었다. 태경이 씻고 나오더니 지안을 쳐다보며 물었다.

　"왜?"

　"기사 올라온 거 보면 가관이에요. 제 정신 상태를 분석한 글들은 왜 이렇게 많은지. 그런 과잉 친절을 바라지 않았는데 쓸데없는 짓들을 하는군요."

　"무시해. 신경 쓰지 말고. 오늘은 낚시하러 가기로 했잖아. 선크림이랑 다 발랐지?"

　"네, 모자도 빌려주셔서 그거 쓰고 나가면 될 것 같아요. 전 낚시를 안 해 봤는데 잘할까요?"

　"주인아저씨가 잘하신다잖아. 가서 배우는 거지. 그러면서 회도 먹어 보는 거고. 이제 그만 나가자."

　지안은 밖으로 나가 배 탈 준비를 마친 주인아저씨에게 인사를 했다.

　"오늘 날씨가 정말 좋아요. 바람도 그리 많이 안 부는 데다 파도도 잔잔한 편이고요."

　"다행이에요. 바다가 험악해지면 너무 무섭잖아요."

　"그렇죠. 상상을 초월하는 게 바다의 변덕이라……. 가서 한

번 낚아 올려 봅시다."

주인아저씨의 뒤를 따라 지안과 뒤따라 나온 태경이 파란색 트럭을 타고 부둣가로 이동했다. 아주 큰 배는 아니었지만 대여섯 명이 타기 너끈한 크기에 조타실도 따로 있었다. 태경과 지안은 뒤쪽에 있는 자리에 앉아 배가 떠나기를 기다렸다.

잠시 후 배가 후진을 해서 바다 위를 달리기 시작했다. 주인아저씨는 적당한 곳에 배를 세우더니 두 사람에게 낚싯대를 주었다. 태경은 낚시를 해 봤는지 능숙하게 미끼를 낚싯바늘에 잘 걸었는데, 지안은 도통 어떻게 하는지를 몰라서 아저씨가 몇 번인가 도와줬다. 그렇게 낚싯대를 드리우고 가만히 반응이 오기를 기다리며 대기했다. 먼저 입질이 온 건 선장이었다. 선장이 30㎝짜리 벵에돔을 잡아 올렸다. 지안은 잔뜩 부러운 얼굴로 한마디 했다.

"손바닥만 해도 좋으니까, 나도 한 마리 잡아 봤으면 좋겠다."

"오겠지."

태경도 아까보다 가라앉은 표정이었다. 그렇게 하릴없이 10분쯤 시간이 지났을 때, 지안의 낚싯대가 휘어지기 시작했다.

"으아아, 뭐가 막 잡아당겨요!"

"버텨!"

태경이 곁으로 다가와 낚싯대의 릴을 감았다 풀면서 줄다리기하는 걸 뒤에서 도왔다. 제법 강하게 버티는 놈이 잡혀서 그런지 실랑이가 10분 이상 이어졌다. 지안이 점점 지쳐 가는 와중에 무언가 자력에 의해 당겨져 올라오는 듯한 감각이 들었다. 그와 동시에 물고기가 밖으로 확 들려졌다. 20cm를 조금 넘을 듯 보이는 벵에돔 한 마리가 튀어 올라왔다.

"우아아아! 오빠아, 잡았어! 잡았어요!"

지안이 펄쩍펄쩍 뛰면서 좋아하자, 그가 물고기를 잡아당겨 바늘을 빼낸 후 그녀에게 잡아 보라고 줬다. 힘껏 요동치는 놈이라 잡기가 여간 힘든 게 아니었다. 선장이 두 사람의 모습을 휴대폰 카메라에 담아 줬다. 그녀의 첫 낚시 성공 기념 사진을 한 컷 찍고 다시 낚시가 이어졌다. 그렇게 3시간 동안 5마리의 생선을 낚아 올렸다.

선장이 직접 발라 준 회와 맛있게 끓인 해물 라면을 배불리 먹은 후, 그들은 다시 섬으로 돌아왔다. 지안은 선장이 다듬어서 내민 생선들로 저녁엔 찌개를 얼큰하게 끓이기로 했다.

민박집으로 돌아와 샤워한 후 두 사람은 녹다운되어 나란히 방바닥에 누웠다.

"와아…… 힘드네. 낚시도…….."

저절로 한마디가 터져 나왔다.

"재밌었어?"

"네, 좋네요. 바다에 오래 있는 것도 좋았고, 바닷속에 사는 물고기를 직접 잡아 올려 보는 것도 색다른 경험이었어요. 게다가 선장 아저씨가 요리를 정말 잘하시네요."

"늘 해서 드실 테니까. 그분들에게는 별다른 맛도 아닐 거야. 우리한테나 특별한 맛이겠지."

"아…… 너무 좋았어요."

"좀 쉬었다가 뭐 할까?"

"동네 한 바퀴 돌까요? 자전거 타고……."

"그것도 좋고."

"여기 생활에 이렇게 적응해 가는 게 정말 무섭네요. 이러다가 서울에 가면 되게 숨 막힐 것 같아요."

"그렇긴 하다."

둘은 나란히 누운 채 잠시 천장을 올려다보았다.

"좀 잘까?"

"그러게. 졸리네요."

태경이 안으로 들어가 이불과 베개를 끌고 와서 그녀에게 하나씩 주고 자신도 베개를 베고 누웠다. 선풍기가 탈탈거리는 소리를 내며 돌아가고, 살짝 열어 놓은 창문으로는 바닷바람이 들어왔다. 지안이 먼저 눈을 감았다.

"잘 자."

"이거 꿈 아니죠?"

"그럴 리가. 그래선 안 돼."

태경의 단호한 음성을 끝으로 그녀는 깊은 잠에 빠져들었다.

#26

밤이면 태경은 그녀의 몸 안 깊숙이 밀려 들어와 부드럽고 따스하게 몸을 흔들었다. 주인댁에 혹시라도 들릴까 봐 소리를 최대한 자제를 시키려는지, 그의 움직임은 바람처럼 다정하고 따스했다. 그래서 그녀는 그가 주는 안온함과 짜릿함을 낮게 신음하며 여유롭게 즐겼다.

그들의 행위를 방해하는 것은 아무것도 없었다. 그가 안쪽을 가득 채우고 내벽에서 흥건한 물기가 흘러내릴 때마다 밭은 숨을 토했다. 태경이 그녀의 목덜미에 키스를 퍼부을 때마다 지안은 그의 탄탄한 엉덩이를 움켜쥐었다. 그가 안쪽 깊게 찌르고 아득히 멀어질 때마다 지안은 이 순간이 영속되기를 바랐다. 그와의 시간이 왜 이리 꿈결처럼 느껴지는 건지 모르겠다.

사랑의 순간이 실감나지 않았다. 이 섬을 나가면 모든 게 조각나고 온전히 키웠던 모든 소망이 없었던 것들로 바뀌는 게 아닌가 불안했다. 그러면 고개를 돌려 협탁 위에 놓인 다이아몬드 반지를 쳐다봤다. 반지는 달빛을 머금어 다른 때와 달리 푸르스름한 빛을 발했다. 그것은 거짓을 말하지 않는다. 그가 그녀의 손에 끼워 주면서 했던 고백은 진짜다.

가짜일 리 없다.

그가 거친 숨을 몰아쉬며 그녀의 몸을 강하게 흔들어 댔다. 머릿속이 하얗게 지워지고 욕망과 본능만이 그녀를 완전히 지배한 순간, 전신이 떨리는 쾌락이 그녀를 뒤덮었다. 숨을 몰아쉬며 발작하는 그녀의 안쪽에 그가 정액을 쏟아 냈다. 이제 피임을 하려는 마음도 없나 보다. 지안이 그의 등을 찰싹 때리며 말했다.

"피임은 안 해요?"

"하기 싫어졌어."

"난 아이를 낳을 준비가 전혀 안 되어 있단 말이에요. 완벽하게 준비하고 나서 아이를 갖고 싶다고요."

"미안한데, 그런 엄마는 몇 없어. 갑자기 만나는 게 좋을 때도 있지 않을까?"

"하지만 그러다 실수를 해서 먹지 말아야 하는 걸 먹는다든지 하면 어떻게 해요. 그건 정말 싫단 말이에요. 원치 않는 실수로 작별을 하게 될까 봐 그러죠."

"조심하면 되잖아. 지금부터……."

그가 지안의 입술에 다정하게 키스를 했다. 일주일이 지나갔다. 내일은 아침에 배를 타고 서울로 돌아가야 한다. 가고 싶지 않았다. 현실이 어떻게 그녀를 괴롭힐지 너무 빤해서 발길이 떨어질 것 같지가 않았다.

그가 목덜미에 입을 맞추며 천천히 몸을 떼어 냈다. 그는 팔을 세워 머리를 기댄 채 그녀를 내려다보며 물었다.

"아이는 몇이나 가질까?"

"아직은 그런 계획은 없어요."

"난 많이 낳고 싶어."

"하나만 낳아서 제대로 키우는 건 어때요?"

"그렇긴 하지만 하나만 키우다가 우리가 떠나면 그 애는 너무 쓸쓸하지 않을까?"

"그래도 하나만 낳고 싶어요. 아이에게 집중하느라 오빠에게 집중하지 못할 게 뻔하니까. 그게 싫어서요. 그렇게 하면 보나마나 오빠도 섭섭해할 게 너무 뻔하고……."

"아하, 그 생각을 못 했구나."

"전 우리 인생에 좀 더 집중하고 싶어요. 우리의 시간, 우리의 삶에 대해…… 아이의 삶에 인생을 쏟아 넣고 싶지 않거든요. 아무래도 아이를 낳고 나면 어떻게 키워야 한다는 철학이 생기고 학습에 관여하게 되죠. 게다가 그 아이의 인생의 굴곡에 우리도 같이 롤러코스터를 타듯 영향을 받을 게 뻔하니까. 한 명에게만 투자하고 나머지 시간은 우리에게 올인했으면 좋겠어요."

"그러니까 넌 아이보다 우리가 더 중요하다 이거지?"

"네, 서로에게 집중하며 살고 싶어요. 아이들을 줄줄이 낳으면 아이들에게 모든 시간을 빼앗기잖아요. 우리가 서로를 멀리하면서 가장 중요한 시기를 유야무야 보낸다는 게 싫거든요."

"왜 그런 생각을 해?"

"주변에 보면 그렇더라고요. 아이를 키우는 20년 가까운 세월 동안 남편의 표정이나 감정이 아니라 아이의 감정에만 집중하며 사는 여자들을 더 많이 봤거든요. 남편을 사랑해서 결혼했는데, 아이를 낳고 나면 정작 아이에게만 몰두한다는 게 너무 아이러니해요. 사랑하는 그 사람과의 시간에 더 집중하는 게 맞지 않을까요? 육아 탓에 서로에게 이성으로서의 떨림이나 설렘 같은 건 다 잊어 바깥쪽 세상의 이성에게만 더 큰 관심을 기울이게 되는 것도 많이 봤고요."

"그것도 맞는 말이긴 하지. 주로 남자는 돈을 벌고 여자는 아이들 학습에 인생을 올인하는 편이니까. 서로를 바라볼 여유가 없지. 아이를 좋은 학벌을 지닌 사회로 편입시키기 위해 사느라 바빠진다면…… 그건 좀 별로인데? 그런 방식의 삶은 무시하면 되지 않겠어?"

지안은 고개를 저었다.

"그럴 자신이 없으니까, 이런 소리를 하죠. 오빠는 안중에도 없고 아이에게만 몰두할 것 같아요. 나란 사람도……."

"그건 곤란한데…… 난 나한테도 네가 끊임없이 관심을 가져 줬으면 좋겠는데?"

"거봐요."

"보류. 아이는 잠시 보류하자."

갑자기 다급하게 말하는 그를 보니 웃음이 났다. 그래도 아이에게 모든 관심과 애정을 뺏기는 것보다 자신을 더 많이 바라봐 주기를 바라는 것 같았다.

그녀도 장담하기 어렵다. 아이를 낳으면 아이를 제외한 세상이 있다는 걸 받아들일 수 있을지. 동생과 가까스로 버텨 온 삶이기 때문에 아이에게만은 더 나은 삶을 주고 싶다는 마음 때문에 최선을 다해 엄마 노릇을 할 것 같았다.

태경이 지안의 허리에 손을 얹고 부드럽게 어루만지며 말했다.

"신혼집 알아볼 테니까, 가자마자 같이 살자."

"바로요?"

"응, 이렇게 매일 붙어 있다 보니까, 이제 떨어진다는 건 상상도 못 하겠어. 아침에 눈을 뜨면 늘 네가 이렇게 누워 있었으면 좋겠고, 자다 말고 잠시 잠이 깨면 네 숨소리가 들려왔으면 좋겠어. 그리고 아침에도 너와 눈을 맞추며 식사를 하다가 같이 커피로 입가심도 하고……. 내가 출근할 때도 너를 네가게 앞에 내려 주고 갔다가 네 가게로 퇴근해서 좀 쉬다가같이 퇴근하는 것도 좋을 것 같고. 그냥 계속 네가 내 근처에있고, 네 시간에 내가 언제나 존재했으면 좋겠어."

지안은 몸을 돌려 그의 몸을 꽉 끌어안았다. 그건 그녀도마찬가지였다.

"세상 눈치 볼 거 없이 그렇게 하자. 지안아……."

"지령인 어떻게 해요? 감 의원님 댁으로 들어가게 되면 지령인……."

"지령인 내가 살던 집에서 살라고 하면 되지. 아마 좋아할거야. 혼자 지내는 거 좋아할 나이니까. 네가 며칠 간격으로들러서 반찬 같은 걸 냉장고에 넣어 주면 될 테고. 그게 힘들면 아주머니를 한 명 고용해서 주 3회 정도 청소나 반찬 같은걸 살펴 달라고 해도 되는 거고. 너무 걱정하지 마."

"오빠…… 고마워요."

"뭐가?"

"같이 있어 달라고 해서……."

절대로 맞을 것 같지 않았던 큐브가 어느 순간 완벽하게 같은 색깔로 들어맞는 순간을 직접 목도한 기분이었다.

"이런 날이 오긴 하나 보네요."

"결혼 전까지는 내 집에서 지내다가 결혼 후에 본가로 들어

가자. 그동안 너와 나는 신혼부부로서의 즐거움을 다 누려 보는 거야. 어때?"

"네, 그런데 저 궁금한 게 생겼는데……."

"뭐?"

"최 마담은 어떻게 됐나요?"

"최 기자가 기사를 전부 다 쓴 후에 최 마담이 잠시 머물 만한 곳을 마련해 줘서 급히 캐나다로 출국했어. 한 2주일 정도 됐을 거야. 최 기자가 아는 지인이 사는 곳인데, 그곳에서 살다가 모든 게 다 가라앉으면 다시 돌아오도록 모든 조치를 내가 다 해 주기로 했고."

"감 의원님은 최 마담을 따로 찾거나 하지 않을까요?"

"추적을 했던 것 같은데 의원직을 그만두면서 다 멈췄어. 이젠 가진 자산이 정체되고 있어서 쓸데없는 데 탕진해서는 안 되거든. 아무리 흥청망청 썼던 분이어도 경제관념은 있지."

지안의 물음에 답을 하던 그가 불현듯 무언가 떠오른 사람처럼 그녀에게 물었다.

"그런데 너야말로 이승준 씨하고는 어떻게 되는 거야?"

"그 사람이 알아서 자기감정은 정리해 보겠다고 했으니 알아서 할 일이죠. 그 이후로는 이상하게 집적거리지는 않았으니까요. 그러다 갑자기 이렇게 섬으로 도주한 거라 이후는 어떻게 될지 모르겠지만, 이제 결혼 발표까지 한 마당에 뭘 어떻게 하겠어요? 그러는 오빠야말로 약혼녀하고 마무리된 건가요?"

"됐지. 안선주 씨로서는 나한테 뭘 더 어필해 볼 수가 없을 거야. 그 사람은 뭘 어필하기엔 과거 이력이 너무 복잡하거든. 그런 치부 때문에라도 나한테 뭘 해 볼 수가 없는 거지. 그래서 이쯤에서 마무리가 된 거고."

"하여튼 서울 가면 이제 결혼식 준비를 해야겠네요."

"그건 내가 알아서 해도 될까?"

"어떻게 하려고요?"

"최대한 낭만적이고 재밌게."

"그러세요. 그럼…… 마침 그런 건 좀 귀찮았는데……. 배우 시절에도 누가 정해 준 대로 입는 게 좋았거든요. 네가 골라 봐라, 어떤 스타일로 했으면 좋겠냐 물으면 저는 방향을 못 잡고 버벅대더라고요. 컨셉을 잡는 부분에 대해서는 되게 약해요."

"그렇다면 더더욱 내가 알아서 할게. 그런 건 자신 있으니까. 그리고……."

태경이 손을 뻗어 그녀의 엉덩이를 조물딱조물딱 만졌다. 그러다가 그의 손가락 끝이 그녀의 삼각지 사이 물기를 머금은 습지에 슬며시 닿았다.

"난 더 해야겠는데?"

"졸린데……."

"그럼 자…… 난 알아서…… 더 해 보다가……."

손가락이 위험한 곳에서 넘실거리자, 그녀는 살며시 거칠어진 숨소리를 뱉으며 말했다.

"하아, 하아…… 어떻게 그게 가능해요. 하아……."

"자려고 노력을 해 봐. 정말 피곤한 사람이라면 그것도 가능해야지."

그의 손가락이 삼각지 깊은 곳에서 좀 더 야하고 강하게 요동치며 자극을 가하기 시작했다. 지안이 엉덩이를 뒤로 살며시 빼내며 허리를 꿈틀거렸다.

"아아…… 아웃…… 오빠아아……."

"자라니까!"

"하웃, 하아…… 자기가 못 자게 하면서…… 웃!"

마음껏 손가락으로 희롱하던 그의 손이 그녀의 허리를 스쳐 가슴을 손아귀에 쥐고 주물거리더니 유두를 살며시 쥐고 비틀었다.

"으응……."

그가 웃으면서 그녀의 몸을 천장을 올려다보게 눕힌 후 유두에 혀를 내밀어 할짝거리며 괴롭히기 시작했다. 손이 가슴을 주물거리다가 말고 배로 미끄러져 내려가 검은 체모를 지나 붉게 부풀어 오른 음핵을 슬며시 어루만지며 자극했다.

"핫! 아웃!"

할짝거리는 소리와 손가락이 질척거리는 소리가 뒤죽박죽 엉키자 지안은 더 이상 견딜 수가 없었다. 그녀는 아랫배에 힘을 주고 다리를 활짝 벌렸다. 그의 손가락이 좀 더 깊은 곳으로 제대로 들어와 주기를 기다렸다. 그의 손가락이 움찔대며 벌어지는 틈새로 느릿느릿 기어 내려가자 감질나 미칠 지경이 된 그녀는 허리를 이리저리 뒤틀었다.

"하아, 하아…… 오빠, 빨리……."

그의 손가락이 쏙 안으로 빨려 들어가듯 채워지자 그녀는 진저리를 치며 허리를 이리저리 뒤틀었다. 또다시 광란의 야한 밤이 뜨겁게 타들어 갔다.

* * *

서울에 도착했을 땐 다행히 비가 엄청나게 쏟아지고 있었다. 장마철이 시작된 것이다. 엄청난 폭우 때문에 그녀의 집 앞이나 가게 앞에 죽치고 대기 중인 기자의 모습은 보이지 않았다. 하지만 지안이 잠시 가게에 들렀을 때 박 기자가 기다리고 있었다. 태경은 회사에 들르겠다며 그녀를 내려 주고 간 상황이어서 혼자 박 기자를 상대해야만 했다.

"앉아요."

박 기자가 그녀의 맞은편에 앉았다. 손님이 몇 팀 있기는 했지만 시크릿 룸처럼 따로 커튼을 달아 놓은 곳에 나란히 앉은 터라 손님들은 두 사람에게 별 관심이 없었다. 준호가 주스를 따른 컵을 두 사람 앞에 놓고 나갔다.

"대중들의 반응에 대해 어떻게 생각하세요?"

"신경 안 쓰려고 노력 중이에요."

"그 집안 사람들을 용서한 건가요?"

"용서라는 걸 할 수 있다고 생각하진 않아요. 기억상실증이라도 걸리지 않는 이상, 그들을 제가 용서한다는 건 있을 수없어요. 순간순간 떠오르는 기억을 어떻게 누르겠어요? 하지만 태경 씨를 사랑한다는 건 잘 알고 있어요. 과거의 제 감정보다는 지금의 제 감정에 더 충실한 게 정답 같아요. 제가 누구와 있을 때 어떤 행복감을 느끼는지가 더 중요해요. 그리고누군가를 용서한다는 건 제가 죽기 전에 회고록을 쓸 때쯤에야 남기게 될 감정일 것 같군요."

"그럼 그런 복합적인 감정을 끌어안고 결혼 생활을 하겠다는 건가요? 좀 어렵지 않겠어요? 계속 감정 간의 충돌이 일어날 겁니다."

그녀는 입가에 살며시 미소를 지었다 지웠다.

"예비 시아버지를 보면 괴롭고, 태경 씨를 보면 행복해요. 이 감정 사이를 오락가락하겠죠. 매우 위험하게요. 그런데 이 또한 저의 선택이죠. 제가 고민해야 할 문제이고 막상 닥쳤을 때 해결해 나가는 방법 또한 제가 찾아 나갈 거예요. 그건 제가 해야 하는 일이니, 다른 분들이 왈가왈부하고 예측할 일은 아니라고 생각해요. 전 잘해 나갈 거라고 믿어요. 태경 씨에 대한 확신이 있거든요. 무슨 상황이 벌어진다고 해도 그 사람은 절 지켜 줄 거라는 확신 말이에요."

"그럼 감태경 씨는 아버지와 절연한다든가 하는 얘기는 하지 않나요? 정말 지안 씨를 사랑한다면 그렇게 해서라도 불편한 싹을 자르는 게 낫지 않나요? 그런 의견을 개진하는 대중들도 많고요."

"그건 있을 수 없어요. 저로 인해 가족들이 영원히 이별한다는 건 절대 있을 수 없어요. 불편하기 때문에 싹을 자른다? 너무 최악의 방법 아닐까요? 타협을 해 나가는 방법도 있잖아요. 전 그렇게 융통성 없고 답답한 사람은 아니에요. 죄를 지었으니 무조건 악의 무리로 갈라놓고 단죄해야 한다는 생각보다는 좋게 될 가능성을 찾아보고 길을 열어 주면서 조금씩 서로 노력해 가는 것도 방법이라고 생각해요. 물론 이건 저와 예비 시아버지의 관계에 대한 이야기예요."

"좋습니다. 하지만 과거 학대와 폭행을 했던 가해자들과 함께 살아야 하는 문제에 대해서는 좀 신중해질 필요가 있지 않을까요? 다들 우려하고 있어요. 지금이야 사랑에 눈이 멀어 보이는 게 없다지만, 서서히 그 모든 공포가 지안 씨를 짓누르는 순간이 올 때 어쩔 겁니까?"

지안은 입가에 미소를 지었다.

"그건 아직 모르겠어요. 직접 경험하고 부딪쳐 봐야 알 것 같아요. 진짜 공포에 직면하게 될지, 또 그렇게 살아가는 방법을 잘 찾아낼지는 조금 더 지켜보고 난 후에 결론을 내려 주셨으면 합니다."

박 기자는 긴 한숨을 쉬었다.

"왜 그런 힘든 사랑을 해요?"

이번엔 진심으로 그녀를 걱정하는 말투였다.

"그 사람의 가족이 지옥을 열기도 했지만 그 사람이 지옥에서 제게 산소통이 되어 주기도 했거든요. 그를 좋아하는 마음이 없었더라면 아마 견디기 힘들었을 거예요. 전 혼자 뭐든지 다 해내야 하는 상황이었으니까요. 어린 동생을 데리고 여자혼자 무언가를 다 해내야 한다는 건 정말 어렵고 힘든 일이에요. 위기의 순간마다 태경 씨가 도와줬어요. 어떻게 그런 그를 사랑하지 않겠어요?"

"할 말이 없군요. 지안 씨의 선택이라 저도 별 얘기는 않겠지만 지안 씨가 아까워서 그래요. 여러모로…… 그런 사람들과 함께 살 사람이 아닌데……."

"감사하지만, 앞으로는 제 가족이 될 사람들에 대해 욕하지는 말아 주세요. 그땐 화낼 거예요. 아무리 친한 박 기자님이라고 해도 말이에요."

"좋아요. 오늘 힘들 텐데 오자마자 이렇게 인터뷰에 바로 응해 줘서 정말 고마워요. 이 기사가 나가도 한동안 사회 전체가 시끌벅적할 거예요."

"네, 알아요. 그래도 몇 달 지나면 또 다른 사건 때문에 제일은 잊혀질 거예요. 그럴 거라 믿어요."

그가 손을 내밀어 악수를 청했다.

"결혼식 때 불러요."

"아마 안 부를 거예요. 가족끼리 조촐하게 진행할 예정이라."

"아아, 섭섭하네. 알았어요. 그럼 사진이라도 보내 줘요. 기사라도 싣게……."

지안은 그를 보내며 입가에 쓴웃음을 지었다. 친하게 잘 알던 사이라도 서로 지켜야 하는 선이라는 게 있기 마련이다. 그는 아무래도 기자 출신이다 보니 자신의 잇속을 먼저 헤아리려는 성향이 강하다. 그럴 때마다 그녀는 조금 마음이 답답해졌다. 결혼을 하게 되면 독자적으로 결정할 권리를 잃는다. 뭐든 태경 혹은 감 의원과 상의를 해야만 한다. 그러니 박 기자가 무얼 말해도 다 들어줄 만한 상황이 아니다.

똑바로 답은 하지 못하고 박 기자를 돌려보낸 후 그녀는 일주일간의 매출이나 판매 상황을 파악했다. 그동안 은혜가 음식을 홀로 준비하느라 여간 애를 쓴 게 아니다. 그녀는 은혜에게 가서 어깨를 다독이며 말했다.

"며칠 쉬고 싶지 않아?"

"아니에요. 재밌어요. 바쁘면 바쁜 대로 재미있고 그러다 쉬게 되면 더없이 즐겁고……. 신나게 땀을 흘린 후에 만끽하는 시원함 같은 기분 있잖아요."

은혜는 뭐든 긍정적으로 해석한다. 그 점은 지안이 나이가 위라고 해도 배워야 할 점이었다. 지안은 은혜의 머리를 부드럽게 어루만지며 입가에 미소를 지었다.

"은혜 씨는 정말 좋은 사람이야. 그래도 쉬어. 언제 쉴래?"

"아직은 아니고, 나중에요. 그리고 사장님이 새로운 요리를 선보일 때마다 굉장히 예민해지시니까 저도 열심히 곁에서 보좌해야죠. 무엇보다 전 연애를 하지 않아서 일에 올인이 가능합니다!"

"너무 일만 하지 마. 삶이 참 퍽퍽하잖아."

"에이, 지금은 이렇게 일만 하는 게 더 좋아요. 이렇게 살게 둬 줘요. 후후."

은혜의 열정이 좋아 보였다.

"나, 곧 결혼할 것 같아."

지안이 은혜에게 다이아몬드 반지를 낀 손을 보여 줬다. 그러자 은혜가 호들갑을 떨며 환호성을 외쳤다.

"꺄아아아! 너무 축하드려요! 와아, 정말 좋으시겠어요. 다이아는 또 왜 이렇게 커요! 땅콩만 해!"

"그 정도는 아니다!"

은혜가 잠시 쉬고 있는 준호도 불러들여 한바탕 소란을 떨었다. 지안은 피식 웃으면서 두 사람이 웃고 떠드는 모습을 쳐다봤다. 방울방울, 보기 좋은 물방울이 사방으로 퍼져 나가 금세 온 사방을 주홍빛으로 적시는 것만 같았다.

밝고 즐거운 에너지가 사방을 채우자, 저절로 그녀의 몸이 붕 떠오르는 것 같았다. 좋은 사람들 사이에서 즐겁게 소란을 떨면서 행복한 시간을 보내는 것만큼 좋은 일이 어디 있을까?

웃고 떠드는 사이 브레이크 타임이 끝났다. 다시 일상 시작이다. 지안은 다시 새로운 요리를 개발하기 위해 머리를 쥐어 짜야만 했다. 결혼과 관련해서는 태경이 다 알아서 하겠다고 했으니 이젠 맡겨 놓고 일에 몰두하는 수밖에.

늦은 저녁, 감 의원과 태경이 마주 보고 앉아 찻잔을 기울였다.

"가을쯤 하겠다고?"

"네."

"그럼 그 전까지는 같이 동거를 하고?"

"네, 서로 맞추는 시간이 좀 필요할 것 같아서요."

"이미 다 알려진 판에 뭘 새삼스럽게 따지고 말고 할 것도 없지. 너 하고 싶은 대로 해라."

"감사합니다."

"하지만 결혼을 하면 바로 집으로 들어와야 한다. 나 혼자 이 큰 집을 유지하기도 어렵거니와 혼자 산다는 건 별로야. 내가 자식이 없는 것도 아니고…… 네 형 놈은 아예 말이 안 통하니 됐고. 혹시라도 이 결정에 불만이 있는 게냐?"

"다름이 아니라 지안과 좀 살다가 집으로 오거나, 여기서 한 3년간 살다가 따로 나가 산다는 식의 선택지는 없을까요?"

"왜? 지안이 뭐라고 하냐?"

"그게 아니라 아버지와 지안이 아무리 좋은 사이가 되려고 노력한다고 해도 그게 쉽지 않을 걸 알기 때문에 하는 소립니다. 아버지도 지안을 품 안에 들여놓기 쉽지 않을 테고, 지안 역시 어릴 때부터 각인된 걸 하루아침에 지우라고 하기엔 무리가 있어요. 그래서 불편한 관계를 조금이나마 유연하게 하기 위해서는 그렇게 한 번씩 거리를 두는 게 어떨까 싶어서요."

"그건 우선 살아 보지 않은 이상 뭐라고 말하기가 어렵지 않나? 해 보고 나서 유연성 있게 대처를 하자고. 결혼 후에는 일단 들어와. 살아 보고 나서 얘기해. 걔는 계속 장사를 한대?"

"네, 병행할 모양입니다."

"그렇다면 걔랑 나랑 마주치는 횟수가 그리 많지 않을 거야. 그러니 신경 쓰지 않아도 돼. 밤에나 잠깐 보고 말 일 아니야? 걔는 밤늦게 퇴근하지 않아?"

"일을 마무리하면 거의 12시가 되는데, 본점의 일을 후배에게 물려줄 수도 있어서 어떻게 될지 모르겠어요."

"어찌 되었든 일을 한다면 나와 마주치는 시간이 줄어서 그리 힘들 게 없어. 쉬는 날도 없이 일할 테니까."

"알겠습니다. 결혼식은 제가 알아서 준비해도 될까요?"

"마음대로 해. 친지 일가만 전부 와서 볼 수 있도록 하고, 쓸데없는 구경꾼은 들이지 않는 쪽으로 했으면 좋겠어. 여기저기서 말 나오는 거 질색이니까."

"그렇다면 가장 은밀히 진행하는 방향으로 알아봐야겠군요."

"그래, 조용하면서도 다른 이들의 눈에 띄지 않는 곳이라면 더없이 좋겠지. 네가 알아서 준비해라."

"네, 오늘은 이만 가 볼게요."

"자고 가지 그러냐?"

"잠자리가 바뀌면 아무래도 좀 피곤해서요."

"그래, 알아서 해라."

아버지는 손을 휘휘 저으며 가라는 제스처를 취했다. 태경은 인사를 하고 주차장으로 걸어가면서 지안에게 전화를 걸었다. 차 문을 열고 시동을 걸자 지안의 목소리가 들려왔다.

—여보세요?

"어, 나 이제 회사로 다시 들어가려는데, 넌 정리 언제 끝나?"

—이쪽 정리는 은혜와 준호에게 맡겼고, 지금 3호점으로 가려고 해요. 그간 너무 방치해서 상황이 어찌 되어 가나 좀 봐야 해서요.

"그럼 끝날 때 데리러 갈까?"

—그건 아니고…… 내일 만나는 걸로 하죠. 아니면 며칠 뒤. 사실 살림살이를 일주일이나 방치했더니 지금 엉망진창이거든요. 신메뉴 개발도 발등에 불이 떨어져서 한동안 밤새도록 신메뉴에 매진해야 할 것 같아요. 고객들과는 한 달에 한두 개의 신메뉴를 내놓겠다고 얘기를 했는데, 그게 어그러질 상황이라서요.

"내가 미안하네. 괜히 떠나자고 한 건가 싶어서. 그 덕분에 네가 체력적으로 더 버거워졌잖아."

―아니에요. 그 나름대로 힐링이었어요. 충분히 쉬었으니까, 에너지 풀로 찼을 때 더 열심히 일해야죠. 그리고 섬에서 맛본 여러 가지 음식 덕분에 몇 가지 새로운 아이템이 생각나기도 했고요.

"좋은 자극이 됐다는 건 좋은 소식이네. 그래, 그럼 알아서 해. 나도 열심히 내 할 일을 해야겠다. 참, 결혼 날짜는 보통 친정 쪽에서 잡는데, 우리 결혼식은 언제로 할까? 따로 생각해 둔 날짜 있어?"

―아니요. 없는데…… 어떻게 하죠?

"그럼 괜찮은 날짜를 좀 뽑아 봐야겠다. 사주나 관상 그런 건 믿지 않지만 그래도 기왕이면 서로의 사주에 가장 잘 맞는 날짜에 결혼을 하는 게 좋지 않나 싶어서. 아는 분에게 물어볼게."

―그래요. 그럼.

"수고해. 마음 같아서는 계속 같이 있고 싶은데, 그럴 수가 없어서 속상한데?"

―서로 하는 일이 있으니까 별수 없죠. 모든 생활 리듬이 다시 돌아오면 그때 또 봐요.

"알았어. 정말 냉철한 여자야. 이런 때 보면!"

―호호호. 에이, 저 그런 사람 아니에요.

"아니, 일하는 것에 대해서만큼은 철두철미하게 하려고 노력하잖아. 그런 거 보면 냉철한 거지. 내가 엄청 아쉬워하는데도 전혀 신경도 안 쓰잖아."

 —아우, 그만 말하고 얼른 끊어요. 저 정말 정신없어요.

"아…… 나…… 상처받았어. 그래, 끊자."

 통화를 끝낸 그는 잠시 뾰로통해진 얼굴로 정면을 쳐다보다가 피식 웃었다. 그에게 매달리거나 떼를 쓰는 짓은 하지 않는 여자라 좋긴 한데, 너무 안 하니까 재미가 없긴 하다. 조금은 징징거려 주고 아양도 떨어 줬음 싶은데 왜 이렇게 여우 같은 데가 없는지. 자기 할 일은 기막히게 똑 부러지게 잘하는데, 남자를 제대로 조종하는 기술은 갖고 있지 않다.

 그래도 좋다. 좋은 점을 더 많이 갖고 있는 사람이니까, 좋아할 수밖에 없다. 그는 입가에 미소를 지으며 가속 페달을 밟았다. 그렇게 얼마간 일에 빠져 지내다가 다시 만난다고 해도 지안은 금세 웃으면서 그를 바라봐 줄 것이다. 그 믿음 때문에 그리 크게 걱정은 되지 않았다.

* * *

 지안이 크림색 드레스를 입고 창가에 섰다. 바로 앞에는 전신 거울이 하나 놓여 있었다. 경기도의 어느 마을에 자리한 전원주택을 통째로 이틀간 빌려서 결혼식을 치르기로 했다. 고속버스를 한 대 대절해 서울에서 사람들을 태워 전원주택으로 데리고 왔다. 밖은 왁자지껄한 소리로 요란하고 지안은 다소 복잡한 얼굴로 드레스를 입은 자신을 쳐다봤다.

아버지는 살해당하고, 어머니라는 사람은 얼굴도 기억이 나질 않는다. 그리고 파란만장한 인생사에서 이십대 중반 이후 새로운 삶이 시작되려 하고 있다.

지령도 휴가를 나와 밖에서 사람들과 인사를 하며 즐기고 있었다. 가게는 이틀간 쉰다는 푯말을 걸어 놓고 왔다. 은혜와 준호도 이곳으로 초대를 했고, 3호점을 오픈해서 선전 중인 이승준 외에 윤광식 대표와 매니저였던 이 팀장도 이곳에 함께 자리했다. 그리고 오랜만에 태일과 하연도 자리했다. 알고 지내던 모든 사람들의 얼굴이 보이자, 마음이 불안한 듯하면서도 좋은 듯하면서도 만감이 교차했다.

어깨가 고스란히 드러나 보이는 오프 숄더 드레스를 입은 자신의 모습을 가만히 쳐다봤다. 머리카락은 늘어뜨리고 머리에 화관을 썼다. 세상 누구보다 아름다워 보이는데, 왜 이렇게 마음에 슬픔이 넘실거리는지 모르겠다. 뭔지 모를 감정이 차오른다.

서러움인가?

힘들 때 저들은 왜 그녀를 외면했던 것인가에 대한 하나마나 한 섭섭함과 함께 그간의 고생들이 주마등처럼 스쳐 지나가 마음을 어지럽혔다.

"하아……."

결혼을 앞둔 신부는 감정이 불안정하다고 하더니 정말 그런가 보다.

"표정이 왜 그래?"

익숙한 음성에 고개를 돌리는 순간 눈물이 주루룩 흘러내렸다. 태경이 곁으로 다가와 그녀의 눈가에 묻어난 물기를 닦으며 입가에 미소를 지었다.

"왜 그래? 너 지금 인당수에 끌려가는 심청이 표정이야."

"모르겠어요. 이상하게 센티하고…… 복잡해지네요."

그는 조심스럽게 그녀를 끌어안아 주었다.

"네게 가족이 없어서 그래. 엄마와 아빠가 곁에서 작별 인사를 해 주고 잘 살라고 독려도 해 줘야 하는데 그런 어른이 곁에 없어서 그런 거야. 그래서 네가 더 허전하고 무언가를 잃은 것 같은 감정에 자꾸 사로잡히는 거고."

"하아, 울면 안 돼. 화장 다 지워져!"

지안이 고개를 들어 눈을 여러 차례 깜빡거렸다. 태경이 그녀의 이마에 입술을 내렸다. 그리고 깊고 자애로운 눈빛으로 그녀를 내려다봤다. 모든 경이로운 감정이 총망라된 그의 눈동자를 마주하자 마음에 따스한 온기가 가득 퍼졌다.

"이제 우린 하나가 될 거야. 네 외로움을 오늘부터 내가 다 채워 줄게. 그러니까 오늘부터 좋은 생각만 하자."

"미안해요. 좋은 날인데……."

"이제 그만 내려가자. 모두 우리를 기다리고 있어."

지안은 고개를 끄덕거리며 그의 팔에 팔짱을 끼워 넣었다.

그리고 그와 함께 계단을 내려가 꽃길로 꾸며진 버진 로드를 따라 마당을 가로질렀다. 넓은 잔디에 신랑 신부를 위한 결혼 식장이 아름답게 펼쳐져 있었다. 꽃으로 엮은 기둥들이 핑크색 리본과 베일로 뒤덮여 바람에 따라 너울졌다.

두 사람은 한자리에 섰고, 모두에게 인사를 했다. 두 사람은 서로 마주 보면서 서로에 대한 맹세를 시작했다.

"모든 순간을 당신과 함께하겠습니다. 죽는 날까지 변치 않는 견고한 사랑으로 믿고 의지하며 행복을 추구하기 위해 노력할 것입니다. 더불어 깊은 사랑과 신의로 행복한 가정을 이끌기 위해 이 한 몸 바치겠습니다. 모두의 앞에서 맹세합니다."

태경과 그녀의 합창 같은 맹세가 끝나고 모두의 박수가 이어졌다. 신랑이 신부를 위해 노래를 부르고, 신부도 신랑에게 화답하는 노래를 불렀다. 그 후 태경의 친구 셋이 나와 두 사람을 위한 코믹한 댄스를 더해 축가를 불렀다. 한바탕 웃어 젖히다가 사진 촬영이 시작되었다. 모두 한데 모아 놓고 왁자한 분위기에서 촬영이 이어졌다.

사진 촬영이 끝난 후 신랑 신부가 준비한 답례품 봉투를 하나씩 나눠 주었다. 일일이 그들과 악수를 하고 인사를 나누면서 선물을 안겨 준 후에야 저녁 식사 준비가 시작되었다.

그사이 지안과 태경은 집 안으로 들어와 2차 파티를 준비하기 위해 우스꽝스러운 옷을 입었다. 미녀와 야수 콘셉트의 옷을 미리 준비해서 그걸 입었다. 그는 야수 복장에 머리에 가

발까지 뒤집어썼다. 우스꽝스러운 복장으로 나가자, 폭발적인 반응이 터져 나왔다. 다들 사진을 찍어 대고 난리였다. 그녀는 애니메이션 캐릭터 벨의 의상을 고스란히 재현한 코스프레를 했다. 반응은 폭발적이었다.

"완전히 똑같아! 대박!"

"사장님, 벨보다 더 예쁜 한국형 벨이에요. 최고!"

"왕자도 한국 왕자가 훨씬 낫네."

그와 동시에 '뷰티 앤 더 비스트'라는 영화 음악이 바로 흘러나왔고, 두 사람은 모두의 앞에서 춤을 추기 시작했다. 태경이 한 제안이었고, 결혼 전 예행연습까지 해서 둘의 호흡은 완벽했다. 모두 넋이 나간 채 그 모습을 바라봤다. 그렇게 신혼부부의 댄스가 끝나자 다들 환호성을 부르며 박수를 쳤다.

결혼식은 무사히 끝났고, 모두 그들과 사진을 찍겠다며 줄을 섰다. 어른들은 웃으며 식사를 하고, 젊은 사람들은 식사고 뭐고 이 독특한 순간을 사진 속에 남겨 놓겠다며 다들 정신없이 움직였다.

"자, 이제 식사하세요. 이러다 다 식겠어요!"

태경이 한마디 하자, 다들 자리로 돌아가 식사를 시작했다. 지안과 태경도 한쪽에 마련한 신랑 신부 석에 앉아 식사했다. 두 사람은 서로를 바라보며 풋 웃었다. 따로따로 옷을 입어 보긴 했지만 이렇게 마주 보고 앉아 서로를 보고 나니 웃음밖에 나오지 않았다.

"오빠, 너무 망가진 거 아닌가요?"

"너야말로 대배우가 이런 차림으로 사진 찍혀도 되는 거야? 두고두고 돌아다닐 텐데?"

"즐거운 날이니까, 지금은 즐거운 생각만 할게요. 다른 생각 하면 머리 아플 것 같아서요."

"그래도 이렇게 마무리되네."

"그러게요. 아직도 꿈인가 생시인가 싶어요. 실감도 잘 안 나고……."

"지금은 아무 생각도 안 나겠지만, 며칠 지나면 천천히 실감이 날 거야."

"아마 나중엔 좀 더 재밌게 해 볼걸, 하고 후회하지 않겠어요?"

"그럴까? 난 이것도 충분히 즐거웠던 것 같아."

둘은 서로를 마주 보며 피식 웃었다. 가을이 점점 깊어져 가고 있다. 이제 이 꿈같은 시간이 끝나면 다시 집으로 돌아가 현실 속에서 치열하게 살아가야 한다.

"힘들겠지만, 우리 아버지 잘 부탁해."

"네, 오빠도 저와 아버지의 관계 때문에 매우 불편하겠지만 잘 부탁해요. 절대로 지치지 말기!"

"응, 그래. 지치는 건 좀 그렇다."

지안은 턱을 괴고 하늘을 올려다봤다.

"그런데 저…… 아무래도 심상찮아요."

"뭐가?"

"생리를 안 해요."

"뭐?"

"오빠가 피임을 제대로 안 해서 그런지 몰라도 예정일에서 보름이 넘어가도록 생리 소식이 없어요. 어쩌죠?"

"그럼 테스터를 해 보지."

"일부러 안 했어요. 내일 아침에 해 볼게요. 첫 소변에 해 보는 게 가장 직방이라고 해서요."

"혹시 임신이면…… 미안해서 어쩌지? 가뜩이나 신경 예민해질 때인데 가게 일에 아버지 일까지 겹쳐져서…….""

지안이 말없이 물을 마시면서 그를 흘끗 노려봤다.

"그러게 그렇게 조심하라고 했는데, 흥!"

태경이 면목 없는 얼굴로 지안을 쳐다봤다. 그는 그녀의 손을 꼭 잡으면서 입가에 미소를 지었다.

"내가 열심히 도울게. 뭐가 됐든. 아버지 식사 준비도 내가 나서 볼게. 넌 가게 일로도 충분히 바쁠 테니까."

"다행히도 2호점은 이제 완전히 안정기에 들어가서 독립을 해도 될 것 같아 제가 손을 떼기로 했어요. 본점은 반나절을 은혜에게 맡기고 나머지 반나절은 제가 하기로 했는데, 그것도 일주일에 세 번만 제가 보기로 했어요. 대신 소득의 대부분을 은혜가 가져가는 걸로 했고요. 제가 사장이긴 하지만 실질적 점주 역할은 이제 은혜가 할 거예요. 전 이제 음식 개발자로 완전히 물러나서 신메뉴 개발에만 집중할 생각이에요. 그리고 아직 불안정한 3호점을 백업해 주기로 했고요."

"그렇다면 일이 많이 줄어들겠구나."

"네, 그렇게만 해도 좀 한가롭죠."

"넌 임신이었으면 좋겠어? 아니었으면 좋겠어?"

"뱃속에 생명이 있다면 좀 곤란하니까 노코멘트할래요. 전 아이를 낳으면 저처럼 안 키워요. 모든 정성을 다해 키워 줄 거예요. 얼마나 우리가 그 애를 사랑하는지 지겹도록 깨닫게 해 줄래요. 앗, 뜨거워! 할 만큼 좋아해 줄 거예요."

"아아…… 벌써 시작인 건가? 아이에 대한 집착 비슷한 게?"

그런 건 아니지만, 자신이 못 받은 만큼 아이에게는 더 많은 걸 해 주고 싶었다. 그래서 조금의 실수도 하고 싶지 않았다. 그저 최선을 다해 가장 좋은 것만 아이에게 주고 싶었다.

"거기 이젠 그만 말하고 슬슬 2차를 시작합시다!"

어른들이 전원주택에 마련된 다른 별채의 독립된 공간으로 들어가자 친구들이 다가와 태경의 손을 잡아끌었다. 지안은 웃으며 태경과 친구들이 노는 모습을 바라봤다. 그녀에게는 없는 초중고대학 동창이 태경에겐 많았다. 그런 점이 못내 아쉬워서 바라보는 그녀의 눈가엔 여러 감정이 복합적으로 떠올랐다. 이제부터가 진짜 결혼 생활 시작이겠지. 그녀는 벌떡 일어나 탬버린을 들고 입가에 미소를 지었다.

에필로그

　이걸 대체 뭐라고 표현해야 하는지 잘 모르겠다. 다들 새벽 4시까지 술을 마시고 노래를 부르던 모습은 광기에 가까웠다. 그렇게 놀던 이들이 지금은 죽은 듯이 자고 있었다. 혹시 몰라서 술을 마시지 않고 일찌감치 잠자리에 든 그녀는 아침 7시에 일어나 변기에 앉은 채로 자신의 임신 진단기를 멍하니 바라보고 있었다.

　"하아…… 사고 쳤네."

　그 말이 절로 터져 나왔다. 이마를 감싸 쥔 그녀는 두 줄로 선명하게 그어진 붉은 선을 가만히 쳐다봤다. 결혼식 다음 날에 임신 확인이라니.

그녀는 그걸 손에 쥐고 욕실을 빠져나와 잠든 태경의 곁으로 다가갔다. 그녀는 손가락 끝으로 태경의 코를 툭툭 건드렸다. 고작 3시간밖에 안 잔 상태라 깨우기가 좀 미안했지만 이 사고를 친 당사자에게 좀 따져 물을 게 있었다.

"으응……."

"잠이 와요?"

"왜애……."

그가 눈도 뜨지 못하고 아이처럼 칭얼거리며 말했다. 잠을 더 자고 싶은 모양이었다.

"아기 생겼어요."

그러던 그가 갑자기 발딱 일어나더니 눈을 휘둥그렇게 뜨고 그녀를 쳐다봤다.

"사실이야?"

"리얼 팩트!"

"와아…… 뭐가 이렇게 한 큐에 다 되지? 하늘이 돕나?"

어이가 없어서 웃고 말았다. 지안은 진단기를 그에게 내밀어 보여 줬다. 두 줄이 선명한 걸 확인하더니 그가 주섬주섬 일어나며 말했다.

"서울로 가자."

"안 돼요! 사람들은 어쩌고!"

"버스 있잖아. 그거 타고 알아서 흩어지겠지."

"그건 매너가 아니죠. 뒷마무리는 확실히 하고 흩어져요. 이런 식은 안 돼요."

"난 정말 궁금해 미치겠는데? 네 배 속에 누가 있는지."

"풋, 그렇게 말한들 누가 있는지 어떻게 알아요? 이제 겨우 씨앗일걸요."

"그렇다고 해도 빨리 만나고 싶은데……."

"기다려요. 그런다고 이 귀염둥이가 도망가는 건 아닐 테니까."

태경이 잠깐 기다리라고 하더니 샤워를 하고 나왔다. 그는 말끔하게 옷을 갈아입은 후 두 팔을 벌려 그녀를 끌어안았다.

"안아 주는 걸 하려고 씻었어요?"

"우리 아이를 만나는 거니까, 최대한 깨끗하게 보이고 싶었지. 첫 만남이잖아."

그의 생각지도 못한 행동에 웃음만 나왔다. 그가 지안의 허리를 양팔로 감싸 안은 채로 그녀를 내려다보며 이마를 지안의 정수리에 기댔다.

"지안아……."

"네."

"고마워."

"뭐가요?"

"다, 전부 다…… 네가 날 선택해 준 것도 고맙고, 결혼식 날 아기를 가졌다고 말해 준 것도 고맙고…… 절대로 받아들일

371

수 없을 것 같은 우리 가족을 네 안에 품어 줘서 정말 고마워. 넌 정말 복 받을 거야. 천국 갈지도 몰라."

"무슨 소리를 하는 거예요. 천국은 됐고요. 지금 이 순간, 오빠와 우리가 행복하게 잘 살 궁리만 할 거예요. 그다음 것까지 생각할 여유는 없어요."

"그래, 그럴지도 모르겠다. 진심으로 전부 다 고마워. 정말⋯⋯."

"그렇게 말하면 저도 한도 끝도 없이 고맙다고 해야 할 거예요. 태일, 아니 아주버님한테 몹쓸 짓을 당할 뻔한 그날⋯⋯ 오빠가 와 주지 않았더라면 우리 관계는 영영 돌이킬 수 없게 되었을지도 몰라요. 성추행이 아닌 성폭행이 되었을 테니까."

"미안⋯⋯ 정말 미안⋯⋯."

"오빠, 어려운 순간 오빠가 꽤 많이 절 구해 줬다는 걸 잊지 마세요. 그 이후로도 오빠는 관심 없는 척하면서도 절 여러 번 도와줬어요. 그걸로 오빠의 집안사람들을 천천히 용서했는지도 몰라요. 고마웠어요. 많이⋯⋯."

"잘 살도록 진짜 노력할게."

그는 천천히 고개를 숙여 그녀의 입술에 키스하려고 했다. 지안이 얼른 손가락으로 그의 입술을 슬며시 눌러 뒤로 밀면서 말했다.

"술 냄새 나요. 안 돼요. 냄새 때문에 나도 취할 것 같네."

"정말? 제발, 해 줘."

"싫어요. 나중에 해요. 나중에…… 아후, 술 냄새!"

양주를 그렇게 많이 마셨으니 숨을 쉴 때마다 술 냄새가 진동했다. 웃고 떠들면서 부어라 마셔라, 하고 밤새 마셨으니 오죽하겠는가. 지안이 그의 품안에서 벗어나 주변을 정리하기 시작했다. 태경도 덩달아 정리를 도왔다.

"좀 더 자요."

"아니야. 빨리 마무리 짓고 이제 슬슬 갈 궁리를 해야지. 아침 식사하고 나가기로 주인하고 얘기가 되어 있으니 정리도 해야 하고."

그녀는 밖으로 나가 주방으로 가서 식사 준비가 어떻게 진행 중인지를 확인했다. 해장에 좋은 북엇국과 각종 산나물, 생선구이와 소불고기 외에 맛 좋은 전들이 준비되고 있었다.요리사 두 명이 요리를 빠르게 준비하면 도우미 세 명이 식사 준비를 했다. 40명의 인원을 소화하기엔 턱없이 부족한 인력인데도 모두 전문가여서 그런지 손 빠르게 움직였다.

"하객들은 9시쯤 깨울게요. 그때까지 준비해 주시면 될 것 같아요."

"네, 알겠습니다."

"혹시 저희 부부 먼저 먹어도 될까요?"

"아, 물론이죠. 기본적인 건 준비가 돼서 익히기만 하면 되니까, 나오세요. 바로 준비할게요."

"감사합니다. 그럼 10분 뒤에 나올게요."

인사를 하고 다시 방으로 돌아와 식사 준비가 되어 간다고 말하자 태경이 웃으면서 말했다.

"안 그래도 배가 좀 고프던 차였는데, 잘됐네."

짐은 다 쌌고, 침대 위도 정리가 됐다. 이제 손님들의 상태를 살피면 된다. 지안이 거실을 쳐다봤다. 거실에 10명 정도가 뒤죽박죽 엉켜 잠들어 있다. 여자 손님들에게는 넓은 방을 따로 내줬다. 슬쩍 그곳의 방문을 열자 여자들 10명이 모여 자고 있다. 어른들은 별채에서 잠을 자기 때문에 확인이 불가능했다. 어른들도 어제 막걸리를 연거푸 마시고 풍악을 울리라는 둥 하며 노래방 기계를 들여놓고 한참 놀다가 잔 것 같았다. 다른 방 문을 여니 그곳에도 6명 정도가 잠들어 있었다.

"지안아, 식사 준비 됐대."

지안이 태경과 같이 식당으로 가서 한쪽 테이블에 차려진 음식을 보고 입가에 미소를 지었다.

"와아, 보기만 해도 배가 부르네."

지안은 얼른 숟가락을 들어 국에 밥을 반쯤 말아서 후루룩 먹었다. 조기에서 살점만 발라내 태경에게 일부 주고, 일부는 그녀가 먹었다. 그녀가 전이며 소불고기까지 맛나게 먹어 치우자 태경이 놀라운 표정을 지었다.

"왜 이렇게 잘 먹어?"

"그래요?"

"응, 갑자기 되게 복스럽게 먹네. 네가 그렇게 대식가는 아니었잖아."

"모르겠어요. 갑자기 식욕이 확 당기면서 막 먹고 싶네요. 앞으로 돈 많이 벌어요. 이제 이 대식가를 먹여 살려야 한단 말이에요."

"그래, 원 없이 먹어. 너하고 아기한테 들어가는 돈은 하나도 아깝지 않아."

지안은 밥 한 공기를 더 달라고 해서 다시 허겁지겁 먹기 시작했다. 그렇게 하염없이 먹으면서도 이상하게 포만감이 느껴지지 않아 신기했다. 원래 임산부는 이렇게 계속 먹을 게 당기는 건가? 신기한 기분에 사로잡혔다. 그렇게 두 공기를 뚝딱 해치우고 나니 슬슬 졸음이 몰려왔다.

"이러다 돼지 되겠는데요? 먹자마자 졸려."

"그럼 잠깐 자 둬. 어제 시끄러워서 푹 못 잤을 거야."

"먹자마자 자면 안 되는데…… 속이 부대끼거든요."

"그럼 산책하고 와서 사람들을 깨우자."

"네!"

지안이 손을 내밀자 태경이 그녀의 손을 꼭 잡았다. 두 사람은 손을 잡고 전원주택을 벗어나 근처 오솔길을 따라 걸었다. 갈변한 나무 이파리가 바닥에 후두둑 빗소리를 내며 떨어져 내렸다. 이파리가 아직 다 떨어지질 않아서 숲은 아직도 무성했다. 이미 떨어진 낙엽이 밟힐 때마다 요란한 소리를 냈다. 그녀는 입가에 미소를 짓고 기분 좋게 팔을 앞뒤로 흔들었다.

"산이 옆에 있는 이런 집에서 사는 것도 좋네요. 좋은 공기를 마실 수도 있고 사계절의 변화를 하나도 빼놓지 않고 볼 수 있으니까."

"아이는 이런 데서 키우면 제일 좋긴 하겠지."

"직장이 서울이라 그런 욕심을 품기도 그렇네요."

"그러게. 너와 나는 이제 막 일이 자리를 잡아가는 시기라…… 뭘 하고 싶어도 쉽사리 움직일 처지가 아니네."

"둘 다 야망이 커서 그런 거죠. 소박하게 이만큼만 갖고 사는 것에 만족하지 못하는 사람들이잖아요."

"그것도 그러네."

여러 이야기를 나누며 산책을 하는 동안 지안은 연신 신기한 표정으로 배를 쳐다봤다. 만지기도 하고 손으로 쓸어 보기도 했다. 배 속에 자라고 있는 생명이 정말 안에 제대로 자리를 잡은 건지 노크를 해서 묻고 싶었다. 물론 매우 잘 자라고 있겠지만, 자기가 여기 있다고 어떤 식으로든 티를 내 줬으면 하고 바라게 되었다.

그녀는 흐뭇한 얼굴로 태경의 얼굴을 올려다봤다. 아침 햇살과 눈부시게 잘 어울리는 그의 옆얼굴을 바라보니 저절로 입가에 미소가 번졌다. 새삼스럽게 그가 너무 잘생긴 데다 웃는 모습이 매력적이라 다시 반하고 말았다. 그녀의 볼이 발갛게 물들었다. 괜히 그의 손을 잡아당기며 그의 어깨에 머리를 기대며 뭉그적거렸다.

'최고의 남자를 잡았다!'

그것만은 분명한 사실이었다. 그의 아이를 품고 있다는 사실도 미치게 기뻤다. 이젠 그녀의 가족이 완성됐다. 열심히 살아야만 하는 진짜 이유가 확실하게 생겼다.

그리고 겨울, 살인 지시를 내린 박상두가 어느 노숙자의 신고로 경찰에 잡혔다.

*　　*　　*

2년 뒤, 살인 지시를 내린 죄에 대해 박상두에게 10년형을 선고했다는 뉴스가 나왔다. 그 외에 알몸 파티와 함께 호스티스를 살해한 죄로 박 의원에겐 15년형이, 그 모든 범법 행위를 방조하고 사체 유기를 도운 죄로 박상두에게 3년형이 더 추가되었다. 그 외에 문 의원과 최 의원에게도 사회 질서를 어지럽히고 풍기문란죄와 살인 방조죄를 물어 도합 4년씩의 형량이 내려졌다.

권력형 비리와 관련해서도 그들과 연루된 신요물산의 임원이나 임직원들에게도 각각 형벌이 내려졌다. 계속된 항소로 형량이 처음에 구형됐던 것보다는 많이 줄어들긴 했지만 어찌되었든 그들은 모두 죗값을 치르게 되었다. 그 모든 내용을 바라보면서 지안은 쓴웃음을 지었다. 통쾌한 기분이 들지 않는 건 대체 왜일까? 모두 그에 맞는 죗값을 치르게 되었는데도 앓던 이가 빠진 듯 시원하다는 기분은 전혀 들지 않았다.

지안은 요새 요리 학원에서 강사로 일을 하고 있다. 이제 두 살이 된 딸 채이는 할아버지와 유모가 낮 동안 돌보고 그녀가 퇴근을 하는 5시 이후에는 그녀가 아이를 돌보고 있다.

그녀는 월요일부터 금요일까지는 주부들을 대상으로 서양의 다양한 요리를 가르쳤다. 워낙 손맛이 좋다고 소문이 난 상황이라 그녀의 특별한 레시피를 배우려는 주부들의 숫자는 나날이 늘어나고 있었다.

그와 함께 태경의 사업은 더 확장되었고, 중국에 5개의 지부가 설립되었다. 일본, 미국 쪽에도 지부가 섰다. 그는 IT계의 막강한 신흥 강자로 떠올랐다. 굴지의 대기업에서 서로 그의 회사를 사겠다고 수조 원의 돈을 들고 와서 딜을 요청하지만, 태경은 눈도 깜빡하지 않고 있다. 더 큰 사업을 위해 또 다른 꿈을 꾸는 그였다. 그는 새로운 개발자들과 머리를 맞대고 또 색다른 아이템을 내놓기 위해 동분서주하고 있었다.

이제 그는 한 회사의 회장님이 되었다. 하지만 위치가 달라졌음에도 태경은 집에선 항상 다정하고 친근한 남자친구처럼 그녀를 대했다. 지금까지 살면서 단 한 번도 눈살을 찌푸리는 일이 없었다. 그런 그와 살면서 그녀의 마음에 안정이 찾아왔다. 아마도 아이를 낳으면서 무언가 마음속에 있던 게 변화되었다는 생각이 들었다.

처음 본가에 들어갔을 때엔 감 의원과의 사이가 어색하기 짝이 없었다. 갑자기 그녀의 위치가 달라지니 감 의원도 그녀를 어찌 대해야 할지 난감한 듯 보였다. 그렇게 몇 달간은 어색한 기류가 흘렀다. 그러던 어느 날 그녀가 체한 적이 있었다. 임신 중에 체해서 어쩔 줄 몰라 하는 그녀를 본 감 의원이 주변에 수소문을 해 용하다는 한의원으로 그녀를 직접 운전해 데리고 갔다. 한의원에 도착해서도 아픈 그녀 때문에 쩔쩔매는 감 의원의 모습을 본 지안은 괜히 웃음이 났다. 감 의원도 별수 없는 사람이었던 것이다. 인정사정없이 그녀와 동생을 몰아붙일 때까지만 해도 심장이 없는 냉혈한이라고 생각했다. 그런데 막상 그녀가 자신의 가족 안으로 들어가자 비로소 사람대우를 하는 것이다.

당시엔 그저 미웠으리라 짐작된다. 어찌 되었든 아버지란 사람이 살인자를 고용해 왕 여사를 살해한 건 사실이니까. 그래서 그렇게 죄도 없던 어린 것들을 데려다 유치하고 치졸한 복수를 퍼부은 것이다.

사람이 그만큼 미성숙하기 때문에 벌였던 일이라고 생각하니 한결 마음이 편안해졌다. 그래도 그날 감 의원 덕분에 체기는 가라앉았고 편하게 하루를 보낼 수 있었다. 그 소식을 전해 들은 태경은 감 의원에게 감사 인사를 했다. 태경이 그녀 때문에 아버지 앞에 고개를 숙이는 모습을 보자, 감 의원은 아마도 느낀 게 많았던 모양이었다. 그날부터 그는 지안을 용알처럼 떠받들며 애지중지해 줬다. 그녀에게 잘 보이는 게 태경에게 더 큰 점수를 딴다는 걸 깨달았는지도 모른다.

그렇게 그녀는 그 집안의 핵심인사가 되었다. 그리고 그녀는 무사히 출산을 했다. 첫 손주가 태어나자 처음엔 너무 작은 생명이라 어쩔 줄 몰라 하던 감 의원은 아기가 백일이 지나면서부터 제법 단단해지자 품안에 안고 내려놓으려 하질 않았다. 태경의 어린 시절과 너무도 닮았는데, 그게 너무 여성스러운 모습으로 발현되었다며 신기하기 짝이 없다고 좋아했다.

그러면서 한편으로는 아들 손주를 낳아 주기를 은근히 기대하는 눈치였다. 하지만 아이를 하나만 낳기로 마음을 굳힌 그녀로서는 감 의원에게 둘째를 낳겠다는 소리를 하기가 어려웠다. 좀 더 일에 집중하고 싶기도 했고 태경의 회사에 취업을 나간 지령을 위해서라도 뒷바라지를 제대로 해 주고 싶었다.

지령은 태경이 마련해 준 집에서 혼자 살고 있고, 태경의 배려로 일주일에 세 번씩 가사도우미가 방문해 지령을 돌봐 주고 있다. 덕분에 지령은 큰 불만 없이 잘 지내고 있었다. 태경과의 결혼 소식을 전했을 때 지령은 딱 하나만 물어봤다.

"누나가 찾은 행복에 대한 해답이 그거야? 그렇다면 난 아무 말도 하지 않을게. 누나가 좋은 길이라 하면 가도 상관없어."

아마도 지령은 막고 싶었는지도 모른다. 본가에서 괴롭고 비통했던 기억이 많다는 걸 아니까, 막고 싶었을 것이다. 하지만 결국 지안의 선택을 존중했다.

그렇게 지령도 취업을 했고 월급이 들어오면 항상 그녀에게 30만 원씩 용돈으로 쓰라며 입금을 해 줬다. 그는 그동안 누나에게 너무 신세만 진 것 같아 죄스러운 마음이었는데, 이렇게라도 갚게 되어 다행이라며 좋아했다. 그리고 월급의 70퍼센트는 적금에 붓고 있다고 했다. 자기 명의로 된 첫 집을 직접 장만하고 싶다면서 돈을 모으고 있다고 했다. 지령은 태경에게 의지하는 삶이 아니라 자신의 힘으로 직접 살아 내고 싶어 하는 눈치였다.

그래서 그녀는 지령을 응원했다. 잘해 낼 거라 믿는다. 지령이 자리를 잡으면 그때는 도움을 그만둘지도 모른다. 그래도 지령이 뭔가를 하고 싶어질 때 든든한 배경이 되어 주고 싶었다. 부모가 없는 지령에게 정말 믿음직한 누나가 있다는 걸 알려 주고 싶은 마음 때문에라도 지령은 자신의 수입은 직접 관리했다. 태경이 그렇게 해도 좋다고 배려했기에 가능했다. 그녀가 번 돈은 친정을 위해 사용해도 좋다는 허락도 받았다.

그녀에게 있어 돈은 힘이었다. 혹시라도 시댁에서 금전적인 부분에 대해 비난할 경우를 항상 대비하고 싶었다. 다행히 감 의원은 그런 것에 하나도 관심이 없어 보였다. 그저 손주 채이만 곁에 끼고 살면서 세상의 모든 행복을 채이에게서 찾았다.

그리고 정확히 말은 하지 않지만 해외에 나갔다가 얼마 전에 돌아온 최 마담과 다시 결합한 눈치였다. 감 의원은 요즘

오전 중에는 회사에 나가 일을 하고 빨리 퇴근해 어딘가에 머물다가 저녁 8시 이후에 집에 돌아오는 일이 많았다. 가끔은 외박도 하는 걸로 봐서는 여자가 생긴 것 같은데, 예감만 있을 뿐이었다. 그러다 우연히 지안은 아침 일찍 재료를 준비하러 인근 해산물 시장에 나갔다가 감 의원과 팔짱을 끼고 웃고 있는 최 마담을 만났다. 물론 그녀는 등을 돌린 채 두 사람을 외면했지만, 사이가 굉장히 좋아 보이는 걸로 봐서는 관계가 다시 회복된 눈치다.

지안은 요리 수업을 모두 마치고 주변 정리를 끝낸 후 5시쯤 학원을 나갔다. 차를 몰고 도착한 곳은 그녀가 1시간씩 운동을 하는 필라테스 학원이었다. 그곳에 들어가 운동을 하는데 누군가 곁으로 다가와 알은체를 했다. 고개를 돌리자 같이 영화에 출연했던 이시연이 웃으며 서 있었다. 당시 출연료 전부를 이시연에게 보내 주기도 했던 적이 있어서 기억했다.

"와아, 오랜만이에요."

"안녕하세요."

"결혼했다는 소식은 들었는데, 어떻게 하나도 안 변했어요? 방부제 미모 그대로네? 관리해요?"

"아니요. 시연 씨는…… 여전하네요."

가슴은 확대 수술을 해서 여전히 커다랗게 매달려 있고, 얼굴은 모공 하나 허용하지 않겠다는 듯 반질반질 윤이 났다. 게다가 쌍꺼풀은 칼로 파낸 듯 두께가 일정하고 애교살 역시

위화감이 들 정도로 빵빵하게 차올라 어색했다. 얼굴 전체가 확실히 변한 듯한 인상이다.

"그렇죠? 어째 이놈의 시술은 해도 해도 끝이 없고, 얼굴이 마음에 안 들어서 그런지 계속 영화에서 퇴짜나 맞고…… 요새 하는 일이 없어서 미치겠어요. 요리는 여전히 하고 있어요?"

"네, 그럭저럭……."

"나도 제2의 인생을 꿈꿔야 하나 보네요. 결혼하자고 덤비는 남자도 없고……. 참, 요새 강종석 씨하고 계속 연락해요?"

"네, 한 달에 두어 번 정도?"

종석은 삼십대 초반이어서 아직 결혼은 하지 않았지만 사귀는 사람이 생겼다고 말했다. 아이돌 배우 출신이라던데 아직 세상에는 둘의 열애 사실이 드러나지 않은 상태였다.

종석은 그녀와 결혼까지 가고 싶어 하는 눈치였지만 아이돌 배우는 이제 갓 스무 살을 넘긴 상황이라 결혼에는 별 관심이 없어 보인다고 들었다.

종석은 여전히 아시아의 황제로 군림하면서 최고의 몸값을 받으며 영화와 드라마계를 오가는 중이며 종종 해외에서는 자신만의 콘서트를 열어 노래를 부르기도 했다.

"정말요? 이번에 수백억 대작에 들어간다고 하던데, 나 좀 소개시켜 주면 안 될까요?"

"미안해요. 제가 그런 파워는 없어서……."

"하아, 정말 힘드네요. 이 바닥이 가면 갈수록 견디기 힘든 곳이 되어 가고 있어요. 서글퍼요."

"미안해요. 아무런 도움이 되질 못해서……."

"어쩌겠어요. 지안 씨는 여길 뜬 지가 오래되었으니까…….
하여튼 만나서 너무 반가웠어요."

지안이 운동을 시작했다. 1시간 정도 정신없이 몰아붙인 후
샤워를 하고 집으로 향했다. 그때 휴대폰이 울어 댔다.

"여보세요?"

—접니다. 태일이.

"네, 아주버님! 안녕하세요."

—곧 우리 둘째 돌잔치라 겸사겸사 연락했어요.

"아, 그렇구나."

태일네는 첫째를 낳자마자 연년생으로 바로 둘째를 가져
아들만 둘을 낳았다. 그리고 여전히 사람 없고 고요한 섬에서
사랑을 키워 나가는 중이었다.

—우리가 애들을 데리고 본가로 갈까 하는데요. 그동안 가
족을 본 지도 참 오래되기도 했고요. 추석에만 한번 갔다 오
는 식이다 보니 애들이 작은아빠와 작은엄마가 어떻게 생겼
는지 기억도 못 하는 것 같아서요.

"하하, 네…… 그럼 날짜를 어떻게 할까요?"

—10일 뒤에 서울로 갈게요. 2박 3일 정도 머물다 갈까 하
는데, 제수씨 괜찮아요?

"상관없어요. 가사 도우미와 아기를 봐 주는 유모가 따로

있거든요. 같이 식사 준비하면 돼요. 그럼 그때에 맞춰서 준비해 놓을게요. 돌잔치도 따로 준비할까요?"

—아휴, 그건 좀 죄송해서…….

"아니에요. 모처럼 가족들 전부 모이는 자린데, 특별하게 챙기고 싶어지네요. 준비 다 해 놓을 테니까, 몸만 오세요. 배 타고 나오려면 아무래도 짐이 가벼울수록 좋겠죠. 기다릴게요."

—항상 고마워요. 싫은 내색도 없이 챙겨 줘서…….

"당연하잖아요. 이젠 한 가족인데요."

—그렇게 생각해 주니까 몸 둘 바를 모르게 황송한 기분이네요. 고마워요. 그럼 그 전에 다시 한번 연락할게요.

"네, 그때 뵐게요."

통화를 끝내자마자 그녀는 돌잔치를 준비해 주는 파티 플래너에게 연락을 했다. 집에서 조촐하게 파티를 할 테니 잔칫상 테이블 세팅만 해 달라고 예약을 넣은 후 떡집에도 전화를 걸었다. 급한 건 미리 끝을 내고 바로 집으로 향했다.

집에 도착해서, 정신없이 달려가 현관문을 열고 들어가자, 감 의원이 채이를 등에 업은 채 옛날이야기를 해 주고 있었다.

"그래서 오누이는 해와 달이 되었대. 할애비가 하는 말이 무슨 뜻인지 알겠어?"

"해비, 해비!"

아직 간단한 말밖에 할 줄 모르는 채이가 할아버지를 해비라고 부르며 감 의원의 등을 작은 손으로 탁탁 두드렸다. 지안은 웃으며 그 모습을 쳐다봤다. 그런데 기척을 느꼈는지, 채이가 뒤를 돌아보더니 외치기 시작했다.

"암마! 암마아아! 암마!"

당장 그녀에게 오겠다며 채이가 두 팔을 벌리고 뻗대느라 난리다. 지안이 뒤로 넘어갈 것 같은 채이를 얼른 품안에 꼭 안았다. 아이의 젖 냄새와 함께 분 냄새가 맡아졌다. 기분 좋은 힐링의 냄새였다.

"우리 사랑하는 채이, 잘 있었니?"

"암마, 암마!"

채이가 반가워서 어쩔 줄을 몰라 했다. 지안은 그런 채이의 뺨에 몇 번이고 입을 맞춰 주고 눈을 맞추며 인사를 했다. 채이의 눈동자엔 순수하고 따스한 사랑이 넘쳐흘렀다. 마음 한 번 다친 적 없는 아이의 순수한 눈동자에 담긴 온갖 희망과 긍정의 감정들이 그녀의 눈동자를 타고 흘러 들어왔다.

지안은 채이를 데리고 소파로 가서 앉은 후 허벅지에 아기를 앉히고 오늘 어떤 일이 있었는지 하나하나 이야기를 풀어 놓았다.

"아차, 아버님! 인사를 까먹었네요. 다녀왔습니다!"

감 의원이 됐다며 손사래를 치고 침실로 갔다. 지안은 채이의 이마에 연신 뽀뽀를 하며 이야기를 했다.

"엄마, 정말 힘들었겠지?"

"심더…… 심더……."

쫑알쫑알 말하는 입술을 보고 있으면 꽉 깨물어 주고 싶게 귀엽다. 지안은 토실토실하게 살이 오른 채이를 바라보며 입가에 환한 미소를 지었다.

"채이야, 채이는 동생이 있었으면 좋겠어요?"

"채, 채! 채!"

무슨 소리를 하는지도 모르는지 자신의 이름을 따라 하고 있다. 그때 도우미가 나오더니 물었다.

"저녁 차릴까요?"

"네, 아주머니. 부탁드릴게요."

"네, 채이는 30분 전에 이유식을 했어요. 조금 쉬게 하다가 모유 먹이면 될 거라고 유모가 말하고 퇴근했어요."

"네, 고마워요."

지안은 다시 채이를 쳐다보면서 몇 번이고 이마에 키스를 했다. 채이를 데리고 방으로 들어간 지안은 채이를 바닥에 앉혀 뒤를 받쳐 놓고 편한 트레이닝복으로 갈아입었다. 옷을 갈아입자마자 가슴을 젖은 수건으로 싹 닦아 내고 채이를 끌어안은 채 모유 수유를 시작했다. 채이가 손을 들어 올려 만지작거리면서 정신없이 젖을 빨았다.

이렇게나 자기 자식은 미치도록 예쁘고 사랑스럽구나 싶었다. 한편으로는 엄마가 무슨 생각으로 그들을 두고 집을 나간 건가 궁금해졌다. 아버지가 깡패 출신이라 도저히 같이 살 수 없었던 건지, 깡패라는 걸 알고 결혼했는데도 아버지가 납득할 만한 선을 넘은 어떤 짓을 한 건지, 이유를 모르니 답답했다.

"채이야, 할머니는 대체 왜 할아버지를 떠난 걸까? 난 정말
그 이유를 모르겠다."

그때 등 뒤에서 목소리가 들려왔다.

"어머님, 찾아볼까?"

흠칫 놀라 뒤를 돌아보니 일찌감치 퇴근을 한 태경이 서 있
었다. 그가 곁으로 다가와 그녀의 볼에 입을 맞추고 젖을 빠
는 딸내미를 사랑스러운 눈빛으로 쳐다봤다.

"왜 이렇게 빨리 왔어요?"

"일이 빨리 마무리됐어."

"아…… 씻고 밥 먹을 준비해요. 식사 준비해 달라고 했거든
요."

"어, 알았어."

태경이 씻으러 들어간 사이 지안은 젖을 다 물리고 트림을
시킨 후 유모차에 태워 부엌으로 나갔다. 식사 준비가 전부
끝나 있어 유모차를 두고 감 의원에게 가서 식사 준비가 끝났
다는 걸 알린 후 다시 부엌으로 오자 태경이 채이를 어르고
있었다.

채이가 까르르 웃으면서 손을 바둥거렸다. 지안은 웃으면서
두 사람을 바라보다 자리에 가서 앉았다. 잠시 후 감 의원도
내려와 식탁에 가족들이 모여 앉게 되었다. 감 의원의 첫 숟
가락의 움직임과 동시에 식사가 시작되었다. 지안은 태일 내

외가 2박 3일 일정으로 본가에 머물러 올 것이며 돌잔치를 하게 될 거라는 얘기를 했다.

"번잡스럽게 뭐하러 오겠대. 아예 거기 박혀서 가족이고 뭐고 인연을 다 끊고 살지."

감 의원은 항상 태일 내외에 대한 얘기만 나오면 불평을 먼저 터트렸다. 그도 그럴 것이 하연도 집안과 인연을 끊고 지내는 것이나 다를 바가 없었다. 그래서 전 검찰청장 출신이던 그녀의 아버지도 감 의원을 영 마뜩잖게 바라보는 상황이었다. 모자란 집안에 가서 연락 두절 상태로 지내는 딸이 마냥 좋을 리가 없다. 그나마 하연의 친정 엄마와는 전화통화를 하는 듯 보였다. 하지만 정 여사가 집으로 돌아오라고 계속 설득을 해도 그쪽에선 듣는 둥 마는 둥 하는 눈치였다.

"그래도 아이들 생일이기도 하니까 오는 거잖아요. 아버지, 기분 좋게 받아들이세요. 이제 아버지도 세 아이의 할아버지가 되신 거잖아요. 모두에게 공평한 사랑을 주세요."

감 의원은 별말을 하지 않았다. 태일을 미워하다 보니 그 집 아이들에게도 별 애착을 갖지 않았다. 1년에 한 번밖에 얼굴을 보지 않으니 애착이 갈 리 만무했다. 그에 비해 채이는 태어나고 자라는 과정을 옆에서 다 지켜보다 보니 당연히 애정이 깊어질 수밖에 없었다.

감 의원의 사랑은 채이에게만 일방통행이었다. 태일의 아이들은 낯선 사람에게 워낙 경계심이 강한 편이었다. 그래서 할

아버지가 손을 벌려도 도통 안기질 않고 예민해져서 울기만 했다. 그에 비해 채이는 방긋거리면서 잘 웃으니 감 의원 입장에서는 마냥 귀엽고 깜찍한 채이가 예쁠 수밖에 없을 것이다. 그런 점이 지안도 매우 아쉬웠다.

"이참에 형님한테 서울에 와서 살라고 해 볼까요? 여기서 같이 사는 것도 좋을 텐데……."

슬쩍 감 의원의 눈치를 살폈다. 뭐라고 한마디 할 듯 입술을 꿈틀거리던 감 의원이 가만히 입을 다물었다. 태일 내외와는 같이 살기 싫다는 말이 목구멍 바로 앞까지 출렁댔겠지만, 사람이다 보니 살다 보면 없던 정이라는 것도 쌓일 수 있지 않던가.

"나야 찬성이지. 대가족이 같이 살면 아이들 정서에 좋다고 하기도 하고. 무엇보다 우리 채이가 혼자 외로울 텐데 오빠나 동생이 있으면 더없이 좋지."

"그런데 채이 엄마는 둘째는 안 가질 거야?"

감 의원이 이젠 대놓고 물었다. 지안이 머쓱해져서 답했다.

"아직 생각을 안 해 봤어요. 좀 더 생각해 보고 결정할게요. 아버님."

"뭘 더 생각해. 한 번에 낳고 편해지는 게 낫지, 좀 편해질 만했을 때 아이를 낳으면 얼마나 힘든데. 난 올해라도 네가 가졌으면 좋겠다."

지안이 슬쩍 태경의 눈치를 살피자, 그가 바로 말했다.

"저희는 더 낳을 생각이 없어요. 아버지."

"뭐?"

"장남도 아닌 데다 우리는 이제 우리의 삶에 집중하기로 했거든요. 아이는 채이 하나로 만족하려고요."

"그게 무슨 이기적인 생각이야? 남매든 형제든 있어야 둘이 같이 의논도 하고 합의도 해 가면서 살아가는 건데! 하나만 있으면 쟤가 어디에 의지해. 너희들이 쟤보다 오래 살 수 있어? 그게 아니잖아! 왜 그렇게 못된 생각을 해!"

역시나 불호령이 떨어질 줄 알았다. 지금 감 의원의 모든 사고는 채이를 중심으로 돈다. 그래서 채이가 외롭게 살 생각을 하면 끔찍한 모양이었다. 하지만 아이를 낳아 키우면서 인생 전체를 아이에게 올인하고 싶지는 않았다.

"게다가 너희가 키우니? 나랑 유모와 도우미가 다 알아서 키우는데 뭐가 문제야? 애만 낳아 봐. 내가 다 알아서 책임지고 키울 테니까. 너희들은 알아서 즐겁게 살아. 매일 여행을 하든 뭘 하든 내가 일절 말을 하지 않을 테니까, 낳아! 채이 혼자 두는 건 안 돼! 남자도 아니고 여자애 혼자 이 세상을 어떻게 살아가! 든든한 동생이라도 하나 있어야 서로 의지하면서 살지."

조금은 일리 있는 말이기도 했다. 그녀에게 지령이 없었더라면 그녀는 어떻게 됐을까? 아마 금세 포기하고 타협하는 방식을 택했을지도 모른다. 지령을 빌미 삼아 협박을 당해서 하기 싫었던 일도 하긴 했지만 지렁이를 위해 보란 듯이 더 열심히 살아가려 아등바등했던 것도 있다. 혼자와 둘은 엄연히 다르다. 하지만 아직은 낳고 싶은 마음이 들지 않는다. 누군가의 강요에 의해 아이를 낳고 싶은 마음은 더더욱 없다.

"길게 생각하지 말고 당장 갖도록 해!"

"아버지, 그런 부분에 대해서는 아버지가 깊게 관여하지 말아 주셨으면 합니다. 우리도 부부간의 협의라는 게 있어요. 서로 존중하면서 대화를 해 가며 계획을 짜고 있는데, 아버지가 그런 식으로 우격다짐하듯 밀어붙이면 어쩝니까? 이러면 부부싸움의 단초가 될 수밖에 없어요."

그제야 감 의원이 못마땅하다는 듯 입술을 비틀면서 한숨을 쉬었다.

"할 수 없지. 알겠다. 내 의견이 그렇다, 정도만 이해해라."

감 의원이 한 발 물러섰다. 지안은 쓴웃음을 지으며 다시 식사를 했다. 식사를 마친 후 감 의원이 숟가락을 놓을 때까지 기다렸다가 다 같이 일어났다.

도우미가 식탁 위를 정리하는 동안 지안은 채이를 품안에 안고 밖으로 산책을 나갔다. 마당에 채이를 천천히 내려놓자, 채이가 후다닥 달리기 시작했다. 돌이 지나자마자 걷기 시작하더니 이젠 제법 속도도 빨랐다. 지안은 그런 채이를 뒤따라 걷기 시작했다. 채이가 자그마한 고무공을 발로 툭 차고 그걸 쫓기 시작했다. 제 아빠를 닮아 힘이 넘치고 한 번 뛰기 시작하면 2시간도 넘게 뛰는데도 피곤을 모른다. 태경이 곁으로 다가오더니 길게 기지개를 켰다.

"와아, 우리 딸…… 또 시작이네?"

"음, 축구 선수급 에너지죠. 저쯤 되면?"

"날 새겠다. 하루 종일 공 쫓으면서 달리겠는데?"

"아후, 난 힘들어요. 오빠가 쫓아요."

"채이야아…… 우리 딸……."

"꺄아아하학, 아학!"

아빠가 저를 쫓는지 알고 자지러지게 웃으며 채이가 도망치기 시작했다. 지안은 휴대폰 카메라로 부녀의 모습을 동영상으로 남겼다. 그리고 기지개를 켜며 밤하늘을 기분 좋게 올려다봤다.

하늘이 참 좋다. 맑고, 구름이나 별, 달의 모습이 매우 선명하다. 내일은 날씨가 좋을 예정인가 보다.

곧 가을이 시작된다.

지안은 기분 좋게 웃으면서 태경과 숨바꼭질이라도 하듯 이리저리 뛰어다니는 채이를 쳐다보며 물었다.

"결혼기념일에 뭐 할까요?"

"글쎄? 뭐 하고 싶은 거 있으면 말해. 바로 조치할게."

"태경 씨가 아이디어를 좀 내 봐요."

"나야 내 아내와 함께라면 뭐든 좋지. 더 이상 뭘 바라겠어."

"그런 대답은 됐고요. 요새 너무 입에 발린 말만 번지르르

하게 잘하고 있는 거 알아요? 어째 영혼이 없어."

"내가 영혼이 없다고?"

"그래요. 립 서비스도 자꾸 들으면 식상해져서 저게 지금 날 조용히 자근자근 씹어 주는 건가, 하는 생각이 든단 말이에요."

"뭐? 와아…… 남편의 마음을 이렇게까지 왜곡하다니. 절대로 아니야. 내가 왜 그런 멘트를 하겠어. 내 사랑을 의심하다니. 곤란한데!"

태경이 공을 쫓던 채이를 끌어안고 그녀에게 다가왔다.

"그럼 이번 여행은 내가 모든 스케줄을 다 잡을게. 됐어?"

"흐흐, 진작 그럴 것이지. 매우 만족, 별점 다섯 개 드리죠."

"은근히 사람 부려 먹는 타입이야."

"전 경험이 별로 없어서 아이디어도 얼마 없단 말이에요. 그러니까 당신이 해 주는 게 맞죠."

"알았어."

채이가 하암, 길게 하품을 했다.

"욘석이, 이제 졸린가 보네."

"젖 먹이고 재워야겠어요."

태경이 그녀의 어깨에 팔을 감고 이마에 입을 맞췄다.

"둘째 생각은 어때?"

"모르겠어요. 채이를 보면 저렇게 예쁜 아이가 하나 더 나올까 싶어서 궁금하기도 하고…… 이게 어째 뽑기 같은 거잖아요. 복불복!"

"그렇긴 해. 어떻게 정해진 얼굴인지는 모르지. 성격도 그렇고. 나오는 대로 우리는 받아서 키우기만 하는 입장이니까."

"그래서 궁금하다는 거죠."

둘은 집 안으로 들어와 침실로 갔다. 지안은 채이를 품안에 안고 젖을 먹이기 시작했다. 슬슬 졸음이 몰려오는지 채이가 꾸벅꾸벅 졸았다. 젖을 먹여 놓고 목욕도 시켜야 한다. 지안은 젖을 다 먹이고 태경에게 채이를 넘겼다. 그녀가 젖을 먹이는 사이 그는 샤워를 하고 채이를 씻기기 위한 만반의 준비를 마쳐 두었다.

태경이 채이의 등을 두드려 충분히 소화를 시킨 후 욕조에 물을 받아 놓은 곳에 천천히 아기를 넣었다. 처음에는 멈칫하던 채이도 따뜻한 물이 닿자 기분이 좋은지 허우적거리면서 금세 까르르 웃었다. 채이는 기본적으로 웃음이 많은 아이였다. 잘 웃고 잘 놀고 잘 자고 먹는, 누가 키워도 잘 키울 수 있는 그런 아이였다. 예민한 그녀가 키우기에는 더없이 좋은 아기. 감사한 마음이 들었다.

태경이 채이를 씻기는 동안 그녀도 다른 욕실로 들어가 샤워를 하고 나와 머리카락을 말렸다. 잠시 후 태경이 채이를 수건에 칭칭 감아 밖으로 데리고 나왔다. 채이를 침대에 눕혀 전신에 수분 크림을 발라 주고 쭉쭉이 체조도 한바탕 해 준 후 기저귀를 채웠다.

채이의 머리도 말리고 모든 정리가 얼추 끝나자 지안이 준비해 놓은 옷을 채이에게 입히고 아기 침대로 데려가서 눕힌 후 등을 토닥토닥 두드려 재우기 시작했다. 이제 채이는 옆으로 눕힌 채 등을 두드려 주면 잔다는 걸 알고 있다. 10분쯤 두드리자 아기의 숨소리가 새근새근 일정한 템포로 흘러나왔다.

지안은 채이의 얼굴을 흘끗 쳐다본 후 침대에 앉았다. 태경이 곁에 앉더니 길게 기지개를 켰다.

"와아, 피곤하네. 채이가 활동이 많아지기 시작하면서 내가 힘들어지는데? 운동을 하는 것과 별개로 아이와 놀아 주는 건 근육의 쓰임새가 또 다른 건가? 왜 이렇게 힘든 거야."

"그런가 보죠."

지안은 태경의 볼을 양손으로 감싸 쥐고 그의 입술에 입을 맞췄다.

"오늘 하루 정말 고생 많았어요. 수고했어요."

태경이 웃으면서 말했다.

"내가 이 맛에 집에 오고 싶어진다니까! 고마워. 당신도 종일 고생 많았어."

두 사람은 나란히 누운 후 방 안의 조도를 리모컨으로 조절했다. 그리고 바싹 붙어서 서로의 체온을 나눴다.

"수강생들 숫자는 계속 똑같아?"

"네, 한 명 나가면 한 명이 소개를 받아 다시 들어오는 식이에요. 한 클래스당 딱 열 명만 받기 때문에 수업은 늘 비슷비

숫하죠. 하루 3회 정도만 수업하고 있으니까. 5일간 15번 수업인가요?"

"그렇다고 해도 수업 시간이 상당하네. 그 수업을 두 번이나 듣는 사람도 있잖아."

"네, 제 요리 노하우를 완벽하게 흉내 내고 싶어 하는 분들이 계세요. 그리고 사람들과 어울리면서 대화를 나누는 것 자체를 즐기는 분들이 수업 신청을 더 하기도 하고요. 서로 자신의 디너파티를 열어서 초대한다든가 하는 방식으로 교류하는 것 같더라고요."

"다들 재밌게 사네."

"우리만 적막하게 사는 건가요?"

"친구들도 좀 만나고 하지?"

"친구가 있어야 보고 싶죠. 아는 사람이라 해도 사회생활 시작하면서 사귄 사람들이 태반이라서요. 게다가 동갑내기는 하늘의 별 따기라 만나는 것 자체가 힘들고. 이젠 포기했어요. 마음 가는 대로 살려고요."

"아까 아버지 말 때문에 기분 안 좋은 건 아니지?"

"괜찮아요. 한 번쯤은 말씀하실 것 같았어요."

"넌…… 이제 다 괜찮아진 거야?"

"뭐가요?"

"아버지의 억울한 사정이라든가, 우리 집안 사람들이 너한테 줬던 여러 피해들…… 그 모든 것들에 대해 지금은 어떤 감정인지 궁금해서."

뭐라고 표현해야 할까?

"아주 괜찮다고 할 수는 없지만, 이제 채이가 살아갈 나날들을 채워 나가기 위해 더 이상 과거에 연연하지 않을 거예요."

"하지만 나중에 채이가 이 모든 사실을 알게 될 경우에 넌 뭐라고 할래?"

그런 생각은 못 해 봤다. 하지만 누군가를 통해 채이의 귀에도 과거의 진실이 전해질 가능성을 완전히 배제하긴 어렵다.

"엄만 이제 충분히 행복해졌으니까, 괜찮다고 말해 줄래요. 모두가 용서를 빌었고, 죗값을 받았기 때문에 엄마는 더 이상 과거에 사로잡혀 살지 않기로 했다고. ……그 얘기를 과연 채이가 납득할지 잘 모르겠지만……."

"나도 답을 준비해야겠어. 그땐 그렇게 하는 게 내 방식의 복수였고, 나중엔 그게 정말 나쁜 짓이라는 걸 알고 변하려고 노력했다 말하면 채이가 믿어 줄까?"

"어렵네요. 이젠 우리의 감정을 아이에게도 납득시켜야 하니까. 그때가 되면 우리도 제대로 답을 하게 되지 않을까요?"

"그렇겠다. 우리도 나이가 들어가니까, 그에 맞는 새로운 답이 떠오르겠지."

지안은 길게 하품을 하고 그의 가슴팍을 어루만지며 눈을 감았다.

"잘 자요. 오빠……."

"잘래?"

"네, 졸리네요."

"요새 너무 피곤해하네. 보약 한 제 해 먹을까?"

지안이 고개를 저으며 그를 가만히 쳐다봤다.

"오빠나 해 먹어요. 채이 따라다니기 힘들다면서요. 풋!"

"말이 그렇다는 거지. 아기랑 노는 건 재미가 없어서 더 그
래. 마냥 정신줄 놓고 뛰어야 하니까 힘들다고. 체력의 문제가
아니야."

"알았어요. 자요. 얼른!"

"둘째는 안 가져도 되는데, 오늘 한 번만 할까?"

"싫어요. 안 해……."

"그럼 만지는 건?"

지안이 꿈틀거리면서 그의 손을 쳤다.

"손 안 빼요?"

"그럼 이렇게 잡고만……."

"싫어요. 아이잉……."

그의 손이 가슴 위에서 맴돌더니 부드럽게 감아쥐고 능숙
하게 움직이기 시작했다. 지안은 그의 손을 빼내려고 안달하
다가 채이가 깰까 봐 아랫입술을 꾹 깨물었다.

"당장 빼요, 정말!"

"내가 뭘 어쩐대? 만지기만 하자니까?"

"싫어어…… 아응……."

"좋으면서!"

"못됐어!"

태경이 이불을 확 잡아 올려 머리끝까지 덮은 후 그녀의 입술에 키스했다. 가볍고 장난스럽게 시작한 키스가 점점 뜨겁고 강렬하게 달아올랐다. 그녀는 입가에 미소를 띤 채 그의 목에 팔을 감고 그의 혀를 깊게 받아들였다.

"사랑해, 지안아……."

"사랑해요!"

<끝>